MONIKA SZWAJA

Polecamy

Jestem nudziarą
Romans na receptę
Zapiski stanu poważnego
Stateczna i postrzelona
Artystka wędrowna
Powtórka z morderstwa

MONIKA SZWAJA

Dom na klifie

Prószyński i S-ka

Copyright © Varia-Monika Szwaja, 2006

Projekt okładki
Paweł Rosołek

Redakcja
Ewa Berenika Witan

Korekta
Grażyna Nawrocka

Łamanie
MAGRAF

ISBN 978-83-7839-098-5

Warszawa 2013

Wydawca
Prószyński Media Sp. z o.o.
02-697 Warszawa, ul. Rzymowskiego 28
www.proszynski.pl

Druk i oprawa
Drukarnia TINTA
13-200 Działdowo, ul. Żwirki i Wigury 22
www.drukarniatinta.pl

Książkę, która leży przed Państwem, pozwalam sobie dedykować:

– Mariuszowi – w podzięce za całokształt, a w szczególności za nieocenioną pomoc intelektualną w wymyślaniu tej powieści (zwłaszcza na trasie Leszno – Warszawa!)...
– moim ukochanym Ryczącym Dwudziestkom *in corpore* oraz wszystkim, którzy kiedykolwiek na krakowskich Szantach śpiewali, nucili, wrzeszczeli, gwizdali, tupali, buczeli, skakali, tańczyli, ewentualnie nawet jedynie się gibali...
– no i oczywiście – z podziwem i szacunkiem – Tym, którzy nie boją się wziąć odpowiedzialności za nie swoje dzieci i tworzą owym dzieciom nowe domy rodzinne.

No i patrzcie państwo. Ciotka Bianka naprawdę umarła. Coś podobnego.

Aż do dziś Adam Grzybowski skłonny byłby przypuszczać, że ciotka jest nieśmiertelna, podobnie jak była niezatapialna – tak w każdym razie twierdziła, za dowód podając fakt, że czterokrotnie bez szkody dla zdrowia opłynęła pod żaglami przylądek Horn.

Ciotka Bianka była właściwie cioteczną babką Adama, starszą siostrą jego dziadka ze strony ojca, nie znosiła jednak, aby nazywano ją babcią.

– Do tego, żeby być babcią – powtarzała, ciskając pioruny ze swoich jasnoniebieskich oczek, ledwie widocznych w otoczce zmarszczek – trzeba mieć wnuki. Żeby mieć wnuki, trzeba mieć dzieci. Jeżeli ktoś przeoczył fakt, że wciąż jestem panienką do wzięcia, to uprzejmie go o tym zawiadamiam. Progenitury pozamałżeńskiej nie posiadam. Cioteczne się nie liczą. Ergo, nie życzę sobie być postarzaną przez nazywanie mnie babcią!

Żądanie to wydawało się Adamowi nieco abstrakcyjne, ponieważ Bianka przekroczyła dziewięćdziesiątkę, ale właściwie nic nie miał przeciwko nazywaniu jej ciotką. Kiedy był małym chłopcem, trochę się jej bał, a gdy podrósł, dogadał się ze starszą panią na bazie wspólnego zainteresowania żeglarstwem. W jego przypadku było to rzeczywiście tylko zainteresowanie, ale dla niej żeglowanie stanowiło sens życia.

Ileż ona miała ostatnio lat? Dziewięćdziesiąt trzy chyba. A jeszcze w zeszłym roku pływała z jakimiś swoimi przyjaciółmi, równie leciwymi, jak ona sama, po Zalewie Szczecińskim i nawet odrobinkę zahaczyli o morze w okolicy Świnoujścia...

– Coś ty się tak zamyślił? – Mirek Kieraszko, zwany w skrócie Miraszkiem, bezceremonialnie wyjął Adamowi z ręki komórkę i przeczytał SMS-a. – Ciotka Bianka... Ty, Adam, to była ta twoja słynna ciotka-kaphornówka?

– Ona. – Adam westchnął i skasował wiadomość. – Cholera. Szkoda cioci. Takich już nie produkują. Wiesz: okręty z drewna, a ludzie ze stali. Teraz jest odwrotnie. Dlaczego ojciec nie dzwonił, tylko przysłał SMS-a?...

– Bo tu jest łomot. Pewnie dzwonił, tylko nie miałeś szansy, żeby usłyszeć. Czekaj, zamów mi piwo...

Kelner w żółtej koszulce z nadrukowaną na piersi fregatą o wydętych żaglach balansował artystycznie nad głowami bywalców tawerny Cutty Sark. Adam zatrzymał go i wywrzeszczał mu do ucha zamówienie. W tym samym momencie zamilkł potężny śpiew pięciu młodych (mniej więcej) ludzi wspomaganych walnie przez bardzo wydajne wzmacniacze; rozległy się brawa oraz okrzyki rozbawionej publiczności. Zabójczy blondyn zapowiedział kwadrans przerwy i przysiadł się do stolika, przy którym siedzieli Adam z Miraszkiem.

– Zamówiliście mi piwo? Nie? Kurczę, dlaczego? Przecież ja się natychmiast muszę napić. Miraszko, wypiję twoje, a ty sobie zamów, ja zaraz znowu będę pracować. Nad czym tak smętnie dumacie? Ktoś umarł?

– Ciotka-kaphornówka. Adama ciotka, wiesz, ta starsza pani...

– Co ty gadasz? Stara Grzybowska?

– Zgadza się. Znałeś ją?

– Jak wszyscy. Mój Boże, trudno to sobie wyobrazić, że

jej już nie ma. Zawsze była. I zawsze była stara, więc się człowiek przyzwyczaił do myśli, że będzie żyła wiecznie. Współczucie, Adam. Naprawdę. Szkoda cioci. Cholera. O, piwo. Dla nas też? Od firmy? To ja ci nie będę podpijał, Miras, mam własne. Za ciocię, chłopaki. Niech jej się dobrze żegluje tam wysoko.

Stuknęli się szklankami i wypili po łyku, to znaczy Adam i Miraszko po łyku, a ich śpiewający przyjaciel Andrzej zwany Qnią wychylił pół szklanicy jednym tchem.

– To nie do pojęcia, jak śpiewanie wysusza. Kiedy pogrzeb?

– Jeszcze nie wiem, pewnie za kilka dni.

– Jeśli chcesz, przyjedziemy coś zaśpiewać, po żeglarsku, żeby było wiadomo, kogo chowają.

– Dziękuję, stary, chociaż pewnie i tak będzie wiadomo, oni mają te swoje wszystkie rytuały, kaphornowcy znaczy, pewnie zleci się całe bractwo. Straszne z nich ortodoksy, tradycjonaliści i diabli wiedzą co jeszcze. No i zawsze trzymali się razem.

– À propos razem, ciotka mieszkała razem z wami, z twoją rodziną, znaczy?

– No coś ty, ja przecież wynajmuję mieszkanie na Pogodnie, mamunia wybudowała chatkę-bogatkę na Warszewie, dziadkowie mieszkają w Świnoujściu, a ciotka miała dom w Lubinie. Na Wolinie, kojarzysz?

– Kojarzę. Jezioro Turkusowe, ta jakaś górka widokowa, kiedyś tam byłem przez przypadek.

– Właśnie. Trochę za tą górką widokową, dalej i wyżej, nad samymi klifami, a właściwie nad taką fajną łąką, która kończy się klifem i spada do zalewu.

– Ooo, to ciocia miewała widok na ładne zachodziki...

– Tak, zachodziki sympatyczne. Dużo wody, dużo nieba, te wszystkie wyspy, bajka. Ja tam dosyć często bywam.

– Sama mieszkała? W takim domu?

– Nie, jedna fajna przyjacióła z nią siedziała. Prawie

równie stara... no, ciut młodsza. Specjalistka od szant, wyobraź ty sobie. Trochę się ciocią opiekowała. To znaczy, stale się kłóciły, ale żyć bez siebie nie mogły. I często różne matuzalemy żeglarskie tam przyjeżdżały. Do ciotki. A do Leny, tej drugiej, jacyś szantowcy. Nie, ciotka nie była sama.

– Pocieszyłeś mnie, Adamie. Sorry, obowiązki wzywają, publiczność się denerwuje...

Istotnie, co bardziej niecierpliwi zaczynali już nawoływać zespół do powrotu na mikroskopijną scenkę. Qnia zabrał swoje piwo, machnięciem ręki przywołał kolegów, którzy też się poprzysiadali do różnych stolików i chwilę się z nimi naradzał. Po czym wziął mikrofon do ręki i przemówił:

– Kochana frekwencjo. Przyjaciele. Proszę was, przestańcie na chwilę wrzeszczeć, chcę wam powiedzieć coś ważnego. Proszę o ciszę. Dwie sekundy dla mnie.

Tu zamilkł, aby dać własnym słowom szansę na dotarcie do świadomości rozbawionych ludzi. Sposób okazał się skuteczny i po chwili w tawernie zapanowała względna cisza.

Qnia znowu podniósł mikrofon do ust.

– Kochani. Przyjaciele, znajomi i nieznajomi. Wiem, że się dobrze bawicie i przykro mi, że tę waszą zabawę zakłócę. Ale świat się kręci, wydarzenia biegną, niezależnie od tego, jak bardzo chcemy o tym zapomnieć. Wszyscy, którzy tu dzisiaj są, a którzy otarli się przynajmniej o żeglarstwo, znają chociażby ze słyszenia Biankę Grzybowską, największą z wielkich żeglarek, panią tak leciwą, że pływała jeszcze chyba z samym Zaruskim, damę nieustraszoną, która kilka razy opłynęła Horn...

Względna cisza zamieniła się w ciszę doskonałą.

– Domyślacie się, przyjaciele, co chcę wam powiedzieć. Bianka Grzybowska odeszła na wieczną wachtę. Wypijcie za nią, proszę, niech spokojnie żegluje nad chmurami, a my wam teraz zaśpiewamy...

Jeden z jego kolegów zagrał parę akordów na gitarze.

Stary port się powoli układał do snu,
świeża bryza zmarszczyła morze gładkie jak stół,
stary rybak na kei zaczął śpiewać swą pieśń:
"Zabierzcie mnie chłopcy, mój czas skończył się"...

Przy pierwszych słowach pieśni kilka osób wstało, unosząc kieliszki i szklanki z piwem, potem wstawali kolejni, niektórzy przyłączali się do chóru, a refren śpiewali już prawie wszyscy zebrani w tawernie:

"Tylko wezmę mój sztormiak i sweter,
ostatni raz spojrzę na pirs.
Pozdrów moich kolegów, powiedz, że dnia pewnego
spotkamy się wszyscy tam w Fiddlers Green".

Adam nie śpiewał, coś go ścisnęło za gardło, nie pozwalając wydobyć głosu. Nie śpiewała też młoda kobieta przy sąsiednim stoliku, niezbyt piękna, chociaż raczej sympatyczna z wyglądu, zdecydowanie kudłata na głowie, z ładnie zarysowanymi oczami, których koloru nie było widać z powodu dymu wypełniającego pomieszczenie. W tawernie było tak mało miejsca, stoliki – jak zwykle w dniu koncertu – stały tak ciasno przy sobie, że dziewczyna musiała słyszeć całą rozmowę Adama z przyjaciółmi i zorientowała się zapewne, że jest krewnym nieboszczki żeglarki.

"O Fiddlers Green słyszałem nieraz,
jeśli piekło ominę, dopłynąć chcę tam,
gdzie delfiny figlują w wodzie czystej jak łza
i o mroźnej Grenlandii zapomina się tam"...

W oczach dziewczyny pojawiły się łzy. Pospiesznie podniosła do ust swoje piwo, żeby zamaskować wzruszenie. Adam dostrzegł i jej gest, i te łzy – i nagle jego samego ogarnął ogromny smutek. Jeszcze sekunda, a uległby tej okropnej, jakże niemęskiej słabości i sam się popłakał – aby nie dopuścić do takiej kompromitacji, odstawił szklankę na stół i najszybciej jak się dało w tej ciasnocie, przecisnął się do wyjścia. Brzydka dziewczyna patrzyła za nim dużymi oczami. Oczy ma ładne, owszem – pomyślał jeszcze, zanim zamknął za sobą ciężkie drzwi, zza których wciąż słyszał śpiew.

*„Aureola i harfa to nie to, o czym śnię,
o morza rozkołys i wiatr modlę się;
stare pudło otworzę, zagram coś w cichą noc,
a wiatr w takielunku zaśpiewa swój song"...**

Brzydka dziewczyna wcale nie była taka brzydka, aczkolwiek nie miała za grosz figury (o wiele za dużo kilogramów). Hodowała natomiast skrupulatnie wszystkie kompleksy, jakie tylko trzydziestodwulatka może hodować. Fakt, że dotąd nie zainteresował się nią na poważnie żaden królewicz z bajki, w jej pojęciu wydawał się te kompleksy uzasadniać. Była już bliska rezygnacji z królewicza – nie żeby miała go zamienić na mniej ambitny gatunek mężczyzny, nic z tych rzeczy. Jakieś pół roku temu uznała, że zostanie singlem na wieki, ponieważ przestała na facetów reagować emocjonalnie. No, przestali ją kręcić. Zero fluidów.
Do dzisiaj.
Dzisiejszego wieczoru poczuła w sobie, że jednak, być może, ewentualnie... ta sierota po ciotce żeglarce... to znaczy TEN sierota (idiotyczna jakaś zbitka gramatyczna!)... ten sierota, owszem, mógłby w niej fluidy rzeczone wskrzesić.
Nie wiadomo, oczywiście, czy sierota BYŁ królewiczem z bajki. Ale zdecydowanie na takowego wyglądał.

---

* „Fiddlers Green" to wzruszająca irlandzka ballada o „raju marynarzy", szczęśliwym miejscu, do którego żeglują po śmierci – piękne polskie słowa napisał do niej Jerzy Rogacki, znany szantymen z zespołu Cztery Refy (wszystkie przypisy autorki).

Aczkolwiek w tym wieku – na pewno po trzydziestce, a bliżej trzydziestkipiątki – królewicze są raczej zajęci przez księżniczki z zaprzyjaźnionych rodów panujących, cholera. Dlaczego zatem nie przywlókł do klimatycznej tawerny, na klimatyczny koncert Ryczących Dwudziestek swojej księżniczki, wiotkiej, jasnowłosej i błękitnookiej, o nogach jak marzenie?

Może księżniczka nie lubi tych klimatów.

Bzdury. Jaka księżniczka nie lubi słuchać i patrzeć na pięciu przystojnych facetów obdarzonych głosem i wdziękiem? Ona sama, Zosia Czerwonka, po prostu za tym przepada. Zdarzyło jej się kiedyś wziąć udział w obozie żeglarskim w Trzebieży, gdzie nauczyła się jako tako odróżniać ster od żagla, przy okazji łapiąc wirusa morskiej pieśni, śpiewanej z uczuciem, choć przeważnie fałszywie, przez wszystkich kursantów. Od tej pory starała się wykorzystać różne okazje, aby posłuchać, jak śpiewają szanty zawodowcy, i wraz z przyjaciółmi nabytymi w czasie słynnego kursu w Trzebieży ganiała po koncertach oraz festiwalach szantowych. Kariery żeglarskiej nie zrobiła, tłumacząc się brakiem czasu, a jak się nie ma czasu, to się nie żegluje i tak dalej. Tak naprawdę uznała po swym pierwszym przehaftowanym rejsie, że średnio ją bawi bycie załogą.

Jednakowoż... patrząc dzisiejszego wieczoru na posępnego Adama, pomyślała, że siostrzeniec (bratanek?) takiej ciotki na pewno ma wszystkie możliwe patenty sternika, kapitana, admirała jachtowego i że być załogą na jachcie przez niego dowodzonym... kurczę, to by nie musiało być nieprzyjemne.

Na razie jednak pozostawała szeregowym załogantem na czymś, co nie przypominało w najmniejszym stopniu frunącej po falach fregaty, ani chociażby dezety – raczej stęchłą barkę używaną do nielegalnego przewozu odpadów chemicznych z terenu zaprzyjaźnionych krajów Unii Europejskiej do naszego naiwnego państwa. Kapitanem zaś tej barki, mało podobnym do siostrzeńca kaphornówki, była wciąż ta sama chuda jędza z wyłupiastymi oczyma i zaciśniętymi usteczkami, Aldona Hajnrych-Zombiszewska, wyjąca pięćdziesiątka nienawidząca świata i ludzi. Pani, dla swej urody i charakteru słusznie zwana Zombie – zarówno przez personel, jak i przez pensjonariuszy domu dziecka na prawobrzeżnym przedmieściu Szczecina, tuż pod Puszczą Bukową.

Do tego właśnie domu, w którym zajmowała mikroskopijne mieszkanko służbowe na poddaszu, wracała Zosia dobrze po północy, zadumana i rozdzierana przez uczucia kompletnie przeciwstawne. Świadomość, że jednak reaguje wciąż na mężczyzn, była dla niej krzepiąca. Świadomość, że ten mężczyzna, na którego ona zareagowała, na nią nie reaguje wcale – raczej nieprzyjemna. Ostatecznie zwyciężyła świadomość numer dwa i Zosia wkroczyła w progi domu o wdzięcznej nazwie „Magnolie" w nastroju minorowym.

Nastrój ten pogłębił się znacznie, kiedy zza winkla korytarza na pierwszym piętrze wychynęła wysoka postać owinięta koronkowym szalem i stanęła przy schodach, uniemożliwiając Zosi swobodne przedostanie się na poddasze.

– Dobry wieczór – skrzypnęła postać sarkastycznym tonem. – Miło, że pani jednak czasem wraca do domu, pani Czerwonka. Dobrze, że dzieci nie widzą, o której to pani wychowawczyni się pojawia. I nie czują, jak pachnie.

Fakt, jedyną wadą tawerny jest to, że wolno w niej palić, w związku z czym po kilku godzinach tam spędzonych, zwłaszcza kiedy ktoś daje koncert i piwniczka zapchana jest słuchaczami – człowiek i jego ubranie przesiąkają charakterystycznym smrodkiem papierosów i piwa. Zosia, zaprawiona w bojach, po powrocie z takich koncertów natychmiast wskakiwała pod prysznic, a ubranie ładowała do pralki. Tym razem pani dyrektor wywąchała ją, zanim Zosia zdążyła zrobić to co zawsze.

Normalnie Zosia odpyskowałaby coś w rodzaju, że jest dorosła, ma prawo i nikomu do tego, jak pachnie, ale tym razem wciąż miała przed oczami wizję posępnego, czarnowłosego faceta, stojącego na mostku kapitańskim fregaty prującej fale pod pełnymi żaglami. Tak jej się ten Adam zwizualizował i już. Spojrzała więc na panią Hajnrych-Zombiszewską łagodnie i melodyjnym głosem powiedziała:

– To ja już pójdę do siebie, dobranoc, pani dyrektor.

Płynnym ruchem wyminęła dyrektorkę, która miała nadzieję na przyjemną wymianę zdań, zakończoną swoim zwycięstwem, i wkroczyła na schody. Aldona wyraziła jeszcze ironiczną nadzieję, że nie będzie trzeba nikogo wyciągać na dyżur przy użyciu siły, ale nie doczekała się odpowiedzi i odeszła jak niepyszna.

Fregata z mostkiem i kapitanem pojawiła się znowu w świadomości Zosi i nie pozwoliła jej dostrzec niewyraźnej figurki majaczącej przy drzwiach mieszkania. Zosia prawdopodobnie by ją rozdeptała, gdyż figurka nie zamierzała ani drgnąć, ani się odezwać, na szczęście jednak potknęła się o wystającą lewą nogę, zaklęła z cicha pod nosem (pomna nieprzyjaznej obecności pani dyrektor piętro niżej) i włączyła światło.

– Matko święta, Aduś, to znowu ty. Co tu robisz, zamiast spać jak Bóg przykazał o tej porze?

– Pani tez nie śpi – powiedziała arogancko figurka, nie wymawiając szypiaszczych.

– Aduś. Ja to ja, a ty to ty. Jestem dorosła i wróciłam sobie z ląfrów. Wolno mi. Najwyżej się nie wyśpię jutro. A ty powinieneś być we własnym ciepłym łóżeczku, przytulić jakiegoś misia i spać, bo będziesz nieprzytomny jutro na lekcjach i znowu przyniesiesz pałę. To co, wracasz do misia?

– Pierdolę misia – powiedziało dziecko ponuro. Zosia westchnęła ciężko. Fregata z kapitanem odfruwała coraz dalej.

– Adek, umówiliśmy się, że jeśli będziesz używał przy mnie wyrazów, to przestanę się z tobą przyjaźnić. Wiesz, że nie muszę się z tobą przyjaźnić. Nie jesteś z mojej grupy. No to jak?

– Pseprasam. Ja chcę się z panią psyjaźnić. Nie mogłaby mnie pani wziąć do swojej grupy?

– Teraz, w nocy? – Zosia dobrze wiedziała, że pani dyrektor ani w nocy, ani za dnia nie zgodzi się na przeniesienie Adusia do jej grupy. Gdyby Aduś był w grupie Zosi, to Zosia prawdopodobnie nie pozwoliłaby pani dyrektor znęcać się nad nim. Dla pani dyrektor była to jedna z ulubionych rozrywek – niestety, od jakiegoś czasu nie miała go u siebie, czyli pod ręką, ale zawsze potrafiła dopaść nieszczęśnika na neutralnym gruncie. Jego wychowawczyniom było wszystko jedno, czy Adolf obrywa, czy nie.

– Najlepiej teraz – mruknął. – No, ja wiem, ze to niemozliwe. Ale chciałbym z panią pogadać.

– W dzień nie możesz? – zapytała bez większej nadziei Zosia, która dobrze wiedziała, że jak Aduś zacznie się zastanawiać nad niedoskonałościami świata tego, to nie skończy tak prędko. Do tej pory jednak przychodził na pogawędki wyłącznie w dzień. Co go tak przypiliło? I ciekawe, jak długo tu siedzi, przecież chłodno na tych schodkach.

Dotknęła lodowatej ręki chłopca i zrobiło się jej go żal.

– Zmarzłeś – mruknęła. – Chodź, zrobię herbaty z sokiem malinowym, to się rozgrzejesz. Coś się stało?

– Eee, nic takiego, ale to ja powiem psy tej herbacie – odmruknął wymijająco Aduś i pociągnął nosem. – Pani śmierdzi jak mój tato – skonstatował, podnosząc się ciężko ze schodka.

– Ja śmierdzę tylko chwilowo, bo byłam w pubie i piłam piwo, i wszyscy tam palą papierosy, ale zaraz się wykąpię, przebiorę i upiorę. – Z trudem powstrzymała się od przypomnienia, że tato, w przeciwieństwie do niej, śmierdzi permanentnie, rzadko się myje i chyba nigdy nie pierze ubrań. Tato Adusia bowiem, Dionizy Seta, jak osiągnął kilka lat temu zaawansowane stadium alkoholizmu, tak postanowił się w nim utrzymać do końca życia.

– Bo żebym ja się, pani dyrektor, inaczej nazywał – tłumaczył wielokrotnie Aldonie Hajnrych-Zombiszewskiej. – Żebym ja się, na ten przykład, nazywał Pięćdziesiątka. Albo jeszcze lepiej Dwudziestkapiątka. Znaczy się, Szczeniaczek. Pani rozumie, taki mały kielonek. Szczeniaczek. No. Ale ja się nazywam Seta. To jak ja mam być trzeźwy? Ja nie mogę. Nie ma, pani rozumie, takiej po...op-cji. Mnie nie wypada. Nobles obliż – dodawał, elegancko akcentując ostatnie sylaby, bardzo zadowolony ze swojej oszałamiającej erudycji.

Aldona zwana Zombie nie zdradzała jednak skłonności do oszołomień na tle francuskiej wymowy Dionizego Sety. Zosia była kiedyś świadkiem jednego z licznych spotkań tej pary. Porządkowała dokumenty w wielkiej szafie, a pani dyrektor usiłowała przekonać Dionizego do ratowania rodziny, znajdującej się właśnie w stanie demontażu.

– Panie Seta – ciskała słowami spomiędzy zaciśniętych warg, jak gdyby były one (słowa, nie wargi) kamieniami rzucanymi na szaniec. – Panie Seta. Ja panu przypominam. Pan jest ojcem. Adolf jest pana synem. Tak czy nie?

– W zasadzie tak – próbował wykrętów Dionizy. – Ale wsze-lakoż...

– Żadne wszelakoż! Nie wyprze się pan w żadnym sądzie, chociażby dlatego, że Adolf jest do pana podobny jak dwie krople wody!

– Z tymi kroplami to ja bym nie przesadzał... wąsów nie ma – rozkosznie zachichotał kochający tatuś.

– Panie Seta! Niech pan tu nie rżnie głupa! Jest pan ojcem i ma pan cholerny obowiązek opieki nad nieletnim synem! To wstyd dla pana, że syn znajduje się w placówce!

– Straszny wstyd – zgodził się Dionizy potulnie, ale zaraz błysnął chytrym oczkiem. – Tylko, widzi pani dyrektor, ja sam bez matki nie poradzę. A matka...

Tu artystycznie zawiesił głos i zatrzepotał rzęsami. Zosia nie wiedziała wtedy, dlaczego pani dyrektor spłonęła w tym momencie krwawym rumieńcem, a jej głos zamienił się w złowrogie warczenie.

– Panie Seta! Nie mówmy już o jego matce! Jeśli nie potrafił jej pan utrzymać przy sobie, to nie jest pan mężczyzną! A może jednak spróbowałby pan przemówić jej do rozumu? Co to za matka, która porzuca własne dziecko?

– Eee, mówi pani, jakby nie wiedziała. – Dionizy rozparł się na krześle, a Zosia zamarła w okolicy szafy z dokumentami, ciekawa dalszego ciągu. – Przecież Aduś już trzy razy był w placówce i wracał, aż nam sąd zagroził odebraniem tych... praw do niego. Teraz to nam je odbierze na dobre. Bo co do jego matki, to ona już do mnie nie wróci, nie. Za bardzo sobie upodobała pana Zombiszews...

Przerwało mu potężne walnięcie pięścią w stół. Pani dyrektor miała temperament.

– Panie Seta!

– No co, przecież prawdę mówię – spłoszył się Dionizy. – Moja zawsze była kur... no, ta, bladź, suka jedna. Ona się nie zmieni. To nie zawód, powiadają, to charakter. No. Tak to jest, ale sama pani dyrektor widzi, że ja się Adusiem zająć nie mogę, nie mam warunków do tego, a i psychicznie sobie nie poradzę, bo muszę walczyć z nałogiem. Bezskutecznie zresztą, notabene.

– Niech pan sobie wszyje, co trzeba, i zajmie się dzieckiem, to pan nie będzie miał głupich myśli!

Dionizy Seta poskrobał się brudną ręką w ryży łeb.

– Pani argumenty mają siłę wodospadu – powiedział dwornie. – Ale widzi pani dyrektor, występuje komplikacja. Która utrudnia, a nawet uniemożliwia.

– Co znowu uniemożliwia? – warknęła pani dyrektor.

– Moją adopcję Adolfika. To znaczy jego ponowne przeze mnie usynowienie.

– Panie Seta!

– Niestety, pani dyrektor. Chodzi o to, że... ale ja to pani mówię w dyskrecji... ja go tak naprawdę nie lubię. Nigdy go nie lubiłem tak naprawdę.

Zosia wstrzymała oddech za szafą, a pani dyrektor chyba poczuła się zdziwiona, bo nic nie powiedziała. Dionizy poprawił się na krześle i ośmielony ciszą, świadczącą o zainteresowaniu rozmówczyni, kontynuował zwierzenia.

– Od małego go nie lubiłem. Nawet z początku myślałem, że on może być nie mój, tak go nie lubiłem. To by nie było niemożliwe, przy zawodzie mojej żony, chociaż ona zawsze mówiła, że bez zabezpieczenia nie pracuje. Ale kto wie, mogła kiedyś ulec... tego... nastrojowi chwili. Bo ona nie wszystkich traktowała zawodowo. Znaczy się, w pełni zawodowo.

– Nie rozumiem, niech pan mówi jaśniej, panie Seta!

– Miała słabość do niemieckich kierowców – westchnął Dionizy, podnosząc oczy do nieba. – Dlatego się uparła, żeby dzieciak był Adolf. Ja nie rozumiem, mógłby być Hans albo Jurgen, albo nawet Hajnryś... o, przepraszam panią dyrektor najmocniej...

– Do rzeczy, proszę – prychnęła wrogo pani Hajnrych-Zombiszewska.

– Już. Nawet ze zniżką od nich brała, chociaż Trufel, ten jej menedżer, znaczy się... dyrektor handlowy, niechętnie to widział. Ale przez palce patrzył, bo ona zawsze szprycha była i do niej często przystawali, nawet byli tacy, co sobie od razu postój na tym parkingu planowali... No. Nieważne. No więc ja na początku myślałem, że mały jest z wypadku przy pracy, od jakiegoś Adolfa, ale jak rósł, to się coraz bardziej do mnie robił podobny...

– Przecież mówię, skóra zdarta! Już choćby z tego powodu powinien pan się do niego przywiązać! A nie tak!

– Kiedy on zawsze miał takie długie ręce...

– NO TO CO??? – ryknęła pani dyrektor, do reszty tracąc cierpliwość.

– Kieliszki mi ze stołu strącał...

Tu Zosia nie wytrzymała i zachichotała za szafą, co miało taki skutek, że natychmiast została wyproszona z gabinetu i straciła resztę zajmującej rozmowy.

Kilka szczegółów z życia fascynującej rodziny Setów dorzucił jej kolega z pracy, Henio Krapsz, łagodny młody człowiek, uwielbiany przez wychowanków ze swojej grupy – co było tym bardziej zrozumiałe, że funkcję wychowawczyni w tejże grupie pełniła również sama pani dyrektor.

– Nie słyszałaś? Ach, bo to wszystko się rozgrywało głównie wtedy, kiedy miałaś złamaną nogę. Ile cię nie było, dwa miesiące?

– Sześć tygodni.

– Właśnie. W ciągu tych sześciu tygodni mamunia Adolfa przyszła raz do synka w odwiedziny, poznała pana Zombiszewskiego, który miał akurat dyżur, zapałała do niego miłością z gatunku pierwszych, poderwała go zawodowo i razem zwiali w dal siną bez końca. Aldony omal szlag nie trafił, bo sama rozumiesz, żeby chociaż z jakąś panienką z dobrego domu, ale z tirówką! A ty się nie zainteresowałaś, jak już wróciłaś, że Zębaty gdzieś się podział?

– Myślałam, że ma urlop czy coś, nie miałam czasu się zastanawiać, połowa grupy mi chorowała na świnkę, pozarażali się jedni od drugich, masakra, mówię ci. Nie wiedziałam, jak się nazywam. Mógłby mi się dom zawalić na głowę.

– No widzisz. A Adolfowi się zawalił. Jeszcze ta matka czasem do niego mówiła ludzkim głosem, ale po tym, jak odbiła męża pani dyrektor, już się tu przecież nie pokaże, więc dzieciak ma ją z głowy. Tatusia, jak mówisz, też ma z głowy.

– Ty do niego mówisz ludzkim głosem...

– Staram się. Ale dla równowagi ma Aldonę, która go nienawidzi bardziej niż przedtem.

– Aldona każdego nienawidzi.

– I dlatego dobrze wybrała zawód. Może dowolnie dawać wycisk dzieciakom i zdaje się, że to robi. Powiadam ci, Zośka, nie ma lepszego miejsca dla kryptosadysty niż zamknięta placówka opiekuńcza. Co ja tu robię w ogóle?

– Stanowisz element równowagi.

– Tego, co robi Aldona, nie da się zrównoważyć. A ona robi to chytrze i wtedy, kiedy nikt nie widzi, nie słyszy. Nikt poza dziećmi, oczywiście.

– Jak nie widzi, nie słyszy? Przecież ona się drze na cały dom, tynk z sufitu leci!

– Zgadza się. W dzień. A wieczorami i w nocy sączy im różne jady. Coś mi się o uszy obiło, tylko że oni nie chcą gadać, skubani. Nie wiem jak, ale ona ich zastrasza. Wcale się nie dziwię Zombiszewskiemu, że prysnął. Nie chciał na to patrzeć. I rozumiem, dlaczego Aldonka nie wzięła sobie nikogo do pomocy przy dyżurach, jak prysnął. Natomiast nie rozumiem, dlaczego, kiedy już prysnął, nadal był lojalny wobec niej i nie doniósł, gdzie należy, o jej metodach wychowawczych.

– Może stosował podobne.

– Możliwe.

– Ty, Henio, czy my nie powinniśmy jakoś zadziałać?

– Nijak nie zadziałasz, bo nawet jeśli będzie nas dwoje, a dzieci nic nie powiedzą... a na dodatek nikt z kadry nas nie poprze... a nie poprze...

– Cholera.

– Właśnie, cholera. Gdybyś była moją żoną, to też byśmy stąd prysnęli i założyli rodzinny dom dziecka, nie? To by było jakieś rozwiązanie przynajmniej dla kilku osób.

– A ze swoją żoną nie możesz?...

– Niestety, nie mogę. Nawet chciałem. Ona się nie zgadza. Mówi, że nie ma predyspozycji. Chyba naprawdę nie ma. Przecież to artystka. Będę tu dalej doginał, dobrze, że Ksenia wykazuje tolerancję wobec mojego powołania życiowego, którym jest wychowywanie dzieci. Ona mówi, że to sprawiedliwe, bo sama takiego powołania nie czuje, tak więc jeśli pozwoli sobie na dziecko, to ja je będę chował. Proszę bardzo, mogę. Będę miał akurat doświadczenie. Nawiasem mówiąc, za tydzień moja pani ma wernisaż, fajną wystawę robi w galerii na Końskim Kieracie. Piątek, siedemnasta, wpadniesz?

Miała właśnie wolne, więc wpadła, napiła się szampana i z przyjemnością pogawędziła z Ksenią Krapszową, tyleż uroczą osobą, co zdolną malarką, z którą polubiły się od pierwszego wejrzenia na weselu jej i Henryka, kiedy to Ksenia wylała na siebie czerwone wino i tylko one dwie pękały z tego powodu ze śmiechu, podczas kiedy reszta weselników, a zwłaszcza weselniczek, w szale usiłowała to wino ze ślubnej sukni wywabić, już to posypując ją solą, już to zapierając zimną wodą lub stosując inne patentowane środki.

Od tego czasu minęły trzy lata, Adolfik na dobre zainstalował się w domu dziecka i zaczął w nim pełnić funkcję etatowej ofermy. Ani mamusia-tirówka, ani tatuś-alkoholik nie zakłócali mu spokoju, nie odwiedzali go, nie zabierali na święta ani weekendy, nie pisali, nie telefonowali – po prostu znikli na dobre z jego życia. Prawdopodobnie sąd rzeczywiście odebrał im prawa rodzicielskie, a żadna życzliwie nastawiona rodzina nie zgłosiła chęci zaopiekowania się małym, brzydkim, chudym i rudym chłopcem o zbyt długich rękach, które jakby przeszkadzały mu w swobodnym poruszaniu się. Cóż, mało kto chce mieć w domu niekomunikatywną małpkę.

Spośród personelu domu dziecka tylko Henio i Zosia traktowali Adolfika mniej więcej jak człowieka, a on był im za to wdzięczny; z tym, że jednak do Henia, jako zmiennika pani Aldony, Aduś nie miał tyle zaufania co do Zosi – osoby niejako z zewnątrz. Mniej więcej dwa razy dziennie napomykał jej o tym, jak fajnie byłoby, gdyby go wzięła do swojej grupy, na co jednak – jak się rzekło – dyrektorka nie wyraziła zgody.

Dyrektorka, która już przed rejteradą małżonka była jędzowata, teraz ziała nienawiścią do całego świata, do swoich podwładnych i wychowanków, a wśród tych ostatnich szczególnymi względami obdarzała nieszczęsnego Adolfika. Nie było dnia, żeby go nie sponiewierała słownie, wytykając mu jego ogólne niezdarstwo, tępotę umysłową, niedostosowanie społeczne i tak dalej. Lubiła go też od czasu do czasu popchnąć na jakiś mebel z ostrym kantem, a ponieważ Adolfik istotnie był dość niezgrabny i miał słaby refleks, zazwyczaj dawał się zaskoczyć i wpadał na owe kanty ze skutkami raczej bolesnymi. Nie protestował, nie pyskował, zamykał się tylko w sobie coraz bardziej. Otwierał się za to w pokoju Zosi, którą odwiedzał czasem wieczorami w ścisłej tajemnicy przed resztą świata. Podczas tych odwiedzin zazwyczaj w sposób dosyć rozwlekły zastanawiał się, dlaczego ludzie realni nie postępują tak jak bohaterowie krzepiących historyjek, które nauczyciele czytają na lekcjach polskiego. Zosia słuchała go półuchem, ale jemu nie było potrzeba nic więcej. Instynkt mówił mu, że Zosi nie przeszkadza ani jego mało reprezentacyjny wygląd, ani ogólna mętność wypowiedzi, ani w ogóle nic, co składa się na jego popapraną osobowość. Z biegiem czasu zaczął obdarzać Zosię tym psim rodzajem miłości, której wystarcza pogłaskanie po głowie, podrapanie za uchem i świadomość, że nie dostaniemy kopa.

Ogólnie biorąc, Zosia była jak najdalsza od dawania komukolwiek kopa. Ona i Henio stanowili chlubne wyjątki wśród personelu domu dziecka „Magnolie" (nazwę osobiście wymyśliła pani dyrektor, która chciała, żeby było poetycznie i szczecińsko, a magnolie są przecież tak piękne i tak się kojarzą ze Szczecinem!).

Nie, to nie znaczy, że personel „Magnolii" rozdawał kopniaki gdzie popadnie. Tak naprawdę rękoczyny były stosunkowo rzadkim zjawiskiem, chociaż się zdarzały – szczególnie lubił sobie pofolgować w tym względzie najstarszy z wychowawców, Stanisław Jończyk, lat siedemdziesiąt dwa. Pan Stanisław już dawno powinien iść na emeryturę, ale nie mógł się rozstać z zawodem – jak twierdził, obowiązek wobec tych nieszczęsnych istot stanowił dla niego imperatyw o wiele silniejszy aniżeli chęć odpoczynku na kanapie przed telewizorem. Tak naprawdę szkoda mu było rozstawać się z nieograniczoną władzą, jaką dawała mu pozycja wychowawcy w domu dziecka, który swe tajemnice ukrywał przed światem skrupulatnie i nader skutecznie. Ten pedagogiczny beton cieszył się sporym szacunkiem kierownictwa, które nieraz podawało jego metody wychowawcze za przykład innym pracownikom. Kierownictwo uważało bowiem ogólnie, że nie ma co rozpieszczać wychowanków, to i tak przeważnie już jest element skrzywiony społecznie i żeby go jako tako usocjalizować, należy go trzymać krótko.

Zosia nie cieszyła się szacunkiem kierownictwa. Aldona H-Z. uważała, że obrzydliwie rozpieszcza ona dzieci i że dla równowagi trzeba jej do grupy przydzielić kogoś naprawdę twardego. W ten sposób została pożeniona z panem Stanisławem. Ta nieszczególnie dobrana para opiekowała się stale grupą dwunastu chłopców w wieku pomiędzy sześcioma a siedemnastoma latami. Oczywiście nie wyłącznie oni opiekowali się tą grupą, zmianowy system pracy wymuszał kontakty dzieci ze wszystkimi wychowawcami, podobnie jak wychowawców rzucał na pastwę wszystkich grup po kolei. Dzięki temu systemowi właśnie młody Seta przekonał się, że nie wszyscy wychowawcy uważają go za element wybiórczy na wysypisku, jakim jest państwowy dom dziecka.

Po siedmiu latach pracy w tej zasłużonej placówce Zosia miała granitowe przekonanie, że jest to siedem lat straconych bezpowrotnie – zarówno dla niej, jak i dla dzieci. Tkwiła jednak wciąż na swoim miejscu, podobnie jak pan Stanisław czując misję dziejową wobec wychowanków – tylko że ona nieco inaczej tę misję pojmowała. Gdyby jednak mogła, natychmiast rzuciłaby zasłużoną placówkę w diabły i założyła własny dom dziecka – dom rodzinny. Niestety, żeby w naszym państwie założyć rodzinny dom dziecka, trzeba mieć rodzinę, w przypadku Zosi – męża.

No i tego męża właśnie jej brakowało.

Adam Grzybowski, który jawił się w wyobraźni Zosi jako posępny kapitan na mostku fregaty, tak naprawdę wcale posępnego charakteru nie miał. Wręcz przeciwnie, był człowiekiem doskonale beztroskim. W wieku lat trzydziestu ośmiu, prawie trzydziestu dziewięciu zakamieniały kawaler, rozstający się co jakiś czas z kolejnymi damami serca – zawsze przy tym potrafił tak pokierować biegiem spraw, że damy były pewne, iż to one porzucają tego cholernego konika polnego, niezdolnego do stworzenia prawdziwego związku dwojga ludzi. Zawodów miał kilka i uprawiał je w zależności od fanaberii. Skończył kiedyś psychologię i nawet kilka kursów uprawniających go do prowadzenia psychoterapii – grzebanie w ludzkiej psychice (o ile nie była jego własna) uznał jednak za dość nudne i wolał zatrudniać się jako dziennikarz, ochroniarz, pomocnik mechanika samochodowego, pracownik wysokościowy (umiał się wspinać i bywał incydentalnie ratownikiem GOPR), sezonowy zrywacz winogron w krajach południowej Europy i tak dalej. Lubił też od czasu do czasu popracować na morzu, przez dwa lata nawet, polecony przez ciotkę Biankę znajomemu kapitanowi, pływał po Karaibach jako bosman na sporym żaglowcu wożącym bogatych nygusów z różnych krajów Europy i Ameryki. W życiorysie notował niezupełnie dokończone studia w Wyższej Szkole Morskiej, miał więc jakie takie pojęcie o nawigacji – dowiedziawszy się o tym, kapitan chętnie się nim wyręczał i praktycznie przez półtora roku Adam prowadził wesoły statek samodzielnie, podczas gdy dowódca zażywał wczasu na pokładzie wśród pięknych pasażerek. Porzuciwszy Karaiby jakieś trzy lata temu, Adam zarabiał, i to nieźle, w miejscowym oddziale telewizji, robiąc newsy, do których miał nosa, oko i wyczucie. Szefowie byli z niego zadowoleni, Warszawa chętnie brała jego materiały, zwłaszcza że z każdego drobiazgu umiał zrobić mały show. Rzecz jasna, z sobą w roli głównej. Koledzy przepowiadali mu rychły skok do stolicy, gdzie byłby ozdobą głównych wydań Wiadomości i Panoram, ewentualnie mógłby zabłysnąć w TVN 24. Uśmiechał się na takie przepowiednie i nic nie mówił, po pierwsze bowiem wiedział, jak mało wyrywna jest Warszawa do zatrudniania reporterów z terenu, po drugie zaś – był właśnie na etapie lekkiego znudzenia zawodem, który, pozornie szalenie atrakcyjny, przy bliższym poznaniu wydał mu się raczej monotonny. Powoli zaczynał się zastanawiać nad jakąś życiową zmianą, nie dojrzał jednak jeszcze całkiem do podejmowania jakichkolwiek decyzji. Nie spędzało mu to bynajmniej snu z powiek, a na myśl o rozpoczęciu kolejnego nowego życia czuł miłe podniecenie.

Tak więc wrażenie, które odniosła Zosia, było po prostu wynikiem świeżo przez niego otrzymanej wiadomości. Wszyscy bywamy posępni, kiedy nagle dowiadujemy się o zejściu naszej ulubionej starej ciotki.

Stara ciotka – za życia, oczywiście – uwielbiała bratanka, z całych sił starając się nie okazywać mu tego. Zwłaszcza że miała go za wałkonia, którego koniecznie trzeba zresocjalizować. Jak gdyby nie docierało do niej, że Adam robi dokładnie to, co ona sama robiła przez całe życie.

– Jesteś mężczyzną – stwierdziła fakt niezbity mniej więcej dwa miesiące temu, podobnie jak stwierdzała to przy każdym niemal spotkaniu. – Mężczyzna powinien w życiu robić coś pożytecznego. Coś dla ludzkości. A ty wciąż zachowujesz się jak pięciolatek, który zgubił drogę w krzakach i usiłuje dojść dokądkolwiek. Kiedy ty wreszcie dorośniesz?

– Nigdy, cioteczko – odrzekł stanowczo. – Zamierzam brać z ciebie światły przykład i nie dorosnąć nigdy. Piotruś Pan to przy mnie stary grzyb. Podobnie jak przy tobie. Czy mogę dolać ci kropelkę?

Tu artystycznie znieruchomiał z ręką zawieszoną nad kieliszkiem ciotki. Ręka trzymała butelkę doskonałego Hennessy, który przywiózł na jej dziewięćdziesiąte trzecie urodziny. Bianka uważała, że nic tak nie konserwuje jak słuszna dawka koniaczku przyjmowana regularnie – najlepszym dowodem angielska królowa babcia.

– Tylko kropelkę. No przecież nie taką małą. Adam, ja mówię serio. Zrób coś ze sobą. Mam wrażenie, że marnujesz życie na duperele.

– A ja wprost przeciwnie – odparł łagodnie. – Poza tym, co masz na myśli, droga ciociu, mówiąc, żebym coś ze sobą zrobił? Przecież ja stale coś ze sobą robię. Myję się co rano i wieczorem też, golę, czasem nawet dwa razy dziennie, jeśli okoliczności wymagają, ubieram się w jakieś szaty, pożywiam swe ciało pierogami i pizzą w różnych bufetach...

– No właśnie – prychnęła ciotka wzgardliwie. – Pierogami w bufetach! Z mikrowelek! Zmarnujesz sobie wątrobę. O ile dziennikarze telewizyjni w ogóle mają jeszcze wątroby. W co wątpię. Powinieneś się ożenić, Adasiu. Znaleźć sobie miłą, spokojną, inteligentną, sympatyczną, gospodarną, kulturalną...

– Najlepiej żeglarkę ze stopniem co najmniej sternika – wtrącił Adam, pękając ze śmiechu. – A potrafi ciocia wymienić te wszystkie cechy jeszcze raz? Bo ja już przy trzeciej się pogubiłem. Poza tym takich nie ma. Musiałbym ożenić się z kilkoma naraz, a u nas to się nazywa bigamia i jest karalne...

– Przestań, Adam – fuknęła starsza dama. – Te cechy się wiążą. Jakbyś się raz sprężył, to byś sobie taką znalazł!

– Zapomniała ciocia dodać, że musi być piękna, najlepiej modelka...

– Właśnie że niekoniecznie. Wam, młodym, wydaje się, że najważniejsze u kobiety są nogi!

– I biust, cioteczko!

– Właśnie. I biust. No więc przyjmij do wiadomości, młody obiboku, że nie. Najważniejszy jest mózg. Zupełnie tak samo jak u facetów. Chyba że potrzebujesz kobiety wyłącznie do celów łóżkowych, a w takim przypadku powinna ci wystarczyć dmuchana lala!

– Matko Boska! Ciociu! W twoim wieku! Skąd ty w ogóle znasz takie określenia?
– Nie wiem skąd. Gdzieś mi się o uszy obiły. A co, uważasz, że mi nie przystoją? Że jestem za stara?
– No nie, to nie jest nawet kwestia lat, tylko... ciocia rozumie... jako czcigodna dama...
– Jakbym była czcigodną damą, toby mnie dawno mewy zjadły gdzieś w okolicach Hornu, albo wiesz, był taki jeden sztorm na Azorach...
O sztormie na Azorach Adam wiedział wszystko od wielu lat, ale poświęcił się i posłuchał jeszcze raz, zadowolony, że ciotka odczepiła się chwilowo od sprawy jego małżeństwa. Miał świadomość, że tylko chwilowo, bowiem starsza pani coraz częściej dawała wyraz swojej trosce o jego przyszłość. On sam też się czasem zastanawiał nad tą sprawą, ale raczej niezobowiązująco. Postanowił najpierw dojść wieku lat czterdziestu, a potem ewentualnie rozejrzeć się dookoła za osobą, z którą mógłby związać swoje losy. O ile, oczywiście, nie okazałoby się to nazbyt fatygujące. Poza tym, jak on, na litość boską, ma się do tego zabrać, casting ogłosi czy co?
Podniósł kiedyś tę kwestię po którymś piwie w ulubionej tawernie, kiedy opijali kolejne urodziny jego przyjaciela Miraszka. Miraszko, w przeciwieństwie do niego, skończył Wyższą Szkołę Morską *summa cum laude* i teraz pływał po morzach i oceanach świata, ostatnio jako pierwszy oficer. W rodzinnym mieście bywał raczej rzadko, ponieważ rejsy miewał kilkumiesięczne. Zanim jednak zaczął na dobre pływanie na polskich statkach pod egzotycznymi banderami typu Wyspy Dziewicze, Antigua i Barbuda, a ostatnio Vanuatu – wstąpił w związek małżeński z koleżanką z roku, ale z innego wydziału; on studiował na nawigacji, jego Halinka zaś na eksploatacji portów. Halinka natychmiast po ślubie puściła eksploatację portów kantem; w rzeczywistości podjęła swego czasu studia w nadziei, że na tej męskiej uczelni na pewno znajdzie sobie jakiegoś od-

powiedniego młodzieńca, którego uczyni swoim mężem. Oczywiście, naiwny Miraszko był pewien, że to on ją wybrał, a ona, mądra dziewczynka, wcale nie zamierzała mu ujawniać prawdy. Jako żona marynarza sprawdzała się znakomicie, naprawdę zakochana w swoim przystojnym oficerze i znajdująca przyjemność w dopieszczaniu mu domu, chowaniu dwójki ślicznych dziateczek i permanentnym czekaniu na jego przyjazd. Widać odpowiadała jej rola Penelopy.

Adam wcale nie był pewien, czy chciałby mieć za żonę Penelopę. Wprawdzie doceniał wierność i przywiązanie jako cechy ze wszech miar pozytywne, jednak wydawały mu się one nieco – jak by tu powiedzieć – niewystarczające. Nie mówił tego, oczywiście, Miraszkowi, zwłaszcza że przepadał za Halinką i jej wielodaniowymi przyjątkami dla przyjaciół – ale co myślał, to myślał. Miraszko i tak wiedział, co go dręczy, miał bowiem zacięcie psychologa amatora.

– A ty w ogóle wiesz, z kim chcesz się ożenić? – zapytał go przy trzecim z kolei dużym guinnessie. – Pomijając to, że w ogóle nie chcesz.

– Na razie nie chcę – poprawił go Adam. – Za jakiś rok z kawałkiem może będę chciał. Facet czterdziestoletni przy mamusi...

– Jesteś przy mamusi? Przecież mieszkasz osobno.

– Niby tak, ale właśnie wraca z wojaży właściciel i chce, żeby mu udostępnić mieszkanie. A właściwie, żeby mu je oddać na zawsze, chyba mu Celina doniosła, że ostatnio była u nas policja w sprawie zbyt głośnego zachowania się uczestników bankietu.

Miraszko zachichotał. Bywał kilkakrotnie na spontanicznie organizowanych bankietach, które urządzały Adamowi jego koleżanki redaktorki. Mieszkanie Adama doskonale się do celów rozrywkowych nadawało, stanowiło bowiem część starej willi na Pogodnie, przy ulicy Bajana. Willa stanowiła własność niejakiego Wilhelma Wyszyńskiego, który to Wilhelm przeważnie przebywał raczej w Vaterlandzie, w okolicach Monachium, gdzie rezydowała rodzina jego nieboszczki matki. Na Bajana pozostawała Celina Kropopek, gospodyni i pilnowaczka posesji zajmująca pokój z mikroskopijną kuchenką i jeszcze mniejszą imitacją łazienki, oraz aktualni lokatorzy aneksu mieszkalnego od strony podwórka. Przeważnie byli to pracownicy telewizji, którzy niekrępujące mieszkanko przekazywali sobie z rąk do rąk niczym cenny skarb – w miarę jak sami porastali w piórka i przestawali potrzebować sublokatorki.

– Upodliliście się i narobiliście hałasu?

– Dopiero jak Elka dźwiękówka chciała chodzić po dachu oranżerii, wiesz, tej szklarenki. Strasznie się uparła, no i wlazła. I dach się pod nią załamał.

– Coś ty, przecież ona jest szczuplutka jak gałązka...

– Tańczyła oberka z przytupem. O mało zawału nie dostałem, myślałem, że będę ją wyciągał pokrajaną na paseczki. Ale nic jej się nie stało, tyle że hałas rzeczywiście był, jak się to całe szkło posypało. No i przyjechali policjanci, łaska boska, że znajomi Ilonki Karambol, a Ilonka też z nami wtedy była. Wypili po pół piwa i pojechali dalej. Natomiast Pokropek się zjadowił, no i nadonosił. Wiluś twierdzi, że ma już dosyć obrzydliwych rozrabiaczy z telewizji. Uważasz, że jestem obrzydliwy?

– A co mnie to obchodzi, ja już mam żonę.

– No właśnie, a ja nie. W dodatku wcale mi się do tego miodu nie spieszy. Tylko że stale mi ktoś przygaduje, a to ciotka, a to ojciec, a to matka. Boże, a teraz jeszcze naprawdę będę musiał z nimi zamieszkać, zanim znajdę sobie coś równie przytulnego jak Bajana dwa a. Nie masz na oku jakiegoś mieszkania?

– Mam własne.

– Idź do diabła.

Tego dnia Adolf Seta przesadził.

Tak to jest, kiedy osoby nienawykłe do myślenia próbują coś wykombinować. Adolfik zaś gorąco pragnął wykombinować coś takiego, po czym pani dyrektor Hajnrych-Zombiszewska znienawidzi go i zapragnie oddalić od siebie na zawsze. Nie brał pod uwagę, że Aldona już go nienawidzi oraz że im bardziej go nienawidzi, tym bardziej chce mieć go przy sobie, aby dawać mu wycisk. Do tak wyrafinowanych kombinacji myślowych znękany umysł młodego Sety nie był zdolny.

Najchętniej po prostu by ją zabił, a ponieważ był na etapie „Winnetou" (nikt poza nim nie chciał tej powieści wypożyczać ze szkolnej biblioteki), rozmyślał o posłużeniu się łukiem i strzałami, względnie nożem myśliwskim. O posiadaniu noża myśliwskiego nie było co marzyć, postanowił zatem spróbować wariantu z łukiem. Do sporządzenia łuku potrzebny był kawał tęgiego drewna, najlepiej gruby kij leszczynowy – kij należało wyciąć, do tego z kolei najlepszy byłby nóż myśliwski...

Adolfik był bliski czarnej rozpaczy.

Bez noża myśliwskiego nie da rady uczynić ani jednego kroku naprzód.

– Cześć, hitlerek. Czego jęczysz, sieroto?

Adolf podniósł oczy i zobaczył nad sobą złowrogą postać Remigiusza Maślanki, siedemnastolatka ze swojej grupy, ulubieńca pani dyrektor, rosłego brutala z małpią szczęką, czółkiem kretyna i oczkami złośliwego gnoma. Remigiusz Maślanko podobnie jak pani dyrektor nienawidził wszystkiego i wszystkich, dzięki czemu nawiązała się między nimi pewna nić porozumienia, co zresztą nie przeszkadzało im nienawidzić się również nawzajem – przy czym cwany Maślanko udawał słodkie niewiniątko, a pani dyrektor udawała, że wierzy w tę kreację.

Tym razem Maślanko niczego nie udawał. Stał w pozie swobodnej nad nieszczęsnym Adolfem, skurczonym w kącie pokoju za kanapą (tam sobie lubił czasami podumać), i wyraźnie czekał na odpowiedź. Adolf nie odpowiedział, bowiem z jego doświadczenia wynikało, że niezależnie od tego, co odpowie i czy w ogóle odpowie – i tak dostanie kopa.

Maślanko, istotnie, miał to w planie, chciał się jednak troszkę nad tym małym, parszywym pomiotem (określenie pani dyrektor w chwili szczerości) poznęcać. Nachylił się nad nim, wlepił weń małe, przerażające oczka i ponowił pytanie:

– Czego jęczysz, gnoju? Brzuch cię boli?

Adolf skurczył się w sobie jeszcze bardziej i zmilczał.

– Za dużo zeżarłeś na obiad, śmieciu. Powinieneś teraz puścić pawia, to się lepiej poczujesz. Co ty na to?

Adolf nadal nie odpowiadał, wobec czego Maślanko wymierzył mu solidnego kopniaka, trafiając w lewą łydkę. Łydka nosiła jeszcze ślady siniaków od poprzednich wyczynów Maślanki i jego kolegi Jurka Wysiaka, zabolało więc dotkliwie, mimo to Adolf nawet się nie poruszył.

– Rzygaj, skurwielku. Ale już.

Adolf starał się nie myśleć, co będzie dalej, instynktownie przewidując kolejnego kopa w wątpia, skulił się do granic możliwości i usiłował chronić wszystko, co się dało. Niewiele jednak się dało. Maślanko lewą ręką złapał go za obie dłonie, splecione kurczowo w obronie żołądka i podniósł z podłogi, prawą, zwiniętą w pięść wymierzając potężny cios w splot słoneczny.

Odniósł sukces.

Adolf puścił pawia prościutko na swoją kanapę, przykrytą nową narzutą z dobroczynności, zieloną w żółte pasy.

– Co się dzieje?

Wychowawca Krapsz stał w drzwiach pokoju, gotów do interwencji. Niestety, brak mu było wiedzy potrzebnej, aby interweniować z sensem. Podejrzewał to i owo, ale nie mając pewności, nie mógł zrobić nic.

– Młodego ruszyło, panie wychowawco. Chiba za dużo zjadł na obiad tego bigosu, on jest strasznie żarłoczny. Ja mu chciałem pomóc, wyprowadzić go na dwór albo do łazienki, ale on się zaparł, no i zarzygał kanapę. Znaczy, zawymiotował. Taka ładna narzuta, pan tylko popatrzy. Do wyrzucenia. Ech, ty, matołku...

Henio Krapsz popatrzał na pakowańca Maślankę, usiłującego wyglądać na niewiniątko oraz na Adolfa, zwisającego bezsilnie z potężnego uchwytu; Adolfa brudnego, małego i chorego z przerażenia. I nie mógł zrobić nic, bo nic przedtem nie widział, a miał świadomość, że Adolf słowa przeciwko Maślance nie wykrztusi.

– Zostaw go, Remik – powiedział. – Ja się nim zajmę.

– Ja chętnie pomogę. – Maślanko przewrócił oczyma, przy okazji niepostrzeżenie szczypiąc Adolfa w ramię. – Ty, mały, lepiej ci?

– Zostaw go – powtórzył Henio. – Zajmij się sobą. Idź, poczytaj książkę. Albo jakiś komiks. Ja z nim porozmawiam.

Adolf odruchowo skurczył się jeszcze bardziej, chociaż rozum, a raczej jego resztki, podpowiadał mu, że rozmowa z wychowawcą Krapszem nie jest w najmniejszym stopniu złowroga. Co innego, gdyby na dyżurze była pani dyrektor.

Adolf nawet w myślach nie śmiał nazywać pani dyrektor Zombie, jak czyniła to większość wychowanków i spora część personelu.

Maślanko wyszedł wreszcie, ociągając się i śmiejąc głupkowato na myśl o książce, którą, hehe, miałby czytać. Komiks też go nie interesował. Może raczej znajdzie jakiegoś malucha i spuści mu wpierdziel. Tylko musi uważać, żeby nie trafić na żadnego gnoja z grupy tej Czerwonki, bo ona się strasznie pruje, jak się któregoś lekko uszkodzi.

Chociaż... wyzwania to męska rzecz. Postanowił jeszcze przemyśleć sprawę. Na ewentualną przyszłość.

Wychowawca Krapsz jakoś nie brał się do rozmowy, natomiast grzebał w szufladzie z ubraniami Adolfa. Skołatany umysł nieszczęśnika doszedł wreszcie do wniosku, że wychowawca szuka jakiegoś czystego swetra dla niego. No tak, przecież się zafajdał. I cuchnie. Musi iść się umyć.

– Muszę iść się umyć – wykrztusił z niejakim trudem, nie patrząc na Henia.

– Bardzo słuszna decyzja – mruknął Krapsz. – I przebierz się, masz tu czyste ciuchy. Już nie przeżywaj, nic się takiego nie stało. Mam na myśli ciuchy i narzutę. O reszcie pogadamy, jak już będziesz schludny i czyściutki.

Adolf chlipnął spazmatycznie i zniknął za drzwiami łazienki, zza których po chwili dał się słyszeć szum wody. Henio tymczasem zdjął z kanapy zapaskudzoną narzutę i trzymając ją w rękach, pomyślał przez moment, jak by to było miło wsadzić ją na łeb cholernego Maślanki. Z zawartością. Niestety, nic podobnego nie wchodziło w grę, nawet gdyby miał stuprocentowe dowody jego winy.

Adolf pod prysznicem z wolna odzyskiwał równowagę. Zabrudzone ubranie wrzucił do pralki stojącej w kącie, umył zęby, umył całą resztę, a teraz po prostu zażywał relaksu w strumieniach przyjemnie ciepłej wody. Zastanawiał się też, o czym będzie chciał rozmawiać wychowawca. To znaczy w zasadzie wiedział, czego będzie chciał wychowawca, ale pytanie brzmiało teraz: ile prawdy można mu odkryć. I czy w ogóle opłaca się odkrywać jakąkolwiek prawdę. Bo jeśli wychowawca interweniuje, to Maślanko już w ogóle nie da mu żyć, jemu, Adolfowi Secie, zwanemu przez Maślankę, Wysiaka i im podobnych hitlerkiem. A czasem hitlerkiem-ratlerkiem z wyłupiastymi oczami.

To nieprawda, myślał wtedy mętnie. To pani dyrektor ma wyłupiaste oczy. Ja nie.

Ale to, oczywiście, nie miało najmniejszego znaczenia.

A wychowawca, pan Krapsz, jest w porządku.

W pąsiu jest.

Nie wiadomo dlaczego, kiedy Adolf zaczynał mówić jak inni, to znaczy „w pąsiu" albo „w porzo", albo „nara", albo „heja", albo jakoś tak, wszyscy się z niego śmiali. Jakby nie wolno mu było mówić jak wszyscy. Z konieczności mówił więc językiem literackim. Chociaż wcale tego nie lubił.

Najbardziej w pąsiu jest pani Zosia.

Jednym z marzeń Adolfa było przytulić się do pani Zosi i zasnąć w jej objęciach. Nie wiedział, dlaczego ma takie idiotyczne marzenie, jednak bardzo chciał, żeby mu się kiedyś spełniło. Owszem, kilka razy pani Zosia go przytuliła, ale jeszcze pozostawała ta druga część marzenia. Zasnąć. Zasnąć w jej objęciach to by znaczyło zasnąć bezpiecznie i obudzić się bezpiecznie. Bez strachu.

Biedny Adolfik stale się bał.

Ale teraz – pod tym ciepłym prysznicem, z wizją macierzyńskiej pani Zosi przed duszy swojej oczami, ze świadomością, że za drzwiami czeka na niego przyjazny pan Krapsz, który ma dzisiaj dyżur i nie skończy go przed dniem jutrzejszym – tak jakby przestawał się bać. A w każdym razie strach nie był już taki dotkliwy.

Adolfik stopniowo popadał w błogostan. Może nieco wybrakowany, zawsze jednak.

Dziki ryk wyrwał go z jego wybrakowanego błogostanu, zamieniając go natychmiast w kolejny atak stuprocentowego przerażenia.

Jakimś cudem obecny za drzwiami przyjazny wychowawca, pan Krapsz, zmienił się w ryczącą panią dyrektor, żądającą natychmiastowego zaprzestania marnowania przez Adolfa wody i gazu, za które płaci całe społeczeństwo.

Adolf nie mógł wiedzieć, że pani dyrektor postanowiła późnym popołudniem zwizytować podległą sobie placówkę, gdyż nudziła się w domu, nie mając komu rozkazywać. Wchodząc na posesję, natknęła się na swego ulubieńca, Maślankę, spytała go dobrotliwie, co nowego, a Maślanko z uciechą zdał jej sprawę z całej afery. Przedstawiając ją, oczywiście, po swojemu.

Tydzień później, kiedy Adolfowi skończył się ścisły szlaban, młody Seta wrócił do swoich planów. Sprawę noża myśliwskiego miał kiedy przemyśleć, więc po prostu przy podwieczorku odwiedził kuchnię i zwinął nóż do krajania chleba – dostatecznie (przynajmniej taką żywił nadzieję) ostry, aby nim wyciąć kij na łuk oraz mniejsze kijki na strzały. Sprawa grotów pozostawała otwarta, ale Adolf zamierzał albo po prostu porządnie zaostrzyć końce strzał, albo zaopatrzyć je w gwoździki rąbnięte z przybornika pana Zenonka, majstra i złotej rączki na etacie konserwatora. Do przybornika udało się Adolfowi dobrać gdzieś w połowie szlabanu.

Szczególną satysfakcją napawała Adolfa cięciwa jego przyszłego łuku. Nie bardzo wiedział, jak rozwiązać ten problem, jednak dwa wieczory wcześniej problem sam się rozwiązał. Można powiedzieć – dosłownie.

Aldona, która miała dyżur całodobowy i spała na terenie „Magnolii", posiadała czarny jedwabny szlafrok w chińskie wzory. Fason kimona wymagał paska, ale Aldona wiązała ten pasek dość niechlujnie, nie widząc nic niewłaściwego w eksponowaniu bogatej w falbany i koronki nocnej koszuli. I oto na oczach Adolfa pasek się rozwiązał i spadł na podłogę, czego pani dyrektor w ogóle nie zauważyła! Odczekał chwilę, aż pani dyrektor oddali się godnie, i podniósł cienki sznurek z czarnego jedwabiu.

Ironia tego przypadku zaparła mu dech w piersiach. Oto sama pani dyrektor dostarcza mu cięciwę łuku, z którego on ją zastrzeli!

Zaopatrzony w nóż i czarny jedwabny sznurek, z kieszenią pełną gwoździ, przedostał się teraz przez ogólnie znaną dziurę w płocie, używaną głównie przez młodocianych palaczy, i udał w stronę Puszczy Bukowej w celu znalezienia stosownej kępy leszczyny. Nie mając pojęcia, jaka leszczyna będzie stosowna, postanowił przeprowadzić kilka prób.

Leszczynowe zarośla znalazł nawet niespecjalnie daleko od domu dziecka. Obejrzał je sobie, ale niewiele mu to dało. Nadal nie wiedział, jakiej grubości powinien być kij na łuk, a jakiej patyki na strzały. Wydobył kuchenny nóż i przymierzył się do średniej grubości gałęzi.

Powiedzieliśmy już, że myślenie i przewidywanie nie było mocną stroną Adolfa Sety.

Powinien był odejść dalej od „Magnolii".

Leszczynowy busz, w którym chciał zaopatrzyć się w śmiercionośną broń, był ulubionym miejscem zbiórek palaczy papierosów oraz trawki, jak również wąchaczy kleju, degustatorów prochów i wszelakiego narkotycznego świństwa.

Pierwszym osobnikiem, który na lekko chwiejnych nogach wylazł na Adolfa z leszczyny, był Remik Maślanko. Za nim z mętnym wzrokiem postępował Jurek Wysiak. Za Wysiakiem jeszcze trzech hunwejbinów z różnych grup.

Widok Adolfa z nożem w ręce sprawił im niekłamaną radość. Rzucili się na niego z dzikim wyciem i nieskrępowani obecnością żadnego wychowawcy skopali go solidnie. Po czym, nie odbierając mu noża, tylko trzymając krzepko za obie długie ręce, zaciągnęli go do bramy wejściowej domu dziecka „Magnolie", obdarzając po drodze kolejnymi kopniakami, kuksańcami, ciosami i mnóstwem niewyszukanych przekleństw. Nie protestował – nie dlatego że prawdą było to, co mówili o jego matce. Po raz kolejny sparaliżował go strach.

Aldona Hajnrych-Zombiszewska zażywała wczasu na leżaku pod starą gruszą, nie musieli jej więc długo szukać. Dostawili jej Adolfa przed oblicze wraz ze skomponowaną na poczekaniu historyjką o jego ucieczce z domu dziecka w celach niewątpliwie rabunkowych, na co wskazywało posiadanie noża, niewątpliwie walniętego z kuchni.

W sercu Aldony również zapłonęła radość. Paskudny szczeniak sam się oto podłożył. Boże, jakie on ma ohydne te rude kłaki! I te długie łapska, nie ma się co dziwić, że ojciec go nie znosi. Nie można lubić takiego paskudztwa, nie można. Nie ma się co dziwić, że rodzice go nie chcieli. Nikt normalny go przecież nie zechce. Ona też by nie chciała, ale musi, jako dyrektor państwowej placówki. A jakie toto głupie w dodatku, jakie głupie! Czy naprawdę myślało, że można tak sobie po prostu uciec z placówki z nożem w garści? I po co ten nóż? Ale czego to się można spodziewać po takim pomiocie alkoholika i córy Koryntu...

Adolf nie wiedział, co to jest Korynt i pomiot, poza tym zrozumiał wszystko. Pani dyrektor stała nad nim i wytrząsała się nadal, kiedy przypomniał sobie, że Maślanko i Wysiak nie odebrali mu noża.

Gdyby Zosia nie wyszła w tym czasie do ogrodu z miednicą pełną świeżo wypranych sweterków, pani Hajnrych--Zombiszewska wylądowałaby w szpitalu na długotrwałym leczeniu. A przy dobrych układach nawet na cmentarzu. Konserwator Zenonek miał bowiem obsesję na punkcie ostrzenia kuchennych noży. Zosia jednak właśnie zrobiła to pranie, wyszła je wieszać i była świadkiem prawie całej sceny. Już w połowie przemówienia dyrektorki zauważyła zmianę w tępawym na ogół wyrazie twarzy Adolfa i coś kazało jej odstawić miednicę na trawnik. Kiedy rzucił się na swą prześladowczynię z nożem, Zosia osiągnęła szybkość światła.

Złapała Adolfa za ręce i pociągnęła go na trawnik.

Zarówno pani dyrektor, jak i otaczający ją młodzieńcy stali kompletnie zdezorientowani.

– Oddaj mi ten cholerny nóż – powiedziała Zosia, nie wstając z trawnika.

Adolf pomyślał przelotnie, że teraz pani Zosia używa wyrazów, spojrzał na nią żałośnie i oddał jej nóż. Całe napięcie z niego uleciało i wyglądał jak przekłuty balonik.

Aldona nabrała powietrza w płuca i tak została na jakiś czas.

Młodzieńcy wydali z siebie kilka okrzyków i ruszyli w stronę Adolfa z zamiarem skopania go na śmierć i otrzymania za to pochwały. Zosia zasłoniła go własnym ciałem i obrzuciła młodzieńców wściekłym spojrzeniem. Próbowali jeszcze coś wykrzykiwać, ale Zosia spojrzała na nich jeszcze bardziej wściekle i warknęła:

– Wynocha stąd, ale już! Nie rozumiecie? Biegiem! Wy-pier-da-lać!

Panią dyrektor odblokowało.

– Remik – zachrypiała. – Dzwoń po policję!

– Stój, Maślanko! Chyba że od razu zadzwonisz na prewencję, do tych facetów od prochów! Czegoście się nażarli tym razem? Czy nawąchali? A może napalili? Ja się na tym nie znam, ale policja ma testy! No, już was tu nie ma!

Pani dyrektor stała jak słup, zaskoczenie i przestrach zaczęły się w niej przeistaczać w złość z kilku powodów. Na czoło wysuwał się fakt, że ta pieprzona Czerwonka rządzi się jak u siebie i co najgorsze, ma rację, jak policja wywącha narkotyki w domu dziecka, to ona, pani dyrektor, będzie miała przerąbane do imentu, cholerny świat, nawet się nie da łobuza wpakować do poprawczaka, Bóg jeden wie, co ta Czerwonka nazeznaje...

Blade dotąd oblicze Aldony (nie zdążyła go sobie opalić na tym leżaku) przybrało teraz kolor cesarskiej purpury.

– Co pani proponuje, skoro już pani, jak widzę, wzięła sprawy w swoje ręce?

Zosia stwierdziła, że zwyciężyła w tej walce. Chętnie by od razu wygarnęła szefowej to i owo, ale trzeba było najpierw zająć się Adolfikiem, bliskim zemdlenia.

– Pani dyrektor, ja widzę, że pani też musi ochłonąć, to dla pani było przeżycie. Proszę się zrelaksować, a ja wydzwonię Henia Krapsza, niech szybko przychodzi i zajmie się grupą. A Adolfa na razie wziełabym do szpitalika, bo on jest w szoku.

– Przecież to bandyta – sarknęła Aldona. – Zabije panią, jak nie tym nożem, to czymś w głowę panią walnie...

Chciałabyś, małpo jedna – niedyplomatycznie pomyślała Zosia i powstrzymała się od uśmiechu.

– Nie sądzę, pani dyrektor. Myślę natomiast, że będzie potrzebny psycholog. Ale na to mamy czas. Teraz trzeba pomyśleć o pani. Dzwonię do Henia.

– Dam sobie radę – próbowała protestować Aldona, ale Zosia postanowiła wygrać jeszcze jedną kartę.

– Pani musi wypocząć, a Henio powinien zająć się tymi chłopakami. Są ewidentnie pod wpływem narkotyków. Zwłaszcza Maślanko i Wysiak. Widziała pani ich źrenice?

Aldonę mało obchodziły źrenice Maślanki i Wysiaka, ale próbowała jeszcze zawalczyć w sprawie Adolfika, którego oto chciano jej odebrać

– Pani Czerwonka, jeśli pani będzie niańczyć Setę, to kto się zajmie pani grupą? Stasiu Jończyk miał dyżur do rana, trzeba mu dać szansę odpocząć, to starszy człowiek!

– Moja grupa sobie poradzi. Darek Małecki ich popilnuje.

– Małecki? Żartuje pani. To wychowanek.

– Ale dorosły. – Zosia miała dość dyskusji, Adolf leciał jej przez ręce. – To na razie. Aduś, nie śpij. Idziemy. Pani dyrektor zechce zaopiekować się nożem, dobrze? Chodź, synuś.

Dookoła nich zdążył zebrać się spory tłumek wychowanków płci obojga, Zosia złapała pierwszego z brzegu chłopca i poprosiła go, żeby jej sprowadził do szpitalika Darka Małeckiego. I żeby Darek przyniósł jej komórkę.

Chciała jeszcze zasugerować wszystkim grzecznie rozejście się do swoich zajęć, bo cyrku już więcej nie będzie, ale w tej chwili pani dyrektor odzyskała energię i wydarła się z całej mocy, przekazując obecnym tę samą sugestię, o wiele mniej uprzejmie, niż zrobiłaby to Zosia.

Tłumek odmaszerował, z wyraźną przyjemnością oddając się snuciu przypuszczeń co do przyczyn i skutków zajścia, jakie przed chwilą miało miejsce. Pani dyrektor bez sił padła na leżak, uznając widocznie, że naprawdę należy jej się odpoczynek po przejściach.

Wilhelm Wyszyński wrócił z Vaterlandu w nastroju mocno odwetowym, telefonicznie nabuzowany przez Celinę Kropopek. Celina nie szczędziła mu opisów rui i porubstwa, wyprawiających się pod jego nieobecność w cichym domku na Bajana. Większość tłustych szczegółów było owocem jej niezdrowej wyobraźni, ale Wilhelmowi się podobały, więc w nie uwierzył. Natychmiast po zdjęciu płaszcza, a przed rozpakowaniem walizek, udał się tylnym wejściem do mieszkania Adama i zakomunikował mu nieprzyjemnym tonem (ze świeżo nabytym niemieckim akcentem) o swojej nieodwołalnej decyzji. Adam mianowicie ma się wyprowadzić w ciągu tygodnia, a gdzie, to już jego, Wilhelma, niewiele obchodzi. Było nie rozrabiać, co to jest, żeby policja przyjeżdżała, wstyd na całą dzielnicę.

Adam do winy się nie poczuwał, za to poczuł się dotknięty na honorze, a poza tym nie miał najmniejszej ochoty na wysłuchiwanie wrzasków nabzdyczonego starucha. Zresztą przewidywał, co nastąpi, i był przygotowany. Szklarenkę już zdążył naprawić, wykorzystując częściowo własne fundusze, a częściowo kwotę uzbieraną w wyniku ściepy ogłoszonej wśród uczestników pamiętnego bankietu. Nie dyskutował więc z Wilhelmem – ku jego szczeremu żalowi – tylko zgodził się opuścić lokal jak najprędzej.

Uczynił to dwa dni później przy pomocy licznie zebranych kolegów udzielających głównie światłych rad oraz gromady uczynnych koleżanek pakujących mu do kartonów wszystko, co uznały za jego własność. On sam miał za zadanie kontrolować upakowywanie tego całego dobytku w bagażnikach starego volvo Filipa, kierownika redakcji, nowiutkiej corolli producentki Krysi i sfatygowanego jeepa cherokee, przedmiotu dumy i miłości Ilonki Karambol. Do własnego leciwego opla vectry napchał tyle książek, że z przerażeniem patrzył, jak siada tył samochodu.

Vectra jakoś wytrzymała, a z bagażników przyjaciół Adam powyciągał drobiazgi będące własnością Wilhelma (Ilonka nie mogła przecież wiedzieć, że prawie zabytkowy stojak na gazety z okresu wczesnego Gomułki nie należy do Adama, podobnie jak Filip pospieszył się z przydzieleniem mu dużego portretu olejnego jednego z niemieckich przodków Wilhelma, po kądzieli). W zasadzie był już gotów pożegnać przytulne mieszkanko o bogatej tradycji, ale miał jeszcze w zanadrzu chytry plan wobec Celiny Kropopek. Poszedł do łazienki, gdzie w wilgotnym środowisku muszli klozetowej przebywał spory bukiet róż i lilii kupiony w zaprzyjaźnionej kwiaciarni za pół ceny, osuszył łodygi papierem toaletowym i udał się w kierunku służbówki Celiny. Zapukał energicznie i wszedł, usłyszawszy natychmiastowe „proszę" – widocznie madame Kropopek tkwiła na stanowisku przy drzwiach.

– Dzień dobry, kochana pani Celinko – zaczął aksamitnie, powodując słuszny odruch zdumienia u rzeczonej. – Przyszedłem się z panią pożegnać i podziękować...

– A to za co niby? – burknęła.

– Za wszystko, pani Celinko, za wszystko. Tak mi się dobrze tu mieszkało, a to dzięki pani, bo wiedziałem, że pani zawsze czuwa, zawsze jest. Trochę nawet, powiedziałbym, jak taka druga mama. – Przez ułamek sekundy zastanowił się, czy może nie przeholował, dama nie reagowała, więc brnął dalej. – Ja rozumiem, że muszę się wyprowadzić, bo to, czego się dopuściliśmy, ja i moi koledzy, to rzeczywiście skandal, ale proszę mi wierzyć, pani Celinko, żałuję i już czuję, że bardzo, ale to bardzo będzie mi pani brakowało. Czy może pani przyjąć ode mnie te skromne kwiatki i zapomnieć o wszystkim, co było nie tak?

To rzekłszy, wyciągnął w jej stronę potężną wiąchę kwiecia i zamarł w półukłonie, czekając na reakcję.

Reakcja była taka, jak przewidywał. Damę zatchnęło i jakiś czas nie mogła wydobyć słowa, a kiedy już wydobyła, były to słowa totalnego przebaczenia oraz niekłamanego żalu, że taki miły lokator się wynosi.

– No, może rzeczywiście czasami było głośno, ale ja przeciw państwu nic nie mam i nie miałam nigdy, a w szczególności przeciw panu Adamowi, faktycznie szkoda, że pan się wyprowadza, teraz pan Wilhelm mówi, że już nie będzie chciał lokatorom najmować tego mieszkania...

Nie dokończyła, więc Adam energicznie podjął wątek.

– No tak, będzie pani tu trochę smutno samej, a i strach może nawet, jak pan Wyszyński wyjedzie do Niemiec, teraz, proszę pani, takie zdziczenie panuje, wie pani, ja pracuję w redakcji informacji, to wiem.

– Prawda. – Kropopek spojrzała na niego rzewnie. – Wy to same morderstwa teraz pokazujecie, aż strach oglądać...

– Pani Celinko, pani jeszcze nie wie, czego nie pokazujemy, żeby telewidzów nie straszyć. Musiałaby pani porozmawiać z kolegą Filipem, on to dopiero dostaje informacje, prosto od policji. Ale nie puszcza, za drastyczne. Tu na Pogodnie zwłaszcza – co to się nie wyprawia za tymi żywopłotami, strach się bać. No nic, czas na mnie, koledzy czekają, bo nie wiedzą, gdzie odwieźć rzeczy, ja się już pożegnam z panią. Raz jeszcze szacunek proszę przyjąć i wszystkiego najlepszego życzę.

Ucałował solennie suchą i pazurzastą dłoń, odwrócił się i odmaszerował w stronę podsłuchujących pod oknem przyjaciół.

– Czy tobie się coś nie porobiło z głową, Adasiu? – Ilonka trzymała pod pachą lampę stojącą typu prawie-tiffany. – Ta lampa twoja czy jego?

– Wilusia, oczywiście. Jak mogłaś przypuszczać, że mam na stanie coś tak ohydnego? Postaw w korytarzu i zamknij drzwi. Opuszczamy to niewdzięczne miejsce.

– Niewdzięczne, bo nie doceniło, jakie znakomitości przychodziły tu wódkę pić – zaśmiał się Filip. – Ilona cię pytała, dlaczego tak obskakiwałeś starą jędzę, donosicielkę. Ja też pytam: dlaczego? Myślałem, że raczej powiesz jej na do widzenia, jaki ma brzydki charakter.

– I tak by nie uwierzyła – zaśmiał się Adam beztrosko.
– I miałaby satysfakcję, że mogę sobie gadać ile wlezie,

a i tak ona zwyciężyła i mnie stąd wygryzła. A teraz będzie się głęboko zastanawiać, czy naprawdę dobrze zrobiła. I będzie żałowała, że taki grzeczny sublokator, tak się ładnie pokajał i kwiatki dał, może on i nie najgorszy. Tylko mam już trochę wyrzutów sumienia, że ją nastraszyłem.

– Wymieniając imię moje nadaremno – zauważył Filip.

– Nie miej wyrzutów, należało jej się. Najwyżej namówi właściciela, żeby wstawił tu lepsze zamki, bo te, co są, można agrafką otworzyć. Albo pilniczkiem do paznokci. I będzie wzywać policję co drugi dzień, jak tylko usłyszy szmer w żywopłocie.

– Jedźmy – zakomenderowała Krysia. – Ja muszę jak najszybciej psa wypuścić, bo mi zaleje mieszkanie. Albo nie zaleje i wtedy będę miała wyrzuty sumienia.

Mała karawana samochodów odjechała spod posesji na Bajana, żegnana tęsknym wzrokiem i westchnieniami Celiny Kropopek, która wąchając lilie i róże, już żałowała swojej nadgorliwości w donoszeniu. Przy tym lokatorze akurat powinna była powściągnąć swoje intryganckie skłonności. Reformowalny on był, jak widać, a w razie czego byłaby jakaś obrona, mężczyzna jak Apollo Belwederski!

Celina nie widziała nigdy Apolla Belwederskiego, niemniej tak go sobie w tej chwili wyobrażała, jak pana Adama... przyjemnie było na nim oko zawiesić – nie to, żeby jakieś niestosowne uczucia grały w zasuszonym serduszku pani Celiny, ale jednak. Wysoki brunet, postawny, trochę nawet przypominał jej nieboszczyka męża, świeć Panie nad jego duszą, chociaż nieboszczyk mąż niewysoki i szczupły blondyn, i nie miał takiego cienia od zarostu na twarzy, i oczy miał niebieskie, nie piwne, i uśmiechał się zupełnie inaczej, bo usta miał węższe i takie trochę skrzywione, jednak coś wspólnego w nich było, ciekawe co?

Ach.

Nos. Nos to bardzo ważny element twarzy. Nosy mieli dość podobne, z tym że pan Adam jednak trochę zgrabniejszy.

Zadumana i wzdychająca pani Celina z trudem oderwała się od okna z widokiem na pustą ulicę i poszła do kuchni obcinać kwiatom końcówki łodyg, żeby się dłużej trzymały.

Szpitalik był niewielki, miał dwa pokoiki i mieścił się w wieżyczce w tym skrzydle domu, gdzie na piętrze mieszkała grupa Zosi. Stanowiło to okoliczność pożyteczną. Zwłaszcza że grupa pani dyrektor zajmowała parter w skrzydle przeciwległym, czyli najdalej jak można. Zosia mogła spokojnie powierzyć opiekę nad swoimi wychowankami Darkowi Małeckiemu, osobnikowi prawie pełnoletniemu, o zadziwiającym wskaźniku inteligencji oraz odpowiedzialności – i mieć pewność, że nic złego się nie wydarzy, a gdyby jednak się wydarzyło, to Darek natychmiast ją zawiadomi, a ona będzie miała blisko, żeby interweniować.

Darek słyszał już, że młody Seta narozrabiał, nie znał tylko szczegółów. Naturalnie, chętnie dowiedziałby się czegoś więcej, ale rozumiał, że to jeszcze nie pora. Pani wychowawczyni była nieco zdenerwowana, chociaż starała się tego po sobie nie pokazywać, a Seta, skończona ofiara, słaniał się na nogach i blady był jak trup. Darek zapewnił panią, że może spokojnie zająć się tym małym świrusem i poszedł pilnować grupy. Najpierw sprawdził, czy bliźniaki Cyryl i Metody Płaskojciowie (zwani Cyckiem i Myckiem, względnie braćmi Płaskimi) nie zajmują się aktualnie demontażem swojego pokoju – obaj sześcioletni malcy mieli zacięcie inżynierskie i należało stale patrzeć im na te małe, sprytne łapki. Bracia Płascy grali w chińczyka, oszukując się wzajemnie ile wlezie, Darek zawiadomił ich więc tylko, że przez najbliższy czas on tu rządzi i nie radzi rozrabiać. Bliźniacy, którzy uwielbiali zrównoważonego Darka, zapewnili go, że będą grzeczni. Następnie stwierdził, że zdrowy trzon grupy w osobach szesnastoletniego Marka Skrobackiego, piętnastolatka Wojtka Włochala i dwóch czternastolatków, Romka Walmusa i Rysia Tulińskiego, trenuje na boisku swoistą odmianę futbolu, tzw. bidul-futbol, polegający na kopaniu piłki gdzie popadnie i jak popadnie, ze wskazaniem, żeby popadło w jakąś szkodę, najlepiej w okno matiza pani dyrektor i żeby była z tego jakaś zabawa. Darek nakazał piłkarzom ucywilizowanie rozgrywki, bo pani Zosia jest teraz zajęta resocjalizacją gamonia Sety i nie należy jej przysparzać dodatkowych kłopotów. Piłkarze przyjęli polecenie do aprobującej wiadomości i poszli w leszczynę palić marlboro lajty, które Wojtek skołował w sklepie koło szkoły. No, wyniósł. Ale kupił uczciwie dwie cole dla kolegów i dla siebie batonik snickers, więc marlboro lajty należały mu się jako prowizja.

Dziesięciolatków Grzesia Maniewicza i Bartka Żabińskiego zwanego Żabą Darek zlokalizował w saloniku, gdzie rozparci po dwóch stronach kanapy, grali z zapałem w okręty, którą to grę pokazał im dwa dni temu pan Krapsz z pierwszej grupy. Od dwóch dni tak grali, niechętnie czyniąc przerwy na spanie, jedzenie i szkołę. Z mycia i pozostałych czynności życiowych zrezygnowali na rzecz świeżo ukochanej gry, którą ulepszyli, powiększając diagram i wprowadzając nowe jednostki bojowe, w tym śmigłowce do zwalczania okrętów podwodnych. Młody p.o. opiekuna darował sobie jakiekolwiek kazania, ponieważ było widać, że i tak nie skojarzą, co się do nich mówi, a poza tym nie ruszą się dobrowolnie z kanapy, dopóki za kark nie powlecze się ich na kolację, a potem kopami nie zagna do łóżka. Darek uśmiechnął się sam do siebie na myśl o pani Zosi zaganiającej kogokolwiek gdziekolwiek kopami.

Ta pani Zosia to się im udała, naprawdę mieli szczęście. Dzięki niej można było nawet wytrzymać Jończyka, tego złośliwego starca, gnoma, krasnoluda niedomytego (w istocie, pan Stanisław nie był fanatykiem kąpieli i nie uznawał dezodorantów, od których można, jak wiadomo, dostać raka, bo zatykają pory). Jończyk przy każdej okazji dawał chłopakom do zrozumienia, że nie są pełnoprawnymi obywatelami naszego społeczeństwa i że nic dobrego z nich i tak nie będzie. Sprawiał ogólne wrażenie, jakby ich nie znosił, a nawet lekko się nimi brzydził. Pani Zosia przeciwnie, wkładała im do głów – tych starszych, oczywiście, ani bracia Płascy, ani Żaba i Grzesiek nie uczestniczyli w tych rozmowach – że niezależnie od losów, jakie ich przygnały do bidula, w mocy ich samych jest stać się przyzwoitymi ludźmi, wykształconymi albo i nie, ale na pewno wartościowymi. Trochę jej wierzyli, a trochę nie, ale zawsze przyjemnie było posłuchać.

Pozostałych członków grupy – dwunastoletnich Krzysia Flisaka i Januszka Korna oraz jedenastolatka Alana Gąsiorka – Darek znalazł w sypialni, którą zajmowali we trzech. Dwaj pierwsi męczyli się nad jakimś wierszykiem, którego kazano im się nauczyć na pamięć, Alan zaś spał snem sprawiedliwego. Alan zawsze spał, kiedy tylko mógł. Zakończywszy obchód z wynikiem pomyślnym, Darek mógł udać się spokojnie do kuchni, aby pobajerować dwie niesympatyczne kucharki i wyłudzić od nich coś do zjedzenia. Na ogół mu się to udawało, chociaż panie Basia i Irminka rzadko dokarmiały wychowanków. Dla Małeckiego jednak czyniły wyjątek, tyleż z powodu jego ujmującego sposobu bycia (potrafił być szalenie miły, kiedy chciał, albo kiedy miał konkretną motywację), ile z uwagi na jego przeraźliwie szczupłą sylwetkę.

– Ty, Małecki – nigdy nie mówiły do wychowanków po imieniu – to taki chudy jesteś, jakbyśmy ci w placówce żałowali jedzenia dawać. Wstyd nam przynosisz. Może ty jakiego tasiemca masz. Albo raka, od raka też się chudnie. Teraz to coraz młodsi mają. Nie mógłbyś spróbować trochę przytyć? Bo jeszcze nam jaką kontrolę na głowę sprowadzisz, będą porcje ważyć albo robić analizę kartoflanki!

Darek przewracał oczami niewinnie i zapewniał, że takie ma spalanie, ale on się postara, tylko chciałby kilka dodatkowych kanapek, bo czuje straszny głód. Kanapki z reguły dostawał i to w ilościach pozwalających mu dokarmiać również wiecznie głodnego Wojtka oraz bliźniaków Cycka i Mycka, którzy powoli zaczynali przypominać piłki plażowe. Obawa kucharek przed jakąkolwiek kontrolą była dlań najzupełniej zrozumiała, nieraz bowiem obserwował obie panie wynoszące z kuchni wypakowane reklamówki.

Tym razem też trafił na moment, kiedy pani Basia zdobiła cienkimi plasterkami kiełbasy góry kromek przeznaczonych na kolację, pani Irminka zaś sprawiedliwie dzieliła solidne porcje tejże kiełbasy, żółtego sera i faszerowanego boczku na dwie kupki przeznaczone do dwóch czekających na krześle toreb.

– Nie włazić – ryknęła pani Basia. – Kogo diabli niosą? Ile razy mamy powtarzać: nie ma wstępu do kuchni!

– To tylko ja – miauknął milutko Darek od drzwi. – Może pomóc?

– Małecki, ty nas do grobu wpędzisz! Czego znowu? Tylko byś jadł i jadł!

– No i dobrze, niech je – wtrąciła pani Irminka. – Może mu się uda przytyć o centymetr i nie będzie nas kompromitował. Co to za awantury były, Małecki? Trochę żeśmy widziały przez okno, ale tyle, co kot napłakał. Znowu Seta coś narozrabiał?

– Pani Irminko kochana – przewrócił oczami Darek. – Seta ataku dostał i na panią dyrektor z nożem się rzucił. Ja też dużo nie widziałem, tylko jak już go pani Zosia odciągała.

– Jezus Maria, Józefie święty – przeżegnała się pani Basia. – Chciał ją zadźgać?

– Mało brakowało podobno. Dobrze, że pani Zosia ma refleks, bo już prawie flaki jej pruł. Znaczy pani dyrektor. Dadzą panie kilka takich kanapek? Strasznie mnie ssie. Albo kawałek kiełbaski i jakąś bułkę.

– Zaraz ci dam, ale to patrz pani, pani Basiu, jak to trzeba uważać, jednak straszny element tu mamy, jak tego Setę zobaczę, to go tak pogonię, że popamięta sobie do końca życia!

– Ja bym nie radził. – Darek pokręcił głową. – Ja bym uważał co innego. Setę to teraz trzeba traktować łagodnie... jak już raz dostał takiego ataku...

– Matko jedyna, przecież masz rację, chłopcze! Czekaj, zapakuję ci tej kiełbasy do foliówki, żebyś sobie schował, to ci i na śniadanie wystarczy, a jutro rano tylko twarożek. Pani Basiu, dobrze nam Małecki radzi, drażnić takiego chuligana to jest niebezpiecznie, a może on chory umysłowo?

– Przecież to po nim od razu widać, pani Irminko, co, pani ma jakieś wątpliwości? Czubol jak złoto. Ja się go będę bała, bo nie wiadomo, na kogo teraz się rzuci! Masz tutaj, Małecki, jeszcze dwie drożdżówki, z obiadu zostały, i serki topione, zjesz sobie. A jego, to znaczy, Setę, pani Hajnrychowa powinna wysłać do świrów, gdzie jego miejsce jest. Dobrze, Małecki, więcej nie będzie, jak to zjesz, to pękniesz. Idź już, bo musimy te kanapki robić!

– A nie lepiej by paniom było podzielić na porcje i wydać na grupy? – zainteresował się pozornie niewinnie Darek. – Sami by sobie wszyscy robili kanapki, mniej roboty by panie miały...

– A co ty jesteś taki organizator pracy? – Pani Basia podniosła brwi wysoko, aż pod grzywkę w wiśniowo-złoto-rude paski. – Nie możemy dawać na grupy, boby starsi i silniejsi zjedli wszystko maluchom! I co by to były za kanapki, szynkę łapami chamstwo by żarło, jak znam życie!

– No tak, ma pani rację – bąknął Darek, który doskonale wiedział, że dotychczasowy system wydawania posiłków jest nie do ruszenia, jako że umożliwia wygospodarowywanie za każdym razem solidnych boków dla własnych rodzin.

– Ty może uważasz – włączyła się do dyskusji pani Irminka – że powinnyśmy na grupy wydawać też produkty na zupę? Żeby sobie wszyscy sami gotowali? Ty dowcipny jesteś, Małecki. No już, wynoś się. Masz jeszcze dwie bułki dodatkowo.

– Dziękuję bardzo paniom. – Darek ukłonił się nisko, zabrał pokaźną torbę z furażem i pomaszerował do saloniku ze świadomością, że natychmiast znajdzie się tam kilka wiecznie głodnych młodzieńczych gąb. I on je nakarmi, te gęby. No, powiedzmy: dokarmi.

Darek Małecki miał zadatki na dobrego ojca rodziny.

Tymczasem Zosia siedziała przy młodym Secie, trwającym w stuporze, i zastanawiała się, co dalej. Sytuacja była niewesoła, łaska boska, że dyrektorka nie zawołała policji. Szczęście w nieszczęściu, że Maślanko and his boys byli na ewidentnym haju. Boże, co ona wygaduje. Nie, nie wygaduje, myśli. Ale nawet gdyby powiedziała to na głos, Adolfik pewnie by nie zwrócił na to uwagi.

Chyba trzeba będzie przycisnąć dyrektorkę, żeby zgodziła się na przejście Adolfika do jej, Zosinej, grupy. Tylko że tu będzie go miał pod ręką stary Jończyk i też mu da popalić, wcale nie wiadomo, czy nie lepiej niż Aldona. A tam ma do obrony Henia Krapsza. Do Henia zadzwoniła już jakiś czas temu, lakonicznie zdała mu relację z dramatycznych wydarzeń i kazała natychmiast przyjeżdżać – nie tylko po to, żeby odciążyć dyrektorkę, ale przede wszystkim po to, żeby Adolf bezpiecznie mógł wrócić do swojej grupy.

Cholera. Do Maślanki i całej reszty.

To już lepszy Jończyk. A chłopaki są w porządku, można by namówić Darka, żeby jakoś specjalnie wziął Adolfa pod swoje siedemnastoletnie skrzydła. Adolf ma teraz jakieś dziesięć lat, może jedenaście...

– Aduś, ile ty masz lat?
– Ana.. aście... – wyszeptał młody Seta.
– Jedenaście? Adek, co ty gadasz?
– Wa... dwanaście. P... prawie. Ale jestem dopiero w cwartej klasie. Bo późno posłem...

– Poszedłem.
– Posedłem. Rok chorowałem. A rok mnie zostawili w cwartej.
– Dobra, to nieważne, w której klasie, byłam ciekawa twojego wieku. Dlaczego chciałeś zadźgać panią dyrektor? Powiesz mi?

Adolf nic nie powiedział, tylko wtulił ryżą głowę w chuderlawe ramiona i tak został. Zosia westchnęła ciężko.

– Aduś, proszę cię. Zanim stąd wyjdę, muszę wiedzieć, jak było naprawdę, a Maślanko na pewno prawdy nie powie. Nie bój się, nic złego ci się nie stanie. Nie pozwolę zrobić ci krzywdy. Ale muszę wiedzieć. Rozumiesz, synek?

Aduś ani drgnął.

Psycholog. Pani dyrektor na pewno każe zbadać Adolfa na wszystkie strony w nadziei, że okaże się on chory i będzie go można odesłać do jakiegoś zakładu zamkniętego, diabli wiedzą gdzie. A jeśli okaże się zupełnie normalny, to zapakuje go do poprawczaka, też diabli wiedzą gdzie. Tak czy inaczej, młody Seta będzie miał szansę albo naprawdę zwariować, albo się zdegenerować. Albo zostanie zaszczuty na śmierć.

Do diabła z psychologiem i jego psychologicznymi dyrdymałkami. Na to przyjdzie czas, jutro lub za kilka dni trzeba będzie uruchomić jedną zaprzyjaźnioną specjalistkę od grzebania w młodocianych duszyczkach. Na razie jednak Zosia postanowiła zastosować metodę najprostszą. Przysiadła na tapczanie, na którym kulił się Seta w trzęsionce, i przygarnęła go do siebie.

Marzenie Adolfika spełniło się. Ogarnęło go poczucie bezpieczeństwa, potworne napięcie zelżało, zastąpiły je słabość i ogromne zmęczenie – i oto Adolfik zasnął w objęciach swojej ukochanej pani Zosi.

Tak zastał ich Henio Krapsz, który z grubsza poinformowany o sytuacji, przyszedł do źródła po szczegóły. Niestety, źródło spało w najlepsze, a Zosia bała się ruszyć, żeby go nie obudzić.

– Ojojoj – wyszeptał Henio i przysiadł na kanapie obok Zosi, od tej strony, gdzie nie było Adolfa Sety. – Zostałaś matką zastępczą?

– Mam wrażenie, że Mamą Kangurzycą zgoła. On by najchętniej wlazł we mnie, rozumiesz, do środka, do torby. Tylko że ja nie mam torby na zmasakrowane dzieciaki. Zmasakrowane psychicznie, rozumiesz mnie, Heniu.

– Rozumiem, oczywiście. Opowiedz mi, proszę, co się właściwie stało. Naprawdę Adolfik chciał pochlastać nam szefową?

– Wygląda na to, że tak. Ale widzisz, Heniu, sprawa jest wieloaspektowa. Chciałam, żeby mi Adek sam powiedział, ale najpierw był słupem soli, a jak odtajał, to zasnął. Musiało się stać coś potężnego, bo on przecież nie jest agresywny tak naprawdę.

– Jemu się nawarstwiało – pokiwał głową Henio. – Może ja ci powiem, co wiem, a potem ty mi powiesz, co wiesz. Stworzymy sobie jakiś obraz.

Jakieś pół godziny rozmawiali szeptem, a obraz, który im się nabudował, był dość przerażający. Oboje zgodnie doszli do wniosku, że na miejscu Adolfika też próbowaliby kogoś zabić. Ewentualnie siebie.

– Wypluj to – wyszeptała stanowczo Zosia. – Bo się, nie daj Boże, sprawdzi! Słuchaj, co my możemy zrobić?

– Nie wiem, co ja mogę, a ty możesz tu zostać z tym sierotą, niech sobie śpi, przecież widać, że jak tylko go oderwiesz od siebie, to się obudzi. I znowu się będzie trząsł. Może do kolacji się wyśpi. W co wątpię. Słuchaj, ja ci tutaj przyniosę coś do żarcia i herbatę w termosie, a ty się nie ruszaj od niego, niech cię zobaczy, jak się obudzi. Lepiej zniesie przebudzenie.

– Matko, Heniu, on może spać do rana! A jak będę chciała do wychodka?

– To mi puścisz strzałkę, a ja przylecę i będziemy kombinować. Ale wytrzymaj, ile możesz. Obawiam się, że to ty jesteś jego jedynym poczuciem bezpieczeństwa.

– Państwo to ja – powiedziała z goryczą Zosia. – A ty byś się przypadkiem nie nadał do tej roli?

– Pewnie, że bym się nadał – wyszeptał skromnie Henio. – Ale on wybrał ciebie. Zapewne potrzeba posiadania matki. Nadajesz się na mamę, Zosiu. Sam bym chciał taką mieć... gdybym nie miał swojej, którą bardzo lubię. Twoja grupa sobie poradzi bez ciebie, Darek, znaczy, sobie poradzi z twoją grupą, jakby co, ja mu pomogę. A ty już bądź tą Mamą Kangurzycą.

Zosia smętnie pokiwała głową, więc Henio poszedł do swoich Maślanków i innych Wysiaków. Zanim jednak odszedł, ściągnął z półek w szafie dwa miękkie koce i otulił nimi śpiącego jak kamień Adolfa oraz kompletnie unieruchomioną Zosię.

Pojawił się ponownie w porze kolacyjnej, niosąc zapowiedziane zapasy żywności. Zosia jeszcze nie musiała się nigdzie ruszać, zjadła więc kolację na kanapie, uważając, żeby nie obsypać Adolfika okruszkami bułki. Adolfik nawet nie drgnął. Jego przydługie ręce obejmowały Zosię kurczowo w pasie i trochę się spocił, ale oddech miał równomierny i spokojny.

Adam rzeczywiście zamieszkał z matką w obszernej i dość nowobogackiej willi na Wzgórzach Warszewskich. W zasadzie mieszkał tam i ojciec, Konstanty Grzybowski, ale różnica temperamentów jego i jego pięknej mimo lat małżonki sprawiała, że był on w domu prawie niezauważalny. Nie miał w ogóle ducha swojej ciotki, żeglarki, pełnoprawnej członkini Bractwa Kaphornowców (właściwie to nie był też pewien, czy siostra ojca to ciotka, czy może wujenka, czy coś w tym rodzaju). Był na wskroś łagodnym anatomopatologiem w Zakładzie Medycyny Sądowej i chociaż stale miewał do czynienia ze sprawami kryminalnymi, jednak, jak sam twierdził, jego klienci należeli do wyjątkowo spokojnych. Adam był nawet z niego dumny, ojciec bowiem cieszył się opinią doskonałego fachowca, eksperta w swojej dziedzinie, miał tytuł profesora zwyczajnego, a jako pracownik również akademii medycznej cieszył się wręcz uwielbieniem studentów i regularnie wygrywał plebiscyty na najmilszego wykładowcę.

Cóż, kiedy w domu był całkowicie i nieodwołalnie zdominowany przez żonę.

Wcale mu to zresztą nie przeszkadzało. To Adam denerwował się całymi latami, że matka tak dalece unieważnia własnego męża. Męska solidarność kazała mu przeprowadzać długie, umoralniające rozmowy z ojcem – bez skutku. Przypominał mu jego dzielnych protoplastów powstańców listopadowych i styczniowych, przypominał nieustraszoną ciotkę Biankę – na nic. Konstanty śmiał się z jego, jak to nazywał, „młodzieńczego zaangażowania", twierdził, że w jego rodzinie kobiety zawsze rządziły mężczyznami, niezależnie od liczby stoczonych w obronie ojczyzny bojów – i dalej był chodzącym kapciem.

Matka Adama oczywiście nie miała w sobie nic z kapcia. Jedna z pierwszych w Szczecinie zwietrzyła nowe możliwości płynące z tworzącego się, świeżutkiego rynku reklamowego, popracowała trochę w radiu, trochę w telewizji, liznęła prasy, rozejrzała się i założyła własną agencję. Dawna księgowa w polickich zakładach chemicznych wiedziała, gdzie stoją konfitury, a gdzie leży kasa. I potrafiła tę kasę podnieść, włożyć sobie do portfela oraz twórczo wykorzystać. W rezultacie błyskawicznie doszła do sporych pieniędzy, nie straciła ich jak wielu jej mniej inteligentnych kolegów i w chwili obecnej pławiła się w satysfakcji ze znalezienia się na liście dziesięciu najbogatszych biznesmenów w regionie.

Adam miał to w nosie.

Matka nie mogła mu tego wybaczyć.

Ojciec podśmiewał się i twierdził, że to wszystko sprawa genów. Adaś charakter odziedziczył po mieczu, a urodę po kądzieli...

Wyglądało na to, że profesor medycyny ma rację – pani Izabela miała te same czarne włosy przy stosunkowo jasnej karnacji, piwne oczy i całą resztę... wypisz wymaluj jak syn. Oczywiście, wolałaby, żeby Adam oprócz tego odziedziczył jej przebojową osobowość, ale sama musiała przyznać, że ta sztuka nie wyszła. Adam przejawiał nieznośną ojcowską beztroskę w podejściu do świata. Wprawdzie nie zakopał się w kostnicy z nieboszczykami, do czego tatunio gorąco go namawiał, ale do pieniędzy oraz stabilizacji życiowej podchodził jak najbardziej niewłaściwie.

A zbliżał się nieuchronnie do czterdziestki.

Być może nie chciał się żenić w obawie, że tak jak ojciec trafi na jakąś dominującą osobowość – chyba jednak ta odrobina genów po cioci Biance buntowała się przed takim totalnym podporządkowaniem...

I za nic w świecie nie chciał się zatrudnić w mamusinej agencji. Izabela ze złością myślała, że nie będzie komu przekazać interesu, kiedy jej przestanie się wreszcie chcieć tak doginać. Na szczęście cieszyła się żelazną kondycją i kochała doginanie, więc chwilowo problem jakby nie istniał.

Niemniej czas leci.

Kiedy Izabela przypominała sobie o tym, chwytała ją złość; piękna pani waliła wtedy pięścią w biurko lub cokolwiek, co miała pod ręką,

Zanosiło się na niezbyt harmonijne współżycie rodzinne. Niestety.

Oczywiście Adam od razu rozpuścił wici o poszukiwaniu mieszkania, ale na razie w tym temacie panowała przerażająca cisza. Z pomocy rozmaitych pośredników i biur nieruchomości korzystać nie chciał, bo mu się wydawały zbyt drogie, a ostatnio nie śmierdział forsą. Jednocześnie nie miał zamiaru przyjmować pomocy finansowej od matki, bo czułby się wtedy wobec niej zobowiązany, a śmiertelnie bał się, że mamunia zarzuci na niego jakieś chytre sieci i w rezultacie ugrobi w swojej agencji. Do reklamy zaś miał stosunek zdecydowanie niechętny – z wyjątkiem kilku billboardów, na których widniały szczególnie ponętne i bardzo skąpo odziane laseczki, ale jak wiadomo, wyjątki potwierdzają regułę.

Pogodził się więc ze swoją sytuacją sublokatora i starał się jak najmniej przebywać w domu, wykazując szaloną (jak na siebie) pracowitość – a kiedy nie siedział w telewizji lub nie był na jakichś zdjęciach – przesiadywał w ulubionej tawernie, pijąc piwo z przyjaciółmi, słuchając muzyki lub godzinami czytając książki, które już dawno powinien był przeczytać, ale mu to w wirze zajęć umknęło. Od czasu do czasu jechał na Wolin, do Lubina, odwiedzić ciotkę Biankę. Stara dama zawsze bardzo cieszyła się z jego odwiedzin i raczyła go długimi opowieściami o rejsach, wichrach, skałach, wywrotkach, awariach silnika, egzotycznych portach oraz balangach w tychże. Adam słuchał tego z dużą przyjemnością, bowiem ciotka nie powtarzała się nigdy w ramach jednego spotkania, a miała bardzo obrazowy sposób narracji. Posiadała też ogromne poczucie humoru i czasem oboje zaśmiewali się do łez. Zazwyczaj przyłączała się do tych posiedzeń Lena Dorosińska, wiekowa przyjaciółka ciotki, także dawna żeglarka, chociaż mniej ekspansywna (w życiu nie wybrałaby się na ocean, Morze Bałtyckie było szczytem jej osiągnięć, ale przecież i Bałtyk potrafi człowieka utopić, jak słusznie podkreślała). Lena w przeciwieństwie do panny Bianki była przez wiele lat szczęśliwą mężatką, ale jej małżonek już od jakichś dziesięciu lat przebywał w lepszym świecie, do którego przeniósł się na skutek nierozpoznanego przez lekarza pogotowia zawału serca. Sprzedała wówczas mały domek pod Gdynią i przeniosła się na stałe do Bianki. Obie panie stale się kłóciły, co im nie przeszkadzało żyć w swoistej harmonii – miały wspólne tematy, wspólnych znajomych do obgadywania, a częściej już tylko wspominania; wciąż też miały przyjaciół, którzy odwiedzali dom na klifie. Byli to ludzie płci obojga i w różnym wieku, niektórzy o jakieś czterdzieści lub i pięćdziesiąt lat młodsi od nich samych – cóż, morze zbliża, a poza tym wszyscy zgodnie konstatowali, że one się jakoś nie starzeją. W aspekcie duchowym, ma się rozumieć.

Lena miała początkowo trochę kompleksów wobec Bianki. Ograniczając swoje żeglowanie do Bałtyku, nie opłynęła bowiem ani razu Hornu i nie otaczał jej nimb nieustraszonej. Nie napisała również rewelacyjnego w swej prostocie podręcznika dla żeglarzy pragnących pokonać ocean – a Bianka napisała kiedyś takowy, nudząc się podczas długiej, śnieżnej zimy w domu na klifie; od razu po angielsku, bo namówił ją na to jej dawny pracodawca i na dodatek załatwił wydanie w Anglii. Niewielka książeczka zyskała sławę „żeglarskiej Biblii" i rozeszła się jak świeże bułeczki, po czym sypnęły się przekłady (polski zrobiła sama autorka) i dodruki. Nic dziwnego, że w Lenie narastały kompleksy. Kiedyś jednak przez przypadek okazało się, że jest niewyczerpanym źródłem piosenek śpiewanych pod żaglami – i od tej pory poczucie niższości ją opuściło, różni małoletni (między trzydziestką a czterdziestką) zaczęli bowiem przyjeżdżać specjalnie do niej. Ona sama zaś z zapałem kompletowała potężną płytotekę szantową, zawierającą właściwie wszystko, co wyszło na polskim rynku w tym gatunku. Z upodobaniem przysłuchiwała się zwłaszcza starym pieśniom, skrupulatnie wynajdując w nich szczegóły różniące je od wersji śpiewanych sześćdziesiąt lat temu. Kiedy znalazła takie różnice, tryumfalnie zasiadała do komputera, odnajdywała w internecie kontakt do zespołu, który jej zdaniem zbłądził, i zasypywała ów zespół obelgami. O paradoksie – to również przysparzało jej przyjaciół. Wykonawcy, orientując się, że pisze do nich jakaś straszna matuzalemka, nie obrażali się, tylko odpisywali z sympatią i atencją, często zadając jej kolejne pytania – ona z kolei radośnie przystępowała do pogłębiania ich wiedzy w temacie. Zdarzyło się kilka razy, że odwiedziły ją poznane w ten sposób grupy, które brały akurat udział w świnoujskim festiwalu szantowym znanym pod nazwą „Wiatrak". Sprawiło jej to mnóstwo radości. Obiecywała sobie, że zwabi jeszcze do Lubina Ryczące Dwudziestki, które darzyła uwielbieniem z powodu perfekcji wykonawczej, ale nie miała śmiałości tak po prostu do nich napisać. Gdybyż wiedziała, że Adam jest z nimi zaprzyjaźniony... ale nie wiedziała, więc nie zawracała mu tym głowy.

Zawracała mu regularnie głowę czym innym, gdyż, podobnie jak Bianka, uważała, że Adam powinien się już ustabilizować, ożenić i rozmnożyć.

I podobnie jak Bianka martwiła się – uwielbiając tego niereformowalnego nicponia – jego beztroskim podejściem do przyszłości.

Adam nie wiedział o tym, ale obie stare ciotki godzinami całymi zastanawiały się, jak by tu zmienić tę niekorzystną sytuację. Bardzo im leżał na leciwych serduszkach, bardzo!

Adolfik obudził się o pierwszej po północy, kiedy Zosia była całkowicie zdrętwiała, a poza tym bardzo już chciała puścić strzałkę Heniowi – w wiadomej sprawie. Pogratulowała sobie, że nie wyłączyła światła, bo Adolf przede wszystkim obrzucił ją przerażonym spojrzeniem i dopiero kiedy upewnił się, że ona to ona, odetchnął.

Z ulgą wyswobodziła się z jego objęć, tłumacząc mu, że musi, ale to musi absolutnie natychmiast skorzystać z toalety. Kiwnął głową – miał do niej zaufanie i wiedział, że go nie okłamuje i że wróci na pewno. Była jedyną osobą na świecie, której mógł wierzyć w pełni.

Siedząc w toalecie, zastanawiała się, co teraz powinna zrobić, żeby nie zawieść tego zaufania. Boże, co za idiotyczna sytuacja!

Najchętniej zostałaby w wychodku na zawsze, ale musiała przecież wrócić do Adolfika, zapewne znowu sztywnego ze strachu.

Najważniejsze to nie pozwolić mu się przytulić, bo znowu zamrze i koniec.

Adolf siedział na tapczanie i bezmyślnie gapił się przed siebie. Na jej widok znowu wypuścił z siebie trochę powietrza. Głosu natomiast nie wydobył, chociaż przez kwadrans usiłowała go do tego nakłonić. Zrezygnowana ułożyła go w końcu – tak jak stał, ubranego – na posłaniu, okryła kocem i kazała zasnąć. Obiecała, że sama położy się na drugim tapczanie, bo widziała wyraźnie, że w przeciwnym wypadku znów przyklei się do niej i nie wypuści z objęć przez następnych kilka godzin.

Dobre trzy kwadranse minęły jeszcze, aż wreszcie zasnął.

A zanim zasnął, przez jakieś cztery minuty mówił bez przerwy. Składnie i gramatycznie, choć sepleniąc, ledwie słyszalnym głosem, najzupełniej beznamiętnie zdał relację z wydarzeń, które doprowadziły go do pożałowania godnego stanu, w jakim znalazł się obecnie. Po czym padł na poduszkę i odjechał.

Zosia, kompletnie rozbudzona, siedziała na swoim tapczanie i kipiała złością.

Najbardziej złościło ją to, że właściwie nic, ale to zupełnie nic nie może zrobić.

Nie była w stopniu przesadnym wielbicielką Adolfa Sety, ale w jakiś sposób czuła się z nim związana przez to, że on ją tak wybrał – zupełnie jak zmarznięty psiak, który w połowie stycznia zaczyna przesiadywać pod naszymi drzwiami, dając nam niedwuznacznie do zrozumienia, że jeśli go nie wpuścimy do domu, to on na tej naszej wycieraczce zamarznie na śmierć i będzie nam wtedy strasznie głupio do końca życia.

No przecież nie może go adoptować! Niezamężnym nie pozwalają!

Udało jej się zasnąć dokładnie czterdzieści osiem minut przed szóstą, a o szóstej już koniecznie musiała być na nogach, żeby pobudzić bliźniaki, które o absurdalnej ósmej musiały być w swojej zerówce, a także aby docucić Alana Gąsiorka, którego sen przypominał coś w rodzaju letargu. Pozostali chłopcy z jej grupy budzili się w miarę bezkonfliktowo, a w każdym razie załatwiali to w obrębie sypialni, bez interwencji zewnętrznych.

Kiedy zadzwonił nastawiony w komórce budzik, pierwszą jej myślą był, oczywiście, Adolf. Ku jej zdumieniu, siedział na swoim tapczanie, kompletnie przytomny.

– Ja juz nie śpię – zaraportował. – Co teraz ze mną będzie?

– Nic nie będzie, mam nadzieję – mruknęła. – Jeśli chcesz, możesz tu przebąblować dzień albo dwa, ale potem chyba trzeba będzie wrócić do normalnego życia.

– Znacy do grupy.

– No... chyba tak. Dasz radę?

– Nie wiem.

– Kurczę, Aduś, ja teraz muszę wywlec moich chłopaków z wyrek i powyrzucać do szkoły. Siedź tu, wrócę do ciebie po śniadaniu i przyniosę ci to śniadanie przy okazji. Ale naprawdę teraz muszę iść.

– Ja rozumiem.

– Żadnych głupstw?

– Zadnych. Moze pani sobie iść.

Podejrzanie wyglądał, taki spokojniutki, ale Zosia naprawdę musiała biec do swojej grupy. Bardzo nerwowo zrobiła wszystko, co do niej należało, o ósmej przekazała dyżur Jończykowi, naładowała tacę jedzeniem i popędziła do szpitalika.

Adolfa nie było.

Omal nie upuściła tacy na podłogę. Gdzie on, na Boga, poszedł? Okna pozamykane, nie wyskoczył zatem na wybrukowany betonem dziedziniec.

Przed oczami jej nieco pociemniało.

– Pseprasam panią, ja tylko byłem w ubikacji...

Usiadła na tapczanie i westchnęła potężnie.

– Aduś, Matko Boska, czemu mnie straszysz?

– Pseprasam, ja nie chciałem pani strasyć...

– Nie, oczywiście, że nie chciałeś, tylko widzisz, trochę nerwowa jestem od wczoraj. Dobrze. Łapy umyłeś? Przyniosłam ci wałówę. Słuchaj, Adek, ty sobie teraz spokojnie zjedz to śniadanie, a ja skoczę się wykąpać, zgoda? A potem ty się wykąpiesz, przecież nawet się nie myłeś przed snem. Obojgu nam się należy. No to jak?

Adolf kiwnął głową. Zosia, wciąż w nerwach, pobiła prawdopodobnie rekord świata w szybkości zażywania kąpieli, ale kiedy wróciła, Adolf nadal nie zdradzał ani samobójczych skłonności, ani nawet większego podniecenia. Przyszło jej do głowy, że jego możliwości emocjonalnego reagowania chwilowo się skończyły.

Zapędzona do działania zaprzyjaźniona pani psycholog potwierdziła jej przypuszczenia. Zosia zawiozła do niej Adolfa jeszcze tego samego dnia, zapoczątkowując serię spotkań, po których nieszczęsny Seta miał dojść do siebie. Doszedł o tyle o ile, prawdopodobnie w dużej mierze dzięki temu, że pod presją pani psycholog Aldona Hajnrych-Zombiszewska wypuściła go spod swoich opiekuńczych skrzydeł. Nie była jednak na tyle wspaniałomyślna, żeby zgodzić się na jego dołączenie do grupy Zosi, o nie. Adolf znalazł się w trzeciej grupie chłopców, którą opiekowały się na zmianę dwie zgorzkniałe czterdziestolatki, nienawidzące swojej pracy, ale nienawiści tej nieprzelewające na dzieci. Wychowanków traktowały z jednakową obojętnością, pilnując tylko, żeby nie sprawiali zbyt wielu kłopotów. Nie było to specjalnie trudne, albowiem żadne wybujałe indywidualności jakoś jeszcze do ich grupy nie trafiły.

Adolfik zaaklimatyzował się bez większych problemów. Remigiusza Maślankę oraz jego szemranych przyjaciół spotykał teraz wyłącznie na korytarzach domu „Magnolie", a oni nie rwali się jakoś do kontaktów ze swą niedawną ofiarą. Mało kto w domu wiedział, że swego czasu zdybał ich w leszczynie pan Krapsz i wygłosił do nich płomienną przemowę, z której wynikało aż nadto jasno, że jeśli małemu Secie stanie się jakakolwiek krzywda, to oni dostaną po mordzie. I to zanim śledztwo zdąży wykazać ich winę lub niewinność. Po prostu dostaną i już. Pan Krapsz chadzał na siłownię i miał odpowiednią posturę... wprawdzie sprężywszy się, mogliby oni jemu nakłaść po mordzie, ostatecznie było ich więcej, ale jednak nie chcieli ryzykować aż tyle. Niewarta skórka za wyprawkę – uznał Maślanko i splunął pod nogi z pogardą. Wypowiedzieli się więc tylko w sposób dość kwiecisty na temat tego pokurcza Sety i dali mu spokój.

Od tych dramatycznych wydarzeń – podobnie jak od przeprowadzki Adama do domu rodziców – minęło sześć miesięcy.

Adolfik był już mniej więcej pogodzony z życiem, Adam wręcz przeciwnie. Mieszkanie z mamusią uwierało go coraz bardziej.

A późną jesienią umarła ciotka Bianka.

Pogrzeb był naprawdę piękny. Ciotkę pochowano w rodzinnym grobowcu na szczecińskim Cmentarzu Centralnym, który przecież w istocie jest najwspanialszym parkiem, jaki Adam widział w życiu. Nieco zaskoczona rodzina – prócz Adama bowiem nikt, nawet Konstanty, nie traktował poważnie żeglarskich dokonań starszej pani – znalazła się nagle otoczona mnóstwem nieznajomych ludzi. Część z nich, ci starsi oraz zdecydowanie starsi, to byli członkowie słynnego Bractwa Kaphornowców. Ich się spodziewano. Natomiast spory tłumek ludzi młodych i całkiem młodych? Skąd ich się tylu wzięło?

– To wszystko żeglarze, mamo – wyjaśnił Adam. – Ciotka naprawdę była kimś.

– Coś podobnego – mruknęła Izabela, szykownie odstrojona w czarne futra i koronki w stylu hiszpańskim, zgodnie z typem urody. – Zawsze mi się zdawało, że te jej przewagi były trochę... no... wymyślone.

– Ciocia Bianka żywcem weszła do żeglarskiej legendy, kochana mamusiu. Te małolaty o niej słyszały i przyszły oddać hołd legendzie. A poza tym są tu przyjaciele cioci Leny. Pewnie będą śpiewać. Przepraszam cię, pójdę do Leny, musi się okropnie czuć.

Izabela chciała go jeszcze spytać o to śpiewanie, bo nic bardzo zrozumiała, kto ma śpiewać i w jakiej sprawie, skoro ona osobiście zamówiła doskonałą śpiewaczkę do mszy – ale syn zostawił ją samą – no, z mężem – i oddalił się w kierunku małej, okrągłutkiej starszej pani w żałobnej woalce na nieco wyleniałym toczku z karakułów.

– Jak się trzymasz, ciociu Leno? – Ujął starą damę pod ramię.

– A jak mam się trzymać? – spytała cierpko. – To żadna przyjemność, kiedy ci umiera najlepsza przyjaciółka. W tym wieku! Mówię o sobie. Zostaje człowiek ze świadomością, że teraz na niego kolej. Dobrze, że te wszystkie pierniki przyszły, bo już bym myślała, że jestem najstarsza na świecie. Zaprowadź mnie do ławki, Adasiu, przez tę cholerną woalkę nic nie widzę.

Adam uśmiechnął się i wprowadził Lenę do kaplicy. Nabożeństwo żałobne było bardzo wzruszające, solistka opery dała z siebie wszystko, następnie zebrani udali się na miejsce wiecznego spoczynku cioci. Piechotą, bo grobowiec znajdował się niedaleko kaplicy. Adam wciąż prowadził Lenę, której istotnie gęsta, czarna woalka zmniejszała widoczność prawie do zera.

Na miejscu Lena przeczekała dzielnie kilka przemówień, prawie całą liturgię, ale w końcu nie wytrzymała.

– Adasiu, zdejmij mi, proszę, to cholerstwo, chciałabym zobaczyć, kto przyszedł, bo tyle wiem, że się parę osób ze mną przywitało, a tu jest kupa luda. Ona jest przypięta szpilkami, sama sobie nie poradzę, a jak próbuję ją odsłonić, to mi zaraz opada. Znajdź szpilkę koło tej skórkowej ozdóbki i ją wyjmij!

Adam rzucił bystrym okiem na toczek i dość amatorsko upiętą woalkę, zlokalizował feralną szpilkę i niepostrzeżenie wyciągnął ją z kapelusika. Lena z ulgą odrzuciła zasłonę z oczu.

– Matko jedyna, przecież i powietrza pod tym nie było. Jeszcze trochę i bym się udusiła. Czekaj, muszę pooddychać spokojnie.

Oddychała, rozglądając się ciekawie po twarzach, i z wyraźnym zadowoleniem rozpoznawała młodych znajomych ze środowiska żeglarsko-szantowego.

– Powinni zaśpiewać „Stormalonga". Wiesz, „Stary Stormy umarł już". Albo „Popłynął Tom do Hilo". Albo „Fiddlers Green" – mruknęła dość głośno do Adama. – Najbardziej lubię „Fiddlers Green". Jakby co, to na moim pogrzebie poproszę. Patrz, chyba naprawdę zaśpiewają! Ta dziewczyna ma skrzypce, tych małolatów znam, oni wygrali „Wiatrak" w tym roku, tamci dwa lata temu, byli u nas, śpiewali. Strasznie się podlizywali Biance, że niby oni też żeglarze. Tych nie znam. Starsi jacyś, chociaż też małolaty jak dla mnie.

Drobna dziewczyna zagrała rzewny wstęp na skrzypcach, kilkunastu młodych i bardzo młodych mężczyzn zaśpiewało. Rzeczywiście, „Fiddlers Green". Matka Adama słuchała z rosnącym zdziwieniem, ojciec stał zasępiony, jakby dopiero teraz dotarło do niego, że ciotka naprawdę odeszła. Lena po pierwszych słowach złapała Adama za rękaw, a jej małe oczka gwałtownie się powiększyły.

– Adam! Są tu Dwudziestki? Bo jakbym słyszała ichniego basa?

– Zgadza się, ciociu Leno. Są Dwudziestki. Oni są żeglarzami, więc uznali, że żałoba po cioci Biance ich też zobowiązuje. Mieli teraz trasę na północy, przedłużyli sobie

o jeden dzień. Patrz, jednak ciotkę wszyscy szanowali, w całej Polsce...
- Adam! Ty ich znasz? I nigdy mi nie mówiłeś?
- Nie zgadało się, ciociu.
- Cicho bądź, niech ja spokojnie posłucham. Ten mały blondas fałszuje. On też jest z Dwudziestek?
- A nie, to jakiś indywidualny.
- Niechby się lepiej zamknął, kiedy zawodowcy śpiewają. Cicho bądź. No, pięknie, Bianka byłaby zadowolona. Przedstawisz mi ich, jak skończą.

Smętna ballada dobiegła końca. Lena niecierpliwie szturchnęła Adama pod żebro.
- Adam! Nie daruję ci, jeśli oni pojadą!

Adam skinął głową i doprowadził starszą panią do swoich śląskich przyjaciół. Zamierzał zacząć przedstawianie, ale wyrwała mu się z uchwytu i zamachała rękami przed nosem lekko spłoszonego basa.
- Gospel, chłopaki, gospel!
- Tak jest, proszę pani – odparł grzecznie. – Właśnie mieliśmy zacząć.

Wydobył zza pasa kamerton, zamruczał melodyjnie i cała piątka podjęła śpiew.
- Powinni śpiewać aż do końca składania kwiatów – zawyrokowała Lena Dorosińska, bardzo zadowolona. – Lepiej tu brzmi niż na tej ich płycie.
- A bo ciocia jest tradycjonalistką i nie lubi elektroniki – szepnął Adam. – Ale...
- Cicho bądź, daj posłuchać. Później mi powiesz.

Izabela spoglądała spod oka na energiczne zabiegi Leny wokół śpiewających facetów, potem z dezaprobatą na jej wyraźne ukontentowanie.
- Patrz, Konstanty – wyszeptała do męża. – Co ona wyprawia? Wcale się nie przejęła śmiercią przyjaciółki? Przecież teraz chyba będzie musiała pójść do jakiegoś domu opieki? Gdzie ona zamieszka, sama, bez nikogo? Wynajmie sobie coś?

– Jeszcze nie wiemy, komu Bianka zapisała dom – odszepnął jej mąż. – Może jej. Ale ja sądzę, że ona się przejęła, tylko ma takie usposobienie, że nie demonstruje publicznie. A poza tym, jak nam Adam opowiadał, jest stuknięta na punkcie tych piosenek, podobno tam do niej tłumy przyjeżdżały śpiewać na łące pod lasem. A ci tutaj całkiem nieźle śpiewają, podoba mi się...

– Przestań – syknęła Izabela, której słoń nadepnął na ucho, przez co nie miała teraz żadnej przyjemności, natomiast czuła coraz wyraźniej, że październikowa pogoda nie jest dobra na takie cienkie pantofle, co ją podkusiło, chciała wytwornie wyglądać, to i wygląda, tylko że nogi jej zaraz odpadną. – Cyrk, a nie pogrzeb. Kiedy ja umrę, proszę mnie skremować.

– Mam nadzieję, że to jeszcze nie tak prędko – mruknął Konstanty. – Trzeba by cię wozić do Poznania. Zanim tutaj zrobią krematorium, upłynie jeszcze trochę czasu. Straszny kłopot, a wiesz, jak ja nie lubię zamieszania.

Izabela już nic więcej nie powiedziała, obrzuciła tylko męża strasznym spojrzeniem i odwróciła od niego wzrok. Dzielnie dotrwała do końca, aczkolwiek swoje wytworne pantofle na wysokiej szpilce zdążyła tak znienawidzić, że postanowiła natychmiast po powrocie do domu je wyrzucić. Albo oddać sekretarce w agencji, dziewczyna od początku miała na nie apetyt. Niech teraz ponosi, zobaczy, jakie są wygodne.

Smutna uroczystość skończyła się wreszcie i obecni przystąpili do składania kondolencji, przy czym najwyraźniej goście podzielili się na dwie grupy – część ich podążyła bezbłędnie ku rodzinie świętej pamięci Bianki, część zaś otoczyła wianuszkiem Lenę Dorosińską, zdradzającą wyraźne objawy jakże niestosownego rozradowania. Ta druga część składała się, ku zdumieniu i trochę nawet zgorszeniu Izabeli, prawie wyłącznie z młodych i przystojnych facetów. Izabela doprawdy nie mogła tego zrozumieć.

Zapatrzona na kokoszącą się Lenę, nie dostrzegła, że w stronę, gdzie ona sama z Konstantym przyjmowali kondolencje, zbliża się trzech nadzwyczaj dystyngowanych, mocno starszych panów w marynarskich uniformach, z dużą ilością złota na rękawach i w przepisowych czapkach na szlachetnych głowach pokrytych nie mniej szlachetną siwizną. Ściśle mówiąc, dwie głowy pokryte były siwizną, trzecia natomiast całkowicie łysa.

Dystyngowani panowie ukłonili się, a łysy przemówił z lekko kresowym akcentem:

– Witamy szanowną panią, szanownego pana. Państwo pozwolą, że się przedstawimy. Jesteśmy przyjaciółmi świętej i nieodżałowanej pamięci Bianki, mieliśmy zaszczyt przez nią właśnie być przyjmowani do Bractwa Kaphornowców, wiele, wiele lat już temu. była wtedy Grotem naszego Bractwa, ale to pani pewnie niewiele mówi. Ja nazywam się Antoni Sieńko, a to moi przyjaciele kapitanowie: Jerzy Chowanek i Bronisław Grabiszyński. Pozwolą państwo, że na państwa ręce złożymy w imieniu Bractwa najszczersze wyrazy współczucia. To dla nas wszystkich wielka strata.

Wszyscy trzej pochylili głowy i z uszanowaniem ucałowali jej dłoń w skórkowej rękawiczce (Izabela nie była pewna, czy nie powinna jej zdjąć, ale nie zdążyła i tak już zostało). Konstantemu uścisnęli prawicę i na dobrą sprawę powinni sobie pójść, ale jakoś nie odchodzili. Izabela wpadła w mały popłoch na myśl, że powinna ich zaprosić na stypę, ale przecież nie zaplanowała żadnej stypy, tylko podwieczorek dla rodziny, zresztą rodziny prawie nie było, rodzice Konstantego przyjechali ze Świnoujścia i to wszystko. Właściwie te tłumy na cmentarzu były zdumiewające... Cholera, co zrobić z tymi trzema starcami?!

Starcy wymienili spojrzenia i głos zabrał jeden z siwych, ten mniejszy, Bronisław jakiśtam.

– Nie wiem, czy świętej pamięci Bianka wspominała

państwu, jak zamierza rozporządzić swoim majątkiem, jak się zdaje nie rozpowszechniała jeszcze tej informacji...

Izabela skinęła głową. W istocie, Bianka niczego nie rozpowszechniała.

– Państwo nam oczywiście wybaczą, nie jesteśmy upoważnieni do przedwczesnego zapoznawania nikogo z jej ostatnią wolą, ale chcemy powiedzieć, że zgodnie z tą wolą otwarcie testamentu powinno nastąpić jak najszybciej w domu nieboszczki, na wyspie Wolin. Najbliżsi krewni bezwarunkowo powinni się stawić. Czy rodzina mogłaby się tu i teraz wypowiedzieć w tej kwestii?

Izabela, trochę oszołomiona kwiecistością mowy pana kapitana, nie bardzo się orientowała, w jakiej kwestii ma się natychmiast wypowiadać, ale na szczęście Konstanty złapał sens i mógł udzielić odpowiedzi.

– Najbliższy weekend? Rozumiem, że panowie są w kontakcie z adwokatem Bianki?

– Z notariuszem Boratyńskim ze Świnoujścia. Pan mecenas Józef Boratyński prowadził wszystkie sprawy świętej pamięci nieboszczki. Czy sobota, godzina dwunasta w południe odpowiada państwu?

– Nam tak, nie wiem, jak syn. On nie pracuje w normalnych godzinach, jest dziennikarzem...

– Wiemy, proszę pana. Z synem już rozmawialiśmy, nie widział przeszkód. Pani Lena Dorosińska także będzie, oczywiście. Zatem do zobaczenia w najbliższą sobotę. Jeszcze raz szczere kondolencje.

Trzej kapitanowie trzasnęli obcasami w manierze zdecydowanie przedwojennej i oddalili się godnym krokiem, pozostawiając Izabelę w stanie zbliżonym do lekkiego szoku.

– Boże, co za dinozaury! Przyjaciele Bianki! Mam nadzieję, że nie kombinowała z domem, tylko podzieliła go między rodzinę? Trzeba go jak najszybciej sprzedać, jest sporo wart ze względu na tę rewelacyjną lokalizację, ale oczywiście jego stan zapewne wyklucza zażądanie najwyższej ceny... Bianka chyba nie miała pieniędzy na jakieś gruntowniejsze remonty?

– Nie dziel skóry na niedźwiedziu, Izuniu. Słuchaj, Lenę trzeba chyba zaprosić do nas?

Izabela skrzywiła się lekko, ale okazało się, że problemu z Leną nie będzie, ponieważ jakiś żeglarz ze Świnoujścia zaofiarował się ją podrzucić i ona zamierza wykorzystać tę okazję, czuje się bowiem nieco zmęczona. Wprawdzie Adam zaproponował, że ją odwiezie – tak samo jak ją przywiózł dzisiejszego przedpołudnia – ale ona ma już dość i chce natychmiast wracać do domu. Tylko musi się jeszcze pożegnać z tymi kochanymi szantymenami – tu podreptała ku grupie młodych ludzi, którzy rozmawiali z sobą, stojąc pod wielką sosną i nie zdradzając na razie zamiaru rozejścia się do swoich środków lokomocji.

Adam również poszedł się z nimi pożegnać i podziękować – zwłaszcza Dwudziestkom, których gest uznał za bardzo ładny, w końcu nie znali nawet ciotki Bianki, tyle że chcieli oddać hołd wielkiej żeglarce.

Stała przy nich młoda kobieta, która wydała się Adamowi znajoma. Prawda, śmieszna kudłata, raczej spora, ale wszerz, nie wzdłuż; zdaje się, że widywał ją w tawernie na koncertach, chyba też jakaś żeglarka? Czy może tylko wielbicielka?

– O, Adam, chodź do nas, chodź, tu jedna dziewczyna nas namawia do grzechu – przywitał go Qnia i potrząsnął jego prawicą. – Znacie się? To jest Adam Grzybowski, a nasza świętej pamięci nieboszczka była jego ciotką. Czekaj, ciotką? Niemożliwe?

– Cioteczną babką – sprostował Adam. – Do jakiego grzechu pani namawia kolegów? Na cmentarzu?

– Do grania za darmo – mruknął Wojtek zwany Sępem, człowiek mrukliwy z natury, za to dysponujący głosem, który Zosię zawsze przyprawiał o dreszcze, kiedy puszczała sobie na dobranoc płyty z nastrojowymi balladami. – Ale chyba na to pójdziemy.

– To pani ma niezłą siłę przekonywania. – Adam pokręcił głową i spojrzał uważnie na dziewczynę. Zabawna jakaś. Na pewno ją widział w tawernie. No przecież ostatnio, wtedy, kiedy dowiedział się o ciotce, też była, chyba nawet się popłakała trochę. – Jak pani to zrobiła?

– Ja pracuję w domu dziecka – powiedziała dziewczyna. – My się jeszcze nie znamy tak naprawdę. – Pospiesznie podała mu rękę. – Zosia Czerwonka.

– Adam Grzybowski. I co, chce pani, żeby oni tam zaśpiewali?

– Tak myślałam, że może kiedyś by się udało, to by wcale nie musiał być normalny koncert, tylko takie śpiewanie bez nagłośnienia, akustyczne. Te nasze dzieciaki nigdy nie słyszały, jak można śpiewać, stale sobie puszczają MTV, szału można dostać. A ja akurat mam grupę chłopców, czasem im opowiadam o żaglach, może mi się uda któregoś zaagitować do jakiegoś harcerstwa, do drużyny wodniaków... Sama nie wiem... Ale jeśli nawet nie, to chciałabym im pokazać kawałek innego świata, rozumiecie, prawda?

– Prawda – kiwnął głową Janusz, trzeci członek zespołu, którego soczysty bas bezbłędnie rozpoznała Lena Dorosińska. – Tylko my do ciebie, dziewczyno, specjalnie nie przyjedziemy, będziesz musiała poczekać, aż będziemy w okolicy. To znaczy u Marka albo w radio, albo nie wiem gdzie, ale rozumiesz sama...

– Oczywiście, że rozumiem. – Dziewczyna wydawała się ucieszona. Ładnie się cieszyła, oczy jej błyszczały. – No to cudnie. A jak się umówimy?

– Zaglądaj do internetu, jak przeczytasz, że jedziemy w twoje strony, to zadzwoń. Opowiesz nam, jak do ciebie trafić.

– Ty też byś przyjechał? – Pytanie było tak niespodziewane, że Adam przez chwilę nie zaskoczył.

– Ja?

– No bo wydawało mi się, że się przyjaźnicie, mógłbyś

im pokazać, jak do nas trafić, dom dziecka „Magnolie", może wiesz...
- Pod Puszczą Bukową, w Kluczu?
- Właściwie to Żydowce. Widzę, że wiesz...
- Adam wszystko wie – mruknął znowu Sęp. – Przecież to szalejący reporter.
- Reporter?
- Jak to, nie znasz Adama? Telewizji nie oglądasz?
- Nie oglądam. – Zosia zarumieniła się, a Adam stwierdził, że sympatycznie wygląda z tym rumieńcem na policzkach i błyszczącymi oczami. Nie mam czasu. A jak mam czas, to nie mam siły. O matko, ale gafa. Przepraszam cię, Adam, nie musisz wcale przyjeżdżać, jakoś to zorganizuję, nie chciałam być nachalna...

W tym momencie Adam podjął decyzję.
- Nie jesteś nachalna. Oczywiście, że ci ich przywiozę. Masz jakiś telefon?

Wciąż zarumieniona Zosia podyktowała mu numer, a on go wpisał do swojej komórki. Dopiero teraz ogarnął ją lekki popłoch. Matko święta, narzuca się muzykom ze Śląska, narzuca się facetowi z telewizji, co ona wyprawia, powinni odwrócić się od niej plecami i zostawić ją tu, pod tą sosną... Jakaś niezwykła ta sosna, takie długie igły, ona się chyba nazywa wejmutka albo jakoś tak. Jezu, co ona z tą sosną, trzeba podziękować i uciekać, oni pewnie chcą pogadać... A w ogóle chcą jechać do domu, ona ich zatrzymuje...

- Zosiu, Zosiu. – Qnia zaglądał jej w oczy. – Jesteś tam? Bo my się będziemy żegnać, pora w drogę, do domu daleko. Ale ja się nie lubię żegnać, ja się lubię witać, będziemy się witać już niedługo, przed świętami mamy tu jakieś koncerty. To pa. Fajna z ciebie dziewczyna. Pani z domu dziecka, coś takiego!

Uścisnął jej rękę, uśmiechnął się przyjaźnie i dał kolegom hasło do odwrotu. Wszyscy po kolei uścisnęli jej rękę i uśmiechnęli się przyjaźnie. Jeden kamień spadł jej z serca

– oni nie potraktowali jej jak nachałki. Ale co sobie pomyślał Adam?

Wyglądało na to, że nic sobie specjalnego nie pomyślał.

– Ja też muszę lecieć, obowiązki rodzinne, sama rozumiesz. Ale nic się nie martw, mam twój telefon, jak tylko będę coś wiedział o ich trasie, tej przedświątecznej, to cię zawiadomię. Miło było cię poznać.

– Ciebie też.

Kapitan na mostku fregaty. A jednak, a jednak! To znaczy reporter, nie żaden kapitan. Chyba zacznie oglądać program telewizyjny.

Na razie owinęła się szczelniej kurtką, bo powiał nieprzyjemny, październikowy wiatr, i pomaszerowała w stronę drugiej bramy cmentarza i autobusu numer sześćdziesiąt jeden.

Przez całą drogę zastanawiała się, czy jednak nie była zbyt obcesowa w stosunku do nieznajomych. Jak już wspominaliśmy w tej opowieści, Zosia Czerwonka była naładowana kompleksami po same uszy.

Cóż, nawet najbardziej zakompleksieni mają prawo marzyć.

A ten cały Adam Grzybowski – jakie ładne nazwisko, o ileż ładniejsze niż jej własne, którego nie znosiła – ten Adam jakoś jej zapadł w serce i nie chciał się z niego usunąć.

Oczywiście, miała świadomość, że on sam wykazywał wobec niej kompletną obojętność i trudno się temu dziwić – przy jej absolutnym braku urody i wdzięku! A może on leci na przymioty duszy?

Przymioty duszy Zosia była skłonna sobie przyznać. Ale kto widział w dzisiejszych czasach faceta, zwłaszcza przystojnego, zwłaszcza reportera z telewizji, który panienek może mieć na pęczki – żeby leciał na przymioty duszy?

Z przystanku autobusowego w Żydowcach goniła do domu jak strzała, żeby tylko zdążyć na program lokalny.

W popołudniowym wydaniu go nie było.

Pogratulowała sobie, że nikt z jej grupy nie widział jej wchodzącej do budynku, bo już by kogoś miała na garbie, najpewniej Cycka albo Mycka, albo obu naraz, albo Alana śpiocha-pieszczocha, albo Darka z problemami egzystencjalnymi. A już najbardziej sobie pogratulowała, że nie wpadła w oko Adolfowi Secie, bo ten by ją chyba zakatował. Samą obecnością.

Odkąd wyciągnęła Adolfika z trudnej sytuacji, kiedy to chciał załatwić definitywnie Aldonę H.Z., chłopię kochało ją miłością absolutną i przy każdej okazji obdarzało jej wyrazami. Nie dziwiła się, ale też czuła się tym dość zmęczona. Pani dyrektor jest do zabicia swoją drogą – gdyby zgodziła się na przeniesienie Adolfa do jej grupy, w końcu przyzwyczaiłby się i nie ganiał za nią tak straszliwie.

Zosia przyrządziła sobie chińskie danie z kartonika, zjadła pospiesznie, krzywiąc się przy tym strasznie, ponieważ było ohydne – a cały czas myślała, że gdyby tak miała dla kogo gotować obiadki, dla Adama na przykład, toby je gotowała, owszem, dosmaczała, cudowała...

Dopóki by jej się nie znudziło, oczywiście.

Taki Adam... ciekawe, czy on by się zgodził na założenie rodzinnego domu dziecka.

Ale śmieszne.

Reporter z telewizji, człowiek światowy, na jakiego grzyba mu dom dziecka!

Grzyba.

Grzybowski.

Adam.

Adaś.

Nie, Adam. Zdecydowanie lepiej.

Adaś może... w niektórych okolicznościach...

Adaś. Aduś. Tfu, tylko nie Aduś. Aduś jest Adolfik.

Jednak Adam.

Nastawiła sobie budzik na osiemnastą i próbowała się zdrzemnąć.

Drzemka polegała na rozmyślaniach na temat Adama Grzybowskiego, jego chmurnej urody, intrygujących oczu, pięknych rąk, ujmującego uśmiechu.

Kiedy budzik zadzwonił, była na etapie zakładania obrączki i pozbywania się na wieki swojego okropnego nazwiska.

Włączyła swój mały byle jaki telewizorek z bijącym sercem. Okazało się, że program prowadzi elegancka blondynka, piękna jak zorza i bardzo kompetentna. Zosia znienawidziła ją w jednej chwili, ale zaraz jej przeszło, bo przecież powiedziane było wyraźnie: reporter, nie prezenter. Uczciwie mówiąc, blondynka była świetna. Zaraz jednak pojawił się i reporter, nie Adam – z profesjonalnym dystansem relacjonujący pożar z czterema ofiarami. Potem jakaś żarliwa panienka opowiedziała o pewnej staruszce, mocno skrzywdzonej przez administrację budynków mieszkalnych. Potem prezenterka zapowiedziała sensacyjny materiał o grubym przekręcie w Urzędzie Miejskim – i pokazał się Adam!

Najmniej na świecie Zosię interesował przekręt – dowolnej grubości i w dowolnym środowisku. Najbardziej na świecie, przynajmniej w tej chwili – facet, który o tym przekręcie mówił. A następnie rozmawiał z jednym z licznych wiceprezydentów miasta i po prostu zrobił z niego marmoladę, w sposób bardzo kulturalny i beznamiętny.

Och.

Nic z tego nie będzie. Zofia Czerwonka nie przeobrazi się w Zofię Grzybowską, żadna wróżka tu nic nie poradzi.

Ale że nadzieja to bardzo uparte stworzenie – przez cały wieczór Zosia nie myślała o niczym innym. Obejrzała jeszcze późnowieczorne wydanie programu lokalnego, około dwudziestej drugiej i spotkało ją to szczęście, że po programie Adam przeprowadzał rozmowę na żywo z kolejnym wiceprezydentem.

Pamiętając, że musi jutro wstać wcześnie, bo ma dyżur w swojej grupie, Zosia poszła spać o wpół do jedenastej, oczywiście z wizją reportera Grzybowskiego pod powiekami.

Reporter Grzybowski, o czym Zosia nie mogła wiedzieć, był dosyć znudzony swoją reporterką. Relacjonował jednak już któryś tam przekręt i męczyły go one coraz bardziej. Na dobrą sprawę nie różniły się zbytnio od siebie, a odpytywani na okoliczność wiceprezydenci, biznesmeni, politycy i inne osoby publiczne – mówili zawsze to samo.

Reporter Grzybowski w ogóle czuł się zmęczony i przygnębiony.

Pogrzeb ciotki Bianki trochę złamał mu morale, bo chociaż wiedział, że na ciocię już w zasadzie czas, to jednak śmierć jest śmiercią... ech, poszedł po pogrzebie do Baru Jaru, podstawowego przybytku piwnego pracowników radia i telewizji, i wypił kilka żywczyków. Dużo nie mógł, bo pamiętał, że ma rozmowę po wieczornym programie, w którym idzie ta relacja nagrana wczoraj. Oczywiście, rozmowa nie odbiegała od standardowych rozmów w sprawach chachmęctw gospodarczych.

Może powinien wziąć urlop? Albo rzucić telewizję w diabły i popłynąć gdzieś daleko? Ale perspektywa wożenia nadzianych bęcwałów po ciepłych i lazurowych morzach też niespecjalnie go nęciła.

– Pochlastaj się – poradził mu życzliwie kolega przy piwie dzisiejszego popołudnia. – Szufelką.

– Dlaczego szufelką? – Adam był nieco zdziwiony.

– Nie wiem. Zresztą chlastaj się, czym chcesz. Tylko zrób coś, bo wytrzymać z tobą nie można. Jak na ciebie patrzę, zaczynam mieć myśli samobójcze.

Samobójstwo odpada w przedbiegach. Nie jest ci on aż taki głupi, żeby z powodu jakiejś przelotnej depresji, zwanej dzisiaj dołem, posuwać się do rozwiązań nieodwracalnych. To przejdzie. Już tak bywało przecież i zawsze przechodziło.

Przeważnie przy całkowitej zmianie środowiska, a przede wszystkim pracy.

Zmiana pracy na razie nie wchodzi w grę, skoro nie chce na te ciepłe morza, do żadnej psychologii wracał nie będzie, boby się musiał wszystkiego uczyć od nowa... jednak to dziennikarstwo to dobra rzecz. Właściwie każdy może. A jak każdy, to on też. Przynajmniej na razie.

Ta dziewczyna dzisiaj. Zabawna. Tylko dlaczego się nie odchudzi?

Jakim cudem udało jej się przekonać Dwudziestki do darmowego koncertu? Chyba zagrała na ich uczuciach wyższych. Oni mają, chociaż udają, że nic z tych rzeczy.

Pocieszka z niej. I jeszcze jego zaprzęgła do roboty. Silna osobowość.

Pod wieczór Adam stwierdził, że jego własna osobowość właśnie się rozpada na drobne kawałeczki, i udał się na spoczynek, wypiwszy przedtem jeszcze jedno duże piwo i stanowczo odmówiwszy własnej matce miłej wieczornej rozmowy na temat cioci Bianki i jej wszystkich dziwactw.

O śmiesznej, dużej, kudłatej dziewczynie nie myślał już tego dnia wcale.

MOJA MAMA
(wypracowanie Adolfa Sety, klasa IV b)

moja mama jest mojom drugom mamom. moja pierwsza mama była blądynka pracowała cały dzień i nigdy jej nie było w domu za to muj tata mi robił awanture. Moja druga mama nazywa się Zosia i ma ciemne włosy, one się kręcom. Nigdy na mnie nie kszyczy i ładnie pachnie. Jak się do niej pszytulam. Moja druga mama Zosia jest bardzo dobra. Nie bije. Zafsze ma dla synka cukierki i ciastka cherbatnki muwi cichym głosem. Muwi że jestem dobrym hłopcem.

Zafsze mysle o mojej mamie Zosi. Bo ona jest dobra. Nie bije i nie kszyczy. Gdybym miał cały świat, to bym go dał mamie.

– Ciociuuuu...
– Słucham cię, Cy... Cyrylku.
– Ale ja nie jestem Cycek, ja jestem Mycek!
– A ja bym na ciebie mówiła Tosio. Metody, rozumiesz, Tody, Todzio albo Tosio. Co ty na to?
– Ale wszyscy mówią na mnie Mycek!
– A jak mówi na ciebie pani w szkole?
– No, Mycek. A na Cycka Cycek.
– Być nie może! A czego chciałeś, synuś?
– Ja bym chciał wiedzieć, czy mama nas zabierze na choinkę do domu? Bo w naszej klasie, ciociu, wiesz, w naszej zerówce, wiesz?
– Wiem. Co w waszej klasie?
– No. W naszej zerówce, ciociu, pani powiedziała, że będziemy robić prezenty dla mamy pod choinkę. To ja muszę wiedzieć, czy mama nas zabierze. Bo jak nie, to po co ja mam robić prezent?
– Może dla mnie?
– Ale pani powiedziała, że robimy prezenty dla mamy, nie dla cioci. To co?
– To ja zadzwonię do twojej mamy i się dowiem, dobrze? A jak się dowiem, to ci zaraz powiem. A do Gwiazdki jeszcze sporo czasu, przeszło dwa miesiące, mamy czas, żeby się zastanowić co z tym prezentem.
– To ciocia myśli, że jednak mama nas nie zabierze?...

A cholera ją wie, pewnie nie zabierze – pomyślała Zosia ponuro. Nie powiedziała tego sześcioletniemu Metodemu, bo nie miała serca. Zaszkliła coś tam jeszcze i odwróciła jego uwagę za pomocą prostej metody herbatnikowej. Troszkę ją szarpnęły wątpliwości, bo ani Cyryl, ani Metody zdecydowanie już nie powinni jeść herbatników. Powinna im raczej siłą od ust jedzenie zabierać, bo obaj byli zdecydowanie za grubi – ale chwilowo nie dysponowała żadną inną możliwością zaszklenia. A słodycze na ogół bywały skuteczne – sama na sobie to praktykowała nieraz, z równie zgubnym skutkiem.

Wszystko przez cholerne stresy. Niebawem czeka ją zwiększona dawka tychże, a to ze względu na nadchodzące święta. Może Romka rodzina zabierze na Boże Narodzenie do domu, prawdopodobnie Wojtka i Rysia, reszta raczej nie ma szans. Darek odwiedzi mamuśkę w pudle, tatusia dawno jacyś koledzy zadźgali, więc przynajmniej z tatusiem nie ma problemu. Matka Cycka i Mycka jak zwykle wymyśli tysiąc przeszkód, żeby jej chłopcy nie przeszkadzali w ułożeniu sobie życia z kolejnym nowym panem. Tatuś dawno odszedł w siną dal i ślad po nim zaginął. Rodzice Grzesia będą bardzo chcieli, ale nie dadzą rady, też jak zwykle, zajęci odwykaniem – teraz to już pewnie od heroiny, bo wszystkie stopnie poprzednie przeszli i od niczego się nie odzwyczaili. Nawet nie wiadomo, gdzie się teraz podziewają, czy są w jakimś Monarze, czy już może trafił ich złoty strzał. Bartek Żaba, odkąd rodzice zginęli w wypadku samochodowym cztery lata temu, ma tylko babcię, a babcia ma go w nosie. Krzysio nie ma w ogóle żadnych złudzeń, bo nie ma nikogo; jako niemowlę został porzucony przed kościołem, najpierw był w domu małego dziecka w Stargardzie, a potem już tu. Podobną drogę przebył poważny i zamknięty w sobie Marek, tylko że jego matka usiłowała natychmiast po porodzie udusić, na szczęście sąsiedzi weszli przypadkiem do mieszkania i interweniowali; Marek poszedł do Stargardu, a matka się powiesiła, wyszedłszy z aresztu na przepustkę. Słodki śpioch Alan, który to spanie traktuje chyba tak jak bracia Płascy słodycze, ma dla odmiany tylko ojca, matka pięć lat temu odeszła z innym panem, a ojciec natychmiast wpadł z tego wszystkiego w alkoholizm. Zupełnie tak jak u Adolfika Sety, tylko środowisko było bardziej inteligenckie – matka nie tirówka, ale sklepowa, ojciec zaopatrzeniowiec w spółdzielni mieszkaniowej. Malutki jak na swój wiek i bardzo kochany Januszek Korn (kochany nie tylko przez swoją piętnastoletnią siostrę Julcię z pierwszej grupy dziewczynek, ale przez wszystkich w „Magnoliach" – może z wyjątkiem pani dyrektor, Stasia Jończyka i obu kucharek) też nie ma szans na normalne święta, bo kiedy samotnie wychowująca ich matka zmarła nagle na zawał, w licznej rodzinie nie znalazł się nikt, kto chciałby wziąć do siebie dwójkę uroczych dzieci. No, ale to rodzina niesłychanie pobożna i z zasadami – natomiast matka żyła z ojcem na kocią łapę, a potem pozwoliła mu pójść do diabła i nie wydusiła z niego żadnych świadczeń na dom oraz dzieci – trudno, dzieci muszą teraz ponosić konsekwencje lekkomyślności i złego prowadzenia się rodzicielki. Każdy przyzna, że jest to mądre i sprawiedliwe, słuszne i zbawienne.

Tak więc ona, Zosia, ma szansę spędzić kolejne smutne święta z dziewiątką smutnych chłopców – smutnych, choć w domu dziecka, zwanym przez większość personelu placówką, na pewno będą organizowane gry i zabawy ludu polskiego – ale te zabawy będą sztuczne jak silikonowe cycki (i mycki), a przez to również smutne strasznie. A ona będzie musiała to przeżyć, w dodatku skubany Jończyk już zapowiedział, że bierze na całe święta urlop, a Zombie mu go dała, zapewne z satysfakcją wynikającą z możliwości dokopania jej, Zosi Czerwonce.

Gdybyż mogła się nazywać inaczej – na przykład Grzybowska, równie dobre nazwisko jak każde inne... a co za tym idzie, mieć męża i gdyby jeszcze ten mąż był człowiekiem sensownym, toby naprawdę można było pokusić się o założenie rodzinnego domu dziecka. Zabrałaby wtedy całą swoją grupę, wszystkich dwunastu. No i chyba trzeba by było jakoś wyrwać Aldonie z łap młodego Setę, bo gdyby ona odeszła, to on by pewnie zrobił coś strasznego. Lepiej nie myśleć, co by to mogło być.

Seta chyba się zrobił od niej uzależniony. Wszystko przez głupią Aldonę, babsko całkowicie pozbawione serca.

A może – gdyby tak zmieniła to nazwisko i tak dalej – mogłaby jeszcze mieć swoje własne dziecko? Albo dzieci? I tak by się chowali wszyscy razem.

Nic z tego nie wyjdzie. Nikt jej nie chciał do tej pory, to tym bardziej nikt nie zechce teraz i potem, i już na zawsze pozostanie Zosią Czerwonką.

Dlaczego do tej pory nie zmieniła sobie nazwiska na Czerwińska, albo jakoś tak?

Chyba myślała, że to będzie wyglądało jak rezygnacja z własnych marzeń.

O nie. Z marzeń nie zrezygnuje. Przecież one ją trzymają przy życiu. Bez nich dawno by sfiksowała. Dom dziecka nie jest dobrym miejscem dla istoty wrażliwej!

W ten sposób Zosia postawiła losowi ultimatum: albo przyniesie jej jakiegoś sensownego faceta do spełniania marzeń, albo już do końca życia pozostanie CZER-WONKĄ!

Poranek owej soboty, kiedy to miała ujawnić się ostatnia wola nieodżałowanej pamięci ciotki Bianki-kaphornówki, był – jak na końcówkę października wręcz rewelacyjny. Słońce siało złote promienie przez złote liście buków w Wolińskim Parku Narodowym, widoczny z szosy koło Dargobądzia zalew olśniewał włoskim zgoła lazurem, a w jeziorze Wicko tworzyły się ławice świetlistych gwiazdeczek. Izabela Grzybowska była początkowo trochę niekontenta, bo musiała odwołać dwa zaplanowane wcześniej spotkania, ale w końcu uległa uwodzicielskiej sile rozczulająco pięknych landszaftów. Adam i jego ojciec od początku zachowywali się jak małe dzieci, którym wystarczy pokazać ładny obrazeczek, żeby zaczęły klaskać w łapki.

Izabela była zdania, że są niepoważni, lecz ostatecznie musiała im to wybaczyć, wybaczała im zawsze i już się właściwie pogodziła ze świadomością, że inni nie będą. Ale przecież miłość ci wszystko itd., a oni są wszak mężczyznami jej życia. Uważała nawet, że w sumie ma szczęście – to, że czasem ją denerwowali swoją grzybowską beztroską, nie liczyło się w obliczu faktu, iż obaj, mąż i syn, byli prawdziwymi facetami, z głową, sercem i jajami. W takiej kolejności.

Publicznie by tego nie powiedziała... raczej by nie powiedziała, zwłaszcza o tych jajach (Izabela szczyciła się swoim wykwintnym sposobem wyrażania się i ogólnie bycia) – ale co myślała, to myślała.

Mamusiną hondę prowadził Adam, cały zadowolony, że na jeden dzień uwolnił się od vectry, kaszlącej, słabej i niemal już skurczonej we dwoje. Piękny dzień nastrajał go pogodnie i nawet mu się nie chciało specjalnie przekraczać prędkości. Najchętniej w ogóle zostawiłby samochód gdziekolwiek i piechotą poszedł zobaczyć, jak też wygląda Jezioro Turkusowe z tym całym złotem i purpurą dookoła. Potem udałby się na widokowe wzgórze Zielonka, skąd przy czystym powietrzu widać nawet kawałek morza. Aż wreszcie usiadłby z ciotką Bianką na jej tarasie i przy zachodzącym chłodnym, jesiennym słoneczku i szklance czegoś dobrego gwarzyliby sobie o jachtach, ciepłych morzach, sztormach i ciocinych żeglarskich przewagach.

No właśnie. Jeśli nawet usiądzie jeszcze kiedyś na tym tarasie, żeby pogadać, to przecież już nie z wiekową ciotką-kaphornówką.

Miał nadzieję, że dobry Bóg wyposaży ciocię hojnie w jakiś niewielki stateczek, żaglowy, ma się rozumieć, z dorzeczną załogą, na którą będzie mogła wrzeszczeć do woli i z którą będzie szczęśliwie pływała po morzach i oceanach nieba.

Żeglarka numer dwa, czyli Lena Dorosińska, oczekiwała gości w oknie, a kiedy zobaczyła hondę podjeżdżającą na mikroskopijny parking przed domem, wyturlała się natychmiast na ganek jako jednoosobowy komitet powitalny. Jeśli zresztą za osobę uznamy starego, mocno kudłatego nowofundlanda Azora (a tak by właściwie należało), to komitet był dwuosobowy.

Lena została uściskana przez całą rodzinę, Azor natychmiast zażądał tegoż samego, jednak musiał się zadowolić wytarganiem za uszy. Powiedział swoje „fofff" i oddalił się godnie, lekko tylko utykając na lewą tylną łapę, jako że jesienią zwykle cierpiał na reumatyzm.

– Mecenasa jeszcze nie ma – oznajmiła energicznie Lena. – Chodźcie do domu, czekam na was z barszczem ukraińskim. Po podróży na pewno chętnie zjecie.

– Nie za wcześnie na obiad? – Izabela miała wątpliwości, ale wyjaśniono jej, że sam barszcz to nie obiad, tylko posiłek regeneracyjny, który po podróży przysługuje.

– A co to za podróż? – zdziwiła się jeszcze, ale wyraźnie była w mniejszości, więc machnęła ręką. Lena robiła wspaniały barszcz ukraiński z fasolą, wiadomo było, że jak już go człowiek powącha, to się nie oprze.

Dom ciotki Bianki był dość spory i przedwojenny, a łączyła się z nim nader romantyczna historia – Bianka usłyszała ją kiedyś od Niemców, którzy przyjechali do Lubina szukać śladów po przodkach. Otóż dom zbudował w późnych latach dwudziestych pewien kapitan, który miał piękną i kochającą żonę. Niestety, zachorowała mu ta żona jakoś poważnie, Niemcy nie byli pewni na co, w każdym razie kapitan wybudował żonie „skromny domek" nad wodami i rzucił pływanie do diabła, żeby zostać z nią na zawsze. Przedtem pływał dookoła świata na wielkich windjammerach (podobno nawet na słynnej „Herzogin Cecilie"), nachapał się tam nie najgorzej, tak że nie musiał już pracować, tylko grał na giełdzie – z dużym powodzeniem. Żonie polepszyło się natychmiast, przypuszczalnie naprawdę kochała tego swojego kapitana i tęskniła za nim okropnie, kiedy całymi miesiącami szwendał się po morzach południowych. Do tej pory była szalenie słabowita i nie mogła mieć dzieci, a kiedy się tu osiedlili, natychmiast urodziła mu zdrowiutką trójkę, jednego po drugim samych synów. Spędzili tu radosne lata, ale kiedy synowie podrośli, cała rodzina wyniosła się do Berlina, żeby chłopcy spokojnie mogli sobie studiować. W domu została jakaś ciotka rezydentka, która miała utrzymywać porządek, dopóki, po latach, rodzina nie wróci na swoją wyspę szczęśliwą.

I tu opowieść przestaje być romantyczna, bo wybuchła wojna, chłopcy poszli do Wehrmachtu i, niestety, zginęli wszyscy trzej, z czego dwóch na froncie wschodnim, a trzeci, najmłodszy, w ostatnim tygodniu wojny, broniąc Berlina, kompletnie bez sensu. Matka umarła ze zgryzoty, a ojciec na zawał. Synowie nie zdążyli się pożenić. Ciotkę rezydentkę razem z resztą ludności wyspy wysiedlono. Ci Niemcy, którzy tu przyjechali, to byli jacyś dalecy krewni owej ciotki. Mieli ze sobą nawet stare zdjęcie portretowe kapitana i tej pięknej żony. No więc piękność żony była, powiedzmy, umowna, kapitan za to bardzo godny, w mundurze, z fajką i imponującymi bokobrodami. Z obojga jednakowo biło jak łuna autentyczne poczucie szczęścia i spokoju. Ciotka Bianka uznała, że to musi być dobry dom, skoro po pierwsze, wybudowano go z miłości, a po drugie, tak tu ludziom było dobrze. Niemcy nakręcili trochę filmu i więcej się nie pokazali, ona zaś szybciutko wydzwoniła znajomego fotografa, kazała zrobić reprodukcję portretu stylowej pary, oprawiła ją w piękne ramki i powiesiła w salonie na honorowym miejscu, tuż obok „kapitańskiego" wizerunku „Herzogin Cecilie". Dla potomności zamówiła u grawera tabliczkę z podpisem tej treści: „Kapitan Ewald Weissmüller i jego małżonka Hedwig – zbudowali ten dom z miłością, żyli tu szczęśliwie – oby wszyscy, którzy tu zamieszkają, byli równie szczęśliwi". Tabliczka zawisła pod portretem, troskliwie przez Biankę i Lenę pucowana i utrzymywana w stanie lśniącej złocistości. Adam podśmiewał się trochę, że teraz one mieszkają tu jak stare dobre małżeństwo, ale ciotki nie dawały się podpuszczać.

– W naszym wieku nie bywa się już lesbijkami, drogi chłopcze – mawiała Bianka. – W naszym wieku płeć w ogóle zanika. Jesteśmy rodzaju nijakiego.

– Mów za siebie – sarkała zazwyczaj w takich przypadkach Lena. – Jesteś starsza o dziesięć lat. Bądź sobie obojnakiem, jeśli chcesz, ja tam jestem damą. Może trochę starą, ale zawsze!

Bianka kupiła dom prawie na tej samej zasadzie, na której zbudował go kapitan Weissmüller – za pieniądze zarobione na morzach. Tyle że nie woziła towarów wielkim windjammerem, ale bogatych Amerykanów zgrabną brygantyną o nazwie „Le cochet", co po naszemu znaczy „kogucik" (właściciel był frankofilem, poza tym sam siebie uważał za niezłego kogucika, co było zawsze przedmiotem lekkiego naigrawania się Bianki). Brygantyna pływała po Morzu Karaibskim. I to w latach, kiedy dolar miał w Polsce sporą wartość. Bianka wynajmowała się jako kapitan jednostki, a ponieważ naprawdę miała pojęcie o żeglarstwie, była ceniona przez pracodawcę, który wyrażał jej uznanie w przyjemnej formie wymienialnej. Kiedy dobiegła sześćdziesiątki, postanowiła osiąść na stałym lądzie, w Starym Kraju i uwić sobie jakieś gniazdko na starość – zamierzała żyć jeszcze długo i szczęśliwie i to jej się w zasadzie udało. Z pływaniem wcale nie skończyła, ale ograniczało się ono już tylko do kilkutygodniowych wyskoków na morze... no, parę razy było to po kilka miesięcy.

Dom w Lubinie pokazał jej zaprzyjaźniony żeglarz ze Świnoujścia. Popadał właśnie w ruinę – dom, nie żeglarz – niemniej i tak robił wrażenie. Dla samotnej starszej pani był raczej spory, ale Bianka zakochała się w nim od pierwszego wejrzenia. Podobnie zresztą jak ów zaprzyjaźniony, którego jednakowoż nie było stać na kupienie od gminy rozpadającej się budowli. Miał nadzieję, że zawrze z Bianką coś w rodzaju spółki, że ona dom kupi, a on własnymi siłami będzie go remontował, a potem sobie na jakimś stryszku zamieszka. Stary spryciarz specjalnie przywiózł tam potencjalną wspólniczkę latem, w porze przed zachodem słońca, licząc, że ją trafi. I nie przeliczył się.

Przyjechali jego samochodem, ale zaparkował go nieco poniżej wzgórza i poprosił Biankę, aby ostatni etap drogi przebyli pieszo. Trochę klęła, bo nie przepadała za pieszymi wycieczkami, szczególnie pod górkę, ale ostatecznie się zgodziła. Wspięli się zrujnowanym brukiem, minęli kilka rozpadających się domów w zarośniętych ogrodach i wyszli prawie na szczyt. Przed nimi był już tylko las i kawałek łąki po lewej stronie.

– Zwariowałeś, Leopoldzie – sapnęła Bianka, mocno zmęczona. – Po cośmy się tu pchali? Plener mi chciałeś pokazać? Lasek z kiełbasek? Łączkę zieloną? I nie mogliśmy wjechać samochodem jak biali ludzie?

– Chwila, chwila, tylko się nie denerwuj. My teraz skręcimy w prawo...

– W te krzaki? Poldziu, masz źle w głowie. Sam sobie idź, jak chcesz, a ja siądę na przydróżce i będę się regenerować! Żebym miała siły zejść z tego Giewontu!

– Co to właściwie jest przydróżka? – zainteresował się mimo woli Poldzio.

– A co cię to obchodzi? Nie mam pojęcia. To, na czym zaraz siądę. Boże, przecież ja nie mam szesnastu lat, tylko sześćdziesiąt! Zapomniałeś? Czy chciałeś mnie zamordować?

– Bianko moja jedyna, proszę cię, nie siadaj. Zaraz siądziemy oboje. Jeszcze jeden maleńki wysiłek. Wysiłeczek. Proszę, chodź ze mną. Tu jest ścieżka, tylko trochę zarosła...

Bianka stęknęła demonstracyjnie i ruszyła za Leopoldem, torującym drogę przez gąszcz zdziczałych berberysów i śnieguliczek. Gąszcz po chwili się przerzedził i wyjrzała zeń prawie całkowicie zarośnięta trawami dróżka.

Okrążała ona największą kępę krzaków i wyprowadzała na coś, co kiedyś było podjazdem.

Bianka podniosła oczy – dotychczas uważnie patrzyła sobie pod nogi, żeby nie wejść w rosnące tu bardzo bujnie pokrzywy – i aż jęknęła.

– Och ty, Poldziu... cofam wszystko, co sobie o tobie pomyślałam...

Byli na łące, której tylko górna część zachowywała jaki taki poziom. Na szerokim ziemnym tarasie stał dom, na pierwszy rzut oka w stanie agonalnym, ale jakiż piękny, nawet z dziurami po oknach, wyrwanymi drzwiami i częściowo zapadającym się dachem... Architekt wymyślił bryłę o doskonałych, harmonijnych proporcjach, dość solidną, żeby miała siłę oprzeć się wiejącym tu wiatrom, a jednocześnie nie poskąpił wieżyczek, mansard i balkoników. Rzucało się w oczy, że dom został zaprojektowany dla licznej rodziny, która miała mieszkać wygodnie, nie wpadając na siebie nawzajem przy każdej okazji. Od strony przeciwległej do podjazdu z domu wystawały resztki jakiejś konstrukcji, na której gdzieniegdzie trzymały się jeszcze resztki szkła. Bianka widywała już w życiu takie konstrukcje i domyśliła się natychmiast, że to szczątki tarasu, będącego częściowo ogrodem zimowym. Mniemany ogród zimowy wychodził na stronę południową; kawałek dalej łąka zaczynała stopniowo opadać, najpierw łagodnie, potem coraz stromiej, aż wreszcie kończyła się urwiskiem, za którym widać było wody Zalewu, płonące w tej chwili różowym odblaskiem zachodzącego słońca. Bianka podążyła wzrokiem tam, gdzie spodziewała się słońce zobaczyć, i zobaczyła je nisko nad rozsianymi licznie, doskonale stąd widocznymi wysepkami, oblanymi wodą we wszystkich odcieniach szkarłatu i purpury.

– Poldziu – powiedziała po chwili milczenia. – Zrobiłeś to specjalnie.

– Tak, Bianko – odparł niewzruszenie Poldzio. – Zrobiłem to specjalnie. Czyżby mi się udało?

– Tak, ty stara cholero – wyrwało się Biance, która potknąwszy się leciutko, wpadła w dość jadowite pokrzywy. – Kupię tę chałupę, jeśli tylko będzie mnie na to stać. Natomiast nie wiem, czy będzie mnie stać na remont. Trzeba to wszystko rozeznać i obliczyć.

– Już rozeznałem – oznajmił Poldzio skromnie. – Będzie cię stać. To znaczy, powinno. Gmina bardzo chce sprzedać ten dom i w ogóle posesję i bardzo się boją, że im to się nie uda. Moim zdaniem zastosują wszystkie możliwe ulgi.

– Dlaczego, na Boga, się boją? Przecież to piękny dom!

– Ale duży. Ludzie na ogół wolą nieco mniejsze. Gmina ma świadomość, że jeśli nie sprzeda działki z domem, to zostanie w końcu ze sporą ruiną na garbie i będzie ją musiała rozbierać albo jakoś zabezpieczać, żeby to się nikomu na łeb nie zwaliło. Słuchaj, moja droga. Z paroma kolegami obejrzeliśmy całość dokładnie i zapewniam cię, że mury i wszystko, co nie zostało rozgrabione z tego domu, jest w dobrym stanie. Wiesz, że długie lata byłem cieślą okrętowym, znam się na stolarce, mam zaprzyjaźnionych budowlańców, trochę pieniędzy, podejmuję się niewielkimi kosztami przeprowadzić tu remont. Pod warunkiem, że zgodzisz się, żebym tu w tym skrzydle od strony lasu zamieszkał. Nie potrzebuję wiele, dwa pokoiki na piętrze, kuchenka, łazienka. Ja już nie jestem rozwojowy.

– A jeśli znajdziesz sobie babę? – spytała rzeczowo Bianka.

– To przecież nie będzie ona miała dwudziestu lat, tylko dużo więcej. Też nie będzie rozwojowa. Ale ja już nie planuję posiadania baby. Miałem dwie żony, trzeciej nie chcę, choćbyś ty sama miała mi się oświadczyć. Chcę spokoju. To jak?

– A ty masz wszystkie uprawnienia budowlane? Ja się nie znam na przepisach, ale przecież trzeba tu zrobić regularną budowę, zatrudnić jakiegoś kierownika, inspektora nadzoru, diabli wiedzą kogo jeszcze... Czy ja mam pieniądze na takich urzędasów?

– Mówiłem ci, że mam przyjaciół w branży – rzekł cierpliwie Leopold. – Oni mają uprawnienia. Jeden się podpisze jako kierownik budowy, drugi jako inspektor nadzoru i będzie. To jak?
– Kusisz.
– No, kuszę, jak umiem. Słuchaj, moja droga, jeśli chodzi o mnie, to mój status w tym domu będzie oparty wyłącznie na twojej dobrej woli. Bo to przecież będzie twój dom, niczyj więcej. Zawrzemy umowę dżentelmeńską, że dopóki będziesz chciała, będziesz mi pozwalała mieszkać na tym pięterku. Jeśli chcesz, zrobimy tę umowę na piśmie. Ja ci nie będę w żaden sposób przeszkadzał, za to postaram się być użyteczny. Drzewa do kominka narąbię, śnieg w zimie odgarnę, łobuzowi w mordę dam, jeśli przyjdzie. To jak?

Bianka spojrzała jeszcze raz w zachodzące słońce. Znikało właśnie w falach jak odwrócony uśmiech. Niebo i wody wokół mieniły się wszystkimi odcieniami złota, oranżu i purpury.

To wszystko będzie moje – pomyślała i zdecydowała się. Wyciągnęła do Leopolda swoją silną, chociaż malutką dłoń. Uścisnął ją po męsku, a potem złapał Biankę na ręce i okręcił się z nią w kółko.

– Przestań, pierniku, bo dostaniesz ruptury!
– To była najmądrzejsza decyzja w twoim życiu, staruszko!
– Wypraszam sobie staruszkę!

Niebawem okazało się, że rozeznanie Leopolda miało solidne podstawy. Gmina z radością pozbyła się działki, której przedtem nikt nie chciał i z którą nie było co zrobić. Bianka dla zasady trochę pogrymasiła i tym sposobem uzyskała ulgi, których udzielono jej z obawy, że się rozmyśli. Pieniędzy starczyło jej na wszystko – na ziemię, dom, materiały budowlane i jeszcze trochę zostało. Leopold z pasją rzucił się do remontu ruinki, zwoławszy do pomocy kilku kolegów. Rok po pierwszym oczarowaniu miejscem i zachodem, Bianka spoglądała na zupełnie podobny zachód, siedząc w wygodnym fotelu na otwartym tarasie swojego domu.

– W tym roku już nie zdążyłem – powiedział bardzo zadowolony z życia Leopold, siedzący w drugim fotelu – ale wiosną jeszcze trochę podłubię i będziesz tu miała ogród zimowy. O ile będzie ci się chciało zaprowadzić tu jakieś roślinki.

– Nie znam się na roślinkach – oświadczyła Bianka. – Ale się poznam. Teraz zima idzie, kupię sobie różne mądre książki i nauczę się wszystkiego o kwiatkach. Możesz planować ogród zimowy.

Leopold, gdy tylko nadeszła wiosna, obudował taras pięknie rzeźbionym (pod wpływem krajobrazu poczuł w sobie artystę) rusztowaniem, które następnie oszklił. Bianka, w istocie, jako osoba sumienna i realizująca własne plany, nabyła jakiej takiej wiedzy o roślinach ozdobnych, po czym z pasją rzuciła się do zamawiania sadzonek i wtykania ich w glebę – w rezultacie stworzyła wokół domu nowiutki busz w miejsce starego, złożonego z pokrzyw i innego zielska, które Leopold starannie usunął, pozostawiając tylko berberysy i śnieguliczki. Bianka dodała do tych krzewów jakieś osiem czy dziesięć odmian, które podobały jej się w katalogach, posadziła również kilka kęp luzem, preferując róże i byliny. O bylinach ktoś jej powiedział, że to rośliny dla leniwych inteligentów, bo same rosną. Uznała, że to korzystne, bo grzebanie w ziemi generalnie ją nudziło. Tworzenie nowego ogrodu to było coś, pielenie i wyrywanie chwastów uznawała za koszmar.

Kiedy było już absolutnie niezbędne, zajmował się tym Leopold.

Od czasu do czasu pryskała z domu na klifie na dalekie morza, wciąż jeszcze bowiem miała siły i ochotę na pływanie. No i z czegoś trzeba było żyć. A frankofilski właściciel „Le cochet" nadal żywił do niej zaufanie.

Leopold nie znalazł sobie żadnej baby, chociaż Bianka po namyśle wcale mu tego nie broniła, wręcz przeciwnie, namawiała go nawet. Mieszkali tak we dwójkę w pełnej zgodzie i harmonii prawie dwadzieścia lat, aż pewnego dnia Leopolda najzupełniej nieoczekiwanie trafił zawał serca w samo słoneczne, lipcowe południe. Bianka opłakała go szczerze, za pociechę mając to, że zmarł tak nagle, nie wiedząc w ogóle, że odchodzi z tego świata. Wtedy w domu na klifie pojawiła się Lena Dorosińska, również zbolała, świeżo bowiem pochowała męża, też ofiarę zawału.

Bianka ucieszyła się z kilku przyczyn – raz, że z Leną była od lat zaprzyjaźniona (choć z przerwami), dwa, bo zaczynała odczuwać ciężar wieku i wolała mieć kogoś w zasięgu głosu, trzy, ponieważ przyjaciółka wniosła w posagu swoją emeryturę, podczas kiedy jej zasoby pozostawiały wiele do życzenia – szczęście, że podręcznik dla żeglarzy wciąż przynosił jakieś tam niewielkie dochody. Dodatkowym powodem do zadowolenia było to całe zabawne i młode towarzystwo szantowe, które z biegiem czasu przywlokło się za Leną.

Adam zastanawiał się, jak ciotka rozporządziła domem. Uznał za najzupełniej naturalne, że pozostawiła go Lenie. Sam by tak zrobił na jej miejscu.

Lena nakarmiła gości barszczem. Krzątała się po domu w sposób jak najbardziej naturalny, nie poruszając w ogóle sprawy testamentu Bianki. Izabela zaczęła ją w cichości podejrzewać, że jakimś chytrym sposobem omotała przyjaciółkę, wyłudziła od niej zapis na dom, no i teraz czuje się jak pani, zadowolona dodatkowo, że udało jej się wycyckać rodzinę, czyli prawowitych spadkobierców. Adam odniósł wrażenie, że ożywienie Leny jest sztuczne, i wywnioskował, iż starsza pani tak źle znosi odejście Bianki, że aż nie jest w stanie o niej rozmawiać. Postanowił, że zaprosi tu któregoś ze swoich dawnych kolegów z „czasów psychologicznych", jak je nazywał. Konstanty delektował się barszczem, gawędził z Leną o wyższości żywopłotu ligustrowego nad szpalerem tui i nie miał żadnych myśli ubocznych. Podobnie jak Adam uważał, że teraz Lena zostanie gospodynią domu na klifie i że jest to jak najbardziej w porządku.

– Herbatę podam wam w ogrodzie zimowym. – Lena odczyniała właśnie jakieś uroki nad dzbankiem i filiżankami. – Srebrna łyżeczka. Pamiętaj, Izuniu, herbatę można sypać wyłącznie srebrną łyżeczką. Lepiej złotą, jeśli się ma. Ja nie mam. Chcecie z mlekiem?

– Bawarka? – Izabela skrzywiła się pociesznie. – Nigdy w życiu!

– Jaka tam bawarka. Porządna herbata po angielsku. Robię dużo, bo zaraz powinni być.

– Co powinno być?

– Nie co, tylko kto. Mecenas i komitet.

– Jaki, na Boga, komitet?

– Czy może komisja. Nie, jeszcze inaczej. Rada nadzorcza. Też nie. Patrzcie, nie pamiętam, jakeśmy to nazwały. Bo ja pomagałam Biance redagować. Ona za grosz nie miała zdolności literackich. Chociaż napisała podręcznik, hehe. Dobrze, że po angielsku. Jak go przekładała na polski, praktycznie połowę napisałam za nią. Ona by się nie przyznała...

– Leno, poczekaj. – Izabela ożywiła się znacznie. – To ty wiesz, co tam jest w tym testamencie? I nie powiedziałaś nam? No to powiedz teraz!

– Nie mogę. Bianka zapowiedziała, że jeśli puszczę chociaż odrobinkę pary z ust na ten temat, to ona tu wróci i będzie mnie straszyć. Ja w to, oczywiście, nie wierzę, ale ryzykować nie będę. Ona mogłaby to zrobić.

Izabelę zastanowiła jeszcze jedna rzecz.

– A dlaczego właściwie nie ma rodziców Konstantego? Powinni chyba być na otwarciu ostatniej woli?

Lena pokręciła głową.

– Nie mieli po co się tłuc. Bianka dawno powiedziała

bratu, jak rozporządzi majątkiem. Izuniu, ja ci jednak proponuję, najpierw mleko, a potem dodam herbaty, dobrze?
— I mówisz, że to nie będzie świństwo?
— Ależ skąd! Spróbuj.

Izabela nieprzekonana spróbowała i z zaskoczeniem stwierdziła, że herbata jest świetna, z mlekiem smakuje doskonale i jest o wiele mocniejsza od kawy, którą ona sama zwykła pić. Już czuła nadciągający hercklekot, ale nie mogła się powstrzymać przed wypiciem całej filiżanki.

— Ty to pijesz i żyjesz? — zdziwiła się, trochę nietaktownie.
— Bo co, bo mocna? Nie znoszę siuśków — oświadczyła Lena. — O, jadą. To znaczy, przyjechali.

Podreptała do drzwi. Była jeszcze mniejsza i o wiele okrąglejsza od Bianki. Adam podejrzewał, że kiedy tylko wyjdzie za drzwi, podkuli nóżki pod spódnicę i potoczy się na spotkanie gości jak piłeczka.

Po chwili cała zaróżowiona z emocji wprowadzała do salonu trzech znanych już Izabeli z pogrzebu starców w sznycie kapitańskim oraz — o zaskoczenie! — zupełnie młodego mężczyznę w eleganckim garniturze.

Jej zdaniem facet, który nazywa się Boratyński, powinien mieć jakieś dwieście do trzystu lat. Ten zaś wyglądał na trzydzieści, elegancję prezentował wstrząsającą, urodę osobistą też, garnitur kupił zapewne u Armaniego albo u któregoś z jego kolegów, a krawat podarowała mu kochanka, księżna Windsor.

Izabela mimo woli poczuła się rozśmieszona. Konstanty i Adam nie odczuli żadnych palpitacji w związku z wejściem stylowego mecenasa.

Lena, turlając się z zadowoleniem dookoła wszystkich zebranych, dokonała prezentacji, zaproponowała przybyłym herbatę i inne, bardziej męskie napoje, oni zgodzili się na herbatę, męskie napoje zostawiając na potem.

— Rozumiem, że państwu przede wszystkim zależy na zapoznaniu się z treścią ostatniej woli świętej pamięci pani Bianki Grzybowskiej – wyraził słuszne przypuszczenie Boratyński i przystąpił do wypełniania obowiązków.

Chwilę trwało dopełnienie formalności i wreszcie w wypielęgnowanych kosmetykami Diora dla Panów dłoniach mecenasa pojawił się arkusz papieru zapisanego niechlujnym pismem Bianki.

– Mówiłam jej, żeby napisała to na komputerze – mruknęła Lena, widząc podniesione brwi Izabeli. – Ale ona twierdziła, że ręką będzie ważniejsze. Niech pan czyta, panie Józiu.

Adama znowu rozśmieszyło, że staruszka Lena jest z wytwornym prawnikiem na „panie Józiu", ale nic nie powiedział.

– Już czytam, proszę państwa.

Mecenas powiódł wzrokiem po zebranych, jakby sprawdzał, czy są dostatecznie poważni, i wreszcie zaczął czytać (dykcję miał, oczywiście, perfekcyjną, godną doprawdy Teatru Narodowego):

– „Będąc najzupełniej zdrową na umyśle, chociaż niektórzy mogą mieć co do tego wątpliwości (na wszelki wypadek załączam opinię psychiatry) – za to, niestety, coraz starszą na ciele, zaczynam, acz niechętnie, liczyć się z nadchodzącym końcem żywota. A ponieważ odchodząc z tego świata, zostawię po sobie to i owo, czuję się w obowiązku zawczasu tymi dobrami rozporządzić..."

– Naprawdę zostawiła opinię psychiatry? – wtrącił zaciekawiony Konstanty, korzystając z tego, iż mecenas musiał nabrać oddechu.

– Jak najbardziej, szanowny panie. „Zacznę od mniejszego. Mój podręcznik żeglarstwa wciąż jeszcze bywa wznawiany, co mnie nie dziwi, bo jest dobry. Mecenas Józef Boratyński ma moje pełnomocnictwo do kontaktów z wszystkimi wydawnictwami, z którymi podpisałam umowy na wydania angielskie, francuskie, hiszpańskie i polskie. Wszystkie dochody, jakie uda się z tej książeczki wydusić, proszę przekazać Lenie Dorosińskiej, a ona niech zrobi z nimi, co zechce, na przykład sfinansuje płytę jakimś małolatom śpiewającym baranimi głosami jej własne piosenki; albo niech sobie kupi cukierków – jest mi to obojętne, byle zrobiła sobie przyjemność. Ja na jej miejscu dołożyłabym trochę do emerytury, bo wyżyć z tych groszy normalnie się nie da, a tylko patrzeć, jak połowę pochłoną jej wydatki na lekarstwa przeciw sklerozie..."

– A to żmija – powiedziała Lena, całkiem zadowolona.
– To już sama dopisała.
– Przepraszam, panie mecenasie – nie wytrzymała Izabela. – To jest ważne? Takim językiem napisane?
– Tak, proszę pani. Styl jest sprawą indywidualną testatorki. Intencja natomiast jest całkowicie zrozumiała i jednoznaczna. Pozwolą państwo, że będę kontynuował?

Państwo kiwnęli głowami, więc mecenas odchrząknął i kontynuował:

– „Moje wszystkie trofea z czasów, kiedy mi się jeszcze chciało brać udział w zawodach i regatach dla żeglarzy samotnych i stadnych, a zatem puchary, statuje, tabliczki z grawerką i inne papudraki zapisuję Bractwu Kaphornowców, oni lubią takie gadżety i będą wiedzieli, co z nimi zrobić".

Trzej kapitanowie skłonili głowę z szacunkiem.

– „Dom w Lubinie, którego akt własności oraz wszystkie kwity stwierdzające, iż jest mój i niczym nieobciążony, posiada mecenas Boratyński – dom ów wraz z całym wyposażeniem, tj. meblami, obrazkami na ścianach, firankami i kwiatkami w oknach, a także działkę, na której dom stoi – przekazuję mojemu ciotecznemu wnukowi, czy jak tam się nazywa to nasze pokrewieństwo – Adamowi Grzybowskiemu, synowi Konstantego i Izabeli de domo Kołatko..."

Nikt się nie odezwał, tylko Adamowi nieco jakby zwilgotniały oczy. Mecenas znowu odchrząknął i czytał dalej:

– „Przekazuję... Adamowi Grzybowskiemu... nie bezwarunkowo jednak". Panie Adamie, rozumie pan, prawda? Dom może należeć do pana, jeśli spełni pan warunki określone przez świętej pamięci panią Biankę.

Adam kiwnął głową, ciekawy, co ciotka wymyśliła. Prawdopodobnie każe mu się ożenić. O, Lenie już się oczka świecą.

– „Oddałabym Adamowi dom bezwarunkowo, bo jest człowiekiem szlachetnym i moim ciotecznym wnukiem (czy czymś takim) i już z tego tytułu zasługuje na niego. Jednakowoż życie prywatne mojego ulubionego młodego krewniaka napawa mnie wieloma obawami. Jest ono mianowicie niepokojąco podobne do mojego własnego, co oznacza, że trochę pozbawione sensu".

Oczy Izabeli stawały się coraz bardziej okrągłe. Konstanty słuchał z zaciekawieniem, a Adam przybrał minę nieprzeniknioną.

– „Nie będę tu wyłuszczać moich racji w tym temacie, korzystając z uprzywilejowanej pozycji, która uniemożliwia wam jakąkolwiek dyskusję ze mną. Warunki moje, na których Adam otrzyma dom z przyległościami, są trojakie. Po pierwsze: Adam Grzybowski ma się wreszcie ożenić. Z możliwie sensowną osobą płci przeciwnej (w zasadzie nie mam nic przeciwko związkom tej samej płci, jednak dobrze będzie, jeśli dzięki Adamowi przedłuży się istnienie naszej rodziny, zresztą Adam nie ma skłonności homo). Uwaga: przyjście na świat dzieci nie jest warunkiem koniecznym, wystarczy ślub. Zależy on bowiem od decyzji Adama, podczas gdy dzieci to już sprawa siły wyższej (choć nie tylko, oczywiście). Dla mnie ważna jest dobra wola". Pan Adam nadal wszystko rozumie, nieprawdaż?

– Prawdaż.

– „Sprawa dalsza. Przez trzydzieści lat z hakiem dom się marnował, ponieważ mieszkało w nim troje starych pierników zapatrzonych wyłącznie w siebie. No, uczciwie,

Lena uczyniła pewien wyłom i dom zaczął trochę żyć. W tym miejscu dziękuję ci, droga Leno".
– Bardzo proszę. – Uśmiechnęła się szeroko.
Mecenas skłonił głowę w jej stronę.
– „Kolejnym więc warunkiem otrzymania przez Adama mojego domu jest, aby uczynił z domem coś pożytecznego".
Adam i jego ojciec spojrzeli po sobie ze zdumieniem. Co Bianka miała na myśli, na litość boską?
– „Jest mi wszystko jedno, co to będzie, zresztą nie chce mi się wymyślać, Adam jest młody i niegłupi, niech coś wykombinuje. Ocenę, czy istotnie jest to coś pożytecznego, pozostawiam moim trzem przyjaciołom, znakomitym kapitanom jachtowej Żeglugi Wielkiej, Antoniemu Sieńce, Jerzemu Chowankowi i Bronkowi Grabiszyńskiemu. Jeśli któryś z nich przyżegluje w międzyczasie za mną do nieba, dwaj pozostali niech sobie radzą, jak potrafią. Jeśli wymrą wszyscy, sprawę oceny pozostawiam mecenasowi Józefowi Boratyńskiemu, który jest młodszy od Adama, więc miejmy nadzieję, że pożyje dłużej..."
Kapitanowie z powagą i bez zmrużenia oka ukłonili się Adamowi, który pospiesznie zerwał się z krzesła i odkłonił.
– „Trzeci warunek jest tak oczywisty, że aż mi głupio pisać, Adam zapewne sam się domyśla – Lenie Dorosińskiej proszę zapewnić jej tychczasowe mieszkanie w domu w Lubinie tak długo, jak długo będzie chciała je zajmować..."
– Ciociu Leno – odezwał się Adam. – Zawsze i na jak długo zechcesz.
– Najpierw się ożeń – zachichotała, aż jej się oczka zmniejszyły do wielkości groszków zielonych, nieco wybladłych. – Na razie to ja tu mieszkam!
– „Warunek numer trzy jest dożywotni. Warunki numer jeden i dwa zachowują ważność przez dziesięć lat. Jeśli do tej pory Adam się nie ożeni i nie wymyśli patentu na

dom – trudno. Ale nie będę w zaświatach zadowolona. I to już wszystko. Pozdrawiam was, rodzino i przyjaciele stąd, gdzie jestem". Tu następują podpisy pani Bianki Grzybowskiej, panów Sieńki i Grabiszyńskiego, świadków oraz mój. Czy wszystko, co odczytałem, jest dla państwa całkowicie zrozumiałe?

– Jasne – powiedział, śmiejąc się, Adam. – Za dziesięć lat dostanę ten dom. Ciociu Leno, czy będę mógł do ciebie przyjeżdżać co jakiś czas?

Zosia nienawidziła listopadów. Odkąd pamięta, nastrajały ją ponuro i pesymistycznie, czuła się jak jesienny listek opadły z drzewa i zdeptany stopami setek przechodniów. W podkutych butach. Listopady nie miały żadnych zalet, żadnych. W grudniu były przynajmniej święta, w styczniu już dzień się troszeczkę przedłużał, w lutym nadchodziła nowa nadzieja na wiosnę i życie. Gdyby można było, wzorem świstaka, który jest mądrym i uroczym gryzoniem, gdzieś tak pod koniec października zaszyć się w głębokiej norce i ciąć komarka aż do kwietnia... Może przy okazji straciłoby się odrobinkę ciała, bo przecież podczas snu się nie je, a organizm czymś się musi odżywiać – odżywiałby się nadmiarem Zosi, a jej figura zyskałaby na tym niewątpliwie...

Gdyby zaś Zosia była mniejsza w talii, to może Adam zwróciłby na nią uwagę JEDNAKOWOŻ???

Nie mogąc zapaść w prawdziwy sen, Zosia wraz z nadejściem listopada zapadała w coś w rodzaju wewnętrznego letargu. Wykonywała wszystkie czynności życiowe, wykonywała swój zawód wychowawczyni, nawet nie czyniąc specjalnej krzywdy powierzonym sobie dzieciom – jednak możliwości twórczych nie posiadała żadnych. Budziła się z owego letargu gdzieś w okolicy dziesiątego, piętnastego grudnia, kiedy można już było zaczynać z dziećmi przygotowania do Gwiazdki.

Chłopcy z jej grupy, na szczęście dla niej, też nie wykazywali szczególnej aktywności w tym okresie. Może i oni byli w poprzednim życiu świstakami. Zdaniem Zosi nie było wykluczone, iż wszyscy razem tworzyli zgodną świstaczą kolonię gdzieś pod Zawratem, ewentualnie w Dolinie Pięciu Stawów.

Kurczę, żeby tak kiedyś zawieźć chłopców w Tatry albo w Karkonosze, albo w Beskidy, pokazać im wiosną dębik ośmiopłatkowy na Boczaniu albo kozice na stokach Czerwonych Wierchów, albo limbę próchniejącą przy drodze do Morskiego Oka, a najlepiej wszystko razem... a może trafiłby się świstak? Pocieszny, nieco arogancki, stojący słupka i wpatrujący się świdrującymi oczkami w intruza... Spotkała kiedyś dawno temu takiego. Łypnął na nią, gwizdnął przeraźliwie i zapadł się pod ziemię.

Nie ma takiego numeru. Nigdy w życiu dom dziecka nie będzie miał tyle forsy, żeby wysłać całą grupę w Tatry. Bo nawet gdyby miał na jedną grupę, to przecież nie można wysłać jednej grupy, nie wysyłając innych, blablabla.

Cholera jasna.

Po powrocie z Lubina Adam czuł się dość zabawnie – jakby trochę cierpiał na rozdwojenie jaźni. Z jednej strony został bowiem hojnie obdarowany przez ciotkę Biankę – dom na klifie był jego ukochanym miejscem na ziemi i Adam miał świadomość, że chętnie by tam zakotwiczył na długie lata (i najchętniej nie robił nic specjalnie fatygującego – może pisałby książki). Z drugiej strony – perspektywa zamieszkania tam na stałe odsuwała się na dziesięć lat. Chyba że Lena przyjęłaby go w charakterze sublokatora, co ostatecznie wcale nie było niemożliwe. Aczkolwiek ona sama odżegnała się od takiego rozwiązania, machając energicznie rękami. Najprawdopodobniej ten chytry sposób na ożenienie go wydumały obydwie starsze panie i pewnie bardzo były zadowolone ze swojej pomysłowości.

Następnego dnia Adam niebacznie zwierzył się ze swego dylematu kilku kolegom redakcyjnym, kiedy w południe w Barze Jarze odreagowywali szczególnie nerwowy briefing (dwóch operatorów rozchorowało się jednocześnie, wszyscy pozostali byli gdzieś zaplanowani i redakcja informacji została nagle pozbawiona możliwości informowania telewidzów o najnowszych dziurach w jezdni i przekrętach w łonie urzędów państwowych oraz samorządowych). Jeszcze nie dopił piwa i nie skończył opowiadać, a już wiedział, że źle zrobił. Godzinę później w redakcji zawisł wielki plakat informujący wszystkich o castingu na narzeczoną dla Adama. Na dole plakatu zostawiono miejsce, żeby osoby chętne mogły wpisywać zgłoszenia. Zanim ukazało się główne wydanie lokalnego dziennika, na plakacie widniały już nazwiska prawie wszystkich koleżanek redakcyjnych, trzech pogodynek, dwóch montażystek, trzech kierowniczek produkcji, jednej realizatorki dźwięku oraz dwóch kolegów dziennikarzy i pani Eweliny Proszkowskiej, dyrektorki Oddziału i jego redaktor naczelnej. Panią Proszkowską zamazano, ale trochę była czytelna.

– Powinieneś być zadowolony z takich wyników – tłumaczyła skrzywionemu Adamowi Ilonka Karambol. – Jakbym ja miała takie branie, tobym skakała z radości.

– Ciekaw jestem, czy twój Kopeć by skakał.

– Mój Kopeć by w ogóle uwagi nie zwrócił, czy mam branie, czy nie mam – odrzekła Ilonka z odcieniem goryczy. – Jeśli idzie o branie, to on tylko karpie i leszcze w ciepłym kanale koło Dolnej Odry. Czuję się zmuszona wystąpić o rozwód, a to oznacza, że ty będziesz mógł się ze mną ożenić i dostaniemy tę chatkę. Fajna jest?

– Bardzo fajna. To rozwiedź się z Jaromirem i bierzemy chałupę. Tylko co w niej zrobimy pożytecznego?

– Jak to co? Dwoje dzieci. Albo troje. Kopeć zamiast dzieci woli tłuste leszcze. Ja je potem muszę smażyć! Dobrze, że je chociaż skrobie i wypaprasza.

– Co robi?

– Wypaprasza. Wybabrasza. Wybebesza. No. Obrzydliwe zajęcie. Czy ty łowisz rybki, Adamie?
– Raz łowiłem. Na Karaibach. Takim jakby harpunem, wiesz, na sznurku. Ale rybka też mnie chciała złowić. Omal nie straciłem życia i łódki i od tego czasu nie mam serca do wędkarstwa. To dobrze czy źle?
– Kochany. Wpisz mnie, proszę, na pierwsze miejsce na swojej liście oczekujących!

Proszę. Ilonka. Czemu nie? Ale tak naprawdę Ilonka kocha swojego Kopcia, chociaż stale na niego wyrzeka. Głównie ma mu za złe, że nie pozwolił jej kupić jakiejś półwyścigowej fury za bardzo okazyjną cenę. Ilonka, która jest maniaczką szybkiej jazdy, prawie to odchorowała, jednak po jakimś czasie fura rozleciała się nowemu właścicielowi na zakręcie – szczęściem jechał akurat dość wolno, więc stracił tylko dwa zęby przednie. Strach pomyśleć, co mogłaby stracić Ilonka, która nigdy nie jeździła wolno. Prawdopodobnie życie. Nie dała się jednak przekonać i twierdziła, że jej by się nic nie rozleciało, bo ona jeździ lepiej.

Adam naprawdę ją bardzo lubił, tylko jakoś nie potrafił jej sobie wyobrazić jako żony. Być może żona powinna być jednak nieco mniejszą wariatką?

Tegoroczny listopadowy letarg Zosi przeciągnął się prawie do połowy grudnia. Dokładnie czternastego, w porze obiadowej zadzwoniła jej komórka. Zosia przerwała nauki prawidłowego krojenia kotleta na talerzu, których to nauk właśnie udzielała Cyckowi i Myckowi na terenie placówkowej stołówki, i odnalazła szalejący telefon w przepaściach swoich licznych kieszeni.
– Halo, słucham.
– Cześć, tu Adam. Adam Grzybowski. Kojarzysz mnie?
Adam! Kapitan na mostku fregaty pod pełnymi żaglami! Sierotka po kaphornówce!

Zosia postarała się bezskutecznie uciszyć serce, szalejące zupełnie jak przed chwilą dzwonek jej komórki.
- Hej, jesteś tam?
- Jestem, jestem. Kojarzę. Przepraszam cię, byłam zajęta. Już mów.
- Już mówię. Obiecałem ci, że zadzwonię, jak się tu będą Dwudziestki wybierać. No więc właśnie się wybierają.
- Ale jesteś kochany! Że pamiętałeś. I co, kiedy będą?
- W sobotę mają koncert w tawernie, a w niedzielę wieczorem grają na jakiejś zamkniętej imprezie integracyjnej. Po południu w niedzielę mogliby wpaść do ciebie.
- O matko. Nie gadaj. I oni tak naprawdę zaśpiewają za friko?
- Tak się z nimi umawiałaś, prawda?
- O matko. To ładnie z ich strony.
- A ty się wybierasz do tawerny w sobotę?
Zosia wykonała gwałtowną pracę myślową. Najchętniej poszłaby na sobotni koncert, na pewno będzie tam sporo znajomych, których miło będzie zobaczyć, poza tym sama chętnie by sobie posłuchała w spokoju. Ale w tawernie miałaby okazję, żeby umówić się konkretnie z chłopakami... opowiedzieć im, jak trafić do domu dziecka „Magnolie", ostatecznie nie jest to wcale takie trudne – a wtedy przestałaby istnieć potrzeba doholowania ich tutaj. Przez Adama! Do tego dopuścić nie można, ostatecznie odżałuje koncert!
- Nie mogę w sobotę się ruszyć, kolega prosił, żebym wzięła za niego dyżur. Adamie, czy ty będziesz mógł ich tu doprowadzić? Bo ja się boję, że jak się wmanewrują w Prawobrzeże...
- Myślę, że tak, zresztą już to przecież obiecałem, pamiętam. O której wy tam jecie obiad w tym domu?
- Właśnie teraz.
- Aaaa, rozumiem to mlaskanie, które do mnie dochodzi. Słuchaj, może szesnasta będzie dobra, bo oni śpiewają dopiero koło dwudziestej pierwszej; mam na myśli tę im-

prezkę. W pałacu w Maciejewie, muszą tam jeszcze dojechać, to jakaś godzina, no, półtorej, do osiemnastej mogą u was być. Zorganizujesz jakąś kawę?
— Nawet z ciasteczkami. Słuchaj, bardzo ci dziękuję. To naprawdę ładnie z twojej strony.
— No. To się cieszę. To do niedzieli.
— Do niedzieli...

Gdyby w tym momencie Mycek nie zaczął się dławić zbyt dużym kawałkiem kotleta schabowego w wersji pań Basi i Irminy (mocno rozklapany, dużo bułki łatwo wpadającej do tchawicy) — Zosia jeszcze długo pozostałaby w stuporze i z dość rozanielonym wyrazem twarzy. Ponieważ jednak niebezpieczeństwo było blisko, musiała zareagować energicznie, aby uratować Mycka od uduszenia.

Po udanej akcji ratowniczej mogła wreszcie przystąpić do spożywania własnej porcji, a to znowu odciągnęło jej uwagę od Adama i niedzielnego koncertu. Konsekwentnie odmawiała jedzenia „porcji nauczycielskich" oferowanych przez kucharki przy osobnym stoliku i jadała w towarzystwie swoich dzieci. Uważała, że przyda się tu jej własny przykład w kwestii eleganckiego trzymania sztućców i tym podobnych drobiazgów. Cóż, kiedy jedyne naprawdę ostre noże podawane były wyłącznie do stolika personelu, wychowankowie zatem (i ona przy okazji) skazani byli na szarpanie mięsa w raczej nieforemne kawały. Po raz kolejny też rozzłościł ją stopień rozklapania kotleta, który po wyeliminowaniu warstwy buły zapewne nie przekroczyłby grubością kartki papieru. Marchewka z groszkiem stanowiła obrzydliwą pacię zawierającą głównie zasmażkę na starym tłuszczu. No i zupa była konsekwentnie za słona — Zosi przypomniał się znany billboard reklamujący przemoc domową i przez chwilę pomyślała, jak miło wyglądałyby obie kucharki, gdyby tak Maślanko i Wysiak podbili im każdy po jednym oku.

Do sprawy koncertu wróciła, kiedy już udało jej się rozprowadzić chłopców po pokojach. Należało bezwzględnie zawiadomić dyrektorkę o samorzutnej akcji ukulturalniania młodzieży, bo inaczej akcja mogłaby zostać udaremniona.

Aldona Hajnrych-Zombiszewska była tego dnia w nastroju łaskawym i pogodnym. Jak na nią. Zosia zastała ją w dyrektorskim gabinecie – wprawdzie szefowa miała tego dnia dyżur i powinna była pilnować swojej grupy, ale znowu zwaliła ten obowiązek na sumienną głowę Henia Krapsza, który rzucił życie rodzinne i przyleciał do pracy. Aldona postanowiła dzień przeznaczyć na spotkania z rodzicami, bo kilkoro do siebie wezwała. Miała błogą świadomość, że nikt z wezwanych nie przyjdzie: byli to rodzice od lat konsekwentnie migający się od wypełniania jakichkolwiek obowiązków wobec dzieci. Popołudnie jawiło się jej jako znakomita okazja do uprawiania słodkiego nieróbstwa – uwielbiała je skrycie, dla ludzi kreując się na osobę pracowitą, pryncypialną i niezastąpioną. Zosia całym sercem nie znosiła tego pozerstwa, będąc osobą na wskroś prostolinijną, szczerą, której umiejętności dyplomatyczne przypominały umiejętności dyplomatyczne samojezdnego transportera opancerzonego. Starała się jednak nie dostrzec bezmiaru nieróbstwa pryncypałki, żeby nie ściągać na siebie niepotrzebnie jej złości. Miała przecież coś do załatwienia.

– Dzień dobry, pani dyrektor – powiedziała grzecznie od progu. – Można?

– Proszę, pani Czerwonka. – Aldona przybrała ton rzeczowy, sugerujący, że jest wprawdzie bardzo zajęta, jednak na chwilę może się oderwać od ciężkiej pracy, skoro jej personel ma do niej sprawę. – Za chwilę powinni przyjść rodzice, ale mogę pani poświęcić jakieś pięć minut. Coś się stało? Jakieś problemy z grupą?

– Nie, żadne problemy, wprost przeciwnie. Mam pomysł na zorganizowanie małej imprezki w niedzielę, ale nie wiem, czy dla wszystkich dzieci, czy tylko dla swojej grupy i właśnie chciałam się pani dyrektor poradzić, i w ogóle zapytać, czy można?

– Imprezki? W adwencie? – Pani dyrektor skrzywiła się

z dezaprobatą. Kiedy jej to pasowało, bywała wzorowo pobożna, a wizja imprezki w domu oznaczała konieczność wykonania, być może, jakiegoś ruchu. To ją brzydziło.

– To nie koliduje, pani dyrektor. To tylko mały koncercik pieśni morskich, jest taki zespół, który zgodził się u nas zaśpiewać za darmo, bez konieczności stawiania świateł ani nagłośnienia. Tyle że się dzieci zbiorą w dużej sali, a oni przyjdą i zaśpiewają. Z gitarami.

– Pieśni morskie? Po co? Co to w ogóle jest?

– Dla poszerzenia horyzontów, pani dyrektor. To fajne pieśni, kiedyś się śpiewało do pracy na wielkich żaglowcach. Pani dyrektor wie, klipry herbaciane i takie tam...

Mina pani dyrektor świadczyła, że pierwszy raz w życiu słyszy o kliprach herbacianych i że nie chciałaby słyszeć o nich nigdy więcej.

– Ja wszystko sama zorganizuję, pani dyrektor. Henio Krapsz mi pomoże, on ma dyżur w niedzielę. I moje chłopaki, te starsze. I... i dobrze będzie.

Już się rozpędziła, żeby powiedzieć „i Heniowe chłopaki też", w porę jednak przypomniała sobie, że Heniowe chłopaki to Maślanko and his boys. Bezpieczniej będzie nie prosić ich o pomoc.

– A co to za zespół, taki charytatywny – drążyła, nieco drwiącym tonem, pani dyrektor.

– Ryczące Dwudziestki. Tacy szantymeni ze Śląska.

– Ach, ze Śląska? To my już nie mamy własnych zespołów śpiewających o morzu. Po co nam zespoły ze Śląska, pani Czerwonka?

Zosia zgrzytnęła, ale nie straciła zimnej krwi. Za bardzo jej zależało... na czymś.

– Na Śląsku jest dużo takich zespołów. Tam lubią morze. A my w Szczecinie mamy świetny klub wysokogórski, cha, cha, cha.

Nie wiadomo, czy pani dyrektor uznała trafność argumentów Zosi, czy po prostu nie chciało jej się strzępić języka, dość, że bez dodatkowych pytań, upewniając się tylko, że Zosia w istocie bierze na siebie całość organizacji – wyraziła zgodę na niedzielny koncert.

Zosia zatarła rączki i natychmiast poleciała dogadywać się z pozostałymi pięcioma wychowawcami. Akurat dzisiejszy zestaw miał być również w niedzielę. Wychowawcy – a właściwie cztery wychowawczynie i jeden Henio – z mniejszym lub większym entuzjazmem przyjęli wiadomość. Tak naprawdę to tylko Henio przyjął ją z entuzjazmem. Ale Zosi to wystarczyło.

W niedzielę rano wydarła od wychowawczyń i Henia wiedzę, ilu wychowanków ma zamiar posłuchać Dwudziestek, a natychmiast po obiedzie zapędziła Darka i starszych chłopców ze swojej grupy do ustawiania krzeseł w stołówce w półkolistą widownię. Kucharki nie omieszkały okazać swojego głębokiego niezadowolenia, ale Zosia zapewniła, że krzesła zostaną posprzątane przed kolacją.

Za kwadrans czwarta pod dom dziecka podjechał mikrobus.

– Qniobus – wyjaśnił Adam. – Dzień dobry w „Magnoliach".

– To ja witam w „Magnoliach" – sprostowała zarumieniona Zosia.

– Mahalas, koleżanko, on jest marki Mahalas – śmiał się zaraźliwym śmiechem Qnia, wyciągając z głębin przestrzeni bagażowej gitarę. – Idziemy? Masz dla nas kawę? I ciasteczka? Było obiecane!

– Mam, oczywiście! Jaki Mahalas? Co ty opowiadasz? Cześć, Adam, cieszę się, że jesteście, dziękuję ci za doholowanie...

– Drobiazg. Znasz wszystkich? Sęp, Bodzio, Jasiu, Martinez...

– No, właściwie znam. – Zosia ściskała prawice, ucieszona i troszkę zdenerwowana. – A co z tym Mahalasem?

– Jedzie dziki kowboj, macha lassem – zaśpiewał Qnia.
– Czym jechał kowboj?
– Ach...

Sześciu przystojnych mężczyzn wmaszerowało za Zosią do holu, powodując nagłe zainteresowanie tych dziewczyn, które nie zadeklarowały przedtem chęci wysłuchania koncertu, a teraz pałętały się po domu. Spora część z nich udała się do stołówki, powodując zaniepokojenie Zosi, czy aby teraz starczy miejsca dla wszystkich.

Jakoś starczyło. Kiedy zespół, posilony naprędce kawą z nieśmiertelnymi herbatnikami spożytymi w pokoju wychowawców, wkroczył do stołówki, większość wychowanków domu dziecka „Magnolie" siedziała i czekała. Siedziały tam również cztery wychowawczynie, ciekawe, jak też będą śpiewać ci przystojniacy. Na posterunku więc znajdował się już tylko Henio Krapsz, który też chętnie by posłuchał, ale ktoś musiał pełnić dyżur w tym domu.

Zosia spodziewała się, że Dwudziestki jako starzy wyjadacze sceniczni, którym już niejedna publiczność z ręki jadła, natychmiast nawiążą kontakt z dziećmi. Okazało się jednak, że to nie takie proste. Może tylko starsze dziewczęta zdradzały niejakie zainteresowanie zespołem, zapewne w wyniku męskich uroków roztaczanych szczodrze z improwizowanej sceny, chłopcy natomiast kręcili się niespokojnie, gadali po cichu, zajmowali się sobą na różne sposoby – Zosia była na granicy rozpaczy.

Adam obserwował ją i po raz kolejny doszedł do wniosku, że mógłby ją polubić. To znaczy, że już ją lubi. Ależ jej zależało na tym, żeby te jej dzieciaki dobrze wypadły! Tymczasem na próżno śpiewacy się pruli, na próżno coraz energiczniej śpiewali klasyczne szanty i własne ochocze piosenki, na próżno Qnia i Sęp sięgali wyżyn scenicznego dowcipu – dom dziecka „Magnolie" najwyraźniej miał ich w nosie.

Zosia zapomniała o Adamie – myśli jej bez reszty zajął straszny wstyd – ściągnęła ich tutaj, oni poświęcili swoje wolne popołudnie, żeby zaśpiewać dla niechcianych dzieci, a niechciane dzieci... matko jedyna, co ona im teraz powie?

Przebrzmiała właśnie piosenka „Popłyń do Rio", która w normalnych warunkach wywoływała długo niemilknące brawa i którą zazwyczaj publiczność śpiewała wraz z zespołem.

Qnia już nawet nie próbował zachęcać dzieci do wspólnego śpiewania, było widać, że nic z tego nie będzie.

Zosi zrobiło się ciemno przed oczami. Zamknęła je na wszelki wypadek.

I wtedy zespół, zrezygnowawszy widać z prób rozweselenia niewdzięcznej publiczności, zaczął śpiewać balladę o okręcie, który przeszedł do historii. Do Zosi dotarło nagle, że w sali robi się coraz ciszej.

Liniowiec, co się zwał „Timeraire", nie wróci już
                                                    do domu.
U kresu swej drogi zapadł w sen, w cichym doku,
niepotrzebny już nikomu...

Zosia rozejrzała się po sali. No, no. Nie do wiary. Wszyscy siedzieli zasłuchani, wpatrzeni w śpiewających mężczyzn. Wszyscy chłopcy, nie tylko wszystkie dziewczyny i panie wychowawczynie!

Skończył się liniowców czas, odpłynęły w porty
                                                  zapomnienia,
maszty nocą nie muskają gwiazd,
huk dział już tylko we wspomnieniach.
Nikt nie krzyczy „God save Queen", „Vive la France",
Nie ma już liniowców na La Manche...[*]

---

[*] Przepiękną balladę o liniowcu, co się zwał „Timeraire", napisali wspólnie Artur Szczęsny i Wojciech Dudziński, a śpiewają ją rzeczywiście Ryczące Dwudziestki w sposób wyciskający łzy z co wrażliwszych oczu... Nawiasem mówiąc, autorka była kiedyś świadkiem (świadkinią???) podobnego koncertu – odbywał się on jednakowoż nie w domu dziecka, lecz w domu wychowawczym. Balladą, która uciszyła publiczność, była wtedy irlandzka piosenka „Red is the Rose", z polskimi słowami opowiadającymi o domu na dalekich wzgórzach Walii. Śpiewał ją z Dwudziestkami niejaki Szkot (Henryk Czekała), a w oczach dzieci łzy błysnęły, owszem...

Zosia wprawdzie jakieś sto razy słyszała balladę o liniowcu „Timeraire", znała ją na pamięć i też umiałaby zaśpiewać, ale tym razem, widząc zasłuchane twarze swoich chłopaków, sama się wzruszyła. A chytrzy śpiewacy, widząc, że wreszcie trafili, poszli dalej tym klimatem. Popłynęły pieśni o ciężkiej pracy wielorybników, o trudzie żeglowania, o tęsknocie za domem. Te ostatnie szczególnie wywoływały niemal bezdech u publiczności. Koncert zakończył się pełnym sukcesem, aczkolwiek jeśli chodzi o wyrażenie aplauzu, to nadal było cieniutko. Ale w tym wypadku ilość braw w przeliczeniu na jednego wykonawcę przestała się liczyć.

Publiczność odeszła, powłócząc nogami i szurając krzesłami, które miały być odstawione na swoje miejsca – zbliżała się pora kolacji, aczkolwiek kucharki też uległy urokowi zespołu i zamiast smarować kanapki pasztetem drobiowym, stały w drzwiach i słuchały, a nawet próbowały refrenować w co łatwiejszych piosenkach.

– My już musimy lecieć – oznajmił Qnia – więc nie zatrzymuj nas, Zosiu droga, na kolejne kawy. Ani na kolację. Jedziemy na bankiet!

– Nie macie pojęcia, jaka wam jestem wdzięczna! Tylko nie rozumiem zupełnie, dlaczego oni tak się strasznie zachowywali na początku...

– A ja chyba wiem – powiedział Adam. – Moje psychologiczne wykształcenie się we mnie odezwało. I ono mi podpowiada, że rozrywka im wisi. Nie dorośli do rozrywki w tej formie. Natomiast zainteresowali się piosenkami o prawdziwym życiu. Oni tu chyba niewiele wiedzą o prawdziwym życiu, co?

– A jakie tu jest życie – obruszyła się Zosia. – Prawdziwe życie jest w prawdziwym domu, a tu... szkoda gadać. Bardzo wam dziękuję, chłopaki, bardzo. Naprawdę.

Po kolei wyściskała wszystkich śpiewaków (i odebrała pięć serdecznych uścisków), aż doszła do Adama i tu ją coś zastopowało.

– Mnie też się należy – zaprotestował Adam i pochylił się ku niej z zamiarem zrobienia z nią niedźwiedzia.

Ułamek sekundy zawahała się, zanim zdecydowała wpaść w jego objęcia. Były to objęcia przyjazne i to wszystko. A jednak czymś się różniły od pozostałych pięciu niedźwiadków. W tych ramionach Zosia chętnie by pozostała na trochę, ot tak, żeby się przekonać, co one jej właściwie robią. Te ramiona. Te objęcia.

– Przyjedziesz do Krakowa na szanty?

Nawet nie zauważyła, który to spytał. Nie Adam w każdym razie. Z żalem opuściła „te objęcia", aby odpowiedzieć.

– Nigdy nie byłam.

– Ale my cię nie pytamy, czy byłaś – powiedział łagodnie Janusz – tylko czy się wybierasz w lutym?

– Sama nie wiem... chyba nie mam z kim...

– Ja będę jechał na pewno – zadeklarował Adam. – Możesz jechać ze mną. To znaczy, będzie nas więcej, nie wiem, czy pojedziemy samochodem, czy pociągiem. Chcesz?

Zosię lekko zatchnęło, bo takiego szczęścia to już się nie spodziewała, naprawdę. Jakim cudem on ją zaprasza do Krakowa... ach, będzie grupa znajomych, no, trudno. Najważniejsze, że on będzie. Tylko nie wiadomo, ile kosztuje hotel... a w ogóle jak tam są noclegi zorganizowane, kurczę, przecież ona nic nie wie!

– Zdzwonimy się, to powiesz, czy się decydujesz – powiedział, jak jej się wydawało, z pewnym zniecierpliwieniem. – Oni mnie podwożą do Basenu Górniczego, więc cię na razie rzucam. Trzymaj się ciepło. Fajny był ten koncercik w sumie. Dawał do myślenia. Dziękuję ci, miałaś dobry pomysł...

Czyjeś krzepkie ręce wciągnęły go do wnętrza qniobusu zwanego również mahalasem, Qnia zatrąbił i auto zniknęło z pola widzenia Zosi, pozostawiając za sobą tylko bryzgi błota i smrodek spalin.

Zosia jeszcze kilka chwil unosiła się swobodnie nad ziemią, aż do momentu, kiedy przybiegł poseł od Darka z wiadomością, że Krzysiek i Żaba rozkwasili sobie nawzajem nosy, z których teraz krew leci strasznie i jak się jej zaraz nie zatamuje, to oni się wykrwawią na śmierć, a poza tym zaświnią cały dom, bo zamiast siedzieć spokojnie, to oni się, proszę pani, to jest, ciociu, ganiają po całym domu i nie chcą powiedzieć, o co się właściwie pobili, ale chyba dlatego, że Krzysiek powiedział na Żabę „ty mendo dworska", ciociu, co to jest menda dworska?

Zosia westchnęła i udała się do domu, czynić pokój między wojującymi narodami.

Adam opuścił wesoły mikrobus na Basenie Górniczym, pomachał ręką odjeżdżającym przyjaciołom i poszedł na przystanek tramwajowy.

Ta Zosia. Sympatyczna zdecydowanie. Z gatunku tych, które chciałoby się trzymać za rękę w chwili śmierci.

Co on z tą śmiercią? To przez Biankę.

A ten dom – coś koszmarnego. Wielkie toto, nieprzytulne, wichry hulają na korytarzach, te wychowawczynie jakieś straszne gęsi (z wyjątkiem Zosi, oczywiście, która w najmniejszym stopniu nie jest gęsiowata, i tego jej kumpla, Henia, który jednakowoż nie miał czasu). Dzieci jakby wszystkie jednakowe. Coś jest nie tak w tym domu, coś jest nie tak!

Może by tam zrobić jakąś interwencję?

Tylko w jakiej sprawie?

Nooo, coś by się znalazło, na pewno. Byle dobrze pogrzebać.

Tylko czy on jest pistoletem od afer wygrzebywanych na siłę?

Reportaż.

Nie, on nie jest także od reportaży. Reportaże są za bardzo pracochłonne. Od reportaży są starsze koleżanki. Na przykład Eulalia Manowska – ta sobie lubi podłubać. Albo Wika Wojtyńska. Druga hobbystka. Jego dłubanina nudzi.

Może namówić matkę, która przecież ma forsy jak lodu, żeby zasponsorowała temu domowi cokolwiek, jakieś meble ładniejsze albo sprzęt? Parę komputerów na pewno im się przyda, a matka sobie odpisze. Jeden procent czy coś takiego.

Bez przesady. Co go to wszystko obchodzi? Zauczestniczył w dobrym uczynku i na razie dosyć będzie.

Święta zbliżały się wielkimi krokami i Zosiny letarg został zastąpiony przez doroczne, najzupełniej bezsensowne poczucie winy. Na próżno tłumaczyła sobie, jak dalece jest ono bezsensowne – trzymało ją kurczowo i nie wypuszczało z zimnych łap.

Najgorzej robiło jej codzienne – a właściwie co-drugo--dzienne, bo tak ustawione miała dyżury – usypianie Cycka i Mycka. Im bliżej była Gwiazdka, tym bardziej bliźniacy wiedzieli, że nikt po nich nie przyjedzie. Ojciec nie dawał znaku życia, ale on nie dawał tego znaku właściwie, odkąd pamiętali, liczyli raczej na mamę. Mama natomiast, z zawodu pracownik ogólny niewykwalifikowany, aktualny status: bezrobotna, znalazła sobie niedawno pana, który był nią zainteresowany, a nawet – kto wie – może zechciałby ją podnieść do rangi żony, więc musiała raczej intensywnie zajmować się panem, a nie durnymi bliźniakami, co trafiły jej się przez ewidentne niedopatrzenie i chyba każdy to rozumie, prawda? No więc mama pojawiła się jakiś tydzień przed świętami w „Magnoliach", nawiedziła panią dyrektor, zostawiła jej bombonierkę z czekoladkami Lindta (były przecenione o siedemdziesiąt procent z powodu dwuletniego przeterminowania, w małych sklepikach na peryferiach miasta rzadko zdarzają się klienci na takie drogie czekoladki) i wyłuszczyła wszystko, co i jak. Dla synów prezentu nie przywiozła, bo pani dyrektor przecież rozumie, że ona jako bezrobotna nie ma pieniędzy na wyrzucenie, co innego, gdyby było potrzebne jedzenie albo ubranie, ale to przecież placówka zapewnia, nie po to podatki płaciła, jak miała jeszcze pracę (w sumie były to jakieś trzy lata rozrzucone chaotycznie po jej bujnym życiorysie), żeby teraz państwowy dom dziecka nie znalazł tych paru groszy dla niewinnych dzieciaków. No i pani dyrektor chyba też rozumie, że ona by wolała z dzieciakami się nie spotykać teraz, bo one to zaraz będą przeżywać, a ona nie ma zdrowia wszystkiego im tłumaczyć. A znowu ten nowy pan nie jest zainteresowany cudzymi bachorami, więc pani dyrektor rozumie. No.

Uzyskawszy zrozumienie pani dyrektor, pani Arleta Płaskojć oddaliła się pospiesznie, oglądając się za siebie na wszelki wypadek, żeby widzieć, czy Cyryl lub Metody za nią nie gonią. I ewentualnie zwiać im w porę. Bracia o imionach prasłowiańskich świętych jej nie gonili, natomiast goniła jakaś grubawa facetka. Dopadła ją przed samą bramą i zatrzymała PARFORS. Znaczy, złapała ją za łokieć.

– Dlaczego pani mnie tak zatrzymuje PARFORS? – spytała wyniośle Arleta, bardzo zadowolona ze znajomości tak wspaniale brzmiącego terminu (był on świeży w jej słownictwie, a nabyła go od swojego nowego pana, który lubił takie wyrażanse; tak właśnie mówił: wyrażanse).

– Pani Płaskojć? – warknęła grubawa i Arleta zorientowała się, że nie będzie ona tłumaczyć się ze swego grubiańskiego zachowania.

– Proszę mnie puścić. Oczywiście, że to ja. Czym mogę pani służyć?

– Dlaczego, do ciężkiej cholery, nie odwiedza pani w ogóle synów? Dlaczego nie zabierze ich pani na święta do domu, tylko zostawia w bidulu? Co?

– A kto pani powiedział, że nie zamierzam ich brać na święta? – obruszyła się Arleta dla zasady.

Grubawą nieco przystopowało.

– Przecież widzę, że pani właśnie daje nogę – prychnęła, ale puściła łokieć Arlety.

– Ja nie daję nogi, ja wychodzę – oświadczyła Arleta

wyniośle i chciała rzeczywiście wyjść, ale grubawa oprzytomniała i znowu złapała ją za łokieć.

– Chwila! Czy to znaczy, że pani po nich wróci przed świętami?

– A co to panią obchodzi? Kim pani w ogóle jest?

– Nawet tego pani nie wie, tak panią interesują własne dzieci! Jestem ich wychowawczynią! I obchodzi mnie to, bo to ja ich usypiam, ja im wycieram nosy i ja ich utulam, kiedy ryczą!

– No przecież za darmo pani tego nie robi, nie? Płacą pani? Państwo pani płaci?

– Płaci! Ale dzieci powinny mieć matkę! Zabierze ich pani na te cholerne święta czy nie?

– Co się pani tak buzuje? Pewnie, że ich nie zabiorę. Ja już wyjaśniłam wszystko pani dyrektor i nie będę się teraz tłumaczyła przed panią! I proszę nie mówić bez przerwy „cholera", dobrze?

– Cholera jasna! Dobrze. Może mi się pani nie tłumaczyć, ja już wiem, co chciałam wiedzieć. Jeszcze tylko jedno. Dlaczego pani się nie zrzeknie praw rodzicielskich? Może ktoś by ich adoptował, znaleźliby jakiś dom...

– Oni mają dom. Tutaj. Co pani sobie wyobraża, że ja bym swoje dzieci oddała jakimś obcym ludziom?

Korzystając z tego, że Zosia zamarła zdumiona taką logiką, Arleta wyrwała jej swój łokieć i szybciutko opuściła teren państwowej placówki opiekuńczo-wychowawczej.

Zosia dla odmiany pomału powlokła się w stronę domu, po drodze jednak zatrzymała się na chwilę przy dużej sośnie i cicho, ale dosadnie, używając bardzo wielu absolutnie niecenzuralnych wyrazów, powiedziała sośnie prosto w korę, co myśli o Arlecie Płaskojć i wszystkich jej podobnych lafiryndach.

– No więc ja teraz zupełnie nie wiem, co będzie korzystniejsze, paczka cukierków plus jakiś misiek dla każdego czy jeden komputer na cały dom?

Adam siedział w Barze Jarze w towarzystwie Ilonki Karambol, pogodynki Kasi Krawiec i montażystki Joli Susło (wszystkie znalazły się swego czasu na słynnej liście castingowej), i usiłował wydusić z nich konstruktywne zdanie w sprawie ewentualnego obdarowania czymkolwiek Domu Dziecka „Magnolie". Sponsorką prezentów zamierzał uczynić własną matkę, o czym ona do tej pory nie miała bladego pojęcia.

Koleżanki wysłuchały opowieści o koncercie szantowym, o dzieciach, o zaangażowanej osobiście Zosi i teraz zastanawiały się, co by tu doradzić koledze, którego najwyraźniej męczyło dobre serce.

– Ja uważam – zaczęła Ilonka – że każde dziecko powinno coś dostać. Sam wiesz, jak to jest z Gwiazdką. Jak nie dotkniesz paczki własnymi rękami, jak nie rozwiążesz kokardek i nie rozedrzesz papieru, to nie wiesz w ogóle, że dostałeś jakiś prezent. Absolutnie każdy dzieciak powinien dostać coś indywidualnie. Indywidualnie, mówię! To piwo było dla mnie, proszę pani, dzisiaj mogę, oddałam samochód na przegląd.

Montażystka Jola powątpiewająco kręciła głową.

– Coś ty, Ilona. Każdemu paczuszkę? I jeszcze każdemu coś innego kupić? To by trzeba było najpierw zrobić rozeznanie, ile które dziecko ma lat, jakie ma zainteresowania, co by chciało dostać. Matko, cała logistyka! Adam, jeśli możesz matkę stuknąć na jakieś pieniądze, to lepiej kupić coś dużego. Chociażby ten komputer. Takiego domu dziecka w życiu nie będzie stać na dobry komputer, muszą dostać w prezencie!

– Ty kota masz? – włączyła się do dyskusji Kasia pogodynka. – I gdzie im postawisz ten komputer? Na korytarzu, żeby się pozabijali? Ja ci ręczę, że najdalej na trzeci dzień komputer wyląduje w gabinecie u pani dyrektor albo księgowa zacznie na nim robić rozliczenia!

– Raczej pasjanse stawiać – prychnęła Ilonka. – Patrz, Adam, jak trudno być dobroczyńcą!

— A może byś się tej całej Zosi poradził? — Kasia grzebała łyżeczką w kawie. — Tutaj coś pływa. Jakieś kożuchy czy coś. Jaka ona jest, ta Zosia?

— A bo ja wiem, jaka? Duża. Wszerz, wzdłuż nie bardzo. Sympatyczna. Kudłata.

— Na grzbiecie? — zainteresowała się gwałtownie Jola.

— Nie, na głowie. Loczki ma.

— Loczki da się uprasować — zauważyła Kasia. — Może by lepiej wyglądała z prostymi?

— Nie, ona jest fajna taka kudłata. Kręcona. Jak to można powiedzieć?

— Lokata — poinformowała go Ilonka. — Jedna facetka, z którą robiłam wywiad, tak mówiła. Lokata. Zupełnie jak lokata kapitału.

— Przestańcie, dziewczyny! Miałyście mi udzielać światłych rad!

— A ona ci się podoba, ta Zosia?

— Pewnie, że mu się podoba. — Jola udzieliła Ilonce odpowiedzi, bo Adam nagle się zamyślił. — Popatrz, jak o niej myśli, to mu uszy czerwienieją.

— Nic mi nie czerwienieje, a już zwłaszcza uszy. Właśnie zastanawiałem się, czy ona mi się podoba, ale raczej nie. Lubię ją, bo to dobra dziewczyna, ale co do podobania, to wy wszystkie trzy jesteście od niej o wiele ładniejsze. Ona nie ma figury. Myślicie, że powinienem jej się poradzić?

— Jej. Jej, jej. Jejku, jejku. Chyba że wydusisz z mamusi forsę i kupisz coś pięknego każdej z nas. Małe brylantowe serduszko czy coś takiego. To będzie jeszcze lepiej.

— Ciociuuuu...

— Co, Januszku?

— My będziemy mieli w tym roku swoją choinkę grupową czy taką ogólną?

— A jak byście chcieli?

– Chybabyśmy chcieli grupową. Ale znowu ja bym chciał, żeby Julka mogła być ze mną, a jak będzie grupowa, to ona nie będzie mogła, prawda?
– Kochany, Julcię zawsze możemy zaprosić do naszej grupy. Na pewno chłopcy nie będą mieli nic przeciwko. Przecież wiedzą, że to twoja siostra. Ale mnie się wydaje, że będzie ogólna choinka, domowa. To i tak będziecie razem.
– Ciociu, przecież to nie jest prawdziwy dom.
– Nie jest. Ale innego na razie nie mamy, prawda? Musimy sobie jakoś zorganizować życie w tym, który jest. Słuchaj, Januszku, a może byśmy sobie zrobili taką małą Wigilię we własnym gronie? W grupie, już po oficjalnej?
– Ale co ciocia ma na myśli? Choinkę? Żebyśmy ją sami ubrali, jak chcemy?
– Choinkę, może kolędy pośpiewamy, zjemy sobie jakieś pierniczki.
– A kto kupi pierniczki?
– Podejrzewam, że w domu będzie pierniczków do oporu, zawsze przed świętami dostajemy jakieś dary od sklepów, firm, sam wiesz, że żarcia jest pełno.
– Wiem. A może byśmy upiekli coś sami?
– Kurczę, Jasiu, strasznie mi przykro, ale ja nie umiem piec ciastek...
– No... a jakbym ja spróbował? W szkole żeśmy piekli...
– Piekliśmy. Mówi się piekliśmy. I co, umiałbyś upiec pierniczki?
– Pierniczków to może nie, ale umiałbym kruche ciastka, takie na choinkę, z dziurkami. I sernik. Sernik też żeśmy robili. Robiliśmy.
– Nie opowiadaj! Taki normalny, pieczony? Nie na zimno? Ser i biszkopty?
– Jak Julkę kocham. Pieczony. Nie na żadne zimno. Z rodzynkami i orzechami włoskimi.
– O, kurczę. Zaimponowałeś mi. Jesteś lepszy ode mnie.

To wiesz co? Pogadamy z chłopakami, kupimy małą choineczkę i będziemy mieli własne święta. Takie trochę rodzinne.
– Grupowe.

– Halooo... Adam Grzybowski. Zosia, to ty?
– O, Adam! Ja, przecież do mnie dzwonisz, na komórkę. Co u ciebie?
– Mam do ciebie interes. To znaczy, mam taki pomysł jeden, ale za Boga nie wiem, co z nim zrobić, z tym pomysłem. Czy mogłabyś mnie skonsultować?
– Przez telefon?
– Nie, lepiej osobiście. Nie wybierasz się do tawerny na jakieś piwo?
– Przeważnie nie mam czasu na piwo. Poza tym piwo tuczy. Do tawerny chodzę, jak grają. A co, gra ktoś?
– Mogę ja ci zagrać na drumli. Chcesz?
– A masz drumlę?
– Mam. To co, jutro?
– Jutro pracuję. Dzisiaj albo pojutrze.
– Dzisiaj mam rozmowę z jednym facetem w programie. Pojutrze. O której?
– O której chcesz.
– Siedemnasta?
– Dobrze, będę. To na razie, bo mi mleko zaraz wykipi, robię sobie owsiankę.

– Cześć, Zosiu. Cieszę się, że jesteś. Przepraszam. To ładnie, że zaczekałaś. Miałem niespodziewanego newsa, wracaliśmy ze zdjęć i tuż przed nami się tir rozkraczył. Na Trasie Zamkowej, masz pojęcie? W godzinach szczytu, dwadzieścia pięć po czwartej. Zakorkował całą natychmiast, samochody nie mogą zjechać ani w tę, ani we w tę. A on wpadł w poślizg i zarył w barierkę, aż gwizdnęło. By-

liśmy na sąsiednim pasie, łaska boska, że w nas nie trafił. Ty jechałaś Szosą Poznańską?
– Tak, sześćdziesiąt jeden. I co, zdążyłeś zrobić materiał?
– Zdążyłem. Dlatego się spóźniłem. Rozumiesz. Jadłaś coś?
– Nie tutaj, jadłam obiad w domu.
– Ja muszę, bo nie dałem rady w fabryce. Weź jakąś sałatkę, bo mi będzie głupio samemu się napychać. Halo, halo!

Przywoławszy tym sposobem obsługę, Adam zaczął zamawiać duże ilości karkówki, frankfurterek i bekonu. Zosia poczuła się zdominowana i dla równowagi zamówiła sałatkę grecką.

Kiedy wertował kartę dań, którą zresztą znał na pamięć, przyjrzała się jego dłoniom. Zawsze zwracała uwagę na ręce, ponieważ uważała, że ręce mówią o człowieku prawie wszystko. Cóż mówiły ręce Adama? Na pewno mówiły, że praca fizyczna nie jest jego domeną. Nie były to jednak delikatne łapki mięczaka, tylko silne i kształtne dłonie mężczyzny. Zadbane. Matko jedyna, czy on robi manikiur? W gabinecie? I może jeszcze kładzie sobie kremy i botoksy na gębę? Nie, botoksy chyba jednak nie, chociaż zmarszczek nie widać. Wróćmy do rąk. Ich gesty świadczą o zdecydowaniu. Takie ręce mogłyby trzymać szpadę, nie tylko knajpiane menu. Albo koło sterowe. No tak, to na pewno. Liny. Żagle zwijać...

I rozwijać...

I zwijać...

– Słuchaj – zagadnął ją znienacka, aż wyrwana z rozmarzenia, podskoczyła na ławie. – Chciałem cię spytać, tylko do tej pory nie było okazji... dlaczego właściwie przyszłaś na pogrzeb mojej ciotki? To było miłe, nie zrozum mnie źle. Lubię wiedzieć – uśmiechnął się. – Znałaś ją może?

– Osobiście nie. Tylko widzisz, ja też trochę żeglowałam

swojego czasu, tyle co nic, ale twoja ciocia zawsze była legendarna. Moi znajomi szli i poszłam z nimi.

Zełgała to bez zmrużenia oka, nie chcąc ujawnić, że poszła na cmentarz z powodu wizji kapitana na mostku fregaty. W sztormie.

– No i patrz, jaki przypadek. Te Dwudziestki i w ogóle.

Zwłaszcza i w ogóle – pomyślała, ale nic nie powiedziała, tylko uśmiechnęła się mile.

– A ty miałeś mi zagrać na drumli – zmieniła temat na mniej ryzykowny. – Zapomniałeś.

– Nie zapomniałem.

– A gdzie drumla?

– A, o.

Sięgnął do kieszeni, wyjął coś małego, podobnego do klucza od windy starego typu i położył to coś na stole.

– Co to jest?

– Drumla.

– Przestań! To?

– A coś ty myślała?

Patrzyła z niedowierzaniem, jak wziął przedmiocik w dwa palce, przyłożył sobie do półotwartych ust i zaczął coś przy nim majstrować drugą ręką. Rozległy się ciche dźwięki, które ją okropnie rozśmieszyły.

– Nie podoba ci się? Uważam, że pięknie gram!

– Pięknie, pięknie. Tylko ja byłam pewna, że drumla to coś w rodzaju mandoliny!

Teraz i on się roześmiał. Ładnie się śmiał. Całą twarzą, nie tylko ustami.

– Żarcie przyszło – zawiadomił ich wytwornie kelner, który znał Adama i mógł sobie pozwolić na taką familiarność. Przy okazji mrugnął do Zosi. – Smacznego wam życzę.

W przerwach między kęsami (jadł jak człowiek zgłodniały, ale cywilizowany) wyłuszczył jej swój problem. Zosia zadumała się.

– Cholera, nie wiem. Patrz, jak myślę o tym całym domu, pożal się Boże, to od razu rzucam cholerami.

– Uważasz, że miałem kiepski pomysł z tym prezentem? To znaczy z prezentami. To znaczy... rozumiesz.

– Pomysł miałeś fajny. Ale nie bardzo. Cholera.

Popatrzył na nią nic nierozumiejącym wzrokiem, bo znowu się zapowietrzyła.

– Słuchaj – odpowietrzyła się po jakimś czasie. – To jest tak. Ja pracuję w tym domu chyba siedem lat, albo coś w tym rodzaju. I z każdym rokiem tam przepracowanym, a właściwie nawet z każdym miesiącem, jestem bardziej przekonana, że najlepszym prezentem dla domu dziecka byłaby solidna bomba. Taka, żeby go od razu rozniosła na proch i pył.

– Eeee... nie przesadzasz?

– Nie tylko dla naszego domu. Dla każdego cholernego domu dziecka. To są cholerne wylęgarnie patologii, wypuszczamy kaleki emocjonalne, które do końca życia będą miały na garbie dom dziecka. To jest sztuczne życie, nie ma nic wspólnego z prawdziwym. Te dzieci jakoś teraz chowamy, zresztą przeważnie mamy je w nosie, tyle że jesteśmy tam na etacie i to nie ma nic wspólnego z jakimkolwiek wychowywaniem ich do życia, wiesz? Zwłaszcza samodzielnego. No, masakra, mówię ci. Cholera – zakończyła dobitnie.

– Ty też masz dzieci w nosie?

– Powiedziałam „przeważnie". Nie tylko ja nie mam ich w nosie, jest nas parę sztuk, ale niewiele możemy zrobić. Możemy dzieciaki nauczyć, że trzeba składać ubrania i jak jeść sztućcami, żeby się nie uświnić, i jeszcze parę innych rzeczy, ale nie nauczymy ich, jak kochać ludzi, jak mieć do nich zaufanie, jak żyć, jednym słowem. Zachowywać się – tak. Żyć – nie. Mam tę świadomość i to mi psuje komfort psychiczny.

– Wszędzie tak jest?

– W dużych domach dziecka tak. Jasne, że są różni dyrektorzy i różni wychowawcy, jednym bardziej się chce, innym znowuż nie... Ale nawet ci, którym się chce, niewiele mogą. System jest debilny, rozumiesz. System. A im większy dom, tym gorzej.

– To po co pracujesz tam, gdzie nie masz satysfakcji?

– A bo ja wiem, po co? Chyba nie potrafię się uwolnić od odpowiedzialności za moje dzieci, ale to też jest chora odpowiedzialność, bo mam świadomość, że pływam żabką w gęstej zupie. Żeby nie powiedzieć... nie powiem. A już jak widzę te wszystkie dobroczynne panie, to mi się nóż w kieszeni otwiera.

– Jakie dobroczynne panie?

– A takie jedne się nami opiekują...

– Myślałem, że charytatywne damy to się skończyły zaraz po epoce Orzeszkowej!

– Nic podobnego. Uwierz mi, mają się świetnie. Baltic-Women-Biznes-Club czy jakoś tak. Odwiedzają nas kilka razy do roku i właśnie, przepraszam cię, fundują prezenta. A to piłeczki nożne dla chłopczyków, a to skakaneczki dla dziewczynek. No nie, skakaneczki nie. Dla dziewczynek były plecaczki w kolorach słodkich i żarówiastych. Kupiły nam kino domowe. I załatwiły wyposażenie studia nagraniowego. Takiego bardzo amatorskiego, ale zawsze, parę mikrofonów, jakiś mikser, którego ktoś się pozbył, nagrywarka. Niech z dzieci wyrastają gwiazdy. Od przedszkola do Opola, wszyscy mamy szansę na sukces. I śpiewać każdy może, trochę lepiej lub trochę gorzej. A raz do roku stawiają jakiemuś dziecku czesne w dobrej szkole. To jest niby pożyteczne, ale wyobrażasz sobie typowanie tego dziecka? A my dla nich robimy, też raz w roku, akademię ku czci. Jak Boga kocham. Pani dyrektor zarządza wieczór artystyczny. Najmniejsze dzieci recytują wierszyki, a gwiazdy studia nagraniowego śpiewają karaoke. Coś obrzydliwego, mówię ci. A te baby najbardziej się cieszą, mam na myśli naszą dyrektorkę i damy, jak im się uda zwabić telewizję, żeby nas pokazali. Już tu kiedyś były twoje koleżanki. Śliczny program zrobiły, mówię ci. Moje bliźniaki miały wtedy po cztery lata i obydwa zwymiotowały ze zdenerwowania, bo się Zombie uparła, żeby to one dały paniom kwiatki. Ale tego w materiale nie było.

– Masz bliźniaki? – zainteresował się, wbrew sobie rozśmieszony. Pamiętał, jak dwa lata temu dwie koleżanki od programów społecznych wróciły z jakiegoś domu dziecka w stanie białej furii, ponieważ jakieś dzieciaki puściły im pawia do torby z kasetami. To już teraz wie, który to był dom...

– Mam. Cyryla i Metodego. Sześciolatki, w zerówce. Ta ich matka chyba jest chora umysłowo, żeby taki numer dzieciom wyciąć. Wiesz, jak na nich wszyscy mówią? Cycek i Mycek.

Teraz już Adam śmiał się na całego.

– Przepraszam cię – powiedział, błyskając białymi zębami. – Ja się nie śmieję z nich, tylko z tego, jak to opowiadasz.

– Pocieszna jestem, co? – mruknęła i z pasją wbiła na widelec kawałek fety, po czym sama zaczęła się śmiać. – Adam, ja wiem, że to komicznie wygląda z daleka, ale zapewniam cię, że Cyckowi i Myckowi nie było wtedy do śmiechu. Jak zwymiotowali na oczach wszystkich.

– Moim koleżankom też – zachichotał. – Ale powiedz mi, kochana, co w tym złego, że kobitki, te wasze biznesiary, chcą się dzieciom jakoś przysłużyć?

Zosia spoważniała błyskawicznie.

– W tym, że chcą, nie ma nic złego. To znaczy nie byłoby, gdyby to nie było tylko takie klajstrowanie sumienia. Damy biednym dzieciom karaoke, niech się bawią. A żeby tak wziąć za tyłek tych wszystkich tatusiów, co chlają gorzałę, te wszystkie matki, co też chlają i się puszczają na prawo i lewo, i dzieci im wszystkim przeszkadzają, i zdrowo nimi potrząsnąć! A jak nie chcą dzieci wychowywać, to niech spadają, gdzie chcą, zabrać im prawa rodzicielskie,

na dzieci do adopcji się czeka latami! Są ludzie, którzy by chcieli wziąć takie dzieci do siebie, to nie, nie można, bo przecież one mają rodziców!
— A co do tego mają twoje damy?
— Jak to co? One są opiniotwórcze. Jak im dzieci leżą na sercu, to niech robią raban, gdzie się da! W Sejmie! W tym klubie są dwie byłe posłanki! To się nazywa lobbowanie, nie? A znowuż te wszystkie, co mają własne firmy, może by tak zaproponowały pracę rodzicom tych dzieci, którzy by je chętnie zabrali do domu, tylko nie mają co do gara włożyć?

Adam jakby trochę stracił apetyt. Pogrzebał widelcem w tym, co zostało z pokaźnej kupki mięsa.
— Ale mi strzeliłaś wykład. Aż mi się głupio zrobiło, że miałem takie idiotyczne pomysły. No ale co, uważasz, że nic nie można zrobić?
— Coś pewnie można. Ja tak teraz tylko jestem na nie. Miałam parę dni temu rozmowę z mamuśką moich bliźniaków i to mnie trochę zdołowało. No i święta idą, a ja zawsze mam gwiazdkową deprechę. Przepraszam cię, miałeś dobre chęci, a ja na ciebie wyskoczyłam. Naprawdę, przepraszam.
— Nic się nie stało. Rozjaśniłaś mi w głowie, nigdy tego nie widziałem od tej strony. Prawdę mówiąc, nigdy się nad tym nie zastanawiałem.
— Wiesz — powiedziała Zosia z pasją. — Jedno wyjście jest. Ale to musiałoby być wyjście systemowe.

Spojrzał na nią pytająco.
— Powinno się zamknąć wszystkie domy dziecka, zostawić tylko takie pogotowia opiekuńcze, na krótki pobyt. A potem małe dzieci do adopcji, większe do rodzinnych domów dziecka. Tylko że u nas nie jest łatwo założyć taki rodzinny dom. Że już nie wspomnę o adopcji.
— U nas, w Polsce?
— U nas w Polsce. Adopcja to kanał. Zanim się zgodzą, dziecko dobiega do matury. Przesadzam, ale rzeczy-

wiście te procedury są okropnie upierdliwe. Ja wiem, że trzeba wszystko sprawdzić po tysiąc razy, żeby ludzie nie zwracali dziecka jak do wypożyczalni, ale mnóstwo rzeczy by można uprościć. A z rodzinnymi domami dziecka jest różnie. Najgorzej chyba w naszym regionie. Wiem, bo znam pary, co chcą zakładać takie domy. Droga przez mękę.

– Może ja bym zrobił o tym jakiś materialik?
– Możesz, dam ci namiary na te małżeństwa. Tylko to by trzeba potem pociągnąć. Bo tak zrobić i zapomnieć to nie ma chyba sensu?

Adam pokiwał głową. Ma rację ta cała Zosia. Poczuł jednak niechęć na myśl o wydeptywaniu ścieżek w urzędach i instytucjach, lobbowaniu, mędzeniu, spotkaniu się po parę razy z tymi samymi ludźmi. Boże, jak on tego nie lubi. On lubi tak: wywęszyć aferę, złapać trop, szybko rozeznać, dopaść winnego, przypieprzyć i zapomnieć. Długofalowe sprawy to nie dla niego. Dla koleżanek. Jego to męczy... w ogóle telewizja go męczy, wszystko jest takie powtarzalne... Może by tak rzucić to i na morze? Dom po cioci Biance też rzucić w diabły, nie chciała zapisać bezwarunkowo, to nie.

– O czym myślisz? Obraziłam cię?
– Nie, skądże. Ale chyba mam jeden pomysł, wprawdzie nie dla całego domu dziecka, może dla jednej grupy... Czy u was praktykowane są wyjazdy? Bo mógłbym zafundować jakiejś grupie wycieczkę do domu mojej ciotki, na Wolin. Tam teraz mieszka taka stara żeglarka, dom jest fajny, można by nawet przenocować wszystkich. Ona by im opowiedziała trochę o żeglowaniu, ja bym się mógł dołożyć...

– Zabrałbyś ekipę z kamerą?
– Nie, coś ty! Chciałabyś? Bo ja myślałem o takim prywatnym wyjeździe. Dla poszerzenia miśkom horyzontów. Może zresztą lepiej poczekać na wiosnę, teraz nie jest tak ładnie. Bo w ogóle to tam jest nadzwyczajnie. Ile dzieci jest w jednej grupie?

- W mojej dwanaścioro. To znaczy dwunastu chłopaków.
- I ty z nimi jesteś stale? Nie, to niemożliwe, coś mi się porąbało...
- No, porąbało ci się. Na grupę jest dwójka wychowawców. Słuchaj, a może by ich tam zawieźć na sylwestra?
- Wychowawców?
- Coś ty! Chłopców! Moglibyśmy przywitać nowy rok w innym miejscu niż nasz parszywy dom. Mówisz, że można tam zanocować...
- Można. Ciotka Lena, ta żyjąca staruszka, wiesz, stale tam gości jakichś szantymenów, przyjeżdżają do niej stadami, w domu jest mnóstwo polówek i karimat i czego tam jeszcze trzeba. Kanapy i koce też są.
- Aaaaadam!
- Chcesz? Pogadam z babcią. To znaczy, ona nie lubi, jak się na nią mówi babcia, tak samo jak ciotka Bianka. A ty załatwiaj formalności ze swoją dyrekcją.
- A jak będzie z transportem? I chyba powinniśmy zabrać jakąś wałówkę sylwestrową?
- O to się nie martw. To właśnie będzie mój prezent. Lepszy od kina domowego i karaoke?
- Pewnie, że lepszy. Ja tam jestem za poszerzaniem horyzontów chłopakom. Kurczę, Adam, fajnie to wymyśliłeś...
- Mówiłem, że potrzebna mi drobna konsultacja. Jeszcze trochę i będzie ze mnie prawdziwa charytatywna dama...

Święta w domu dziecka „Magnolie" były dokładnie tak obrzydliwe i ponure, jak przewidywała Zosia. Bliźniaki chodziły rozmazane, Żaba i Krzysio tłukli się niemal bez przerwy, Grzesiowi nawet nie chciało się namawiać Żaby na grę w okręty, Alan praktycznie nie wstawał z tapczanu, chyba że wołano na posiłki, Januszek z Julką spacerowali po najbliższym kawałku lasu niemal do odmrożenia nosów, Marek w kółko oglądał jakieś komiksy. Darek, odwiedziwszy matkę w mamrze, w którym odsiadywała kolejny wyrok za kradzież z włamaniem oraz brutalnym pobiciem staruszki właścicielki mieszkania, z pasją odśnieżał wszystkie chodniki dookoła domu, wykonując tym samym pracę za pana Zenonka Niespała, konserwatora i dozorcy w jednej osobie, z czego pan Zenonek, paprak i obibok, był szczerze zadowolony. Wojtek, Rysio i Romek zostali zabrani przez rodziny i mieli wrócić dopiero po sylwestrze. W grupowym saloniku, na podłodze za kanapą siedział gościnnie Adolf Seta i wodził mętnymi oczkami za swoją ukochaną panią Zosią.

Zosia kupiła małą choinkę i trochę ozdóbek – próbowała namówić Stanisława Jończyka, żeby się dorzucił, ale ją wyśmiał. Przecież jest w placówce bardzo ładna, duża choinka podarowana przez leśników, więc dlaczego pani Zosia popisuje się nadgorliwością? Zosia zgrzytnęła zębami i ze złości dokupiła jeszcze girlandy ze sztucznych gałęzi i dodatkowe dwa sznury światełek. Niestety, Januszkowi nie dane było upiec sernika ani nawet ciasteczek, bowiem obie kucharki do pomysłu wykorzystania kuchennego sprzętu i piecyka odniosły się z żywą dezaprobatą. Mówiąc prościej – też wyśmiały Zosię i naurągały – na szczęście zaocznie – głupiemu szczeniakowi, któremu się zachciewa Bóg wie czego, podczas gdy półki w spiżarni uginają się od ciast i smakołyków. Faktycznie, uginały się, ponieważ, jak zwykle przed Bożym Narodzeniem, właściciele supermarketów w ataku dobroczynności pozbywali się artykułów na granicy przeterminowania. Zosia zacięła zęby, lekceważąc protesty kucharek, zrobiła indywidualny remanent na półkach, wybrała co bardziej bożonarodzeniowe wiktuały (pogardziła na przykład wielkanocnymi babkami, których było sporo, a nabrała kruchych ciasteczek i pierniczków) i w wieczór wigilijny, po oficjalnej, „domowej" wieczerzy, zgarnęła swoich chłopców w największym pokoju, gdzie sypiała czwórka najmłodszych. Pokój ze względu na rozmiary nosił umowne miano salonu. Oczywiście, wierny Adolf Seta przywędrował tam również, cały szczęśliwy, że dyżur ma pan Henio Krapsz, a nie pani dyrektor. Wiadomo było, że pani dyrektor nie skala się pracą w święta, ale Adolf nie był tego świadomy i chodził w nerwach. Wigilii bez pani Zosi mógłby nie przeżyć, tak w każdym razie sądził.

Chłopcy nie bardzo mieli ochotę na wysłuchiwanie kolejnego bożonarodzeniowego kazania – zwłaszcza po tym jednym, które wygłosiła Zombie na początku ogólnej domowodzieckowej wieczerzy. Ociekało ono fałszywą słodyczą i wywołało u wychowanków słuszny odruch wymiotny. Dyrektorka wygłosiła je i natychmiast odeszła, nie czekając na opłatek, barszcz i resztę, albowiem umówiła się u jednych znajomych na wspólne spędzanie świąt. W domu nic nie robiła, stwierdziwszy, że bez pana Zombiszewskiego, który, jak wiadomo, uciekł w świat w towarzystwie tej tir-girl, Setowej, święta w domu byłyby tylko niepotrzebnym rozdrapywaniem ran. Argumentacja miałaby może sens, gdyby nie to, że i w obecności małżonka pani Hajnrych-Zombiszewska żadnych świąt nie urządzała – twierdziła, że wszystko przecież jest i tak doskonale zorganizowane w „Magnoliach".

Zosia nie miała zamiaru wygłaszać czegokolwiek. Postanowiła natomiast nauczyć swoich chłopców najweselszej pastorałki, jaką znała z dzieciństwa – „Hej w dzień narodzenia". Początkowo trochę się opierali, ale po jakimś czasie złapali nastrój i zgodnym chórem śpiewali: „Pani gospodyni, domowa mistrzyni, okaż swoją łaskę, każ upiec kiełbaskę". Nie wiadomo dlaczego zwrotka o kiełbasce wychodziła im najlepiej. Każde kolejne wykonanie zagryzali pierniczkami i ciastem, a w braku kompotu popijali colą.

Jedynymi osobami, które w tym wesołym chórze nie fałszowały, byli Zosia, rodzeństwo Kornów (Julka doszła na ten wieczór do grupy brata, porzucając bez żalu swoją własną) i Adolf Seta. Nikomu jednak zbiorowe knocenie nie przeszkadzało – wszak liczy się intencja – nastroje wybitnie się poprawiły, a kiedy pastorałka była już opanowana do perfekcji, a nawet niektórym nieco się przejadła – nauczono się kolejnej, „Jam jest dudka". Rozpracowano ją „na role" i Adolf został dudką. Intonował kolędę miękkim chłopięcym altem (dopiero w refrenie wchodził chór) i własny śpiew wprawił go w stan bliski nirwany.

Zosię natomiast wprawił najpierw w zdziwienie – taki, kurczę, Seta, a taki ma ładny głos i tak śpiewa! Natychmiast jednak sama siebie w myślach trzepnęła po łapach. Czyżby już tak jej się zakodowało, że Adolfik nie jest w stanie niczego zrobić z sensem? A gdzie wiara w człowieka? Wiara w możliwości wychowanka? Zrobiło jej się wstyd. Ona naprawdę nie powinna wątpić w te dzieciaki, bo jeśli ona w nie zwątpi, to cóż one same? Zwłaszcza młody Seta? Powinna się raczej spektakularnie zachwycić jego śpiewem, żeby go podnieść na duchu. Na razie jednak dała spokój spektakularnym zachwytom, bo nie bardzo wiedziała, jak je wyrazić, żeby nie zabrzmiało to sztucznie. Poza tym nie było to potrzebne – Adolf był szczęśliwy.

Kiedy już była pora na rozejście się do łóżek, Zosia ogłosiła komunikat o zaproszeniu na sylwestra. Julka i Adolf otrzymali zapewnienia, że się ich wyrwie z macierzystych grup, żeby też mogli pojechać. W ten sposób wieczór wigilijny przynajmniej w jednej grupie w bidulu „Magnolie" zakończył się pogodnie.

– To wszystko przecież nie ma sensu – westchnął ponuro Darek, wiercąc się w fotelu. Westchnienie niby nie było przeznaczone dla żadnych konkretnych uszu, ale bezbłędnie trafiło do ucha Zosi, siedzącej przed nim.

Adam dotrzymał obietnicy i zorganizował transport do Lubina. Opowiedział rzewną historię o dzieciach z bidula znajomemu dyrektorowi jednej z większych firm Szczecina i firma ta wypożyczyła mu dwunastoosobowy mikrobusik. Wprawdzie wraz z nim jako kierowcą jechało w sumie trzynaście osób, ale braci Płaskich postanowiono uznać za odpowiednik jednej osoby. W przeciwieństwie do Wigilii dzień był pogodny, a słońce jarzyło się dziarsko w śniegu, który napadał poprzedniej nocy.

Zosia obróciła się i spojrzała bystro w oczy Darka. Artystycznie podniósł je do nieba na znak, że całe życie, a nie tylko jedną wycieczkę uważa za ogólnie pozbawione sensu.

– Co nie ma, czemu nie ma, co ty gadasz za bzdury jakieś? Przepraszam cię, Żaba, usiądź na chwilę na moim miejscu, dobrze? O co ci chodzi, mój młody padawanie?

– O wszystko.

– Mów.

– A co ja będę gadał...

– Gadaj zaraz.

– O jeny, nie chce mi się.

– Mów, serdeńko, bo się trzepnę.

Darek spojrzał spod oka.

– Tam było „milcz, serdeńko".

– No, proszę, czegoś cię w tej szkole nauczyli. Mów, mów. Jak już zacząłeś, to skończ. Bo mnie będzie gryzło, że nie wiem. Nie rób mi tego.

– No dobrze. Powiem pani. – Darek, jedyny w grupie, nigdy nie nazywał Zosi ciocią. – Ja uważam, że to nie ma sensu, żeby gdzieś tam jeździć, bo nas ktoś z łaski zaprosił, bo ktoś chce zrobić dobry uczynek i my się jak raz nadajemy. Ja mam gdzieś, żeby mnie oglądali jak małpę.

– Ale to nie ciebie mają oglądać, tylko ty masz oglądać.

– Pani tak mówi, a potem będzie jak zawsze.

– Co to znaczy, jak zawsze?

– No, jakiś ktoś sobie poprawi samopoczucie, a my się

będziemy musieli uśmiechać. A mnie to wali, ja się nie chcę uśmiechać, bo tak wypada.

– Chyba was zacznę kasować na pieniądze za to wyrażanie...

– Przecież my nie mamy pieniędzy. Ale przepraszam. Mnie to wisi.

– Mnie to jest obojętne. Tak mów. A, że nie macie pieniędzy, to nic nie szkodzi, będziecie mi weksle podpisywać, a jak zaczniecie zarabiać, to was skasuję. Słuchaj, Darek. To jest tak. Ktoś nas zaprosił, żeby nam sprawić przyjemność. To wszystko. Nie dorabiaj do tego żadnej ideologii. Kiedyś mi przyniosłeś kwiatki, pamiętasz?

– Pamiętam. Fajnie kwitły te krzaki, to narwałem.

– I co, chciałeś mi się podlizać?

– No, nie. Faktycznie, chyba rozumiem, o co pani chodzi. Chciałem, żeby pani było przyjemnie.

– I było. I wszycho, mój drogi. Więc nie kombinuj, tylko się ciesz.

– A z czego ja się mogę cieszyć pani zdaniem?

– Jezu. Ze wszystkiego. Że słońce świeci, że śnieg zakrył ten cały syfek dookoła, że poznasz fajnych ludzi. Pogadamy sobie i się rozejdziemy, ale cośmy pogadali, to nasze. Rozumiesz?

– Rozumiem. Teraz pani płaci.

– Za co?

– Za syfek, hehe. Pani patrzy, tam widać wodę. Zalew to jest?

– Zalew.

– Fajna woda, duża. Kurczę, fajnie by było mieszkać nad wodą...

Zosia przyznała mu rację i przesiadła się z powrotem na swoje miejsce koło braci Płaskich. Prawdę mówiąc, też wcale nie była pewna, czy ta wycieczka wypali w ostatecznym rozrachunku.

Prawdę mówiąc, Adam też nie wiedział, a nawet odrobinkę żałował, że dał się ponieść odruchowi – sam nie wiedział, czego to był odruch? Dobrego serca? Nieuzasadnionego poczucia winy za grzechy całego świata? Potrzeby bycia pożytecznym?

Wszystkie te odruchy uznał za dość idiotyczne, ale za późno było, żeby cokolwiek zmieniać. Prowadził więc busik, robiąc dobrą minę do kiepskiej gry, i od czasu do czasu rozmawiał przyjaźnie z siedzącymi na przednim siedzeniu Alanem i Markiem Skrobackim. Przed wyjazdem losowali te miejsca za pomocą patyczków; szczęściarz, który wygrał, miał prawo nie tylko siedzieć z przodu, ale dobrać sobie kogoś za towarzysza podróży. Najdłuższy patyczek wyciągnął Alan i zażyczył sobie towarzystwa Marka – kiedy bowiem nie spał, obdarzał tego spokojnego szesnastolatka sporą dozą zaufania i przyjaźni. Rozmowa z Adamem dotyczyła głównie spraw dziennikarskich, którymi Marek był szczerze zainteresowany – w przyszłości widział siebie jako dziennikarza związanego koniecznie z jakimś ruchem ekologicznym. Przyroda stanowiła jego hobby; nauczycielka biologii miała nawet wobec niego pewne plany co do olimpiady, ale odmówił. Nie chciał automatycznie wkuwać pod kątem wyścigu, jak się wyraził, wolał skakać z jednego ekologicznego tematu na drugi, trzeci i dwudziesty trzeci. Ten system spowodował, że miał wiedzę sporą, ale raczej powierzchowną. W sam raz dla dziennikarza, jak stwierdził Adam, który sam dysponował mnóstwem wiadomości z wielu dziedzin – niekoniecznie z sobą powiązanych.

Podjechali na malutki, wybrukowany i starannie wysprzątany parking pod domem i w tej samej chwili otworzyło się gwałtownie pchnięte okno na parterze. W oknie pojawiła się malutka postać okrągłej starszej pani, machającej przyjaźnie rękami. Po paru sekundach okno zamknęło się z trzaskiem i starsza pani stanęła na ganku.

– Adaś! Z dziećmi! No, bo już myślałam, że się was nie doczekam!

– A bo ciocia strasznie niecierpliwa. Tu mam przedstawiać, czy wejdziemy do domu?

– Do domu, bo zimno. Widziałeś, jak ładnie mam odśnieżone?

– Właśnie się zastanawiałem, kto cioci tak ładnie odśnieżył...

– Sama sobie odśnieżyłam, chłopcze! Sama! Patrz, ile można zrobić, jeśli się ma wolę walki. Co to, same chłopaki? Nie, jest jedna dziewuszka i jedna pani. Dzień dobry pani, ja jestem Lena Dorosińska. Widziałam panią na cmentarzu. Dobrze pamiętam? Na pogrzebie Bianki. Buty możecie wytrzeć i nie zdejmować, chyba że chcecie, w domu ciepło....

– Mamy kapcie, bo skoro będziemy tu nocować, to trzeba się zadomowić. Czy mogę pani wszystkich przedstawić?

– Możesz, dziecko, tylko to sensu nie ma, bo ja i tak zapomnę. Za dużo was, żeby tak od razu zapamiętać. Na bieżąco się nauczę. Niech pani mi powie, jak ma na imię?

– Ja się nazywam Zofia Czerwonka.

– Bardzo mi przyjemnie. A pani wie, że tu niedaleko jest wzgórze Zielonka?

Zosia nie wiedziała tego i nie była pewna, czy usłyszała tę nowinę dlatego, że zdaniem Leny Czerwonka pasuje do Zielonki, czy raczej się kolorystycznie gryzie. Zostawiła jednak ten pasjonujący temat odłogiem. Właśnie zaczynała się zastanawiać, jak to się stało, że mieszkając w Szczecinie całe życie, nigdy nie obejrzała sobie porządnie wyspy Wolin. Parę razy była w Międzyzdrojach, raz rzuciła okiem na Festiwal Wikingów i to było wszystko. Odwiedzała też Świnoujście, ale to już kolejna wyspa, Uznam. Tak naprawdę małą miała wiedzę o tych stronach. I to chyba błąd, bo tu jest jakoś tak bardziej przecudnie... kurczę... i ten dom, taki duży, taki fajny i z takim obłędnym widokiem...

Chłopcy stali karnie w przestronnym holu, więc zarządziła szybkie rozpakowanie się w przeznaczonych im na nocleg pomieszczeniach, a zaraz potem zbiorowe wyjście na zwiedzanie. Darek natychmiast zaprotestował, bo on by wolał indywidualnie, ale Zosia była stanowcza.

– Indywidualnie to nie dziś, kochany. Nie znacie okolicy, jeszcze mi który zabłądzi. Poza tym musisz mi pomóc pilnować wszystkich. Nie chciałabym zgubić Cycka i Mycka... Boże, musimy wreszcie wymyślić im jakieś przyjemniejsze zdrobnienia! Gdzie mamy spać? Chciałabym, żeby chłopcy zostawili tam swoje bambetle, zanim wyjdziemy...

Nie dokończyła, że wtedy będą wracać już jakby do siebie. Wydało jej się to nietaktowne. Nie wiedziała dlaczego.

Lena zastanowiła się przez moment.

– W zasadzie spać możecie, gdzie chcecie, z wyjątkiem mojego pokoju i Adama, Adam wam pokaże, które to. Adasiu, panią Zosię połóż w małym, ze skośnym dachem, we dwie z dziewczynką się zmieszczą, tam są dwa łóżka, wiesz. A reszta niech kombinuje. Polówki, materace i pościel są w schowku pod schodami. To bardzo dobry pomysł, żebyście teraz gdzieś poszli, bo szybko się ściemni, to potem już nic nie zobaczycie. A jak wrócicie, to was nakarmię.

– Barszczem, oczywiście, prawda, ciociu Leno?

– Prawda, synu. I tym, co wczoraj przywiozłeś. Dobrze, że o tym pomyślałeś, bo sama bym nie wykarmiła takiej zgrai...

– W pokoju ciotki Bianki mogą spać?

– Oczywiście, jeśli tylko chcą, niech śpią. A co, myślisz, że przyjdzie ich straszyć?

– Może i nie przyjdzie... Dobrze, chodźcie, młodzieży, pokażę wam chatę.

Pokazał im trzy nietykalne pokoje – Leny, Zosi i swój, i pozwolił, aby swobodnie rozpełzli się po domu. Miał nadzieję, że każdego coś tam zaciekawi i będzie o czym rozmawiać wieczorem. Bo jeżeli nie – to naprawdę będzie masakra, a zapraszali go koledzy (i koleżanki zwłaszcza) na dziennikarskiego sylwestra w Klubie 13 Muz, to odmówił, idiota, co go podkusiło, na litość boską, skoro od dawna jest świadom, iż każdy dobry uczynek musi, po prostu musi być słusznie ukarany...

Zosia najpierw z obowiązku rzuciła pedagogicznym okiem, czy wszyscy chłopcy zachowują się jak należy i stwierdziwszy, że niczego nie demolują ani nie kłócą się przy podziale miejsc, spokojnie poszła do swojego pokoju z pochyłym dachem, zabierając przy okazji plecak Julki, która ugrzęzła chwilowo w łazience. Uwielbiała takie pokoje. Okno od strony wody, prześlicznie. Poczuła, że ten dom ją przygarnia, wręcz przytula do siebie... Boże, co za miejsce! Co za dom cudowny, tyle zakamarków... A ten pokój chyba najmilszy. Dwa spore tapczany, nie żadne wąskie prycze, z pewnością bardzo wygodne. Kątem oka zauważyła na jednym z nich rozciągnięte wspaniałe futro, ale wzrok jej przykuwał widok za oknem, ten sam, który tak kochał Adam – słońce idące ku zachodowi i tworzące na wodach Zalewu świetlisty szlak z milionów złotych gwiazdeczek. Och, i te wszystkie wyspy...

Ciekawe, jak tu się śpi ze świadomością istnienia tak blisko tych wszystkich cudów?

Nie odrywając oczu od hipnotyzującego widoku złocistej drogi na wodzie, Zosia padła jak długa na bliższy z dwóch tapczanów.

Straszny krzyk zelektryzował wszystkich w domu. Adam, zorientowawszy się, że krzyk dobiega z pokoju na piętrze, rzucił na podłogę torbę, którą właśnie chciał zanieść do siebie, i popędził po schodach, za głosem. Razem z nim pędzili chłopcy. Niektórzy mieli bliżej, więc prędzej dobiegli i pierwsi zobaczyli, co było do zobaczenia.

Zosia siedziała na podłodze, trzymając się za serce. Na tapczanie, pochylając nad nią ogromny łeb, siedział wielki czarny pies i przyglądał jej się ciekawie.

Chłopców trochę cofnęło, dzięki czemu Adam mógł wpaść do pokoju, gotów do interwencji.

Na widok kompletnie zdezorientowanego Azora, brutalnie wyrwanego z drzemki, ryknął niepohamowanym śmiechem. Azor, utykając, zlazł z tapczanu, mimochodem polizał Zosię w czubek głowy i poszedł się przywitać z Adamem.

Chłopców odblokowało i również zapragnęli się przywitać, więc gremialnie rzucili się na psa, co przyjmował z powagą, ale bez niechęci. Zosia pozbierała się z podłogi i siadła na opuszczonym przez Azora tapczanie.

– Matko jedyna – powiedziała na przydechu. – Dostałam zawału serca. Macie na podorędziu jakieś bajpasy dla wszystkich gości, których on wystraszy na śmierć?

– Moim zdaniem, to ty go wystraszyłaś – zaśmiał się Adam. – To nasz Azor. Właśnie się zastanawiałem, gdzie się podział. On jest staruszkiem, choruje na reumatyzm i nie lubi zimy. Pewnie go bolały łapy i uciął sobie drzemkę. A tu nagle pojawia się obca pani i strasznie krzyczy...

– Mało tego – przyznała się Zosia. – Ja na niego wskoczyłam. To jest nowofinland?

– Nowofundland – poprawił Adam. – Nazywa się Azor, bo ciotka Bianka lubiła sobie pożeglować dokoła Azorów, a kiedyś nawet tam mieszkała przez rok czy półtora. Dobry z niego piesek, tylko ma już swoje lata. Nie chce mu się ruszać z miejsca, jak już gdzieś zalegnie.

Dobry piesek właśnie sumiennie oblizywał wszystkie twarze i ręce, które znalazł w pobliżu. Po czym wydał z siebie straszny, przeciągły, basowy pomruk i zwalił się na podłogę, łapami do góry, w pozycji „poddaję się, tylko mnie teraz drapcie".

Patrząc na kotłujących się z psem chłopców, Zosia poczuła kolejny w swoim życiu atak złości na panią Hajnrych-Zombiszewską, która, powołując się na rozliczne przepisy, stanowczo zabraniała trzymania w domu dziecka jakichkolwiek zwierzaków. Żeby już nie myśleć o tej koszmarnej babie, zarządziła wyjście.

– Bo słońce zajdzie i nie będziemy wiedzieli, gdzie jesteśmy!

Oczywiście, chłopcy koniecznie chcieli, żeby Azor poszedł z nimi, ale Adam pokręcił głową z powątpiewaniem.

– Jemu się raczej nie będzie chciało – powiedział. – Mówiłem wam, łapy go bolą, ma reumatyzm, lumbago, artretyzm, nie wiem, co jeszcze. Zimą chodzi tylko w krzaczki, a gdyby się nauczył spuszczać wodę w klopku, toby w ogóle z domu się nie ruszał.

Nienaturalnie ożywiony (jak na siebie) Alan padł na kolana przed Azorem, objął go za szyję i coś tam mu żarliwie naszeptał do ucha. W odpowiedzi pies przejechał mu jęzorem po całej twarzy i stęknął wyraziście.

– Ja go poprosiłem, żeby poszedł – zakomunikował Alan. – Powiedział, że pójdzie. Chodź, piesku. Idziemy na spacer.

Ku zdumieniu Adama nowofundland, stęknąwszy jeszcze raz, podniósł się na cztery łapy, otrząsnął zmiętoszone przez chłopców futro i stanął, gotów do wymarszu. Alan, szczęśliwy, ujął go za obrożę i najwyraźniej mianował się jego nowym panem.

Długo ty z nim nie będziesz – pomyślała ponuro Zosia.
– Do jutra. Żeby tę Aldonę... ach, nieważne. To znaczy, żeby ją szlag trafił.

Zosia nie potrafiła hamować własnych emocji.

Czasem musiała, ale zawsze wiele ją to kosztowało.

Poszli na wzgórze Zielonka, popatrzeć na świat. Rzeczywiście, było na co. Zobaczyli nawet kawałek morza. Poganiali trochę po okolicznych polach i lasach. Obrzucili się śnieżkami i nawet zrobili rachitycznego bałwana. Na porządnego, tłustego okrąglaczka zabrakło śniegu, ale nawet taki chudy bałwan sprawił im sporo przyjemności. Na ogólne życzenie otrzymał imię Stasiu, po czym został zbiorowo skopany i rozniesiony w proch i pył.

Kiedy wracali, Adam zagadnął ją właśnie o bałwana.

– Słuchaj, czy to, że nazwali go Stasiu, to ma jakieś znaczenie? Wiąże się z kimś autentycznym? Jakiś Stasiu jest na rzeczy?

– Obawiam się, że tak, mój zmiennik, bo na grupę jest

dwójka wychowawców, nazywa się Stasiu Jończyk. Nie jestem pewna, czy nie mieli go na myśli. A bo co?

– A bo nic. Wiesz, ja kiedyś kończyłem psychologię, trochę mi zostało takiego zawodowego zainteresowania ludzkimi reakcjami. Tu się rzucało w oczy, że oni tego bałwana nie skopali abstrakcyjnie. On im się czymś naraził, ten bałwan. A twój Stasiu co?

– Tylko nie mój, proszę cię uprzejmie! To jest taki stary grzyb sromotnik, co przez całe życie pracował w domu dziecka, bo, jak podejrzewam, kocha mieć władzę absolutną nad ludźmi. Wychowawca w bidulu takową ma. I używa, jak potrafi. I jak chce. On do nich nie mówi normalnie, on do nich wrzeszczy, warczy albo szczeka. Przepraszam twojego psa. Komenderuje. Powinien być strażnikiem więziennym, a nie wychowawcą. A ty myślisz, że oni tak odreagowali?

– Tak to wyglądało. Nie przestraszaj się, koleżanko, im to dobrze zrobiło. Wyładowali się na bałwanie i przez jakiś czas nie będą mieli ochoty skopać pana Stasia.

Przystanęła, trochę zadyszana, bo właśnie szli pod górkę.

– Nie leć tak, ja nie mam takich długich nóg jak ty. Słuchaj, Adam, ty masz wykształcenie psychologiczne?

– Jakieś tam mam, ale nie jest ono wiele warte, bo z psychologią zerwałem stosunki towarzyskie z piętnaście lat temu. Chciałem się bawić w psychoterapię, a potem mi to chcenie przeszło. Zostałem obibokiem.

– Przestań!

– Naprawdę. Tak mnie określała ciotka Bianka świętej pamięci i miała rację. Uważam, że jestem obibokiem w czystej postaci, robię wyłącznie to, co mi sprawia przyjemność i przychodzi bez trudności. Wiesz, to całe dziennikarstwo, żeglowanie, to zabawa, a nie praca.

– Musisz mi o sobie więcej opowiedzieć, ale ja mam wrażenie, że jesteś człowiekiem pracowitym...

– Tak mówisz, bo mnie nie znasz. Ciotka Bianka znała mnie lepiej i ona nie miała złudzeń.

Zaczął się śmiać.

– Wiesz, że zostawiła mi ten dom w testamencie, ale pod warunkiem, że się ustatkuję i ożenię? I jeszcze znajdę mu jakieś pożyteczne zastosowanie. Biedna ciocia. Nigdy nie dostanę tego domu. Powinna była wymyślić coś łatwiejszego.

Zosia nic nie powiedziała z dwóch powodów. Po pierwsze, Adam znowu automatycznie przyspieszył, w związku z czym ona automatycznie dostała zadyszki. Po drugie, coś jej zakiełkowało w głowie... coś tak szalonego, że wolała na razie przestać o tym myśleć.

Pobyt w domu na klifie udał się nadspodziewanie. Chłopcy bawili się doskonale, zachowywali przyzwoicie, nikt nie zbił chińskiej wazy z epoki Ming – być może dlatego, że jej tam nie było – choć i tak było mnóstwo przedmiotów, które mogli zepsuć, połamać, stłuc, uszkodzić: żadnemu nic się nie stało. Nowy rok powitano w ogrodzie, wołając gromko życzenia, żeby niosły się po wodzie, oświetlonej jaskrawym, zimowym księżycem prawie w pełni. Opowiadania ciotki Leny znalazły chętnych słuchaczy – a zarówno Zosia, jak i Adam najbardziej bali się, że chłopcy uznają starszą panią za okropną nudziarę, okazało się jednak, że jej żeglarskie opowieści zainteresowały prawie wszystkich. Cycek i Mycek byli na nie troszkę zbyt młodzi, ale nimi zajęła się Julka, którą średnio obchodziły żagle i oceany świata. Dosyć szybko Lena wskoczyła na swojego ulubionego konika, wyciągnęła z szafki jakieś śpiewniki i uparła się, że nauczy gości śpiewać ze dwie szanty. Udało jej się to bez trudu, są to bowiem śpiewki bardzo proste, których pierwotnym przeznaczeniem było nadanie równomiernego tempa przy pracy na żaglowcu. Początkowo ciotka Lena (została ciocią wszystkich, przeciwko babciowaniu zaprotestowała stanowczo) sama wzięła na siebie rolę szantymena i nieco drżącym, za to donośnym głosem śpiewała kolejne zwrotki, podczas gdy chłopcy ochoczo wywrzaskiwali refreny typu „hej, ciągnij go", albo „razem go", albo jakoś tak. Po niedługim czasie ciotka uznała, że złapali odpowiedni szwung, i przekazała rolę szantymena w odpowiedzialne ręce, czy raczej odpowiedzialne gardło, Marka Skrobackiego. Marek, który zawsze był człowiekiem poważnym i nie lubił się wygłupiać, a ponadto miał świadomość, że fałszuje, zaczął się opierać, ale ciotka spacyfikowała go natychmiast, wygłaszając gromką przemowę na temat odpowiedzialności za statek jedynego człowieka w grupie dysponującego tak potężnym głosem. Trochę go oszołomiła i nie marudził dłużej. Wprawdzie Adolfik od razu zauważył, że Marek śpiewa nieczysto, i sam zapragnął być szantymenem, ciotka jednak autorytatywnie oznajmiła, że fałszowanie nie przeszkadza, a Adolf niestety, nie ma warunków.

– Liczy się siła głosu, chłopcy! Adek ma piękny głos i jak przyjdzie czas, to go nauczę jakiejś ballady, żeby nam śpiewał dla przyjemności. Ale do szant najważniejsza jest siła głosu! Wyobraźcie sobie, chłopcy, że na morzu jest sztorm – tu ciotka zerwała się z fotela i wykonała zamaszysty gest mający imitować wzburzone fale. – Wicher ryczy, szarpie żagle, trzeba je zrefować! No, zwinąć! Załoga idzie na reje, ustawia się na pertach i ciągnie te żagle, ciągnie, a one są ciężkie, namoknięte, a w ogóle to olbrzymie, olbrzymie powierzchnie; trzeba je zwijać równo, razem, bo może być nieszczęście! Statek jest duży, maszty wysokie, marynarze trzydzieści metrów nad pokładem, to jak dziesięć pięter, chłopcy, wicher wyje! Aduś, oni by ciebie nie usłyszeli! Tu potrzeba tęgiego chłopa z mocnym głosem! Oni go muszą usłyszeć w tej burzy, muszą równo pracować!

Tu ciotka Lena walnęła pięścią w stół, aż się zachwiał. Przygasiła nieco ogień w oczkach i kontynuowała spokojniej:

– Sami widzicie, co tu jest ważne. Adek, poczekaj, a się

doczekasz. A na razie Mareczku, bierz śpiewnik i lecimy! To, co śpiewaliśmy przed chwilą. Równo, załoga!

W ten sposób poważny Marek niespodziewanie został szantymenem, a cała reszta załogą fregaty o niewiadomej nazwie, błąkającej się po morzu podczas burzy. Śpiewając, czy raczej wydzierając się bardzo równo i rytmicznie, nie pomyśleli o tym, że nie wiedzą, co to są perty, reje i co to znaczy zrefować, mieli też raczej mętne wyobrażenie o fregatach. Wcale to im nie przeszkadzało. Wyobraźnia zadziałała i najważniejsze dla nich w tej chwili było nie dać się sztormowi, który dzięki ciotce Lenie przeradzał się już w huragan.

Alan, oczywiście, mianował Azora psem okrętowym, co znalazło pełną aprobatę załogi i dowództwa. Zainteresowany odniósł się do nominacji z godnością i stęknąwszy po swojemu, padł i zachrapał u stóp nowego przyjaciela. Zosia pomyślała sobie, że trafił swój na swego, obaj najwyraźniej jednakowo kochali spać...

Adam obserwował ich, ku swojemu zdziwieniu, nawet z pewną przyjemnością. Cieszył się też radością, jaką niespodziewanie sprawili ciotce Lenie, ostatnio bowiem trochę dręczyła go myśl o samotnej staruszce w wielkim domu. Dzielna to staruszka, ale zawsze. No, ale jeśli poczuje się już nie do wytrzymania samotna, zawsze może sobie zawołać swoich trzech starych przyjaciół, Sieńkę, Chowanka i Grabiszyńskiego. Mogliby sami pomyśleć o tym, żeby koleżance pomóc w odśnieżaniu!

Bo on ma zdecydowanie za daleko.

Zastanawiał się też, czy naprawdę miałby ochotę tu zamieszkać. Daleko od wszystkiego. U diabła na kuliczkach.

Ale pięknie...

Ale daleko.

No i te idiotyczne warunki. Dlaczego miałby się znienacka ożenić? I z kim, na litość boską? I na podwójną litość boską – co miałby zrobić pożytecznego z tym domem?

Byłoby pożytecznie deczko wyremontować to i owo, bo ciotka Bianka robiła remont generalny, jak się wprowadzała, a to było ho, ho, ileż to lat? Dużo w każdym razie. Nie wiadomo, jak trzymają się instalacje, jak długo jeszcze wytrzymają grzejniki, a przydałoby się zmodernizować łazienki...

I zrobić tu pensjonat na przykład.

Ciekawe, czy przekształcenie domu w pensjonat komisja trzech kapitanów uznałaby za pożyteczne. Może dom pracy twórczej dla marynistów? Plenery dla malarzy, turnusy dla pisarzy... Nie, to jakaś bzdura. Warsztaty marynistyczne dla młodzieży, takie jak kiedyś były prowadzone w Gdyni. Wielokierunkowe. Ale kto to będzie robił? Kto przyjedzie się szkolić? Przydałyby się jakieś łódki; niestety, najbliższa przystań jest dość daleko, dom stoi na samym szczycie górki, wodę ładnie widać, tylko to urwisko...

Pensjonat o charakterze muzealnym. Może znaleźliby się goście, którzy chcieliby zamieszkać w izbie pamięci?

No to jeszcze trzeba tylko znaleźć żonę, która będzie umiała ten pensjonat poprowadzić, bo on nie ma o tym zielonego pojęcia.

Oraz jest pytanie, czy na pewno chciałby mieć o tym jakieś pojęcie.

I czy chciałby mieć żonę.

Wracali do Szczecina zadowoleni i śpiewający. Adolf nie doczekał się swojej ballady, ale ciotka Lena, zwana też ostatnio kapitanem Dorszem, obiecała mu solennie, że przyjdzie jeszcze jego czas, a na razie podarowała mu płytę z pieśnią o liniowcu „Timeraire", żeby sobie słuchał i się uczył.

No to trzeba jeszcze Adolfikowi załatwić jakiś odtwarzacz – pomyślała Zosia, jednak tego nie powiedziała, żeby nie wyglądało, że wyłudza. Sama mu kupi coś taniego, ale żeby miał tylko dla siebie. I może mu skopiuje jeszcze kilka własnych płyt.

Jedynym niespecjalnie zadowolonym i nieśpiewającym osobnikiem w samochodzie był znowu Darek Małecki. Zosia przysiadła się do niego i zapytała wprost o przyczynę tak ponurej miny.

– Teraz będzie jeszcze gorzej – powiedział posępnie.

– Co ty bredzisz, Daruś. Jakie gorzej? Źle ci było u ciotki Leny i pana Adama?

– Za dobrze. Pani wymyśliła tę wycieczkę, żeby nam było przyjemnie, tak?

– Tak.

– A pomyślała pani, że i tak musimy wrócić do bidula? Popatrzyliśmy sobie, pojedli, pośpiewali i koniec. I więcej nie będzie. To chyba lepiej, żeby nie było wcale. Bo teraz będzie o wiele gorzej.

– Dlaczego ma być gorzej?

– Pani to chyba ze mnie kpi – odparł gorzko Darek. – Przecież bidul się nie zmieni.

– Może się nie zmieni, a może się i zmieni – prychnęła Zosia nieco zniecierpliwionym tonem. – A pomyślałeś sobie, chłopaku, że gdybyśmy tam nie pojechali, tobyś w ogóle nie wiedział, że może być tak fajnie...

– No to właśnie mówię, że wolałbym nie wiedzieć! – Darek równie zniecierpliwiony wpadł jej w słowo.

– Daj mi dokończyć! W bidulu tego nie będziesz miał, ale jak już będziesz dorosły i sam założysz rodzinę, to może wtedy przyda ci się wiedza, że ludzie mogą się lubić nawzajem i mogą się bawić razem, śpiewać i w ogóle! Cieszyć się, że są razem! Oj, Darek, kurczę, co ja ci będę tłumaczyła! Sam popatrz na to od tej strony!

– Może coś w tym jest, co pani mówi – mruknął nie do końca przekonany, niemniej już innym tonem. Po czym popadł w zamyślenie. Zosia miała nadzieję, że będzie to zamyślenie konstruktywne, które kiedyś, kiedyś pożytecznie zaowocuje.

– Po co pani urlop w takim głupim terminie, pani Czerwonka? – zdziwiła się dyrektor Hajnrych-Zombiszewska, kiedy Zosia poprosiła o kilka wolnych dni pod koniec lutego. – W dodatku dzieci będą miały ferie. Chyba nie mogę uwzględnić pani podania. Przecież nie zostawi ich pani na ferie Stasiowi Jończykowi na głowie, jak on ma sobie z nimi poradzić? Chciała pani jechać do ciepłych krajów? – zaśmiała się, ubawiona własnym konceptem.

– Na narty – warknęła Zosia, zdecydowana nie poddawać się ani nie ujawniać prawdziwego celu swoich małych zimowych wakacji. – Chcę jechać na narty. To bardzo dobra pora. Co do ferii, to pani dyrektor się myli. W naszym regionie ferie kończą się w połowie lutego. A co do pana Jończyka, to proszę łaskawie wziąć pod uwagę, że od pięciu lat we wszystkie święta, Boże Narodzenia i Wielkanoce pan Jończyk dostaje od pani urlopy, i ja wtedy siedzę z dzieciakami na okrągło. Bo pan Stasiu musi być z rodziną. Ja nie muszę być z rodziną. Moja rodzina może się zadowolić kartką świąteczną. A ja też mam rodzinę, chociaż to pani nic nie obchodzi. Więc teraz poproszę o ten urlop w takim właśnie terminie, jak napisałam.

– Ależ pani agresywna. – Aldona skrzywiła się z obrzydzeniem. – Jest pani pewna terminu ferii?

Zosia skinęła głową.

– Skoro tak, musiałam się pomylić. Dobrze, dam pani wolne. Ale jeżeli pani wprowadziła mnie w błąd...

– Jezu, w jaki błąd? Od stu lat jest komunikat kuratorium!

– Robi się pani zanadto arogancka!

– To z przepracowania, pani dyrektor. Muszę odpocząć!

– Moim zdaniem wcale się pani nie przepracowuje, pani Czerwonka! Pani grupę rozpuszcza, zamiast wychowywać. Stasiu Jończyk mówił mi o pani pomysłach. Żałuję, że zgodziłam się na tę waszą wycieczkę w sylwestra, Stasiu mówił, że chłopcy nauczyli się tam jakichś sprośnych piosenek.

- One nie są sprośne - powiedziała Zosia tonem absolutnej pewności, ale tak naprawdę nie była w stu procentach pewna, czy na niektóre odniesienia do spraw męsko-damskich, których to odniesień jest w szantach sporo, chłopcy w istocie nie są zbyt młodzi. Pomyślała jednak o języku, jakim posługują się na co dzień Maślanko, Wysiak et consortes, i ten cień wyrzutów sumienia przestał ją denerwować.

- Porozmawiamy o tym jeszcze. I o innych sprawach też - wydała z siebie groźny komunikat Aldona. - Na razie może pani odejść, pani Czerwonka. Ma pani moją niechętną zgodę. Niechętną!

Mam cię w nosie, klabzdro - pomyślała Zosia mało grzecznie i poszła do swojej grupy.

Do Krakowa dojechała dopiero w drugim dniu festiwalu i w stanie jak świeżo po śmierci klinicznej. W każdym razie tak się czuła. Mało brakowało, a w ogóle by nie pojechała. Złapała wirusa, prawdopodobnie od Krzysia Flisaka, który trzeci dzień leżał rozłożony na obie łopatki, gorączkował, kichał i prychał. Zastosowała kurację uderzeniową, zjadając jakieś pół kilograma tabletek antygrypowych i witaminowych, stosując na zmianę gorące kąpiele i zimne prysznice. Tylko silny organizm spowodował, że przeżyła własne metody lecznicze. Ale i grypa, zapewne przerażona jej determinacją, jakoś ją opuściła.

Na miękkich nogach doszła z pociągu do taksówki, a potem z taksówki do hotelu, w którym spał niemal cały festiwal. Był dosyć wczesny ranek i nie spodziewała się spotkać żadnych znajomych - rzeczywiście, recepcja była jak wymarła. Kiedy poprosiła o pokój z puli rezerwacji festiwalowej, panienka zza lady spojrzała na nią jakby z pewną niechęcią. Zosię mało to obeszło, ponieważ coś się w niej znowu zaczynało trząść.

- Pani wie, że jedna osoba już tam jest? - zapytała panienka.

– Wiem, wszystko w porządku – odpowiedziała Zosia, istotnie przygotowana na obecność w pokoju Haneczki, dawnej koleżanki z obozu żeglarskiego w Trzebieży.

– Pierwsze piętro – warknęła panienka i odwróciła się tyłem. Zosia pokazała jej język, czego tamta nie mogła widzieć, wzięła plecak i udała się do siebie z zamiarem skorzystania ze wszystkich wynalazków hotelowej techniki sanitarnej, gruntownego odmalowania własnej, wymiętej elewacji i dopiero po remoncie rozpoczęcia życia towarzyskiego.

Skorzystanie z wanny okazało się niemożliwe, leżał w niej bowiem i chrapał spory facet w marynarskiej koszulce w przepisowe, biało-granatowe paski. Zanim go jednak Zosia w tej wannie odnalazła, aby stracić resztę złudzeń co do regeneracji i tak dalej – musiała przejść górą ponad sześcioma zewłokami, śpiącymi snem sprawiedliwych na podłodze i dzielących się po bratersku fragmentami hotelowej pościeli, koców i kołder. Na jednym z dwóch łóżek posapywała przez sen Haneczka, leżąca w bardzo niewygodnej pozycji, na waleta z nieznajomą dużą blondynką o rozwianych włosach. Drugie łóżko, o dziwo, najwyraźniej czekało na Zosię, tyle że z dwóch poduszek zostawiono jej jedną, w słusznym przekonaniu, że gdyby była obecna, to drugą sama oddałaby potrzebującym.

Zosia zamierzała poddać się zrozumiałej furii – no bo jakże, ona, osoba chora i zmęczona, po całonocnej jeździe w śmierdzącej kuszetce, chciałaby odpocząć, przecież po południu zaczynają się koncerty i będą trwały do późnej nocy, więc ona teraz musi zebrać siły i potrzebuje odrobiny komfortu oraz prywatności... a tu, szkoda gadać! Już nabierała w płuca powietrza, aby ryknąć strasznie, obudzić wszystkich, kiedy nagle jej się odechciało. Przecież to jacyś szalenie sympatyczni ludzie. Widać po gębach płci obojga. I zostawili jej łóżko nietknięte – no, prawie nietknięte, wprawdzie najwyraźniej podczas bankietu służyło do siedzenia, ale potem poukładali kołderkę, jak umieli, poduszki nie zabrali...

Postanowiła umyć na razie tylko ręce w umywalce i przespać się trochę, a jak już całe towarzystwo się wyniesie – a przynajmniej facet z wanny – weźmie kąpiel i odświeży się porządnie.

Kiedy puściła wodę do umywalki, facet w wannie przecknął się na chwilkę i obdarzył ją ujmującym uśmiechem.

– O, Zosia – powiedział. – Ty jesteś Zosia, prawda? Cześć, ja jestem Kajetan. Moja żona Kasia zna Haneczkę. Ja też. Miło cię widzieć.

I wyciągnął do niej rękę. Zosia, rozśmieszona, uścisnęła podaną sobie prawicę.

– Chcesz siusiu, to wyjdę, albo zasunę tę zasłonkę przy wannie, ona jest nieprzezroczysta – kontynuował nowy znajomy. – Nie krępuj się. Nie trzeba? To ja może jeszcze chwilkę utnę sobie komarka, pozwolisz?

Uczyniwszy zadość wymogom kurtuazji, Kajetan uśmiechnął się jeszcze raz swoim miłym uśmiechem i natychmiast znowu zachrapał.

Zosia ponownie przekroczyła kilka ciał i padła na łóżko. Niespodziewanie dla siebie samej poczuła się doskonale jako dziesiąta lokatorka dwuosobowego pokoju, ogarnęło ją przyjemne odprężenie i po chwili spała już spokojnie – jak cała reszta.

Być może dlatego, że żadna z pozostałych dziewięciu osób nie należała ani do wychowanków, ani do personelu domu dziecka „Magnolie".

Obudziło ją cichutkie szuranie. Załoga pokoju 112 budziła się do życia, czyniąc to delikatnie, żeby nie wyrwać ze snu nowo przybyłej. Haneczka siedziała na łóżku, przeciągając się i ziewając przeraźliwie acz bezgłośnie. Zza uchylonych drzwi łazienki dobiegały odgłosy prowadzonej szeptem scysji małżeńskiej – to Kasia usiłowała namówić Kajetana na powrót do własnego apartamentu.

Jakiś długowłosy młodzian zauważył, że Zosia otworzyła oczy.

– Już nie śpi – zakomunikował półgłosem.

Cichy pokój natychmiast przestał być cichy. Zwłoki wstawały z podłogi, wykonując podstawowe kocie ruchy służące uruchomieniu mięśni oraz kręgosłupów. W łazience dał się słyszeć rumor i po chwili Kasia z Kajetanem pojawili się w drzwiach.

– Cześć, Zosiu – powiedziała Kasia przyjaźnie. – Ja jestem Kasia, a mojego męża podobno już poznałaś. Mieliśmy tu wczoraj mały mityng, Haneczka nas zaprosiła, bo nas wyrzucili z holu i trzeba było coś z sobą zrobić.

– Jak to, wyrzucili was z holu? Robiliście bankiet w recepcji?

– Jaki bankiet. Koncert się skończył koło północy, towarzystwo jeszcze chciało posiedzieć, pocieszyć się sobą, a tam koło recepcji widziałaś, jest mnóstwo foteli, więc je zajęliśmy. Może ze trzydzieści osób nas było, a góra czterdzieści pięć. Trochę się pośpiewało, o pierwszej barman sobie poszedł i nie chciał z nami rozmawiać, a o trzeciej taka smutna chuda z recepcji kazała nam się rozejść. Bo przeszkadzamy. Komu przeszkadzamy, chyba jej, bo przecież cały hotel nasz. Ale się rozeszliśmy i do rana już były zajęcia w podgrupach.

– Jak to, cały hotel nasz? – chciała wiedzieć Zosia.

– Zwyczajnie. Nie ma tu ani jednego gościa spoza festiwalu. Zespoły mieszkają, ludzie poprzyjeżdżali z całej Polski. No dobrze, będzie jeszcze okazja, żeby pogadać, a my musimy się odświeżyć, noc była fajna, tylko nieco męcząca. A ja mam jeszcze prackę do zrobienia, naumawiałam się z ludźmi. Chodź, Kajtek, idziemy.

– No przecież czekam – zdziwił się uprzejmie Kajtek, rzeczywiście podpierający drzwi wyjściowe.

– Jaką ona ma prackę? – zdziwiła się Zosia. – To my tu nie jesteśmy dla przyjemności?

– My tak, ona nie – wyjaśniła Haneczka, znowu ziewając. – To znaczy też, ale nie tylko. Ona pracuje w radiu i musi stąd przywieźć liczne audycje. Chcesz pospać? Chłopcy i dziewczynki, już dzień. Idźcie sobie, my jeszcze odpoczniemy! Zośka, to jest zespół Pasażerowie na Gapę. Nie mieli siły iść do siebie, bo mieszkają aż dwa piętra wyżej.

Zespół w składzie dwóch dziewczyn i czterech młodzieńców pożegnał się grzecznie i odmaszerował. Pokój rozgęścił się widocznie i zrobił lepszy do życia. Zosia zarządziła małe wietrzenie i wyciągnęła się jeszcze na dwupoduszkowym obecnie posłaniu.

Jej myśl zaprzątnięta była nie tylko szantami. Ściślej mówiąc – zupełnie czymś innym. Zosia postanowiła zrobić coś zupełnie niekonwencjonalnego i właśnie zabierała się do obmyślania *modus operandi*.

Dlaczego uparła się, żeby właśnie w Krakowie? Nie wiadomo, być może dlatego, że Kraków był tak daleko od codziennych, męczących spraw, odbierających człowiekowi chęci do życia i wiarę we własne możliwości.

Wobec jednak prowadzonego na tym festiwalu życia zdecydowanie stadnego, rzecz wydawała się bardzo trudna, o ile nie niemożliwa.

Ale kurczę, co to znaczy niemożliwa?

Dla chcącego nie ma nic trudnego, powtarzała Zosi babcia, kiedy uczyła ją zawiązywania sznurowadeł. Zosia wielokrotnie przekonała się o wielkiej mądrości zawartej w tym porzekadle. Ilekroć się na coś porządnie zawzięła – dopinała swego. Więc i teraz dopnie!

Krakowska Rotunda pękała w szwach. Zaczynał się pierwszy tego dnia koncert słynnego festiwalu „Shanties", którego tematem było niewątpliwie coś tam, ale Zosia zapomniała, co takiego, ponieważ coraz mniej myślała o szantach, a coraz bardziej o tym, co chciała zrobić. Niestety, coraz mniej również miała odwagi, żeby to zrobić. Na razie ściskała mnóstwo rąk, rzucała się na różne szyje, tonęła w objęciach mniej lub bardziej znajomych i wydawała entuzjastyczne okrzyki. Wszystko to jednak robiła jak gdyby połową siebie.

Może nawet mniejszą połową...

Po mniej więcej półgodzinnej szamotaninie w holu znalazła się wreszcie na jakimś mało wygodnym krześle, za to z dużą szklanką piwa w ręce. Miejsca w rzędzie obok zajmowała wyłącznie silna ekipa szczecińsko-trzebieska.

Brakowało w niej Adama.

A powinien przecież gdzieś tu być!

W połowie mniej więcej koncertu i po drugim dużym piwie Zosia dała się wreszcie ponieść nastrojowi, włączyła do kolektywnego refrenowania, gibania, gwizdania i wydawania okrzyków. Zrobiło jej się od tego jakby lepiej, napięcie z niej opadło.

I właśnie wtedy zobaczyła przeciskającego się przez publiczność Adama z tacą zastawioną szklankami żywca.

– Nie mówcie, że nie chcecie – wyrzęził, oddał komuś swój bezcenny ładunek i padł na wolne krzesło, z którego chwilowo zrezygnowała Haneczka. Obok Zosi.

Zosia z punktu przestała słyszeć, co się dzieje na scenie. Piwa nie wzięła, bo obawiała się, że po trzecim straci zdolność logicznego rozumowania.

– Jak się bawisz? – zapytał tymczasem Adam. – Przywiozłaś tu jakieś dzieci, czy jesteś sama?

– Sama nie – odpowiedziała głosem zachrypniętym z nerwów. Adamowi nie rzuciło się to w uszy, bo na tym etapie już prawie wszyscy byli zachrypnięci. – Dzieci nie wzięłam, mam wolne. Jestem z przyjaciółmi. Haneczka Zierko, Jacek Makowski, Krzysiu Kostroń, jeszcze parę osób. Kiedyś byliśmy razem na kursie w Trzebieży i tak nam zostało. A ty?

– A ja nie byłem na kursie w Trzebieży – zaśmiał się beztrosko. – Ciotka Bianka nauczyła mnie żeglowania. Ale Hankę, Jacka, Kostropatego znam. Ty pierwszy raz jesteś tu na Szantach? I jak, podoba ci się?

– Pierwszy. Podoba. Fajnie bardzo jest.

– Idziesz do Starego Portu na nocne śpiewanie?

– A co to takiego?

– Taka tawerna, trochę jak nasza, tylko większa. A nocne śpiewanie to nocne śpiewanie. Mam zaproszenie. Chcesz, to cię zabiorę.

– Pewnie, że chcę.

No, jak go już dorwała, to łatwo nie popuści.

Zosia na powrót odzyskała humor, a po chwili z powrotem zaczęła słyszeć, co śpiewają, a nawet reagować prawidłowo.

Po koncercie w Rotundzie całą gromadą poszli do jakiegoś strasznego baru, żeby zjeść cokolwiek poza piwem, a następnie w tejże zwartej grupie udali się do hali Wisły na kolejny koncert. Zosia bawiła się w zasadzie zupełnie nieźle, ale przecież, kurczę, nie po to przyjechała, żeby się bawić, to znaczy też, ale w zasadzie po coś innego. I tego innego nie mogła nijak przeprowadzić, bo wciąż znajdowali się w skłębionym tłumie ludzi. Skądinąd świetnych, jednak nie o to chodzi, nie o to chodzi, nie o to...

Pocieszające było, że dopadła Adama i uczepiła się go nadzwyczaj skutecznie. Wiązała pewne nadzieje z tym Starym Portem, bo jeśli wstęp jest tylko za zaproszeniami, to prawdopodobnie nie będzie tam takich dzikich tłumów i da się uszarpać jakąś chwilę na tę jakże zasadniczą rozmowę z Adamem. Który, kurczę, niczego się nie spodziewa.

Że jest osobą naiwną, przekonała się już przy wejściu. Najwyraźniej zaproszenia dostali wszyscy przyjaciele organizatorów i przyjaciele przyjaciół z całej Polski, i przylecieli tu z wywieszonym językiem, żeby się koniecznie spotkać – jak gdyby nie spotkali się przed dwiema godzinami w Wiśle, pół dnia wcześniej w Rotundzie i jeszcze wczoraj na trzech koncertach. Adam ujął ją krzepko za rękę i zaciągnął do jakiegoś stolika, gdzie cudem nadprzyrodzonym były dwa wolne miejsca.

– Trzymaliśmy dla was – zameldowała Kasia z radia, a jej mąż Kajtek uśmiechnął się do nich radośnie.

– A skąd wiedzieliście, że przyjdziemy? – spytał Adam, nieco zdyszany po sforsowaniu kilkunastu metrów od drzwi do stolika.

– Nie wiedzieliśmy – odparł Kajetan. – To znaczy nie wiedzieliśmy, że akurat wy. Ktoś na pewno by przyszedł. Wy jesteście w sam raz. Poza tym Kaśka ma do ciebie interes, Adam.

– Co, Kasiu? Dla ciebie wszystko. Tylko nie każ mi się wymądrzać do mikrofonu...

– Możesz głupio gadać, tylko pogadaj. Odpytałam już wszystkich znajomych, zespoły też mam, teraz trochę ponagrywam atmosferki, ze dwie albo trzy piochny, a ty mi musisz powiedzieć, dlaczego kochasz tu przychodzić. Rano sobie zmontuję. Nie bądź świnia, Adaś, ja ci też kiedyś coś powiem, jak będziesz potrzebował.

– A skąd wiesz, że ja kocham tu przychodzić?

– Bo nikt, kto nie kocha, nie wytrzymałby tego tłoku. Masz tu mikrofon, nie będę trzymać zawodowcowi, pytanie znasz, poczekaj chwilkę. Pierwszy raz mam to ustrojstwo, malutkie, ale cwaniutkie. Dobrze, gadaj mój przyjacielu. Taśma poszła.

– To jest na taśmę? – zainteresował się Adam.

– No coś ty! To cyfrowe, ale co powiem, cyfra poszła? Dysk leci? Bez sensu. Gadaj.

Adam już bez protestów wykonał wysiłek umysłowy i wygłosił monolog krótki, za to treściwy i nawet nieco uczuciowy, na temat uroków wspólnego śpiewania morskich pieśni, w gronie przyjaciół, ciemną nocą, w środku zimy, w Krakowie, daleko od ciepłych południowych mórz, egzotycznych oceanów, palm, pokładów i żagli. Dokładnie w chwili, kiedy postawił kropkę i odsunął mikrofon od siebie, z małej scenki rozległo się donośne:

Więcej żagli! Odwińcie z rej płótna,
niechaj maszty się kładną na fali[*]!...

---

[*] Tak się zaczyna pieśń, którą skomponował Ryszard Muzaj do słów Mariusza Zaruskiego, bardzo piękna zresztą: „Więcej żagli! Odwińcie z rej płótna, niechaj maszty się kładną na fali! Choć zawieja na morzu okrutna, w górę serca, wyjdziemy z niej cali. Opuściliśmy brzeg bez po-

Kasia błyskawicznie wyrwała Adamowi mikrofon i wystawiła go w stronę głośnika. Zaczynał się koncert. Po chwili śpiew podjął cały skłębiony w tawernie tłum.

Zosia uznała, że sprawa, z którą przyjechała, może poczekać. Teraz i tak nie ma najmniejszej szansy, by cokolwiek zrobić.

Żeby nie poddawać się beznadziei, zamówiła sobie piwo, a następną piosenkę śpiewała już razem ze wszystkimi.

– Bo kac po piwie, kochana, jest najgorszy – zawiadomiła ją Haneczka nazajutrz, mniej więcej rano. – Popatrz, ja wypiłam tylko cztery i to na raty, a jeszcze pół jednego mi Kajtek wyżłopał w Rotundzie i dlatego mi nic. A ty ile wypiłaś?

– Nie mam pojęcia. – Zosia usiadła na łóżku. – Ale było cudnie. Nie masz aspiryny przypadkiem? Aspiryna najlepsza. Podobno. Głowa mi pęka.

– Nie mam aspiryny. Mam na wątrobę. Chcesz na wątrobę?

– Nie, dziękuję, wątroba mi nie nawala. Pójdziesz ze mną na spacer? Może łyk świeżego powietrza nam dobrze zrobi. Na Planty albo gdzie indziej.

– Nie chce mi się nigdzie chodzić. Chce mi się wyłącznie spać. Poza tym spacerowanie w warunkach mokrego lutego mnie brzydzi. Tobie też nie radzę, bo jeszcze się przeziębisz.

Zosia wygrzebała się z pościeli i stanęła na własnych nogach. Przeciągnęła się, aż chrupnęło, i znowu padła na łóżko, ale po chwili wytężyła silną wolę i znowu uniosła się do pionu.

– Ja się jednak zmobilizuję. Mam wrażenie, że głowa mnie boli nie od piwa, tylko od braku powietrza. Wczoraj go nigdzie nie było i teraz też boleśnie odczuwam jego brak

wrotu, więc przebojem żeglujmy w powodzi, wszystkie siły wytężmy do lotu, jako żywo – już słońce tam wschodzi"... Warto znaleźć ciąg dalszy np. w internecie, przeczytać i wzruszyć się nieco. Posłuchać też warto, a najpiękniej to śpiewa sam kompozytor. Wiem, bo słyszałam.

w tym tu pokoju. Może przy okazji kupię sobie aspirynę; miałam, ale całą zjadłam z powodu mojej grypy. A ty śpij, jeśli chcesz.

– Jeszcze odrobinkę – zgodziła się Haneczka i owinęła się kołdrą. – Obudź mnie jak wrócisz.

Porządny prysznic sprawił, że Zosi nieco się polepszyło. Zeszła na dół, stwierdziła, że pora śniadania dawno minęła, i postanowiła znaleźć sobie jakieś przyjemniejsze miejsce na poranny posiłek. Przyjmując, że godzina dwunasta jest porankiem.

Planty w warunkach mokrego lutego straciły sporo swojej zwykłej urody, ale powietrze, niewątpliwie, było tu świeże. Zosia, nie spiesząc się, spacerowym krokiem pomaszerowała w stronę Starego Miasta, licząc na to śniadanie. Minęła Bramę Floriańską i zdziwiła się na widok artystów, najwyraźniej wodoodpornych, eksponujących pod murem liczne i śliczne obrazy. Prawdopodobnie również wodoodporne. Niektóre były przykryte przezroczystą folią.

Uwagę Zosi, od jakiegoś czasu zorientowanej marynistycznie, zwróciła imponująca fregata pod pełnymi żaglami, oczywiście w sztormie, otoczona bryzgami fal. Przed dziobem fregaty unosiło się wielkie ptaszysko, zapewne artystyczna wizja buriewiestnika, czyli albatrosa. Być może kolorystyka obrazu była troszkę nietrafiona (wzburzone fale w kolorze indygo efektownie kontrastowały z lazurowym niebem, albatros miał skrzydła jak pawi ogon, a żagle fregaty były zielone), niemniej Zosię ucieszyła ekspresja malowidła. Widać było, że malarz przejął się tematem.

– „Aleksander von Humboldt" – powiedział ktoś przy niej tak niespodziewanie, że aż podskoczyła.

– Matko święta. Jaki Aleksander?

– „Von Humboldt" – odrzekł najspokojniej w świecie Adam. – Ten pacykarz musiał go widzieć i się zasugerować. To taki niemiecki bark, ma zielone żagle. Bardzo ładny.

– Aaaa, to ja też go widziałam. Na obrazkach. Rzeczywiście ładny. A co ty tu robisz?

– To co i ty. Zażywam świeżego powietrza. Chodzę sobie, nic nie robię i w tym jest mój wdzięk. Poza tym szukam jakiegoś śniadania. A ty się załapałaś w hotelu?
– Coś ty, oni przestają karmić o dziesiątej.
– To chodź, znajdziemy coś razem. Przecież gdzieś tu musi być jedzenie.

Już od momentu, kiedy stwierdziła, że Adam za nią stoi, Zosi robiło się zimno i gorąco na przemian, a ból głowy zamienił się w kompletną pustkę. Gdyby ktoś ją spytał, dokąd poszli na to śniadanie, nie potrafiłaby odpowiedzieć – zapamiętała tylko, że na stoliku stała najprawdziwsza, pachnąca frezja w dużym kielichu od wina.

Ta frezja wydawała się bardzo stosowną dekoracją do tego, co postanowiła zrobić za chwilę. Strasznie się bała, a jednocześnie miała świadomość, że musi. I to musi teraz, bo kiedy? Za chwilę znowu wpadną w zbiorowe łapy znajomych i przyjaciół. Nie wiedziała tylko, czy lepiej od razu wziąć byka za rogi, czy poczekać, aż Adam się pożywi.

Na razie przeglądał kartę i zastanawiał się, czy na sfatygowany wczorajszym i przedwczorajszym dniem organizm lepiej mu zrobi jajeczniczka na masełku, czy może jajeczka po wiedeńsku... coś delikatnego w każdym razie, żadne kiełbaski, frankfurterki, nic z tych rzeczy, ewentualnie jeszcze skłonny byłby wziąć pod uwagę twarożek, ale bez szczypiorku, mięciutkie bułeczki, świeże masełko, kawa z mlekiem, tylko nie latte, bo nie chodzi o mleko z kawą, a wręcz przeciwnie, rozumie pani?

Pani rozumiała doskonale, bo nie pierwszego skacowanego gościa w swoim życiu widziała i obsługiwała.

Zosia, widząc te kontredanse, uznała, że lepiej będzie poczekać. Niech no on się najpierw wzmocni. Przyda mu się.

Sama nie miała zdrowia na wybieranie, zamówiła więc dokładnie to samo co Adam.

Jeżeli nawet – nazwijmy to tak – organy wewnętrzne Adama miały kaca, to jego intelekt i spostrzegawczość nie ucierpiały w najmniejszym stopniu. Zauważył, że Zosia jest jakby spięta, położył to na karb niedospania i zmęczenia, i przejął na siebie ciężar konwersacji. Zosia sprężyła się i dostosowała, chociaż sporo ją to kosztowało.

Śniadanie było tak delikatne, że nie uczyniło krzywdy żadnemu z nich, a jednocześnie tak obfite, że znacznie wzmocniło ich siły.

Co, jak wiadomo, miało im się przydać. Obojgu.

Dostali właśnie po drugiej filiżance kawy, już bez mleka, tak tylko, dla przyjemności, jak to określił Adam. Rozpierał się w wygodnym fotelu i właśnie dochodził do wniosku, że bardzo fajnie jest tak sobie istnieć, że życie jest w gruncie rzeczy przyjazne człowiekowi, tylko trzeba je oswoić, a w tej chwili jest ono jak najbardziej oswojone; poczuł zapach frezji i uznał, że siedząca naprzeciwko dziewczyna, aczkolwiek nic specjalnego, jeżeli O TO chodzi, to jednak jest miła i niegłupia, i sympatycznie się z nią rozmawia na różne tematy, w głowie ma dobrze poukładane i serce też na właściwym miejscu (Boże, ten straszny dom dziecka, on by nie wytrzymał). Mogłaby schudnąć, zdecydowanie, ale w sumie jest niebrzydka, śmieszną ma tę strzechę na głowie. No i żeglarka, chociaż niepraktykująca. Ładne, bystre oczy, długie rzęsy. Inteligentna tak, ładna średnio, to już było, chyba zaraz zaśnie, a tego nie wypada absolutnie zrobić przy damie...

– Coś ty powiedziała?

Niedobrze, gadała już jakiś czas, a on zasypiał... Ale powiedziała... czy to możliwe? Śniło mu się, zasnął, cholera, trzeba ją przeprosić!

– Przepraszam cię, Zosiu, jakoś mnie tak zmuliło i nie trafiło do mnie, co mówiłaś? Czemu się śmiejesz? Ze mnie? To wina tego śniadanka, za dużo było. Już nie będę, słowo honoru ci daję. Tylko wybacz, nie śmiej się już ze mnie i powiedz jeszcze raz dużymi literami.

– Proponowałam ci, żebyś się ze mną ożenił.

Matko Boska, nie spał! Nie śniło mu się! Naprawdę to powiedziała!

Pospiesznie wypił całą kawę z filiżanki.

– Zosiu, cholera... to jest... bardzo ci dziękuję, czuję się zaszczycony, ale ja teraz mam taki etap w życiu... chyba ci nawet mówiłem, nie jestem zainteresowany żadnymi męsko-damskimi komplikacjami...

– Ja też nie jestem zainteresowana – zełgała Zosia gładko, aczkolwiek w głowie znów zaczynało jej szumieć. – Pamiętam, co mówiłeś na ten temat, i właśnie dlatego moja... tego, propozycja. Posłuchaj, bo widzę, że teraz naprawdę się obudziłeś. Ciotka zapisała ci dom pod warunkiem, że się ożenisz i że zrobisz coś pożytecznego. Moglibyśmy zawrzeć umowę dżentelmeńską, wiesz, jak ludzie, którzy pobierają się na przykład dla paszportu, albo coś takiego...

– A co byś tam chciała zrobić pożytecznego? – spytał, pełen najgorszych przeczuć.

– Rodzinny dom dziecka.

Tak, to właśnie podejrzewał albo coś w tym rodzaju! O Boże.

– Słuchaj, ja tam pracuję, w tym bidulu, siedem lat i to jest siedem lat straconych. Już chyba ci kiedyś mówiłam, że my dzieci nie wychowujemy, tylko je przechowujemy. Robi mi się niedobrze na myśl, ile tych dzieci się zmarnowało dla przyszłości, a myśmy palcem nie kiwnęli. Mniejsza z tym dlaczego. Ja nie chcę niczego zwalać na system, na to, że się nie dało, ja bym chciała coś zrobić sama, dopóki nie jestem całkiem stara i mogłabym... Tylko widzisz, ty musisz się ożenić, żeby dostać swój dom, a ja muszę wyjść za mąż, żebym mogła założyć ten rodzinny dom dziecka. To jest tak naprawdę proste przełożenie...

Spojrzała na niego i dotarło do niej, że chyba jednak to nie jest takie proste przełożenie. Szum w głowie zamienił się w huk burzy morskiej niczym na obrazie z fregatą o zielonych żaglach.

Adam siedział nad swoją filiżanką i był tak speszony jak nigdy w życiu. Nie śnił. Ona naprawdę mu się oświadczyła. A teraz najspokojniej w świecie powtórzyła oświadczyny. Chyba oszalała. Gdyby jeszcze się w nim zakochała, ale nie, ona chce go wrobić w dom dziecka. Rodzinny. Boże.

– Zosiu – powiedział znękanym głosem. – Tego...
– Adam, będzie, jak zdecydujesz. Ale ja cię proszę, pomyśl. Pomyśl, czy to nie jest dla ciebie dobry pomysł na nowe życie. Mówiłeś, że zaczynasz mieć dość telewizji. Przecież studiowałeś psychologię. Masz podejście do dzieciaków, to się rzuca w oczy. One cię kupiły od pierwszego kopa, bez gadania. Bo ja bym chciała, wiesz, zabrać z bidula całą moją grupę, dwanaście osób. A może trzynaście, bo przecież Julkę by trzeba wziąć razem z Januszkiem. Kurczę, jeszcze Adolf. No to czternaście. Ale Darek za rok będzie pełnoletni. To trzynaście...
– Czekaj, Zośka, zapędziłaś się w tę matematykę... A co będzie z nami?
– No... nic nie będzie. My to potraktujemy jako pracę.
– Ale chcesz, żebyśmy byli małżeństwem.
– Bo tylko małżeństwo może założyć rodzinny dom dziecka, takie są u nas przepisy. Pojedyncza baba nie. Albo dwie baby, też nie. Musi być para...
– A jeżeli się w międzyczasie zakochasz? Nie we mnie, w jakimś innym facecie?
– Zapomnij. Nikt mnie nie chciał do tej pory, to nikt nie będzie chciał dalej.

Adamowi zrobiło się trochę głupio za tych wszystkich facetów, którzy nie chcieli takiej sympatycznej Zosi. Po prawdzie, on też jej nie chciał.

– A jeśli ty się zakochasz – Zosia źle zrozumiała jego milczenie – to zawsze możemy się rozwieść. A może twoja... ukochana będzie chciała uczestniczyć... kurczę, to wszystko nie ma sensu! Na razie przecież nikogo nie masz! A dlaczego się dotąd nie ożeniłeś? Skoro do prawie czterdziestki nie ciągnęło cię do małżeństwa, to dalej będziesz singlem! Chyba że zgodzisz się na mój pomysł...
– Zosiu, wybacz... ale nie.

– Kurczę, Adam! Przemyśl to sobie jeszcze, zastanów się!
– Zosiu, przepraszam, naprawdę nie. Nie dałbym rady. Nie chcę cię oszukiwać ani przedłużać tego... no, nie. Proszę, spróbuj mnie zrozumieć.

Zosia odważyła się na niego spojrzeć i zobaczyła te ciemne oczy pod tymi ciemnymi brwiami w stanie absolutnego przerażenia. Dotarło do niej, jak straszliwą idiotkę z siebie zrobiła. Cała krew spłynęła jej gdzieś do pięt, wywołując przeraźliwą bladość oblicza. Adam, który był człowiekiem spostrzegawczym, przestraszył się, że mu dziewczyna zemdleje, ale ona nie zemdlała, tylko zerwała się, wyszarpnęła z torebki trzydzieści złotych, położyła na stoliku i mamrocząc coś pod nosem, uciekła, trzaskając drzwiami kawiarni.

Stłumił w sobie odruch nakazujący mu za nią lecieć i zamówił jeszcze jedną kawę. Musiał to wszystko przemyśleć jeszcze raz, na spokojnie. Nie, żeby miał zamiar zmienić zdanie, ale żeby się utwierdzić w słuszności własnego postępowania.

Zosia natomiast jak ta fregata na skrzydłach wiatru pomknęła do hotelu i z oczami na słupkach wpadła do pokoju, gdzie Haneczka właśnie malowała sobie oczy, używając do tego Zosinego tuszu Bourgeois w kolorze śliwkowym.

– Hanka, cholera jasna!
– No coś ty, Zośka, tuszu żałujesz koleżance? Chciałam spróbować, jak mi będzie w tym kolorze.
– Zwariowałaś? Maluj się, ile chcesz, tylko szybko. Wyjeżdżam. Miałam telefon, muszę wracać do roboty, pomór padł na wychowawców znienacka, mój Stasiu też się rozłożył i Henio, i dyrektorka. Masakra. Nie ma kto zastępować. O czternastej mam pociąg, to za dwadzieścia minut.
– Zośka, opanuj się! Jesteś na urlopie, tak? Naprawdę myślisz, że ten dom się bez ciebie przewróci? Poza tym bez sensu jechać teraz, co ty, na noc przyjdziesz do pracy? Jedź jakimś nocnym, koło ósmej chyba jest! To chociaż jeden koncert zaliczysz, ten w Rotundzie o szesnastej! A w ogóle potem też są pociągi!

– Ja pracuję w domu dziecka, a nie w urzędzie państwowym, kochana. Tam się pracuje całą dobę. Musi ktoś być z moimi dzieciakami na okrągło. Bo Cycek i Mycek mogą się zmoczyć w nocy!
– Zośka, co ty opowiadasz, na litość boską?! Jaki Cycek?
– Brat Mycka. Bliźniak. Oni mają sześć lat. Jadę, daj mi ten tusz, widzę, że skończyłaś. Chyba że zostawię ci na jutro?
– Kochana jesteś, ale nie. Kupię sobie taki.
– Siedzisz na mojej piżamie. Oddaj. Pa, bawcie się wszyscy dobrze, pozdrawiaj ode mnie, kogo możesz. Lecę, bo nie zdążę!

Haneczka pospiesznie pomogła jej wrzucić do plecaka kilka drobiazgów i Zosia, dudniąc po schodach, popędziła przed siebie – aby jak najdalej od miejsc, w których mogła natknąć się na Adama.

Wpadła na niego w drzwiach wejściowych hotelu i omal nie zwaliła go z nóg swoim impetem. Nie próbował jej zatrzymywać, natomiast stanął w otwartym skrzydle jak wryty i gapił się za nią, aż mu recepcyjna pięknota ostrym głosem uświadomiła, że wieje.

– Adasiu, a powiedz mi, kochany, poczyniłeś ty jakieś kroki w stronę skonsumowania spadku po ciotce Biance?

Najgorszą stroną mieszkania z rodziną jest konieczność poddawania się indagacjom rodziców, wtykającym nos w nie swoje sprawy. Ściśle mówiąc, nos wtykała tylko matka, ale robiła to niemal zawsze, kiedy udało jej się Adama dorwać i przytrzymać. Najchętniej odpowiedziałby coś wymijająco i poszedł do swojego pokoju, ewentualnie zająłby się intensywnym oglądaniem „Faktów", ale nie bardzo mógł to zrobić, ponieważ matka właśnie stawiała przed nim na stole wielodaniowy, wielobarwny i niewątpliwie smakowity obiad, którego nie zdążył zjeść o normalnej porze. Żal mu było zostawiać zwłaszcza sandaczyka w jarzynkach.

– Co masz na myśli, mamo? Czy już się oświadczyłem jakiejś paniencie? Jeszcze nie...

Miał na końcu języka, że za to jedna panienka oświadczyła się jemu, ale udało mu się tego nie powiedzieć. Zapchał się jarzynkami.

– Adaś, ja cię nie będę kazaniami raczyć, ale uważam, że najwyższy czas, żebyś się jakoś ustabilizował. Ani się obejrzysz, jak skończysz czterdziestkę.

– Ależ ja jestem ustabilizowany, mamo – demonstracyjnie wbił wzrok w panią Pochanke.

– Nie rozśmieszaj mnie do łez, bo mi się makijaż rozmaże – prychnęła matka i doniosła talerzyk z szarlotką ozdobioną kleksikiem bitej śmietany i świeżą truskawką pokrojoną na plasterki i ułożoną w gwiazdkę. – A nie mogę się rozmazać, bo idę na spotkanie. Biznesowe. No, powiedzmy że biznesowe. Zaproponowano mi członkostwo w bidabljubisi.

– Coś ty powiedziała? – zainteresował się gwałtownie ojciec, czytający powieść Woodehouse'a w swoim ulubionym fotelu.

– Baltic-Women-Biznes-Club. Nie mów, Kostek, że wiesz, co to jest – zaśmiała się perliście Izabela.

– Ja wiem, tato – mruknął Adam, z ustami pełnymi brokułów, zadowolony, że zeszło z niego. – To są dobroczynne panie. Chodzą do domów dziecka i dają prezenty. Jedna wychowawczyni z takiego domu mi mówiła. Klub Bogatych Biznesmenek. Matka, po co ci to?

– Ze względów prestiżowych – wytłumaczyła mu pobłażliwie matka. – Nie każda właścicielka firmy może się poszczycić członkostwem w takim klubie. To trochę jak Rotary, ale trochę inaczej. Nie mam czasu wam tego tłumaczyć, bo nie chcę się zanadto spóźnić. Mamy dzisiaj prelekcję na temat nieodkrytych możliwości naszego umysłu. Będzie jakaś znana pani psycholog. Adaś, dlaczego nie oglądasz własnej telewizji, tylko komercyjną? – Puściła w niego ostatnią strzałę i odeszła w kierunku biznesowych dam.

– Ja też wam mogę wygłosić taką prelekcję – ryknął za nią. – Albo jakąś inną. Też jestem psychologiem. Ile płacicie za raz?

Zza drzwi dobiegł tylko perlisty śmiech Izabeli, a po chwili dał się słyszeć stłumiony huk, warkot odjeżdżającej hondy i zapadła cisza przerywana tylko altem pani Pochanke.

– Twoja matka znowu przestawiła bramkę – zauważył pogodnie ojciec, wstając ze swego fotela i przenosząc się do stołu. – A podobno to ja jestem roztargnionym profesorem. Nie za dużo masz tego ciastka?

– W sam raz – zaśmiał się syn. – Ale matka coś mówiła, że w schowku ma zapasik. Całą blachę. Tylko nie będzie tak ładnie udekorowane.

– Kto ci powiedział? Myślisz, że nie umiem pokroić głupiej truskawki na plasterki? Z moją wprawą?

– Na pewno umiesz – zgodził się Adam. – Tylko że to była ostatnia truskawka, z reszty mama zrobiła sobie maseczkę ujędrniającą. Patrz, taka biznesiara z tej twojej żony, a chce jej się piec ciastko dla rodziny. Dobrze z nią mamy w sumie. Tylko niech mnie nie próbuje wydawać za mąż...

– Nie wiem, nie wiem. – Ojciec poskrobał się po głowie, dobierając się do talerzyka Adama jego własnym widelczykiem. – Prawdę mówiąc, też zamierzałem porozmawiać z tobą... możesz jeść szarlotkę dużym widelcem? Bo mi się nie chce iść po drugi. Z tamtej strony, o właśnie. Słuchaj, mój synu, a ty nie masz wrażenia, że rozmieniasz życie na drobne... od jakiegoś czasu?

– Ja to robię całe życie, mój drogi tato. Wcale nie od jakiegoś czasu. Robię to, odkąd pamiętam, i jestem bardzo przywiązany do takiego stylu życia. Naśladuję w tym nieodżałowaną siostrę twojego ojca, drogi tato.

– Jak jeszcze powiesz, że bliską krewniaczkę związaną z tobą więzami krwi, to pomyślę, że podebrałeś mi Woodehouse'a. Ale ty nie czytujesz książek. *Signum temporis*, czyli znak czasu.

Adam dziabnął w truskawkę, lekko zirytowany.

- Wiem, co to znaczy *signum temporis*, tato. Książki też czytuję. Tego twojego arystokratycznego bęcwała czytałem w wannie. Miałem go na raz. Dlaczego czytasz takie bzdury?

- Bo wszystkie mądre książki już przeczytałem. Kiedy czytam coś nowego, to albo mnie to nie interesuje, albo mam wrażenie, że ktoś po raz kolejny mędli te same problemy. Bez mistrzostwa i głębi Szekspira, Dantego czy choćby Hemingwaya albo Remarque'a. Paru innych też mógłbym wymienić. A Woodehouse mnie bawi. Tylko wolę go w przekładzie Juliusza Kydryńskiego, a nie... widzisz, nawet nazwiska nie mogę zapamiętać. No więc właśnie. A poza tym uważam, że ze śmiesznej książki inteligentny człowiek też potrafi wyciągnąć nauki dla siebie. Oczywiście pod warunkiem, że jest ona śmieszna, a nie głupia. Adamie, mamy tak rozmawiać o literaturze czy o tobie?

- Zdecydowanie wolę o literaturze. No to ci się przyznam. Mnie Woodehouse też bawi.

- Jak to miło, że się jednak przyznałeś, ty snobie. I co, postanowiłeś być takim Bertiem Woosterem*?

- Nie mogę być Woosterem, bo nie jesteś arystokratą, tato. Nie obdarzyłeś mnie żadnym tytułem. Bo taka szlachta zagrodowa to się raczej nie liczy, co? I mająteczek za mały.

- Brat twojej ciotki-babki Bianki, a mój ojciec był utracjuszem. No i dobrze, bo nie bardzo nam mieli co odbierać po wojnie. A poza tym teraz twoja matka uzupełnia braki majątkowe. Zostawimy ci wszystko w testamencie i to bez warunków, nie tak jak Bianka. Ale my pożyjemy jeszcze trochę, więc prędko się do forsy nie dorwiesz.

- Nie załamuj mnie, tato. - Adam zdążył chwycić ostatni kawałek szarlotki. - Ale powiedz, już poważnie, bo i tak nam się ciastko skończyło, możemy usiąść i porozmawiać jak mężczyzna z mężczyzną. Czego ode mnie oczekujesz?

---

* Bertie Wooster, złoty młodzieniec z dobrego domu, jest bohaterem powieści P.G. Woodehouse'a, w niedoścignionym przekładzie Juliusza Kydryńskiego nieprzytomnie śmiesznych (vide: „Wielce zobowiązany, Jeeves"), aczkolwiek nie jest to śmiech naszego wieku.

– Niczego. To znaczy ja nie mogę od ciebie niczego żądać, nie mogę się niczego po tobie spodziewać, natomiast mogę się o ciebie martwić. Osobiście jestem zdania, że jeżeli człowiek w pewnym momencie nie wydorośleje, to na stare lata nie będzie z siebie zadowolony.

– Uważasz, że jestem niedorosły? Z powodu niemania żony?

– Z powodu niemania nie, raczej z powodu ogólnej niepożyteczności żywota.

– Boże, tato. Co za język.

– Niepożyteczność jest równie dobra jak niemanie. Adam, spróbuję ci wyjaśnić mój punkt widzenia. Żyjesz miło, ale dość egoistycznie. Do niczego właściwie nie dążysz. Nie doskonalisz się. Nie uczysz nikogo tego, co sam umiesz. Nie siejesz i nie orzesz, skaczesz z kwiatka na kwiatek. Twoja ciotka robiła tak całe życie. Tu popracowała, tam popracowała, nikogo nie pokochała, z nikim się nie związała. Umierała samotnie. Ja nie będę umierał samotnie, mam syna. Izabela też. A ty kogo będziesz miał?

– Chryste. Tato, przeraziłeś mnie kalibrem tej rozmowy. Napiłbyś się koniaczku? Ewentualnie whisky, mamy w domu trochę...

– Wystraszyłem cię?

– Nie myślałem jeszcze o umieraniu samotnie. W ogóle nie myślałem o umieraniu.

– To pomyśl o tym, jak się będziesz starzał. Zapewne jestem tylko leciwym pierdołą, ale wciąż mam wrażenie, że mężczyzna, który wybuduje dom, posadzi drzewo i spłodzi syna, jest bardziej spełniony niż mężczyzna, który nie wybuduje domu, nie posadzi drzewa i nie spłodzi syna.

– Jeśli się ożenię, to budowanie domu mogę mieć z głowy...

– No to ci już niewiele zostanie. Pomyśl, co miała Bianka z tego, że była wielką żeglarką? Trochę artykułów w prasie? Jakieś trofea? To już ta cała Lena, która nosa nie wychyliła poza Bałtyk, była od niej szczęśliwsza.

– Lena też nie miała dzieci...

– Ale miała męża i jak się zdaje, bardzo się kochali przez całe życie. Adam, w życiu trzeba być z kimś. Jeśli ci nie odpowiadają kwity i biurokracja, to się nie żeń. Ostatecznie niech diabli wezmą dom w Lubinie. Ale znajdź sobie kogoś i niech to będzie sensowna kobieta, a nie taka jak te wszystkie siuśki, które też nie zamierzają dorosnąć. Muszę ci się przyznać, że nie znoszę Piotrusia Pana. Ani w wersji męskiej, ani w damskiej. Proszę, nie bądź podstarzałym Piotrusiem Panem za te kilka lat. A teraz mam dosyć tej rozmowy, daj mi, proszę, koniaku, napijemy się, a ty zrobisz, co zrobisz. Pamiętaj tylko, że Bianka nie była zadowolona ze swojego życia.

– A skąd to wiesz, tato? Moim zdaniem była.

– Bianka była mistrzynią robienia dobrej miny do złej gry. Jesteś taki jak ona. Gdyby jej się to podobało, to jak myślisz, zostawiłaby taki idiotyczny testament? Dałaby wszystko ukochanemu Adasiowi i cieszyła się z zaświatów, że tak jak ona, starzeje się i umiera w samotności. Lej, chłopcze. Twoje zdrowie.

– Twoje, tato.

– Ciociu Zosiu.

– Tak, Alanie.

– Czy my byśmy nie mogli mieć w domu psa? Nie musiałby być taki duży jak Azor, mógłby sobie być nawet zupełnie malutki. Ja bym go też nazwał Azor i bym się nim opiekował, i bym go wyprowadzał na spacer regularnie, naprawdę... Ciociuuuu...

– Obawiam się, że nie możemy mieć psa w domu, kochanie.

– Dlaczego, ciociu? Przecież w domu jest dużo miejsca, a on by był mały, toby się zmieścił. Mógłby spać ze mną, w nogach bym mu rozkładał kocyk.

Zosia pokręciła głową. Alan nigdy nikomu nie pozwalał dotykać swojego niebieskiego kocyka w bure misie; kocyk przyszedł razem z nim do domu dziecka i był jego jedynym przyjacielem i usypiaczem w najgorszym, początkowym okresie. Raz na jakiś czas kocyk robił się już zbyt brudny, a wtedy Alan prał go sam w umywalce napełnionej wodą z proszkiem do prania, potem płukał starannie wiele razy i w końcu wieszał na kaloryferze. Dopóki kocyk nie wysechł, Alan na wszelki wypadek kręcił się gdzieś w pobliżu. I teraz co? Psu to by go oddał. Cholera z tą Aldoną.

Zacisnęła zęby, potem rozluźniła twarz, przyoblekła ją w najmilszy, deczko lizusowski uśmiech i udała się w stronę gabinetu dyrektorki.

Wyszła z niego pięć minut później, bez śladu uśmiechu, powtarzając w myślach po wielekroć słowo „cholera" oraz wiele innych wyrazów, których używanie bezwzględnie tępiła u wychowanków.

Alan nie będzie miał dla kogo rozkładać kocyka w nogach łóżka.

– Cześć, kolego z pracy. Mam u ciebie piwo.

Adam podniósł oczy znad komputera. Właśnie cyzelował komentarz do własnego materiału i usiłował wepchnąć o wiele za dużo słów w niewielkie ramy czasowe. Jak zwykle miał z tym problem i jak zwykle go to irytowało. Widok stojącej nad nim w pozie zwycięskiej Ilonki Karambol, wymachującej jakimś kwitem, sprawił mu przyjemność. Bardzo lubił Ilonkę.

– Jakie znowu piwo, koleżanko z pracy? Nie chcę twojego piwa. Ja odwykam. Brzuch mi rośnie, to jest chciałem powiedzieć, mięsień piwny. Czyli bierceps. Zaniedługo nie będziesz chciała na mnie patrzeć ani zostać moją żoną.

– Coś ty, Adaś, ja zawsze będę chciała zostać twoją żoną. Poza tym to ja mam u ciebie piwo, a nie ty u mnie, źle słyszałeś. Nawiasem mówiąc, wiesz, jaki bierceps sobie Kopeć wyhodował? Chyba zacznę mu robić obiadki w domu.

– Chcesz go dodatkowo utuczyć? Lubisz takich krzepkich?

– No wiesz, chudzielcy są mniej sexy. A domowe obiadki o wiele mniej tuczą niż te śmieci, którymi się biedny Kopeć karmi pod moją nieobecność. Nie interesuje cię, dlaczego mam u ciebie piwo?

– Aaa, oczywiście, interesuje. Ale i tak byś mi powiedziała, prawda?

– Prawda. No więc stań na baczność: zostałeś dziennikarzem roku!

– Ja?

– Ty. Uważam, że ci się należało za to całe tropienie przekrętów. Byłeś bardzo aktywnym dziennikarzem śledczym. Drążącym. Dostaniesz Złotą Kaczkę, czy jakie oni tam dają te kaczki. Chociaż za drążenie powinni ci dać Złotego Kreta.

Adam, nieco zaskoczony, wyjął jej z ręki kwit, który, jak się spodziewał, był jakimś protokołem od tych kaczek, ale stwierdził, że patrzy na teksty Ilonki do jej magazynu motoryzacyjnego.

Ilonka odebrała mu papier, śmiejąc się.

– Wiedziałam, że mi go zabierzesz, patrz, co to jest psychologia! Kochany, ja nie mam prawa mieć żadnych papierów w sprawie twojej nagrody, bo to jest na razie ściśle tajna nagroda.

– Był przeciek?

– Nie, oni nie przeciekają, skubani. Ale rozmawiają z sobą przez telefon.

– Podsłuchałaś?

– Najzupełniej przypadkowo. Eulalia jest w jury, ona już tych nagród miała kilka. Rozmawiała z kimś, komu tłumaczyła, że jesteś Adam, nie Andrzej i Grzybowski, a nie Grybowski. Śmiała się, że dziennikarz roku musi mieć kaczkę z prawidłowo wygrawerowanym nazwiskiem, w zeszłym roku podobno były jakieś przekłamania i w ostatniej chwili skrobali grawerkę. Ona mnie nie widziała, to znaczy Lalka, od razu uciekłam, bo gdyby mnie zobaczyła, toby chciała, żebym jej obiecała dyskrecję, a ja wolałam ci wypaplać. Żebyś dłużej miał przyjemność. Nie cieszysz się?

– Cieszę się, oczywiście, że się cieszę. Nawet postawię ci to piwo. Czekaj, już kończę i za piętnaście minut możemy skoczyć do Baru Jaru.

Po powrocie z Krakowa Zosia, zupełnie bez sensu i masochistycznie nabrała zwyczaju oglądania programu lokalnej telewizji. Co jakiś czas pojawiał się w niej Adam, zupełnie obcy facet, w niczym nieprzypominający uśmiechniętego Adama z Lubina, a jeszcze mniej roześmianego i ryczącego szanty Adama z Krakowa. Oczywiście zdawało jej się, ale chyba wyglądał na permanentnie spiętego. Złudzenie optyczne. Na pewno.

Kiedy miała dzień wolny, oglądała telewizję u siebie, na dyżurach przełączała telewizor w saloniku. Chłopcy też nauczyli się czekać na materiały Adama, oni jednak po prostu cieszyli się, kiedy go widzieli, i natychmiast zaczynali snuć plany co do ewentualnych kolejnych wycieczek do domu na klifie. Słuchała tego z mieszanymi uczuciami, wiedząc, że raczej nic z tego nie będzie. Nie ma szans, żeby on do niej zadzwonił kiedykolwiek w życiu, a ona nie zrobi tego tym bardziej.

Cholerny świat – Zosia w stresie miała zwyczaj rzucania cholerami, nawet w myślach – zepsuła coś bardzo fajnego, coś, co mogło stać się dla chłopców odskocznią od życia w bidulu, spotkaniem z innym światem: ładniejszym, życzliwszym, cieplejszym. Spotkaniami. Wieloma. Kiedy ona się nauczy używać rozsądku? Gdyby go użyła w tym wypadku, sama doszłaby do wniosku, że nie można mieć wszystkiego i że zachowała się jak egoistka oraz kretynka w jednym. Wash and go. A tak – przerąbała jak siekierą tę ledwie rozwijającą się przyjaźń, zniszczyła szansę chłopakom. Powinni

przestać ją lubić. A oni, nieświadomi niczego, tak jakby lubili ją jeszcze bardziej.
I to jej zwiększa poczucie winy!!!
Co za życie!

– Adasiu, to jak będzie?
– Mamo kochana, a dlaczego zaparłaś się, że ja mam to zrobić? Moje koleżanki zrobią to o wiele lepiej ode mnie. Nie męcz mnie, proszę. Ja się nie nadaję do produkowania laurek...
– To nie ma być laurka, to dla nas jest bardzo ważne. A ja tam nie mam zaufania do nikogo poza tobą. Adam, zrób to dla matki, która cię urodziła, wykarmiła i wychowała. Nie bądź wyrodnym synem! Bo przestanę wam gotować i będziecie musieli jadać w tanich barach! Weźmiesz na swoje sumienie karmienie ojca w tanich barach? Przy jego woreczku?

Matka śmiała się i żartowała, ale Adam widział, że naprawdę jej zależy. Może rzeczywiście miała zaufanie tylko do niego. Może chciała, żeby syn był świadkiem uroczystości, w której miała uczestniczyć jako pełnoprawna biznesłumenka.

Przyjmowanie Bidabljubisi do międzynarodowego stowarzyszenia stowarzyszeń kobiet biznesowych... Jezu, jak on to ma pokazać?

– A co ty się szczypiesz? – zdziwił się kierownik redakcji.
– Pokażesz, co się dzieje, jak się ładnie kobietki nasładzają same sobą i chwacit. Ja tam popieram takie sprytne kobietki, co potrafią pracować.
– Ja też popieram – jęknął Adam. – Tylko wolałbym pokazać, jak one pracują, a nie jak się puszą!
– Stroszenie piórek jest niezbędne w naszej dżungli – powiedział stanowczo Filip. – Patrz, w przyrodzie to samczyki się stroszą, a samiczki są skromne. One zamieniają się powoli w samczyków, te kobiety! Przestań jęczeć, zrób ortodok-

sem, wzór A-1. A potem machniesz mi taki minicykielek o tych paniach w akcji. Portrety dam, z których jesteśmy zadowoleni, my, naród. Będę to puszczał od święta kobiet co drugi dzień przez cały marzec. Po dwie minuty na każdą. Na twoją matkę nawet dwie piętnaście. Słyszałem, że dostajesz Złotą Kaczkę? To się napijemy razem w Muzach, redakcja przyjdzie cię uczcić.

– Nieprzepuszczalne jury – mruknął Adam i bardzo nieszczęśliwy poszedł przewijać kasety.

Baltic Woman Business Club wstępował do międzynarodowej korporacji zrzeszającej podobne w charakterze damskie stowarzyszenia i zamierzał wstąpić tam dumnie oraz z fajerwerkami. Uroczystość odbywała się w salach Zamku Książąt Pomorskich, ubarwiał ją Mozartem i Boccherinim kwartet smyczkowy Sedina, słodkie przeboje śpiewał wokalny kwartet męski o stosownej nazwie Słodka Czwórka (skądinąd bardzo przez Adama lubiany), szampan lał się strumieniami już od wejścia, panie miały długie suknie, panowie smokingi (Konstanty twierdził, że wygląda jak szef kelnerów hotelu Waldorff Astoria, w którym raz w życiu był na lunchu, kiedy referował coś na międzynarodowej konferencji anatomopatologów), przemówienia w kilku językach przeplatane rozkosznymi bon motami sypały się obficie, wszyscy chwalili wszystkich, kamera pracowała, ekipa podżerała ptifury, a Adam cierpiał.

Gdyby Izabela wiedziała, w jaki sposób bankiet Bidabljubisi wpłynie na stan świadomości jej syna, zapewne zrezygnowałaby z namawiania go do osobistego zaangażowania w public relations swego klubu.

Adam patrzał na tę całą rozszalałą wytworność i rozmyślał o szerokich przestrzeniach. Wdychał zapachy najdroższych perfum i przypominał sobie, jak pachnie chłodna bryza od morza. Słuchał przemówień, szczebiotów, świergolenia na własną cześć i dałby wiele, żeby w tej chwili usłyszeć świst narastającego wiatru w olinowaniu jakiegoś niekoniecznie dużego jachtu...

Albo się starzeję – pomyślał – albo mi odbiło kompletnie.

Chyba trzeba będzie jednak pryskać z obecnej roboty. To, że w ten sposób reaguje na zwykły przecież materiał, na newsa, jakich wiele, świadczy o konieczności zmiany. Jeszcze pobierze tę kaczkę, a potem zacznie szukać nowych dróg. Ta się robi zbyt męcząca.

– Ciociuuuu! Ciocia przyjdzie! Szybko!
– Co się stało, czemu tak wrzeszczycie, chcecie, żebym wam padła na zawał?
– Ale ciociu, pan Adam! Pan Adam dostał nagrodę!
– Jaką nagrodę? Ciszej, chłopaki!

Zosia przysiadła na tapczanie i zobaczyła w telewizorze Adama odbierającego właśnie z czyichś rąk dość pokaźną statuetkę wyglądającą jak kaczka.

– Co to, nagroda hodowców drobiu?
– Nagroda dziennikarzy – pouczył ją Żaba i wpakował jej się na kolana. – Złota Kaczka. Złota Kaczka, ciociu! Ale fajnie! Ale fajnie! Pan Adam dostał nagrodę!

Złapał ją za uszy i przytulił się do niej. Miał taki śmieszny zwyczaj, kiedy był czymś podniecony. Zosię zazwyczaj to bawiło, rozbawiło i teraz, ale chciała też wiedzieć, za co Adam tę kaczkę dostał. Udało jej się dosłyszeć ostatnie słowa komentarza.

Dziennikarz roku. No, no.

A jej, oślicy, wydawało się, że on zechce zamienić karierę telewizyjną na posadę ojca trzynaściorga nie swoich dzieci. Boże, jakież miała straszliwe zaćmienie umysłu. Boże, kretynka bez perspektywy! Boże, przecież to się załamać można...

Następnego dnia specjalnie kupiła gazetę, żeby przeczytać, co to właściwie za kaczka. No tak, najlepszy dziennikarz ubiegłego roku. Szereg materiałów, które przyczyniły się walnie do wyjaśnienia wielu afer i aferek w naszym pięknym mieście. Adam Grzybowski – postrach krętaczy, aferałów i chachmętów. Katon Praworządny. Fajne zdjęcie...

O kurczę.

W kieszeni kurtki zatańczyła jej komórka i odezwał się nieco przytłumiony dźwięk dzwonka. Niezadowolona, bo nie doczytała jeszcze artykułu do końca, wyjęła telefon i odruchowo spojrzała na wyświetlacz.

– Adam?!
– Ano, jak słyszysz. Co u ciebie, Zosiu?
– U mnie nic nowego, ale tobie gratuluję. Oglądaliśmy wczoraj z grupą, a teraz właśnie czytam w gazecie o twojej nagrodzie. Chłopcy są z ciebie dumni. To znaczy, są dumni, że cię znają osobiście. Ja też, naturalnie...
– Zosia. Słuchaj.
– No, słucham.
– Słuchaj... czy twoja propozycja, wiesz, ta z Krakowa, jest aktualna?

Zosia zamarła z komórką w ręce. Coś jej się przesłyszało.

– Zosiu, jesteś tam?
– Jestem, jestem. Nie słyszałam, co mówisz. Powiedz jeszcze raz.
– Pamiętasz, jak w Krakowie jedliśmy śniadanie u Noworola? Z widokiem na kwiaciarki i Pannę Marię?
– Pamiętam.
– Czy ja mogę jutro do ciebie wpaść, porozmawiać?
– Jutro mam dyżur, może lepiej dzisiaj?
– Dzisiaj mam kaca. Jak się domyślasz, po tej nagrodzie popłynęliśmy troszeczkę z kolegami dziennikarzami...
– Domyślam się. Adam, ty naprawdę?
– Naprawdę. Nie dlatego, że się wczoraj upiłem. Ja to postanowiłem już przedwczoraj.
– Przedwczoraj, ja się zabiję...
– Nie zabijaj się, Zosia. Musimy wszystko omówić. Dzisiaj naprawdę nie mam siły, poza tym chuch mam straszny; jutro przyjadę i będę sobie siedział w jakimś kąciku, dopóki nie znajdziesz czasu. Sprawa jest raczej poważna.

– Raczej. Ale przecież chłopcy się od ciebie nie odczepią. Nie pogadamy tak czy inaczej.
– Zobaczymy, co się da zrobić. To przyjdę.
– To przyjdź.
Zosia wyłączyła komórkę i dopiero teraz oblała się zimnym potem.

Przyjechał koło jedenastej przed południem, wykazując duże wyczucie, ponieważ wszyscy chłopcy byli właśnie w szkole. Przyjaźnie cmoknął Zosię w policzek i chętnie przyjął propozycję kawy.

– Ale nie w pokoju wychowawców, bo zaraz tu ktoś przyjdzie – zaznaczyła Zosia, włączając czajnik. – Pójdziemy do chłopaków, tam będzie spokój.

Zrobiła dwa kubki mocnej kawy, wyciągnęła z szafki nieśmiertelne herbatniki i postawiła to wszystko na tacy. Adam gładko przejął tacę i poszli do pokoju najmłodszych, zwanego salonikiem. Panował tam umiarkowany bałagan, jak zwykle przed południem, ponieważ chłopcy zazwyczaj spieszyli się do szkoły i nie nadążali ze sprzątaniem po sobie. Zosia przymykała na to oczy, pilnując tylko, żeby słali swoje tapczany. Teraz więc jednym ruchem ręki zmiotła z foteli piżamki Cycka i Mycka, których zapomnieli schować, drugim fachowo zgarnęła kredki i farby do jednego sporego pudła i w zasadzie można już było rozpoczynać konferencję. Jeszcze tylko na stole leżały jakieś malowidła na kartkach, ale tymi zainteresował się Adam.

– Popatrz, to ładne jest... Zosia, czy to nie jest przypadkiem dom ciotki Bianki? Rzuć okiem, proszę. Który to malował?

– Grzesio Maniewicz. Ten taki czarnulek w typie rumuńskim. Grzesio jest zdolniacha i najbardziej na świecie lubi malować. Jakbym go nie goniła, toby na świeże powietrze w ogóle nie wychodził. Pokaż ten obrazek. No pewnie, że to dom twojej ciotki. Tylko Grzesio nie umie namalować zimy, kiedyś mi się zwierzał, chyba ta ilość bieli go przerasta. Patrz, a to my wszyscy, to znaczy, nasza grupa. Chyba Grzesio zaplanował jeszcze jakieś letnie wycieczki...

Dom ciotki Bianki był rozpoznawalny z powodu wielkiej liczby wieżyczek – Grzesio chyba nawet trochę dołożył – a przede wszystkim dzięki umiejscowieniu – łąka w kolorze wściekle zielonym, woda niebieska do bólu, żółte słońce z szerokim uśmiechem na promiennym obliczu. Na łące, między domem a wodą czternaście starannie zakomponowanych figurek, z czego jedna okrągła i wyraźnie kobieca, reszta w różnych rozmiarach i w spodniach, oznaczających, że mamy do czynienia z chłopcami. Rozklapana plama z pięcioma podłużnymi wyrostkami na środku łąki sugerowała figlującego Azora – prawidłowo, z czterema łapami i ogonem.

– Bardzo optymistyczny obrazek – zauważył Adam. – Pogodny człowiek z tego Grzesia. Chyba go życie nie za bardzo skaleczyło, co? Stosunkowo, oczywiście – dodał natychmiast. – Bo wiem przecież, że tutaj wszystkich skaleczyło.

– Grzesio, mój drogi, ma w tej chwili dziesięć lat, jest u nas od sześciu, jeszcze na początku odwiedzali go rodzice, ale oboje są narkomanami i to takimi zaawansowanymi. Dawno ich tu nie było i nie dawali znaku życia, więc niewykluczone, że gdzieś zeszli, w jakimś wychodku dworcowym albo nie wiem gdzie. Nie mam pojęcia, jakim cudem on maluje takie pogodne obrazki. Może się broni? Jest to możliwe, psychologu?

– Jest możliwe... chyba. Nie odpytuj mnie z psychologii; mówiłem ci, jestem niepraktykujący. Ale wiesz, myślę, że to mogą być projekcje jego marzeń. On się lubi zamyślać?

– Zamyśla się permanentnie. Marzy o lepszym świecie?

– Pewnie tak. Wcale nie jestem pewien, czy nie umiałby namalować zimy, ale on chyba wolał namalować lato. Może było mu u ciotki dobrze i miał nadzieję, że jeszcze tam wrócicie?

– Tak wygląda.
– No właśnie. To co, uznamy, że miał wizję nadprzyrodzoną?
– Tylko musiałby domalować ciebie...
– I ciotkę Lenę, czyli kapitana Dorsza.
– Adam, ty naprawdę mówiłeś poważnie?
– Naprawdę poważnie. Wiesz, ja już od jakiegoś czasu mam dość telewizji i w ogóle dziennikarstwa. Przestało mnie bawić. Mnóstwo rzeczy przestało mnie bawić. Mógłbym, oczywiście, wrócić do żeglarstwa, szwendać się po świecie; kiedyś pracowałem kilka lat na Karaibach, woziłem turystów, takich bardzo bogatych, mógłbym tam wrócić, mam wciąż kontakty, nie zapomniałem, jak się to robi, więc pewnie znalazłbym pracę bez trudności. Ale to mnie też nie nęci. Może już pora na mnie, żeby gdzieś zakotwiczyć?
– Adam, ale w tym Krakowie... odmówiłeś tak stanowczo...
– Zaskoczyłaś mnie – wyznał. – A może nawet trochę przestraszyłaś – poprawił. – Wiesz, ja nigdy przedtem nie miałem cienia podobnego pomysłu na życie. Ale jak przemyślałem sprawę... dlaczegóż by nie spróbować?
– Adam, ale tu nie ma „spróbować". No bo co, rozmyślisz się i bęc? Nie ma domu? Dzieci z powrotem do bidula?
– Nie, nie. Skoro już się umawiamy, to w ten sposób, że nie zostawiamy żadnego dziecka samemu sobie przed pełnoletnością.
– Kurczę, Adam, zaczynam się bać własnego pomysłu.
– Teraz ty? To bardzo dobry pomysł. Może trochę szalony, ale naprawdę mądry. Słuchaj, ja już nie jestem nastolatkiem, za chwilę stuknie mi czterdziecha, do tej pory żyłem wyłącznie dla siebie i właśnie mi się to znudziło. Nie będę ci wstawiał ideologii, bo mnie samego to brzydzi okropnie. Ale uważam, że warto coś zmienić. No co, zaryzykujesz?
– A co powiemy rodzinom?
– Oooo, widzisz. I dopiero tu jest prawdziwy problem.

Musimy się zastanowić, czy walimy im prawdę w oczy, czy udajemy, że od roku na przykład jesteśmy potajemnie zaręczeni. No bo ja rozumiem, że ślub musimy wziąć?

– Musimy. Inaczej nie pozwolą nam założyć domu dziecka.

– Nie wiem, jak ty, ale ja bym swoim powiedział prawdę. Ojciec zrozumie, matka nie wiem, ale nienawidzę im kłamać. A ty?

– Ja mniej więcej tak samo. Też nienawidzę kłamać, między innymi dlatego, że potem odruchowo mówię prawdę, więc robią się kłopoty... masakra, mówię ci. Ale z moimi rodzicami problemu nie będzie, oni mnie nie lubią i nie będą chcieli przyjeżdżać na żadne śluby ani w ogóle.

– Jak to cię nie lubią? Co ty gadasz?

– Prawdę. Moi rodzice są w ogóle okropnie nieszczęśliwi i między innymi dlatego od nich uciekłam. To strasznie brzmi, nie? Ale oni chcą być nieszczęśliwi. Słuchaj, miałam starszą siostrę, Marynkę, i ta Marynka chciała być prawniczką, studiowała na KUL-u i była taka bardziej genialna. Ja to mówię bez ironii, naprawdę miała wielkie zdolności. Jeszcze przed magisterką miała prawie że otwarty przewód doktorski. Marynka była dumą rodziny, kończyła te studia, a ja zbliżałam się do matury, no i niestety, był wypadek, autobus wjechał na trotuar i zabił troje ludzi, w tym ją. I moim rodzicom palma odbiła. Ja rozumiem, że rozpaczali, sama też swoje przepłakałam, bo chociaż nie byłyśmy specjalnie zżyte, rozumiesz, kompletnie inna grupa krwi, no, ale przecież siostry. Kochałyśmy się i byłyśmy zaprzyjaźnione – o, to jest właściwe określenie. Tyle że byłyśmy kompletnie różne. Kiedy Marynka zginęła, ja miałam siedemnaście lat i szykowałam się na politechnikę, na architekturę. Ale rodzice, jak już skończyli z głównym rozpaczaniem, to wezwali mnie przed oblicze i oznajmili, że ze względu na pamięć Marynki mam się przeorientować na prawo. No to ja zaczęłam gorąco protestować, a oni jak te dwa głazy. Przywiązali się do myśli, że będą mieli w rodzinie wybitnego prawnika. Tłumaczyłam jak komu dobremu, że nigdy nie zostanę dobrym prawnikiem, a po cholerę im kiepski prawnik, będę kompromitować nazwisko. Zero reakcji. Chcesz jeszcze kawy?

– Za chwilkę chętnie. I co, poszłaś na to prawo?

– Adam, mało mnie znasz, ale jednak trochę... Czy twoim zdaniem poszłabym na jakieś studia dla dogodzenia ambicjom rodziców?

– Chyba nie bardzo, co?

– Całkiem nie bardzo. I tu się pojawił jeszcze jeden problem; mianowicie ojciec, zacisnąwszy zęby, zakomunikował mi otwartym tekstem, że jeśli nie pójdę tam, gdzie oni chcą, to nie będą płacić na moje studia ani na moje utrzymanie i już. Oni mnie widzą na KUL-u, a w przyszłości jako mecenasa znanego w całej Polsce. A jak nie, to na drzewko. Matka słowa nie powiedziała za mną, tylko płakała demonstracyjnie cały czas.

– No to co w końcu zrobiłaś, poszłaś na politechnikę? Jesteś architektem na posadzie wychowawczyni w bidulu?

– Nie, chłopcze. To znaczy poszłam na KUL, a jakże. Tylko nie na prawo, ale na historię sztuki. Bardziej mi leżała. Rodzicom wystarczyło z początku, że im machnęłam kulowskim indeksem, nie posunęli się do sprawdzania, na jaki wydział córeczka zdawała. Zorientowali się dopiero, jak byłam na trzecim roku, i rzeczywiście zamknęli mi kranik. Ale ja już byłam dobrze notowana, miałam wyniki, dostałam stypendium rektorskie. Dobrze, że starzy nie powzięli pomysłu, żeby mi wymówić mieszkanie, zresztą, uczciwie mówiąc, postawiłam im takie brzydkie ultimatum, że jeśli i z domu mnie wyrzucą, to cały Lublin się dowie, jacy są naprawdę. A oni byli szanowani nauczyciele. Ojciec dyrektor jednej szkoły, matka drugiej. Nie chcieli ryzykować reputacji...

– Uuu, zaczynam się ciebie bać. Jeszcze się zastanowię, czy się za ciebie wydam...

– Przestań. Wolałbyś mieć żonę ciućkę bez charakteru?

– Ciućkę bez charakteru mógłbym mieć jako dodatek do żony z charakterem. Żebym nią sobie mógł pomiatać... czasami.
– Pomiatasz?
– Nie, żartuję. Ale podobno każdy prawdziwy mężczyzna musi czasami dać babie przez łeb. Rodzice twoich dzieci, zdaje się, wyznają taką filozofię?
– W dużej mierze. Natomiast moi rodzice właściwie się mnie wyrzekli. I postanowili resztę życia spędzić na opłakiwaniu jedynej naprawdę ukochanej córki. To ja poczułam się wypisana z rodziny i wyjechałam jak najdalej. Najdalej było do Szczecina. Nie dostałam od razu pracy jako historyk sztuki, więc postanowiłam, że będę pracować gdzie bądź, dopóki jej nie dostanę. W „Magnoliach" była potrzebna wychowawczyni, brakło chętnych, więc mnie wzięli, tylko dali warunek, że zrobię jakieś tam kursy pedagogiczne, to zrobiłam. Żaden problem, nie tylko Marynka była zdolna. Nie przewidziałam, że w tym domu dojdą do głosu moje, cholera by je wzięła, uczucia wyższe. No i w efekcie historia sztuki została mi jako taki ornament życiowy, do niczego właściwie nieprzydatny, ale miło, że ją mam w zanadrzu. Jakby co, to wytłumaczę dzieciom różnicę między Matisse'em a Cezanne'em. Ale one na razie mnie o to nie pytają.
– Ooo, ale niewykluczone, że ja cię będę pytał o takie rzeczy. Postanowiłem się porozwijać duchowo i kulturalnie. No więc jak, umowa stoi?
– O, cholera. Ale narozrabiałam. No dobrze, ryzyk-fizyk. Stoi.

Ponieważ jedenastego marca wypadają imieniny Konstantego, a szesnastego Izabeli, państwo Grzybowscy zazwyczaj urządzali wspólne przyjątko dla znajomych, mniej więcej w połowie między jedną datą a drugą. Ewentualnie w jakiś stosowny weekend okoliczny. Tym razem sobota wypadała trzynastego marca i Adam uznał, że będzie to doskonały dzień na przedstawienie rodzicom narzeczonej. Miał nadzieję, że imieninowe okoliczności złagodzą pierwszy szok, a potem już jakoś pójdzie.

Zosia szczęśliwie miała wolne, mogła więc spokojnie ubrać się w jakieś odświętne szaty, zrobić stosowną fryzurę i makijaż... i rzucić się głową w dół.

Adam przyjechał po nią o piątej po południu. Miała na sobie długą brązową spódnicę, kaszmirowy sweter, na szyi zamotanych z osiem sznurów drobnych paciorków, na głowie większą szopę niż zazwyczaj i delikatny makijaż. W sumie wyglądała zupełnie przyzwoicie. Nawet ładnie. Pod długimi, starannie pociągniętymi śliwkowym tuszem rzęsami czaił się jednak absolutny popłoch.

– Matko Boska, co my robimy – jęknęła. Adam, który spodziewał się raczej kolejnej soczystej cholery, zrozumiał, że z Zosią jest nie najlepiej.

– Bardzo dobrze robimy – odrzekł stanowczo. – Zbieraj się. Wyglądasz jak lala. Ojciec będzie zachwycony. Matka... nie wiem, ale raczej też.

– Twoja matka pewnie by wolała, żebyś się ożenił z taką panienką, co ma urodę supermodelki i intelekt niejakiego Einsteina. A tu taka plama... Ja tego nie przeżyję. Adam, nie wiedziałam, że to będzie takie trudne. Wycofuję się. Musisz mi wybaczyć. Przepraszam cię za wszystko...

– Przestań bredzić – powiedział tym razem łagodnie. – Nie możesz się wycofać, skoro już mnie namówiłaś do tego wariactwa. Nie możesz zmarnować mojego młodzieńczego entuzjazmu. To prawdopodobnie ostatni mój młodzieńczy entuzjazm. Jak zostanę ojcem piętnaściorga dzieci, to na pewno szlag go trafi. Złaź z tej kanapy i jedziemy. Trzeba jeszcze kupić kwiatki. Dla ojca i matki.

– Zostałeś poetą?

– To z nerwów. No już, proszę cię. Musimy się wspierać, a nie tak...

– O matko... No dobrze, ale strasznie się boję...
– Ty myślisz, że ja się nie boję? Ja umieram ze strachu. Ale pomyśl, jak już będzie fajnie, kiedy wszystkich pozawiadamiamy, wszystko załatwimy i weźmiemy się do konstruktywnej pracy. Pomyśl o Cycku i Mycku. O swojej dyrektorce pomyśl!
– O matko, chcesz ją zabrać do Lubina?
– Przeciwnie, chcę ci uprzytomnić, że zostawisz ją tu na zawsze. Rusz się, proszę. Gdzie masz płaszczyk? W szafie? A gdzie masz szafę? A, widzę. Kurteczka. Może być. Pasuje ci do spódnicy.

Sztywna ze zdenerwowania Zosia pozwoliła się ubrać w brązową kurteczkę, zawinąć w kremowy szalik i wyprowadzić z pokoju.

W niedokładnie posprzątanym samochodzie Adama trzęsła się nadal.

W kwiaciarni trzęsła się jeszcze bardziej.

Kiedy przejeżdżali przez most Pionierów, omal się nie rozleciała.

Na Trasie Zamkowej nieco jej odpuściło.

Kiedy parkowali przed willą na Warszewie, była już całkiem spokojna. W każdym razie po wierzchu.

Izabela Grzybowska miała bardzo praktyczny zwyczaj nie tyrać w dniu własnych imienin, nawet jeśli to był dzień umowny. Niejaka pani Wiesia, która przychodziła co drugi dzień sprzątać, w razie potrzeby potrafiła się przeistoczyć w zdolną i sprawną kucharkę. Tym razem było podobnie. Pani Wiesia krzątała się w kuchni, z szybkością karabinu maszynowego wyrzucając na stoły i bufety coraz to nowe przystawki, dania główne i półgłówne, jak to z dobrotliwą ironią określał Konstanty, w doskonałym humorze podżerający z półmisków a to kawałek sushi, a to pasztecik z grzybami, a to tartinkę z łososiem. Zamierzał się porządnie najeść przed przyjściem gości, a potem być wzorowym i uroczym panem domu, niezainteresowanym tak banalną czynnością jak jedzenie.

Izabeli daleko było do jego beztroski, poza tym denerwowało ją to podżeranie, mimo iż pani Wiesia nie miała nic przeciwko. Ale pani Wiesia uwielbiała Konstantego i żywiła do niego cześć nabożną jako matka jednego ze studentów, którym uratował życie, a przynajmniej rok studiów, przesuwając im terminy egzaminów w nieskończoność. A Izabela stwierdziła właśnie, że ukochana popielata kiecka nie wejdzie na nią już nigdy... a w każdym razie dzisiaj; poza tym tak naprawdę, chociaż to ona właśnie nalegała na urządzanie wystawnych i ludnych przyjęć imieninowych, nie lubiła ich i zawsze była nimi śmiertelnie zmęczona.

– Tobie dobrze, mój drogi – mówiła z goryczą do męża, zajadającego właśnie jakieś skomplikowane ciasteczko serowe. – Ty się niczym nie przejmujesz. Nawet tym, że jak ci ta cała dekoracja spadnie na koszulę, to będziesz się musiał przebierać. Uważam, że niepotrzebnie już się tak odpicowałeś. Błagam, Kostek, nie ryzykuj tej koszuli! Jest najładniejsza i najbardziej cię w niej lubię! Pierwsi goście przyjdą za pół godziny, zdążysz się przebrać dziesięć razy!

– Nie masz racji, kochanie. – Konstanty strzepnął z dłoni okruszki. – Pierwsi goście już są. Poza tym chcę być piękny dla ciebie, a nie dla żadnych gości, nawet dla rektora.

– Jednak będzie rektor? Rany boskie, jacy goście? Gdzie ich widzisz?

– Adam właśnie podjechał, z jakąś dziewczyną i z dużymi bukietami kwiatów. Zwróć uwagę, pierwszy raz przywozi nam do domu dziewczynę. Nigdy tego nie robił. Czy twoim zdaniem to coś znaczy?

Izabela natychmiast zapomniała o swojej sukni, jego podżeraniu i nawet o rektorze. Rzuciła się do okna.

– Pokaż! Faktycznie, dziewczyna. Za gruba. Co ona ma na głowie? Nie widzę, ładna, czy nie, tylko tę szopę...

– Poczułaś się teściową? – zaśmiał się mąż. – Może dla Adama powierzchowność nie ma znaczenia? To by o nim w zasadzie dobrze świadczyło...

– Bere, bere – prychnęła Izabela. – Ma czy nie ma, kobieta powinna dbać o sylwetkę. To jakaś niechluja? Po co mu niechluja? Jak ja wyglądam?!
– Ty wyglądasz doskonale, kochanie. Naprawdę i jak zwykle. Pójdę im otworzyć.

Ale Adam zdążył już otworzyć sobie własnym kluczem i właśnie wprowadzał Zosię na pokoje.

– Dzień dobry, szanownym solenizantom – zawołał od progu. – Przyjmujecie życzenia już, czy dopiero jak przyjdą wszyscy? Pozwólcie, proszę, to jest Zosia Czerwińska...

– Czerwonka – poprawiła bohatersko Zosia. – Bardzo mi przyjemnie. Czy pozwolą państwo, że złożę życzenia wszystkiego najlepszego?

Podczas rytualnej szamotaniny z bukietami, ściskaniem dłoni i tak dalej, Izabela błyskawicznie przyjrzała się Zosi. Czerwonce, matko jedyna, Czerwonce! Co za nazwisko! Jednak jej własne Kołatko było o wiele lepsze. Przy bliższych oględzinach Zosia stawała się zupełnie do zniesienia. Nooo, za gruba była nadal, ale swoją długą spódnicę nosiła z wdziękiem, te zabawne paciorki świetnie dobrała kolorystycznie, szopa na głowie miała zdecydowany kolor i piękny połysk, cera różana (chociaż trzydziestka na karku, to widać, a jakby była chudsza, toby nie było widać... może), oczy wyraziste, ładne rzęsy, ostatecznie jak się odchudzi, to ujdzie.

– Nie, skądże, cieszymy się, że przyjechaliście wcześniej – mówił właśnie Konstanty, przetrzymując dłoń Zosi w swojej (bez sensu!). – Proponuję, żebyście z nami siedli przy małym stoliku, porozmawiamy sobie spokojnie, bo jak te tłumy starszych państwa nadciągną, to już będzie po ptokach. After birds, jak mówią moi studenci. Pani Wiesia nam doniesie uprzejmie jakieś jedzonko, prawda, pani Wiesiu? Te genialne ciasteczka z sera koniecznie. I co tam pani uzna za stosowne. Kawę czy herbatę?

– Ja podam jedno i drugie! – zawołała pani Wiesia z kuchni. – Państwo siądą, a ja zaraz przyniosę coś na ząb.

– Nie chcielibyśmy sprawiać kłopotu – bąknęła Zosia, onieśmielona metrażem oraz ogólną wytwornością panującą wokół.

– Pani Wiesia uwielbia dokarmiać – pospieszył z wyjaśnieniem Konstanty. On też się przyjrzał Zosi i uznał, że jest urocza, kształtna oraz sympatyczna. Szczegółów nie analizował, bo ich nie zauważył. – I na pewno się ucieszy, że już jej nie wyżeram z gotowych półmisków i że nie będzie musiała poprawiać dekoracji z buraczka. Chodźcie, chodźcie.

Zosia, która od razu wyczuła krytyczne nastawienie Izabeli, Konstantego polubiła natychmiast. Co do pani domu, postanowiła wstrzymać się z wydawaniem oceny jeszcze jakiś czas.

Propozycja pana wydawała się nader sensowna. I niech już mają to wszystko za sobą.

Adam przywiózł jeszcze dla rodziców prezenty imieninowe, matce wręczył ozdobnie zapakowaną apaszkę (wybierała osobiście niezawodna Ilonka Karambol), ojcu kolejne pióro Watermana, które ten zapewne zgubi przed nadejściem kolejnej prezentowej okazji w rodzaju na przykład urodzin.

Pani Wiesia błyskawicznie zastawiła mały stolik, towarzystwo siadło we wzajemnych reweransach i zapadło milczenie z gatunku kłopotliwych. Oczy obecnych zwróciły się na Adama. Zdecydowanie to on powinien teraz przemówić.

– No dobrze – powiedział. – Widzę, że pękacie z ciekawości, kim jest Zosia i skąd się wzięła...

– Adam, jak możesz – pospieszyła z nieco fałszywą interwencją jego matka, ale oczy jej się zaświeciły.

– Myślę, że najlepiej będzie, jak wszystko powiem po porządku, żeby wam łatwo było zrozumieć...

Tym razem jego ojciec, profesor, podniósł brwi wysoko i zastygł w wyrazie oczekiwania.

– Jak wiecie, ciotka Bianka zapisała mi dom pod dwoma zasadniczymi warunkami. Mam się ożenić i mam tam zrobić coś pożytecznego. Krótko mówiąc: pobieramy się z Zosią i zakładamy w Lubinie rodzinny dom dziecka.

– Jezus, Maria! – wykrzyknęła Izabela. Konstantemu brwi podjechały jeszcze wyżej, choć wydawało się to niemożliwe.

No, kochany, ty masz tempo – pomyślała Zosia z uznaniem. Ona sama nie potrafiłaby tak po prostu...

– Jak to się stało, że nie poznaliśmy Zosi do tej pory? – zaciekawił się uprzejmie Konstanty. – Gdzie trzymałeś taką piękną kandydatkę na moją synową?

Zosia znowu poczuła gwałtowny przypływ sympatii do starszego pana. Izabela nie odzyskała jeszcze głosu. Adam, raz się odważywszy, kontynuował:

– Tato. Mamo. Nie chcielibyśmy wprowadzać was w błąd. Nasz związek jest rodzajem... umowy społecznej, czy jak tam to nazwiemy. Zosia jest singielką, ja nie mam nikogo i chyba nie mam zamiaru mieć. Telewizja mi się już dawno przejadła, tylko nie miałem żadnego pomysłu, na co by ją wymienić. Zosia miała pomysł. Ja mam dom. Żeby zrealizować jej pomysł, musimy się pobrać. Rodzinny dom dziecka może stworzyć tylko rodzina. Będziemy bardzo dobrą rodziną, nieobciążoną rodzinnymi kłótniami. I to w zasadzie wszystko na ten temat.

Zosia spod oka obserwowała rodziców Adama. Izabela dostała wypieków, Konstanty miał w oczach zdziwienie, ale na razie się nie wypowiadał. Zamierzała się natomiast wypowiedzieć Izabela i właśnie nabrała powietrza w płuca, kiedy w przedpokoju dały się słyszeć jakieś głosy, pani Wiesia otworzyła szeroko drzwi i zaanonsowała dumnie:

– Pan rektor i pani rektorowa, panie profesorze!

Zosia i Adam postanowili pobrać się jak najszybciej, żeby jak najszybciej móc przystąpić do załatwiania tysiąca formalności, które zapewne ich czekały. Nie byli tylko pewni, czy ciotkę Lenę i trzyosobowy kapitański komitet „strażników testamentu" zawiadomić przed ślubem, czy dopiero po. Oraz czy wtajemniczyć ich w kulisy małżeństwa z rozsądku.

– Chyba jednak nie – zastanawiał się Adam, jedną ręką prowadząc vectrę, którą jechali we dwoje do Lubina, a drugą skrobiąc się po głowie. – Bo wiesz, nasze plany są jak najbardziej zgodne z literą tego całego testamentu. A jeśli chodzi o jego ducha, to już nie jestem taki pewny. Zdaje się, że ciotce chodziło również o prokreację...

– Ale nie sformułowała tego wyraźnie, prawda? Poza tym możemy przecież adoptować jakiegoś malucha. Czasem się fajne trafiają. Ja jeszcze nie miałam do czynienia z takimi małymi dziećmi, ale mogłabym się nauczyć.

– Mimo wszystko pozostawiłbym ich w nieświadomości. Jest nadzieja, że rodzice nic nie wychlapią przez przypadek.

– Adam, a gdyby ich poprosić na świadków?
– Genialnie. Tylko że nie ich wszystkich, jednego z nich, najlepiej tego łysego, on jest chyba najważniejszy...
– Nie znam łysego. Jego i ciotkę Lenę, co?
– Powinna być zachwycona.
– Ślubem może. A perspektywa zamieszkania z kilkunastoma chłopakami?... Brałeś to pod uwagę?
– Chcesz, żebym wjechał do rowu? Nie brałem, cholera...

Ciotka Lena, zawiadomiona o przybyciu Adama, czekała w domu na klifie z naleśnikami gotowymi do odsmażenia. Jako osoba bardzo starej daty była zdania, że wędrowca (samochodowego również) najpierw należy nakarmić, a potem dopiero zmuszać do konwersacji. Uważała również, że Adam jako mężczyzna solidny, powinien zjeść jakieś sześć do ośmiu naleśników z mięsem, kapustą i grzybami, osiem dla niego przygotowała plus dwa dla siebie i to wszystko – dlatego widok Zosi wysiadającej z vectry tyleż ją ucieszył, co zdenerwował. Jak stała, wybiegła na ganek.

– No, kochani moi, tego się naprawdę nie robi!
– O matko – przestraszyła się Zosia. – Źle zrobiłam, że przyjechałam? Pani nie chce mnie widzieć? Tak?
– A co ty, dziecko, za głupoty wygadujesz! Bardzo dobrze, że przyjechałaś, tylko trzeba było mnie uprzedzić. Czym ja was teraz nakarmię? Jak można tak znienacka...
– Nie martw się, Zośka – powiedział Adam beztrosko, obejmując starszą panią czule. – Jak znam ciotkę, to narobiła żarcia wystarczającego dla drużyny futbolowej. Chodźmy do domu, bo mi ciocia zmarznie. To jest marzec, a nie maj!

Weszli do przedsionka. Zosia usłyszała znajomy rumor na schodach – to Azor, utykając (w marcu zazwyczaj mu się pogarszało z powodu wilgoci) schodził się przywitać – i zrobiło jej się ciepło koło serca. To nieprawdopodobne, ale za kilka miesięcy będzie tu mieszkać. Z chłopcami, ciotką, Azorem – i Adamem. Spojrzała na niego z ukosa, jednak zachowywał się jak zawsze, spokojnie. Ciekawe, co myśli i czy przypadkiem nie zaczyna żałować, że się wdał w takie dziwne przedsięwzięcie...

– Mówiłem. Popatrz, Zośka. Ciociu Leno, naprawdę uważasz, że zjadłbym sam to wszystko?
– Dwa są dla mnie – zaznaczyła ciotka Lena wojowniczo.

Na widok sterty naleśników, smażonych najwyraźniej na jakiejś gigantycznej patelni, Zosia znowu pomyślała o swoich chłopcach. Czy Lena będzie i dla nich chciała smażyć naleśniki? Czy ich akceptuje? Fajnie się bawili w sylwestra, ale co innego jednorazowa zabawa, a co innego tak na wciąż...

Januszek spróbuje kucharzenia. Ciekawe, czy mu wyjdzie cokolwiek jadalnego. W każdym razie dostanie swoją szansę.

Alan będzie mógł dowolnie długo bawić się z Azorem. Pod warunkiem, oczywiście, że go nie zajeździ. Psisko jest starawe. Lepiej, żeby nie padło na zawał. Alanowi się wytłumaczy, to dobre dziecko, nie będzie chciał narażać przyjaciela.

– O czym tak myślisz, dziecko? Na pewno jesteście głodni. Umyjcie ręce, a ja już zaczynam smażyć. Wiecie, byłam pewna po śmierci Bianki, że nie będzie mi się chciało nic dla siebie samej przyrządzać i nawet zrobiłam sobie zapasy makaronu i ryżu, i tych sztucznych zupek, ale tak naprawdę dopiero teraz mi się chce gotować. Pół zamrażalnika mam pierogów. Nawet kilka razy zwabiłam tych trzech pierników, Tośka, Jurka i Bronka, na obiad z kolacją, ja nie wiem, czy to się jakieś instynkty matki karmicielki na starość we mnie nie odzywają. Jednak, wiecie, brakuje mi Bianki, ja rozumiem, że na nią był już czas i na mnie też będzie niedługo, ale wiedzieć, a czuć to dwie zupełnie różne rzeczy. Azor jako jedyny towarzysz to trochę mało. Nie chce się ze mną kłócić. Siadajcie do stołu, najpierw wam dam rosołku z makaronem, trochę mi zostało z ostatniego przyjęcia dla pierników, wczoraj u mnie byli...

– Ciociu Leno...

– Chwila. Pomóż mi z tymi talerzami, nie lubię nosić, bo mi się wylewa.

– Ciociu Leno...

– Ty nic nie gadaj, Adam, ja ci lepiej powiem, co myślę. Ty się lepiej ożeń i bierz ten dom, bo jak ja tu będę tak sama mieszkać, to bardzo prędko się przewinę, z samych nudów. Słyszysz, Adasiu? Ożeń się, ja ci mówię. Jak najszybciej.

– Proszę bardzo, ciociu. Mówisz i masz.

– Niczego nie traktujesz poważnie! A ja poważnie mówię. Głupi ten testament okropnie. A wydawało mi się, że jesteśmy takie sprytne. Bo wiesz, ja jej pomagałam redagować. Mówiłam ci. Ale nie szkodzi, damy radę. Jak już sobie

znajdziesz dziewczynę, to jakoś razem wymyślimy, co tu można w tym domu zrobić, żeby się Sieńko nie czepiał. Dobrze, że teraz lato idzie, chłopcy śpiewający będą przyjeżdżać, za to ja sobie nie wyobrażam, co będzie zimą. Smakuje wam rosół?
– Pyszny. Prawda, Zosiu?
– Prawda. Rewelacja po prostu, słowo.
– No to jedzcie, dzieci. Zosiu, ty jesteś taka rozsądna dziewczyna, ty go namów, żeby on się ożenił.
– Już mnie namówiła, ciociu.
– Adam, ty niczego nie traktujesz poważnie...
– CIOCIU – ryknął w końcu Adam znad talerza z resztą rosołu, aż Lena podskoczyła na swoim krześle.
– Czego się drzesz?! – wrzasnęła oburzona.
– Przepraszam. Już się nie drę. Cioteczko, uważaj, co będę do ciebie mówił. Patrz mi na usta: żenię się. Z Zosią. Zosia tu siedzi. Widzisz to? Rozumiesz, co mówię?
– Coś ty powiedział?
– Pobieramy się. Wychodzimy za siebie. Czy zechcesz być naszą druhną? To znaczy, naszym świadkiem? Chcemy wziąć cichy ślub. Najlepiej w Międzyzdrojach.
– W kościele Piotra Apostoła!
– Nie, cioteczko. W urzędzie. Czy to ma jakieś znaczenie?
– W zasadzie nie ma. To znaczy, jak dla kogo. Zosiu, naprawdę wychodzisz za niego?
– Naprawdę, ciociu.
– Matko Boska, chyba jakąś modlitewkę zmówię, jak nie mówiłam żadnej sześćdziesiąt lat... I zamieszkacie tutaj?
– Takie mamy plany...
– Adam! Nie mam słów, naprawdę, taka jestem szczęśliwa! A macie już jakiś patent na to pożyteczne? Bo jeśli nie, to może da się obalić taki testament. Albo coś się wymyśli. Razem wymyślimy.
– Mamy patent, ciociu.
– Mój Boże, to po prostu cud! Bianka była jednak mą-

drą kobietą. Zosia od razu mi się podobała. Już wtedy, na sylwestra. Dzieci będziecie mieć?
– Czternaścioro.
– Od razu?
– Od razu.

Ciotka Lena ryknęła śmiechem doprawdy marynarskim, po chwili jednak coś do niej dotarło i śmiech zamarł na jej ustach, które samoczynnie złożyły się w ciup.
– Ciocia się domyśla?
– Te dzieci, co tu były?
– Tak. Myślimy o założeniu rodzinnego domu dziecka. Czy zdaniem cioci to jest wystarczająco pożyteczne, żeby nam panowie kapitanowie dali dom?

Lena siedziała oszołomiona, choć jej umysł już pracował. Rozważała wszelkie za i przeciw, zastanawiała się, czy ona sama wytrzyma taką liczbę dzieci pod jednym dachem, czy wytrzyma to Azor, w końcu doszła do wniosku, że potrzebuje trochę dodatkowych informacji.

Zosia, która miała temat opanowany do perfekcji, w miarę wyczerpująco opowiedziała jej, jak sobie wyobraża życie z czternaściorgiem dzieci, nią, Leną w charakterze zbiorowej cioci-babci, Azorem jako psychoterapeutą (tak to nazwała na roboczo, wywołując szczerą radość Leny) oraz Adamem i sobą na etatach „rodziców".

Lena słuchała uważnie. Początkowo trochę się wystraszyła, ale coraz bardziej podobała jej się ta idea. Ostatecznie... chyba że...
– Tylko... to nie są dzieci... tego... z poprawczaka? Przestępcze? Bo to bym się trochę bała jednak...
– Nie, nie z poprawczaka. Z normalnego domu dziecka. Tylko że, wie ciocia, one też są z rodzin patologicznych. Większość ma rodziców, którzy się ich nie chcą wyrzec na dobre i dlatego, na przykład, nie można ich adoptować. Oni nie są przestępcami, ale na pewno są pokręceni, wszyscy.

Lena podjęła męską decyzję.

– No cóż, skoro są pokręceni, to się ich tu będzie odkręcać. Uważacie, że mogę wam się przydać, dzieci?
– Cioci pomoc będzie po prostu nieoceniona.
– Rozumiem. Dobrze. Zosiu, smaż te naleśniki, tu masz patelnię, tu masło, naleśniki tylko na maśle, nie wiem, czy wiesz. Adaś, pomóż jej. Ja muszę zatelefonować.

Podreptała do stoliczka, gdzie stał nowoczesny telefon bezprzewodowy, prezent od Adama na Gwiazdkę. Złapała słuchawkę, wybrała numer i podjęła marsz od ściany do ściany. Adam patrzał z głęboką ulgą, jak bezradna staruszka, w którą najwyraźniej zaczynała przeistaczać się Lena, zmienia się na powrót w energiczną choć leciwą żeglarkę, kapitana Dorsza. Lena tymczasem donośnym głosem zwoływała trzech kapitanów na natychmiastową naradę do Lubina.

– No to co, żeście wczoraj byli? Zaszły nowe, niespodziewane okoliczności. Antoś, nie margaj, tylko weź tego swojego grata, jeśli jeszcze chodzi, a jak nie, to taksówkę na mój koszt! Z Międzyzdrojów będzie mnie stać, żeby ci postawić taksówkę, harpagonie. ...Nie sam, tylko podjedź po Jurka i Bronka! Wszystko wam powiem, jak przyjedziecie... Korzystne, jasne, że korzystne. Czekaj, może by i tego mecenasa ściągnąć?...
– Mecenasa za szybko – podpowiedział Adam.
– Jakie za szybko? Antoś, jeśli będziesz miał mecenasa po drodze, to i jego przywieź. Ale nieobowiązkowo. Wy trzej macie być koniecznie! Już nic więcej nie mówię, tylko czekam! Ciasto po drodze jakieś kupcie i chleba w „Rogaliku"... Czekam!

Odłożyła telefon i uśmiechnęła się do Zosi i Adama.
– Ależ on jest męczący, ten Antoś. Głuchy jak pień, trzeba do niego wrzeszczeć. Tak normalnie jest łatwiej, bo on widzi, co się mówi, a przez telefon to męczarnia. Zanim przyjadą, zjemy naleśniczki. Mój Boże, kto by to pomyślał... dom dziecka...

Trzej kapitanowie nadjechali w ciągu niecałej godziny, niestety, bez mecenasa. Lena i jej goście siedzieli już od dawna przy herbacianym stole umiejscowionym w obszernym wykuszu okiennym z obłędnym widokiem na zachodnią stronę i pogrążeni byli w omawianiu szczegółów planowanego przedsięwzięcia. Na szczęście Lena nie pytała o żadne osobiste szczegóły, przyjęła po prostu, że Zosia i Adam się kochają – nie spieszyli zatem z informowaniem jej o rzeczywistym charakterze ślubu.

Kapitanowie oddali ciotce zakupy, ciotka dorobiła herbaty i zwiększony skład zasiadł do narady. Lena natychmiast przydzieliła sobie rolę prezesa zgromadzenia.

– Panowie – zaczęła uroczyście i z dużą uciechą, albowiem bardzo lubiła być słuchaną przez męskie gremia. – Poprosiliśmy tu panów w sprawie, jak się domyślacie, wielkiej wagi. Mianowicie nasz drogi Adam postanowił wejść w związek małżeński z tu obecną Zosią. Chcieliby zamieszkać w tym domu...

Tu artystycznie zawiesiła głos. Łysy kapitan Sieńko natychmiast to wykorzystał.

– Chwileczkę, moja droga Leno, przepraszam państwa najmocniej... jednakowoż jest jeszcze jeden warunek w testamencie świętej pamięci Bianki, warunek *sine qua non* objęcia w posiadanie spadku po nieboszczce...

– Muszę sobie zagwarantować w testamencie, żeby nikt nigdy nie mówił o mnie „nieboszczka" – przerwała mu Lena. – Cóż to za okropne słowo. Nawet po śmierci by mnie denerwowało. Kochany Antosiu! Kochani Jurku i Bronku! Naprawdę uważacie, że nie pamiętaliśmy o tym warunku? Myślicie, że kazałabym wam się tłuc do mnie w takim tempie, gdybyśmy nie mieli planów na przyszłość?

– Wiedziałem – odezwał się sędziwy Bronek. – Wiedziałem, że ona cię wkręca. Pewnie nie wiesz, co to znaczy „wkręca", przyjacielu?

– Wiem, co to znaczyło do tej pory – wzruszył ramionami równie sędziwy Antoni. – I domyślam się, co może znaczyć w języku twoich prawnuczków, aczkolwiek nie rozumiem, jak ty możesz z nimi wytrzymać. Strasznie pyskate dzieci. Wrabia mnie, tak? Trzyma asa w rękawie i się puszy, tak? Pokaż karty, Leno. Sprawdzam!

– Dom dziecka – powiedziała Lena z błyszczącymi oczami.

Kapitanowie siedzieli jak przymurowani i nie reagowali, uznała więc, że musi rozszerzyć informację.

– Rodzinny dom dziecka – powiedziała dobitnie. – Będziemy tu zakładać. Jakieś czternaście sztuk, tych dzieci. W różnym wieku. Czy to w waszych oczach spełnia warunki testamentu Bianki?

Kilkanaście następnych dni – oczywiście tych wolnych od pracy w domu dziecka „Magnolie" – Zosia spędziła głównie w samochodzie. Tak jej się przynajmniej wydawało. Uznali wspólnie z Adamem, że nie należy tracić już więcej czasu i jak najszybciej przygotować sobie formalny grunt pod nowe życie.

Zaczęli od Stosownej Instytucji Powiatowej, w której zgłosili chęć założenia rodzinnego domu dziecka na terenie tegoż powiatu.

– Aha – powiedziała chłodna piękność za biurkiem. – Rodzinny dom dziecka. Czy państwo na pewno wiedzą, co państwo mówią?

– Wiemy, co mówimy! – Zosia natychmiast zaczerwieniła się lekko i była gotowa podnieść rękawicę, a nawet stoczyć mały wstępny pojedynek. – Od lat pracuję w domu dziecka i doskonale znam specyfikę problemu, proszę pani.

– Pan również pracuje w domu dziecka? – Chłodna piękność popatrzyła na Adama z dezaprobatą. Widocznie uważała, że przystojni faceci nie powinni sobie zawracać głowy takimi rzeczami jak cudze dzieci.

– Ja nie – odrzekł Adam, uśmiechając się do niej czarująco. – Ja pracuję w telewizji – dodał z premedytacją, na ogół bowiem powiatowe piękności dawały się na to złapać. – Na razie, oczywiście, dopóki nie zostanę wychowawcą.

Chłodna nie dała się oczarować. Facet, który uważał, że wychowywanie cudzych dzieci jest lepsze niż praca w telewizji, z całą pewnością miał źle w głowie. Nie wiadomo, czy można takiemu powierzyć te cudze dzieci.
– To obopólna decyzja, oczywiście? – zionęła lodem.
– Oczywiście, droga pani. – Adam ostrzegawczo ścisnął Zosię za łokieć, zauważył bowiem jej gotowość do walki. Walki niepotrzebnej. – Od dziesięciu lat wszystkie decyzje podejmujemy wspólnie. I jest to decyzja głęboko przemyślana.
– Kwalifikacje – warknęła chłodna.
Otrzymała odpowiedź szybką i wyczerpującą, która jednak jej nie zadowoliła. Było to po niej widać.
– Gdzie państwo chcą zakładać ten dom? Bo jak rozumiem, posiadają państwo stosowny lokal? Powiat niczego państwu nie da, bo nie ma.

Jakiś czas potem Adam przyznał się Zosi, że w tym momencie nieco go tąpnęło, ponieważ doskonale wiedział o niewykorzystanych domach na terenie powiatu; sam kiedyś robił materiał w tej sprawie. Zmilczał jednak, bo nie był to dobry moment do przechwalania się zasobem posiadanych wiadomości.

– Mamy duży dom w Lubinie.
– Ach, tak. A dzieci skąd państwo zamierzają brać?
– Myśleliśmy o zabraniu całej grupy z domu dziecka, w którym pracuje moja... narzeczona...
– Państwo nie są małżeństwem? – spektakularnie zdziwiła się chłodna, zadowolona, że znalazła na nich haka. – To my w ogóle nie mamy o czym rozmawiać, proszę państwa. Rodzinne domy dziecka bazują na rodzinie. Proszę do mnie wrócić, kiedy państwo będą małżeństwem. Na razie!
– Chwila. – Adam zebrał wszystkie swoje zasoby zimnej krwi. – Pobieramy się na dniach. O ile wiem, trzeba przejść jakieś szkolenie w temacie, no więc ja panią uprzejmie zapewniam, że zanim to szkolenie się skończy, będzie-

my mieli dla pani wszystkie kwity, jakich pani potrzebuje. Tak?

– A wie pan chociaż, jakich kwitów pan nie ma?

– Ja nie, ale pani zapewne wie. To ja teraz proszę, żeby mi pani powiedziała. A najlepiej, żeby mi pani skserowała ten wykaz.

– Jaki wykaz mam panu skserować?! – chłodna zatrzęsła się z oburzenia.

– Wykaz kwitów. Nie ma pani takiego? Boże jedyny. To proszę mówić, co nam będzie potrzebne.

– Będzie pan notował?

– Będę nagrywał. – Adam wyjął z kieszeni dyktafon niczym sztukmistrz królika z cylindra i podstawił go chłodnej pod nos. – Proszę, niech pani mówi.

Chłodna aż podskoczyła.

– A co to za maniery? Co to za nagrywanie? Pan chce dom dziecka zakładać czy program nagrywać? Ja sobie wypraszam! Proszę to zabrać! Ja się nie zgadzam! Jest w naszym kraju jakaś ochrona prywatności! Jakaś ochrona twarzy!

Zosia skręcała się z wewnętrznej uciechy, natomiast Adam zachował kamienną twarz, aczkolwiek był dość zadowolony ze złamania tej lodowej zapory.

– Ja pani twarzy nie nagrywam – powiedział spokojnie. – To jest dyktafon. On nie robi takich nagrań, co by się nadawały na antenę. Niech no pani przestanie histeryzować i mówi. Nie mogę notować, bo potem sam siebie nie odczytam, a tak to wklepię od razu w komputer i będę miał porządnie. No proszę, co nam będzie potrzebne?

Przytyknięcie guziczkiem dyktafonu spowodowało kolejne wzdrygnięcie się pięknej urzędniczki.

– Najpierw państwo się zgłoszą na szkolenie w Ośrodku Adopcyjnym. Takie szkolenie potrwa trzy miesiące. Muszę dostać zaświadczenie, że państwo je skończyli. Potem będzie potrzebne zaświadczenie lekarskie, od psychiatry, od psychologa, zaświadczenie o niekaralności, opinia z zakła-

du pracy. Aha, i wywiad środowiskowy w domu u państwa będzie przeprowadzony.
– Świadectwo od proboszcza niepotrzebne? – zdziwił się Adam.
– I po co pan jest złośliwy? To panu wcale nie pomoże. I tak nie wiadomo, czy starosta się zgodzi, żeby państwo tu zakładali jakieś prywatne domy dziecka za państwowe pieniądze!

– Ja tu czegoś nie rozumiem – zżymał się Adam, kiedy już siedzieli w samochodzie i jechali do kolejnego urzędu, do Międzyzdrojów. – Przecież rodzinne domy dziecka są o niebo tańsze niż takie molochy z wieloosobową obsługą, nie? No więc ludzi takich jak my powinno się na rękach nosić, a nie, żeby mi taka zimna baba, chuda wydra, trudności mnożyła i jeszcze zapowiadała, że może nic z tego nie wyjdzie. Zośka, o co tu chodzi?
– O miejsca pracy między innymi – wyjaśniła Zosia, bardzo zadowolona, że nazwał chłodną piękność chudą wydrą. Znaczy chuda kojarzy mu się z wredną. Bardzo dobrze. – W takim domu dziecka jak nasz na przykład to się upchnie... czekaj; sześć grup po dwoje wychowawców to dwanaście, dyrektorka, chociaż ona też niby ma grupę, ale jest trzynasta, sekretarka, intendentka... liczysz?
– Piętnaście.
– Konserwator, dwie kucharki, zaopatrzeniowiec, księgowa, sprzątaczka.
– Dwadzieścia jeden osób. Nieźle. A dzieci ile?
– Koło sześćdziesiątki, czasem siedemdziesiątki. Siedemdziesiąt kilka.
– No to wychodzi po troje dzieci z kawałkiem na osobę. A w rodzinnym jest ile?
– Różnie, zależy ile dzieci się weźmie. U nas będzie po siedem na twarz. Cioci Leny nie liczę, bo jej państwo nie będzie płacić. Ale tak jest w domach z dużymi dziećmi. Jak

są małe, to wychodzi jeden na jeden, a czasem obsługi jest więcej niż dzieci.

– No to powinni nas nosić na rękach.

– Lalka, ty nie robiłaś czasem jakichś materiałów o ludziach, którzy zakładają rodzinne domy dziecka?

W telewizyjnym bufecie było już prawie pusto. Adam wpadł tam dość późno, żeby zjeść gołąbki, które życzliwie zostawiła dla niego pani Ewa, i z zadowoleniem zastał tam starszą koleżankę reporterkę Lalkę Manowską. Grzebała z roztargnieniem w sałatce śledziowej, jednocześnie popijając kawę i czytając jakieś wydruki. Przysiadł się do niej, stwierdził, że wydruk jest tekstem dla lektora, i przełykając gołąbki, zaczął pogawędkę.

– Robiłam – odparła Lalka, nie odrywając oczu od tekstu. – Chcesz jakieś wypowiedzi? Mam jeszcze surówki, zapomniałam przewinąć i dlatego nie skasowałam. Fajni ludzie to są na ogół.

– Też tak uważam. Ale nie chcę od ciebie materiałów. Pogadaj ze mną.

– Proszę cię bardzo. – Lalka odłożyła wydruk. – Na temat domów dziecka? Potrzebujesz kontaktów?

– Potrzebuję pogadać. Ale dziękuję za dobre chęci.

– Dlaczego chcesz ze mną rozmawiać o rodzinnych domach dziecka?

– Bo zamierzam takowy założyć.

Lalka zachłysnęła się kawą.

– Rąbnać cię w plecki?

– Nie waż się. Czy ja dobrze słyszałam?

– Dobrze.

– Adasiu kochany, ale do tego trzeba mieć rodzinę, to znaczy żonę. Masz jakąś?

– Mam mieć. Na razie tego nie ogłaszam. News o domu też chwilowo ściśle tajny. Sonduję grunt. Pod dom, nie pod żonę.

– Znam ją?

– Raczej nie. To jej pomysł, ona pracuje w domu dziecka, którego nie znosi. I mówi, że domy dziecka należałoby wysadzić w powietrze co do jednej sztuki. Te zwyczajne.
– Ma rację. Co więcej, wszyscy to wiedzą. Te domy to czysta patologia. Ludzi, którzy chcą z nich zabierać dzieci i zakładać takie rodzinne, jak ty, powinno się na rękach nosić.
– Miałem takie samo wrażenie. Instynktownie. Ale nikt mnie nie chciał brać na ręce, nawet tak jakby przeciwnie. Wiesz coś o tym?
– No wiem, robiłam ten reportaż. To znaczy wiem, że istnieje u nas takie zjawisko, ale za Boga nie potrafię sobie wytłumaczyć dlaczego. Słuchaj, Adam, na Dolnym Śląsku takie rodzinne domy wyrastają jak grzyby po długotrwałych deszczach, w innych regionach jest różnie, a u nas ludzie czekają po kilka lat, żeby im się władze zgodziły.
– Nie będę czekał kilku lat, nie mam cierpliwości.
– Znam taki przypadek, gdzie starosta powiatu ogłosił przetarg na prowadzenie rodzinnego domu dziecka, masz głowę? Po tym, jak ludzie wpakowali mnóstwo forsy, swojej, rodziców i przyjaciół, że nie wspomnę o kredycie bankowym, w remont rudery, z której zrobili fajne miejsce do życia. Oprócz nich nie było nikogo chętnego, ale co im starostwo krwi napsuło, to napsuło. Starosta otwartym tekstem powiedział, że po jego trupie ten dom powstanie. No i nie ma starosty, a dom funkcjonuje. Dwa lata o niego walczyli. Gdzie chcesz to robić?
– Ciotka zostawiła mi w spadku dużą chałupę w Lubinie, wiesz, nad Zalewem, pięknie położoną. Tak sobie pomyślałem, że co się będzie miejsce marnować, Zosia, moja... narzeczona, miała ten pomysł, spodobał mi się. Mam już dosyć telewizji, ale o tym też na razie nie rozpowiadaj, proszę.
– Proszę bardzo, jak chcesz. Ale życzę ci szczęścia, młody kolego.

– Dziękuję ci, stara koleżanko. Nie wylewaj mi tych fusów na kolana, proszę cię. Powiedziałem to czule.
– Chyba że czule. Słuchaj, gdybyś miał jakieś kłopoty, to może by pospieszyć z jakąś odsieczą? Nie na zasadzie: „a to świnie, dać im popalić!", tylko tak jakoś: „słyszałam, że na waszym terenie powstaje nowy rodzinny dom dziecka, co za cenna inicjatywa, rozumiem, że starostwo pomoże", a dopiero w podtekście – a jak nie pomoże, to damy wam popalić? Co, Adasiu?
– No wiesz, jakby już nie było wyjścia... w dobrej sprawie wszystkie chwyty dozwolone...
– Jak powiedział Al Capone. Też tak myślę. Słuchaj, podrzucę ci argument, jakbyś chciał konkretami rzucać w urzędników. Bo nie wiem, czy wiesz, jak się różnią koszty utrzymania dzieci w normalnych domach dziecka i rodzinnych?
– Nie mam pojęcia, o tym programu nie robiłem. Zosia pewnie wie.
– Ach, Zosia. To uważaj: w normalnym dziecko kosztuje przeciętnie dwa i pół tysiąca. W domu małego dziecka trzy i pół. A ty na dziecko dostaniesz półtora. Miesięcznie. I z tym sobie musisz poradzić.
– No tak, na tyle liczyliśmy. Ale porównanie jest fajne, wykorzystam.
– Kiedy się będziesz zwalniał z fabryki?
– Dopiero jak wszystko będzie gotowe. Szkolenia, papiery, zaświadczenia, że się nadaję. Pani Paproszkowska się ucieszy, ona mnie nie lubi, bo jej pyskowałem kilka razy.
– A to cię nie lubi, faktycznie. Ona lubi, jak jej się patrzy w oczy i pyta o zdanie. Pytałeś ją o zdanie?
– Boję się, że nie.
– Uuuu, zero dyplomacji. Podobno w Rzeszowie kilka osób sczyściła z ekranu właśnie z tej przyczyny. Za bardzo były przemądrzałe te osoby.
– Coraz bardziej utwierdzam się w słuszności mojej decyzji.

— Nie będzie ci żal?
— Chyba nie. Patrz, w takim domu dziecka będę sobie mógł być dowolnie przemądrzały...

Haneczka Zierko zostawiła odłogiem swoją kawę i patrzyła na Zosię jak na dziwo nie wiadomo skąd.
— Już się tak nie gap strasznie, musiałam komuś powiedzieć, bo chybabym pękła — westchnęła Zosia i pomieszała łyżeczką w filiżance. Siedziały w okrągłej kawiarni na dwudziestym drugim piętrze okrągłego wieżowca Żeglugi, zwanego słusznie Termosem, i oglądały zachód słońca nad Szczecinem. Niezły był, ale tam w Lubinie powinny być lepsze.
— Boże jedyny, to ty wtedy w Krakowie nakłamałaś i uciekłaś...
— Ty byś na moim miejscu wydała komunikat, że oświadczyłaś się facetowi, a on twoje oświadczyny odrzucił?
— No, prawda. Ale trzeba było mu się oświadczyć dzień później, fajne koncerty straciłaś.
— Nie miałam głowy do koncertów, Haneczka, coś ty... Ja wtedy o mało nie umarłam ze wstydu.
— To przecież mówię, było poczekać jeden dzień. Ty się w nim naprawdę wcale nie kochasz, czy tylko tak szklisz koleżance?
— Trochę naprawdę, a trochę chyba szklę. Ale bardziej naprawdę. Nie, nie wiem. Tak czy inaczej, dla niego to jest tylko układ handlowy, no, może nie handlowy, tylko taki... życiowy. Nie będę mu się przecież narzucać. On mnie na pewno lubi, bo inaczej by się w to nie pchał, ale faktem jest, że beze mnie nie dostałby tego domu.
— Nie będzie przecież w tym domu spoczywał na laurach! Jak na moje wyczucie, pakujecie się w niezły kocioł. A co ty jesteś taka zajadła na te dzieci? Nie możesz sobie wymyślić innej fuchy?

– Mogem, ale nie chcem. Powołanie mnie pcha, czy jak tam się to nazywa.
– Natręctwo...
– Myślisz, że to nerwicowe?
– A może niespełnienie? Z facetami ci nie wyszło i dobrowolnie pchasz się w kamieniołomy, żeby sobie zrekompensować?... Przepraszam, że ja tak dosłownie...
– Nic nie szkodzi. Możliwe, że masz rację, chociaż chyba nie do końca. Boże, ostatnio trudno mi wytrzymać samej z sobą. Dzieci coś zauważyły i mówią, że ciocia to chyba ma kłopoty. Powiedziałam im, że mam kłopoty egzystencjalne, nie zrozumiały i dały spokój. Twoim zdaniem jak ja się powinnam ubrać na ten ślub?

Ślub odbył się piątego czerwca w Urzędzie Stanu Cywilnego w Międzyzdrojach właściwie bezproblemowo. Zosia zawiadomiła swoich rodziców, ale, zgodnie z jej przewidywaniami, przysłali tylko list z życzeniami szczęścia. Z listu biło przekonanie, że żadnego szczęścia osiągniętego dzięki postępowaniu wbrew woli ojca i matki nie będzie i być nie może, a nawet byłoby niesłuszne, gdyby było. Zosia list przeczytała, podarła, wyrzuciła do kosza i tylko trochę zrobiło jej się przykro.

Gdyby Haneczka ze swoim zacięciem psychologa amatora to widziała, orzekłaby zapewne, że tu właśnie leży prawdziwa przyczyna Zosinej pasji do wychowywania cudzych dzieci. Skoro właśni rodzice jej się nie udali, to ciągnie ją do pracy z dziećmi, którym się rodzice nie udali o wiele bardziej.

Haneczka jednak przy tej scenie obecna nie była, dojechała dopiero na ślub. Zosia zaprosiła ją na wszelki wypadek, żeby mieć komu popłakać na ramieniu wieczorem.

Rodzice Adama zastanawiali się przez chwilę, jechać czy nie jechać, ostatecznie doszli do wniosku, że mogą nie mieć więcej takiej okazji... Izabela nawet uroniła kilka najprawdziwszych łez, kiedy Adam spokojnie krzywoprzysięgał przed urzędnikiem państwowym.

– Nie powiesz mi, Kostek, że to nie jest krzywoprzysięstwo – wyszeptała do męża, który o wiele lepiej maskował swoje prawdziwe uczucia i uśmiechał się łagodnie, chociaż w głębi duszy uważał, że Adam wiele traci, żeniąc się dla picu. Nie był też specjalnie pewien, czy jego kapryśny syn wytrzyma w postanowieniu bycia zawodowym ojcem wielodzietnej rodziny, bał się też trochę, że może kiedyś Adam skrzywdzi tę sympatyczną Zosię. A to by już było fatalne. Ta dziewczyna zasługuje na wszystko, co najlepsze, tak mu mówiło jego wyczucie ludzkiej natury. No a poza tym jest bardzo atrakcyjna, tak mu mówiła jego własna, męska natura. Oczywiście absolutnie nie trzyma obowiązujących standardów wagowych, ale obecnie obowiązujące standardy są idiotyczne. Ciekawe, czy Adam o tym wie? Do tej pory prowadzał się z panienkami i paniami w typie zdecydowanie anorektycznym. Młody osioł. Prawdę mówiąc, nie taki znowu młody, trzydzieści osiem lat... chyba. Konstanty nie miał głowy do liczb. Izabela miała.

Na użytek trzech kapitanów, a właściwie czworga, skoro doliczymy Lenę, jednego mecenasa i jednego urzędnika państwowego oraz Haneczki (państwo Grzybowscy nie wiedzieli, czy jest wtajemniczona) odbyło się teraz małe przedstawienie pod tytułem „wszystkiego najlepszego na nowej drodze życia", z kwiatami i szampanem, po czym całe towarzystwo kilkoma samochodami udało się do Lubina, aby w domu na klifie spożyć weselny obiad przygotowany wspólnie przez starą ciotkę i pannę młodą oraz jej przyjaciółkę. Lena stanęła na wysokości zadania, zwłaszcza że odkąd zamieszkała w domu Bianki, miewała z Adamem dość częste kontakty – jeśli oczywiście był akurat w kraju – i pokochała go jak własnego syna. To znaczy – gdyby miała własnego syna. Być może dlatego, kiedy już przyjezdne towarzystwo wyjechało, odpracowawszy sumiennie wszystkie toasty i okrzyki, a państwo młodzi udali się na pięterko – starsza pani poczuła nadzwyczajne wzruszenie – oto noc poślubna kochanego Adasia i tej miłej Zosieńki, mój Boże, jakie to piękne, jakie urocze, chociaż na pewno już sypiają ze sobą od dawna, teraz taki zwyczaj, ale mimo wszystko... ona sama z nieboszczykiem Stefankiem też nie byli bez grzechu, a jednak ta noc po ślubie... no po prostu dobra ciocia Lena omal się nie popłakała!

Cóż, nie miała prawa wiedzieć, że świeżuteńko poślubieni małżonkowie rozeszli się do dwóch różnych pokoi i wprawdzie nie śpią sami, ale z Zosią jest jej przyjaciółka Haneczka, a Adamowi wiernie dotrzymuje towarzystwa sapiący przez nos Azor...

Następne miesiące oznaczały dla Zosi i Adama nieustanną bieganinę po urzędach, składanie różnych podań, zaświadczeń, potulne poddawanie się urzędniczym przesłuchaniom i badaniom psychologicznym – a wszędzie, ku ich zdumieniu, traktowano ich jak natrętów i nikt nie zamierzał rzucać im pod nogi czerwonego dywanu. W miarę sympatycznie znieśli oboje trzytygodniowe przeszkolenie w ośrodku adopcyjnym, aczkolwiek w pewnym momencie Adam miał już dosyć zapewniania o nienaruszalności swojego postanowienia co do założenia rodzinnego domu dziecka, jak również o tym, że nie jest świnią i nie zrezygnuje znienacka z fuchy, wyrzucając dzieci na bruk. Kiedy Zosia, która nieźle zdążyła go poznać w trakcie tych wspólnych szkoleń i załatwiań, zauważała, iż zaczyna mu latać szczęka, kopała go delikatnie pod stołem, a gdy brakowało stołu, kładła mu rękę na ramieniu. Szczęka przestawała latać, a Zosia zastanawiała się, czy to wpływ jej kojącej osobowości, czy Adam sam z siebie umie się miarkować, trzeba mu tylko przypomnieć.

Adam w zasadzie umiał się miarkować, ale z czasem zauważył, że owe delikatne przypomnienia ze strony Zosi sprawiają mu przyjemność. W ogóle przebywanie w towarzystwie Zosi sprawiało mu coraz większą przyjemność, aczkolwiek nie w sensie męsko-damskim, w tym sensie bowiem wciąż był zwolennikiem opcji anorektycznej i to chwilowo wyłącznie w teorii. Praktykę na razie zarzucił, zaabsorbowany łączeniem pracy dziennikarskiej z tym całym bałaganem mającym go doprowadzić do całkowitego przewartościowania dotychczasowego życia lekkoducha.

Czasami zastanawiał się, czy na pewno dobrze robi, zrywając z przyjemnym życiem lekkoducha, ale, jak sam siebie przekonywał – klamka zapadła, nie można całe życie być chłopcem, trzeba coś po sobie zostawić, a poza tym Zosia już nazywała się Grzybowska...

W „Magnoliach" nikt (oprócz Henia Krapsza) o tym nie wiedział – Zosia twardo postanowiła ogłosić epokowy fakt zamążpójścia i jeszcze bardziej epokowy – projektu nowego domu dziecka – dopiero kiedy będzie musiała donieść do stosownych urzędów opinię z zakładu pracy.

W końcu jednak tej opinii od niej zażądano.

Umówiła się z panią Hajnrych-Zombiszewską w dniu, kiedy nie pracowała, a grupą zajmował się Stasio Jończyk. Nie chciała, żeby jej dyrektorka wymawiała, że traci służbowy czas na prywatne sprawy.

Aldona odczuwała tego dnia wyjątkowe niezadowolenie z życia. Powodem tego stanu było świadectwo ukończenia czwartej klasy Adolfa Sety, które to świadectwo obrzydliwy Adolf przyniósł dzisiaj ze szkoły. Świadectwo też było obrzydliwe i nie zawierało ani jednej pały, i tylko dwie dwójki, spokojnie więc promowało Adolfa do klasy piątej... a taką miała nadzieję, że paskudny szczeniak okaże się kompletnym głąbem i będzie go można oddać do szkoły specjalnej, a najlepiej do ośrodka dla dzieci upośledzonych. Żeby już zniknął jej wreszcie z oczu, nie przypominał obrzydliwego epizodu z panem Zombiszewskim odchodzącym w siną dal w ramionach tej tirówki Setowej i jeszcze obrzydliwszego epizodu z niedoszłym zabójstwem (jakim cudem obrzydliwa Czerwonka przekonała wtedy psychiatrów i psychologów, że paskudztwo jest normalne, nie mieściło jej się w głowie)... Gdyby Adolfik został wtedy w jej grupie, nie miałby dzisiaj takiego świadectwa, o nie.

Ktoś energicznie zapukał do drzwi dyrektorskiego gabinetu.

Obrzydliwa Czerwonka.

– Dzień dobry, pani dyrektor, można?

– Dzień dobry, pani Czerwonka. Skoro pani już jest...

– Jestem. Postaram się nie zająć pani wiele czasu, ale mam ważne sprawy.

Aldona uśmiechnęła się kwaśno.

– Może pani sobie tego nie wyobraża, pani Czerwonka, ale ja też mam ważne sprawy. O co chodzi?

– Po pierwsze, jeśli pani nadal chce zwracać się do mnie po nazwisku, to teraz nazywam się Grzybowska.

– Zmieniła pani? Wcale się nie dziwię. Czerwonka było wyjątkowo bez sensu. Ale dla mnie pani zawsze będzie Czerwonką, pani Czerwonka. Siła przyzwyczajenia.

– Rozumiem. Już niedługo będę dla pani Czerwonką, pani Zombiszewska. I w ogóle czymkolwiek. Zamierzam zmienić pracę. Potrzebna mi jest pani opinia. Czy mogę na nią liczyć w ciągu trzech dni?

– Coś takiego. A gdzież to pani zamierza się zatrudnić, jeśli wolno wiedzieć?

– Wolno, oczywiście. Zakładamy z mężem rodzinny dom dziecka.

– Z mężem?! A od kiedy ma pani męża?

– Od jakiegoś czasu. Dlatego właśnie teraz nazywam się inaczej, pani dyrektor. Poza tym bez męża nie mogłabym tego zrobić, jak pani wie, rodzinny dom dziecka może założyć rodzina. Chyba mogę też pani zdradzić, że zamierzam zabrać do tego domu całą moją grupę.

– Pani zwariowała, pani Czerwonka.

– Niestety, pani dyrektor, nie zwariowałam. Całą grupę plus Julkę Korn, bo nie wyobrażam sobie, że Januszek zostanie bez niej.
– To się jeszcze okaże!
– Czy widzi pani jakieś przeciwwskazania?
– Wyłącznie – prychnęła rozwścieczona nie na żarty Aldona. – Nie będzie mi pani rozbijała domu, który zorganizowałam! Co pani sobie w ogóle myśli?!
– Myślę, że dzieciom jest lepiej w rodzinnych domach, więc jeśli mogę dać taki dom kilkunastu chłopakom, to nie powinna pani mi w tym przeszkadzać, tylko pomóc. Nie uważa pani?
– Nie uważam, pani Czerwonka! Niech pani sobie zbiera dzieci z ulicy, jak pani koniecznie chce się bawić w dobroczynność! Tu jest zawodowa placówka i taka pozostanie!
– Mój dom też będzie prowadzony zawodowo. Mam duże doświadczenie, jak pani wie, a mój mąż jest z zawodu psychologiem.
– Pani Czerwonka! Widzi pani moją rękę – tu Aldona wyciągnęła w stronę Zosi dłoń ozdobioną trzema ciężkimi złotymi pierścionkami. – Na tej ręce mi kaktus wyrośnie wielki jak góra. Jak góra, mówię pani, pani Czerwonka! Jeszcze rodzice mają coś do powiedzenia!
– Będę z rodzicami rozmawiała. Chciałam najpierw zawiadomić panią, jako moją przełożoną. To jak, mogę liczyć na opinię?
Aldona zaśmiała się diabolicznie. W każdym razie bardzo się starała, żeby to wypadło diabolicznie.
– Jasne, że może pani liczyć na opinię, pani Czerwonka. Jasne! Tylko nie wiem, czy pani się spodoba ta opinia. Kiedy ma być? Za trzy dni? Będzie gotowa, pani Czerwonka!
Zosia poczuła, że zaraz jej szczęka zacznie latać jak wściekłemu Adamowi.
Adamowi!

Chyba się nie obrazi, jeśli teraz, w tej newralgicznej chwili, Zosia troszkę się nim podeprze?
– Pani dyrektor – powiedziała chłodnym tonem. – Pani, oczywiście postąpi, jak zechce. Wystawi mi opinię, jaką zechce. Ale ja bym pani coś poradziła. Niech pani ogląda telewizję, o osiemnastej leci program lokalny. Jak pani zobaczy takiego reportera, co się nazywa Adam Grzybowski, to właśnie będzie mój mąż. I jeśli pani mi napisze opinię nieprawdziwą albo będzie mi kłody rzucała pod nogi, to jak pani myśli, o czym mój mąż zrobi następny program?
– Mówiła pani, że pani mąż jest psychologiem – zaśmiała się drwiąco Aldona.
– Bo jest. On ma kilka zawodów, w tej chwili uprawia dziennikarstwo. A w planie mamy ten dom, o którym pani mówiłam. No to ja przyjdę pojutrze, jeśli pani pozwoli.
– Ależ pani jest bezczelna!
– Robię, co mogę. Do widzenia, pani dyrektor.
Opuściwszy progi gabinetu, Zosia nieco odetchnęła i udała się do własnego pokoju, dzwonić do rodziców swoich chłopaków. Dopiero po tych rozmowach zamierzała ich zawiadomić o wszystkich nowych planach i zapytać, czy chcieliby przeprowadzić się do Lubina z nią i Adamem.

– Panie Adamie, panie Adamie, naprawdę chce pan nas opuścić?
– Naprawdę, pani dyrektor.
– Mój Boże, taki zdolny dziennikarz. Przecież to bez sensu. Kariera przed panem. Wiązałam z panem wielkie nadzieje...
Pani dyrektor Ewelina Proszkowska wpatrywała się w Adama wielkimi (dzięki umiejętnemu makijażowi) oczami i mrugała długimi (dzięki kosztownemu tuszowi) rzęsami w kolorze granatowym. Może by się i dał nabrać na takie mruganie, ale pamiętał, co o nim mówiła ostatnio na kolegium dyrekcyjnym, a o czym doniósł mu uprzejmie ko-

lega Filip, raczej zniesmaczony. Na kolegium otóż, które było zamknięte dla redakcyjnego pospólstwa, pani Proszkowska twierdziła, że Adam jest efekciarzem, źle dokumentuje materiały, źle je robi i nie nadaje się do pokazywania go na żywca, ponieważ zbliża się do czterdziestki, a jak wiadomo, telewizja jest medium ludzi młodych. Adam rozzłościł się wtedy nie na żarty, od zawsze bowiem nienawidził efekciarstwa, z natury był solidny w robocie i przenigdy nie powiedziałby publicznie czegoś, czego nie byłby absolutnie pewien. Umiał też i lubił prowadzić rozmowy przed kamerą, a poza tym uważał, że nieco starsza gęba na ekranie uwiarygadnia materiał, więc jego własna gęba wypada raczej korzystnie.

Tym bardziej znielubił pracę, którą kiedyś wykonywał z taką radością.

– Jakże mi przykro, pani dyrektor. Ale ja już postanowiłem. Jeśli pani nie ma nic przeciwko temu, popracowałbym jeszcze kilka miesięcy, jak przypuszczam, do pół roku. Najdłużej pół roku... Nie wiem, kiedy będę mógł podjąć tę drugą pracę, tę, do której potrzebna mi jest opinia...

– I nie zdradzi mi pan, jaka to praca? Bo nie wiem, w jaki sposób zredagować opinię, co będzie ważne dla pana, chciałabym jak najbardziej pomóc...

– Mogę powiedzieć tylko, że nie będzie to praca dziennikarska.

– To znaczy, nie w telewizji?
– Nie w telewizji, nie w radiu i nie w prasie.
– Ale w Szczecinie?
– Nie w Szczecinie.
– Boże, jakiż pan tajemniczy!
– A po co pani dyrektor ta wiedza, jeśli wolno spytać?
– Panie Adamie! Może jestem zabawna, ale uważam, że zawsze należy pomóc pracownikowi, zwłaszcza tak świetnemu i zasłużonemu dla firmy jak pan. Niestety, pan mi tu nie daje żadnej szansy...

– Bardzo dziękuję, pani dyrektor, jeśli będę potrze-

bował pomocy, na pewno się do pani zwrócę. I dziękuję za życzliwość. To co, mogę liczyć na tę opinię jakoś szybko?
– Oczywiście. Proszę wpaść jutro, będzie gotowa.

Obydwie opinie w ciągu kilku dni rzeczywiście znalazły się tam, gdzie powinny były się znaleźć i, co zabawniejsze, obie zawierały dokładnie to, co powinny zawierać: wyłącznie wyrazy uznania dla doskonałych pracowników, nie tylko świetnych zawodowo, ale również posiadających wyjątkowo rozwinięty instynkt społeczny. Gdyby panie dyrektor Ewelina Proszkowska i Aldona Hajnrych-Zombiszewska się znały, można by przypuszczać, że najpierw skonsultowały z sobą zarówno treść, jak i stylistykę dokumentów, następnie zaś zgodnie poszły zalać robaka w jakiejś wytwornej restauracji dla dyrektorów. Robak złości musiał niewątpliwie toczyć obydwie, jak to zwykle bywa, kiedy zmuszeni jesteśmy dobrze się wyrażać o ludziach, których szczerze i serdecznie nie cierpimy. Ponieważ jednak panie się nie znały, możemy jedynie domniemywać, że każda zalała swojego robaka indywidualnie.

Zbiorowo natomiast dokonało się pierwsze redakcyjne oblewanie życiowej decyzji Adama. Doszedł on bowiem do wniosku, że skoro już dyrekcja wystawia mu opinię, to tak mniej więcej, jakby ogłosił w internecie, że na dniach będzie pakował walizki. Lepiej więc zawiadomić koleżeństwo osobiście i wszechstronnie.

– Adam, ty naprawdę zwariowałeś! Jak to sobie wyobrażasz? Powiesz im, że jesteśmy małżeństwem?

– Nie mamy wyjścia, Zosiu. I obawiam się, że musimy się do tego przyzwyczaić.

– Do czego, że nie będziemy mieli wyjścia?

– Do tego, że będziemy musieli występować oficjalnie jako małżeństwo.

– Przecież występujemy jako małżeństwo w tych

wszystkich urzędach i w ogóle, od kilku miesięcy występujemy!
- W urzędach tak, ale w ogóle nie. Głowa do góry, żono. Jak się powiedziało A, to trzeba powiedzieć B. I całą resztę alfabetu. Moim zdaniem doszliśmy najwyżej do jakiegoś D albo E. No, do F. Dalej nie.
- O mamusiu. Masz rację. O matko. W co ja się wrobiłam... i ciebie. To jest trudniejsze, niż przypuszczałam...
- Prawdę mówiąc, ja też mam takie wrażenie. Ale przecież nie zaczniemy teraz pękać, co?
- Ja nie mogę pękać. Jutro zaczynam kontaktować się z rodzicami tych dzieci, co je chcemy zabrać...
- No to dzisiaj skontaktuj się z moimi kolegami, z którymi powinniśmy się napić. Możesz przyjechać do miasta w okolicy siódmej wieczorem? To już będzie po „Gońcu", zabiorę wszystkich do Cutty Sarka na przykład i wciągniemy po piwku za pomyślność naszych planów. Tylko musimy uważać, żeby się nie wygadać, że nasze małżeństwo to pic.

- Czy dzisiaj jest świętego Adama? - tubalnym głosem zagrzmiała Ilonka Karambol, kiedy Adam zaordynował pierwsze duże piwo dla wszystkich. - Bo mnie się wydawało, że na świętego Adama jest w domu choinka i prezenty. Będą prezenty?
- Prezentów nie będzie, ale będzie niespodzianka - odpowiedział równie tubalnie Adam.
Gdyby mówił ciszej, nie byłby słyszalny, zupełnym przypadkiem bowiem w tawernie odbywał się koncert małej, ale zaangażowanej grupy szantowej. I wcale by się nie udało dostać żadnych miejsc, gdyby nie kolejny zupełny przypadek: towarzystwo, które zarezerwowało sobie całą małą salkę, odrezerwowało ją koło południa z powodów, których nie podało. Adam uznał to za dobrą wróżbę. Ostatnio był nieco przerażony sytuacją, w jaką się wplątał,

i każdy drobiazg, który mu wyszedł, uznawał za dobrą wróżbę.

– Jaka znowu niespodzianka? – chciał wiedzieć Filip. – Paproszkowska wreszcie cię zmiękczyła, pocałowałeś ją w łapkę i w nagrodę zostajesz kierownikiem redakcji? A ja lecę na pysk?

– Zwariowałeś – wyprostowała go pogodynka Kasia Krawiec. – Paproszkowska nienawidzi Adama z wzajemnością. Raczej to jego wyrzuciła na pysk. Adasiu, wyleciałeś na pysk, przyznaj się!

– Co wy jesteście tacy niecierpliwi. Moja niespodzianka sama przyjdzie, a przynajmniej mi obiecała...

– Jezus Maria! – Montażystka Jola Susło zakryła usta dłonią i wytrzeszczyła swoje i tak wielkie oczy. – Adam! Masz kobietę!

– Tylko bardzo proszę, żadnych szlochów. Mam żonę...

– Jezus Maria, Adam, ale ty świnia jesteś! Jak mogłeś ożenić się z jakąś nieznajomą!

– Ilonko, chciałem z tobą, ale mi twój Kopeć nie pozwolił. A moja żona Zosia jest fajną dziewczyną. Chyba właśnie idzie...

Wszystkie głowy zwróciły się w stronę drzwi, skąd nadchodziła, przepychając się przez tłum, nieco pękata młoda kobietka. Lekko zdyszana i zarumieniona wyglądała bardzo miło, ale jej samej wydawało się, że jest ohydna i spocona. Wielka jest siła dobrze zakorzenionych kompleksów.

Stanęła okropnie zmieszana przed tymi wszystkimi dziennikarskimi oczami, przyglądającymi jej się wnikliwie i krytycznie.

– Aaaaaa! – ryknęli zgodnie właściciele dziennikarskich oczu (płci obojga). – Zosia!

– Cześć – powiedziała na przydechu. – Adam wam wszystko powiedział?

– Powiedział, że się ożenił i że żona właśnie idzie. – Filip zerwał się z ławy. – Pozwól, Filip jestem, kierownik twojego męża.

– Zosia, żona. Bardzo mi przyjemnie.
– Nam też jest przyjemnie. Zaraz ci wszystkich przedstawię.

Ściskając kolejne dłonie, Zosia nieco się uspokoiła. Koledzy Adama wyglądali zdecydowanie sympatycznie. Dziewczynom śmiały się oczy, chociaż nawet nie próbowały ukrywać ciekawości. Ich wygląd (dziewczyn w całości, nie tylko ich oczu) wzbudził jednak w Zosi kolejny atak niepohamowanego samokrytycyzmu.

– Dlaczego Adam cię trzymał w ukryciu? – chciała wiedzieć Ilonka. – On jest podły. Wiesz, ile razy go prosiłam, żeby się ze mną ożenił?

A ja go poprosiłam tylko raz – omal nie wyrwało się Zosi, na szczęście udało jej się pohamować szczerość. Ilonka zresztą nie czekała na odpowiedź.

– Chciałam mu pomóc, żeby dostał ten dom po ciotce – paplała dalej. – Ale, jak widzę, sam sobie poradził.

– Siadajcie, bo ruszyć się nie można. – Adam postanowił zdyscyplinować towarzystwo. – Nie koniec niespodzianek, panie i panowie. Komu jeszcze piwa? Zosiu, ty się napijesz, oczywiście?

– Skoro na twój koszt, to może być kilkenny – mruknęła Zosia, wciskając się obok niego na ławę.

– To już na nasz wspólny koszt – zaśmiał się. Boże, byłaby zapomniała, że są małżeństwem i mają wspólne gospodarstwo. Teoretycznie przynajmniej.

– Jakie masz jeszcze niespodzianki? – Elka dźwiękówka domagała się informacji. – Ja pamiętam, mówiłeś, że Zosia to nie wszystko. Co jeszcze?

– No więc, jak by to wam powiedzieć... To nie jest jeszcze nasze pożegnalne spotkanie, ale zapewne jedno z ostatnich...

Zapadła cisza, oczywiście względna, bo zespół szantowy dawał właśnie z siebie wszystko. Pierwsza odezwała się Krysia producentka.

– Nie wygłupiaj się. Co to znaczy, jedno z ostatnich? Wyjeżdżacie na Bermudy? Zosia, coś ty mu zrobiła?

– To nie ja...
– To nie ona – odezwał się jednocześnie Adam. – To ja sam, jeszcze zanim się jej... no, zanim zostaliśmy starym, dobrym małżeństwem.
– Ale co TY? – Ilonka zdradzała już pierwsze objawy zniecierpliwienia.
– Ja to wymyśliłem. Chociaż nie, właściwie to Zosia wymyśliła, ja tylko zdecydowałem, że odejdę z telewizji.
– Odejdziesz z telewizji?
– No, tak. Już od jakiegoś czasu mnie to dręczyło, że jednak telewizja to nie jest dla mnie bajka do końca życia.
– Nie gadaj. – Filip kręcił głową. – Jesteś najlepszy w redakcji. Jesteś nawet lepszy ode mnie, mówiąc uczciwie. Szło ci zawsze świetnie. Co ci tak nagle odbija?
– To nie tak nagle, to już jakiś czas. Ja was przepraszam, mnie to nudzi na dłuższą metę...
– Nudzi go! Matko święta – powiedziała nabożnie Ilonka, która telewizję uwielbiała z wzajemnością. – To faktycznie, musisz sobie dać na wstrzymanie.
– A co właściwie wymyśliła Zosia? – Krysia producentka wbiła w przerażoną Zosię przenikliwe spojrzenie.
Zosia nie odważyła się słowa powiedzieć.
– Zosia wymyśliła rodzinny dom dziecka – zakomunikował Adam i zawiesił głos, czekając na reakcję.
Nowina była raczej piorunująca, więc i reakcja okazała się burzliwa. Kochani koledzy przekrzykiwali się wzajemnie, wyrażając jednocześnie podziw, potępienie, współczucie, uznanie, zdumienie oraz mnóstwo wykluczających się wzajemnie emocji. Pokrzyczeli jakiś czas i zażądali kolejnego piwa.
– Kurczę, nie mogliście wymyślić czegoś mniej absorbującego? – Filip kręcił powątpiewająco głową. – Przecież taki dom dziecka to jest gleba. Na całe życie.
– Ja już pół życia przeżyłem, więc dla mnie tylko na połowę – zaśmiał się beztrosko Adam. – A Zosia to lubi. Nie mówiłem wam, ale ona pracuje w domu dziecka od

siedmiu czy ośmiu lat i ma bardzo bogate doświadczenia.

– To wy tak naprawdę? – Jola Susło prawie płakała ze wzruszenia. – Boże, jakie to ładne jest...

– My tak naprawdę – przytaknął Adam. – Możecie i powinniście życzyć nam szczęścia na nowej drodze życia.

– Zrobimy coś o wiele lepszego – błysnął okularami Filip. – Kiedy go otwieracie?

– Nie zapraszamy telewizji – wyrwało się Zosi spod serca. – O Boże, przepraszam...

– Nic nie szkodzi. Normalni ludzie nie lubią nas tak, jak na to zasługujemy. Ale jeszcze się zastanówcie. Bo ja mam taki pomysł, żebyśmy ten wasz dom objęli patronatem, jako redakcja. Co ty na to, Adam? Wstępnie pytam.

– Wstępnie ci odpowiem, że to bardzo ładnie z twojej strony. A tak naprawdę to się musimy poważnie zastanowić, na czym ten patronat miałby polegać. Zosiu kochana, ja bym tak pochopnie nie odrzucał tego aktu dobrej woli moich cynicznych kolegów. To znaczy na razie jednego kolegi...

– Ale kierownika – zachichotał Filip. – Nie martw się, reszta się na pewno podłączy...

– Dzięki, stary. Wszystko trzeba będzie gruntownie przemyśleć, jakaś pomoc na pewno się przyda. Z tego, co się zorientowałem, nie jest łatwo uprawiać niwę zorganizowanego rodzicielstwa zastępczego. Tak, czy inaczej, jak już się urządzimy, zaprosimy was wszystkich na piknik.

– Aaaaa – dotarło do Kasi pogodynki. – Dorwałeś się do domu ciotuni!

– Wiesz co, Zosiu – mówił Adam, odwożąc swoją żonę-nie-żonę do domu dziecka. – Oni naprawdę są fajni i naprawdę chcą pomóc. I ta ich pomoc może nam się przydać jeszcze nieraz. Najważniejsze, że wykazali dobre chęci i że w razie czego możemy liczyć na ich poparcie. Zobaczysz, polubisz ich, jak się bliżej poznacie. Bo chyba nie chciałbym zrywać z nimi znajomości. Telewizja telewizją a ludzie ludźmi...

Tego wieczoru Zosia powzięła stanowcze postanowienie – jutro opowie o planach chłopakom.

– Jak to? – Alan miał oczy wielkie jak młyńskie koła, a w tych oczach niedowierzanie i przerażenie. – Ciocia od nas odejdzie?

– Nie odejdzie, głąbie – mruknął Marek Skrobacki dość czule jak na bidulowe stosunki międzyludzkie. Od czasu jazdy do Lubina, kiedy to Alan zażyczył sobie siedzieć obok niego w samochodzie, Marek miał do niego pewien sentyment. Ktoś go zdecydowanie lubił i to go cieszyło w głębi serca. A może nawet ten ktoś go potrzebował. To fajne było. – Wszyscy odejdziemy stąd, jak dobrze pójdzie.

Zosia zauważyła, że miny chłopców są różne, i pomyślała, że może źle wyjaśniła, co właściwie zamierzają z Adamem zrobić.

– Uważajcie – powiedziała. – Po pierwsze, wyszłam za mąż za Adama, którego znacie. Znacie Adama, prawda?

– Znamy – przytaknęli chórem.

– Po drugie, razem z moim mężem chcemy założyć własny dom dziecka, rozumiecie?

– Nie rozumiemy – prychnął Darek Małecki, ale raczej dla zasady. – Po co komu własny bidul?

– To nie będzie bidul, tylko rodzina. Bo po trzecie, chcemy zabrać do tego domu was wszystkich.

– Cały dom? – zdziwił się nieinteligentnie Cycek.

– Głupi jesteś – skarcił go natychmiast Mycek. – Tylko naszą grupę. Tak, ciociu?

– Tak. Co wy na to, chłopaki?

Zosia spodziewała się okrzyków entuzjazmu... skoro już drugi raz wszystko wytłumaczyła... ale okrzyków coś nie było. Za to Januszkowi usta wygięły się w podkówkę.

– A Julka?
– Julkę też zabierzemy – pospieszyła z zapewnieniem Zosia, zła na siebie. – I wiecie, ja bym jeszcze wzięła Adolfa, co?
– On nie jest z naszej grupy – wyrwał się Grześ akwarelista.
– Ale jak ciocia chce koniecznie...
– Chybabym chciała. Tylko wiecie, teraz jest taka sprawa, że wasi rodzice muszą się zgodzić, jeśli macie rodziców, albo opiekunowie prawni. Ja zaraz zacznę wydzwaniać o te zgody. Darek, zajmiesz się młodszymi?
– Pewnie – powiedział Darek ponuro. – Zajmę się młodszymi. A co będzie ze mną?
– No tak, ty kończysz osiemnaście lat. Kurczę, zobaczymy. Mamy jeszcze kilka miesięcy, prawda? No więc zobaczymy, jeśli uda nam się ten dom otworzyć wcześniej, to możesz pójść z nami. Jeśli chcesz, oczywiście.
– A gdzie ten dom będzie? – Darek nie zrezygnował z ponurego tonu, ale oczy mu pojaśniały nieco. – To ten na wyspie? Gdzie żeśmy byli?
– Gdzie byliśmy – poprawiła odruchowo. – Ten sam. Dobrze będzie?
– Będę miał psa! Będę miał Azora!
Alan nabożnie złożył ręce. Być może oczami duszy zobaczył już nowofundlanda na swoim łóżku, okrytego kocykiem w misie. Trzeba będzie mu to wyperswadować w swoim czasie.
– Wszyscy będziemy mieli psa. A nie będzie wam żal miasta, szkoły, wszystkiego?
– A co tu żałować – wzruszył ramionami Wojtek Włochal. – Nie wiem, jak oni, ja swojej szkoły nienawidzę. Tego domu też nienawidzę. Wszyscy mówili, że tam na tej wyspie było ekstra. Szkoda, że mnie tam wtedy nie było. Jakbym wiedział, tobym się rodzinie urwał. I tak mnie traktują jak piąte koło u wozu. Ja bym tam chciał jechać, ciociu. Myśli ciocia, że się uda?
– Nie widzę powodów, dla których miałoby się nie udać

- mruknęła Zosia, chociaż nie miała stuprocentowej pewności, pocieszała się jednak, że takowa nie istnieje poza światem równań matematycznych. - Tylko że w takim domu naprawdę będziemy jak rodzina, będziecie mi musieli pomagać w prowadzeniu gospodarstwa i w ogóle.

- Ja mogę gotować - wyrwał się Januszek, a jego oczy zalśniły podnieceniem. - Będę wam piekł ciasto na podwieczorki!

- Czekaj, kochany, to jeszcze nie jutro i nie pojutrze - zaśmiała się Zosia. - Ale już możesz zacząć zbierać przepisy kulinarne. Tylko pamiętaj, mają być zdrowe i niskokaloryczne. Chciałabym trochę schudnąć.

Rodzice i opiekunowie, do których udało się Zosi dodzwonić, zasadniczo nie mieli przeciwwskazań co do przeniesienia synów i podopiecznych do nowego domu dziecka. Niektórym wyraźnie ulżyło, że nowy dom będzie tak daleko od Szczecina, bo to pozwoli im wyłgiwać się od częstszych niż raz na rok kontaktów. Wprawdzie i tak te kontakty nie były częstsze, ale dobra wymówka to dobra wymówka. Przyjęli do wiadomości, że będą musieli podpisać urzędowe papiery, i prawdopodobnie natychmiast zapomnieli o problemie. Żaden rodzic, żaden wujek, żadna babcia ani dziadek nie chcieli wcale oglądać domu, do którego miałoby trafić dziecko wiszące im kulą u nogi... Nikt też nie chciał poznawać osobiście nowych opiekunów.

Z bezproblemowego ogółu wyłamała się tylko pani Arleta Płaskojć.

Matka Cycka i Mycka dobrze zapamiętała tę paskudną, grubą wychowawczynię, która ją napastowała przy furtce domu dziecka „Magnolie". Baba ją zdenerwowała, to naprawdę szczęście, że do tej pory nigdy nie miała z nią do czynienia, kontaktowała się zawsze z panią dyrektor, osobą wytworną i odpowiedzialną, albo z sympatycznym panem Stasiem Jończykiem; nawet nie wiedziała, że taka megiera tam pracuje. No to ona teraz zobaczy, głupia małpa, do kogo należy ostatnie słowo. Matka to matka. A władza rodzicielska jest rzeczą świętą!

– Władza rodzicielska jest rzeczą świętą – powiedziała bardzo z siebie zadowolona Arleta do słuchawki. – Pani się może wydaje, że pani zdanie jest najważniejsze na świecie. Pani w ogóle się za dużo wydaje. Cyryl i Metody pozostaną tam, gdzie są, bo ja wiem, że tam im będzie najlepiej. I bardzo dobrze, że pani się stamtąd wynosi, bo nie uważam, żeby pani była odpowiednią osobą do opiekowania się dziećmi. To nie są łatwe dzieci i trzeba mieć kwafi... kwalifikacje, a kwafi... kwalifikacje to wcale nie to samo, że się zjadło wszystkie rozumy, jak pani. No. Rozumiemy się?

Zosia przez wzgląd na Cycka i Mycka policzyła w myślach do dziesięciu, wywołała na twarz promienny uśmiech (taki uśmiech słychać w telefonie) i przemówiła głosem słodkim jak landrynka:

– Pani Arleto, proszę, niech pani nie podejmuje pochopnej decyzji. Tam, gdzie będziemy mieszkać, są o wiele lepsze warunki niż w „Magnoliach"...

– Proszę pani, pani Czerwonka. Lepsze warunki do wychowania moich chłopców to będą tam, gdzie pani nie będzie. Ja nie wiem, czemu pani tak na nich zależy. Proszę pani, gdybym nie czuła się zobowiązana wobec pani dyrektor Hajnrychowej, tobym zgłosiła gdzie trzeba podejrzenie o pedofilię. Tak to się nazywa, co? Pedofilia?

Zosia zgrzytnęła, ale się opanowała.

– Pedofilia to jest zboczenie. Nie jestem zboczona, mam świeżutkie opinie psychiatrów i wszystkich świętych od dawania licencji na prowadzenie takiego domu. Słyszy pani, pani Arleto? Mam świadectwo lekarskie. Mąż też ma.

– Za pieniądze można mieć wszystkie świadectwa na świecie, pani Czerwonkowa. I niech mi pani nie zawraca

głowy, nie mam czasu i nie mam przyjemności z panią rozmawiać.
- Jest pani pewna, że się nie rozmyśli?
- No, raczej. Do widzenia, a właściwie żegnam się z panią. Kamień mi spadnie z serca, bo powiem pani jeszcze, że nie byłam spokojna o Cyryla i Metodego. Teraz wreszcie zasnę spokojnie. Rozłanczam się, pani Czerwonkowa!

To rzekłszy, istotnie się rozłączyła. Zosia, od jakiegoś czasu purpurowa, rzuciła słuchawkę na tapczan, rzuciła bardzo grubym słowem, walnęła pięścią w ścianę i rozpłakała się serdecznie.

Myśl o pozostawieniu Cycka i Mycka na opiece Stasia Jończyka, starego prymitywa, chama i brutala, napełniała ją rozpaczą. No i jak ona im to powie? Jak im powie?

- Co ty mówisz, Zośka, bliźniaków nam nie chcą dać?
- Ta ich cholerna mać-bladź... Jezu, Adam, przepraszam, że ja tak przeklinam, ale nie mogę, no nie mogę wytrzymać, jak sobie pomyślę, że oni tam zostaną sami, bez grupy, wszyscy chłopcy się nimi tak trochę opiekowali, oni są jeszcze tacy mali...
- Nie płacz. Proszę, nie płacz. - Adam odruchowo przytulił zapłakaną znowu Zosię do piersi, a ona objęła go w pasie i rozryczała się na dobre. - Nie płacz, będziemy o nich walczyć. Nie wiem jak, ale coś wymyślę. Kolegów z redakcji zaangażuję, w zęby komuś dam, przekupię. Ta mać da się przekupić?
- Nie wiem, pewnie tak...
- No to nie becz już, nie trzeba. Zaradzimy. Bo ci oczy spuchną...
- Już mi pewnie spuchły. - Zosia z niejakim trudem oderwała się od niego. - Nie patrz na mnie lepiej teraz, pójdę na chwilę do łazienki, a ty się rozgość, zrób sobie herbaty, mnie też możesz. Albo kawy, jeśli wolisz. Za dziesięć minut będę gotowa.

Krokiem stuletniej staruszki poczłapała w stronę miniaturowej łazienki, a Adam zabrał się do robienia kawy w miniaturowej kuchence. Przyjechał do „Magnolii", żeby zabrać Zosię do Lubina – czas było zacząć konkretne rozplanowywanie domu w związku z jego nowym przeznaczeniem. No i potem remont. Na razie Adam nie wiedział jeszcze, skąd weźmie na ten remont fundusze, ale z właściwą sobie beztroską uznał, że skądś je w porę wytrząsie. Może naciągnie gminę, może starostwo, może własną matkę. Sam, niestety, nie dysponował potrzebną sumą. Nie miał pojęcia, jaka ona będzie, ta suma, ale ponieważ nie dysponował żadną, więc było mu wszystko jedno. Sprawą na dziś był projekt, potem trzeba się zająć bliźniakami.

Czyżby zdążył się do nich przywiązać? W ciągu dwóch dni, kiedy hasali po domu na klifie?

No, to by znaczyło, że sam siebie nie zna do końca.

Może nie zjadł sam z sobą tej beczki soli, co to ją trzeba...

– Zosiu – zawołał w kierunku łazienki. – A co z Adolfikiem?

Wyszła z łazienki, roztaczając wokół siebie świeży zapach. Jego dotychczasowe panie pachniały raczej zmysłowo i orientalnie, taki już miał gust. Ale to, czym pachniała Zosia, też mu się spodobało.

– Z Adolfem nie będzie problemu. Przynajmniej jeśli chodzi o jego ojca, starego gazownika. Rozmawiałam z nim nieoficjalnie, powiedział mi w słowach wytwornych, że właśnie niebawem zacznie nowe życie przy nowej, fascynującej pani, więc Adolfik tylko by mu przeszkadzał w tym nowym życiu. Wiesz, dlaczego on go nie lubi?

– Pojęcia nie mam.

– Bo mu kieliszki ze stołu strącał. Tak mówił, kiedyś słyszałam. I jeszcze mówił, że Adolfik ma za długie ręce. A poza tym jest zdania, że posiadanie dzieci nie jest korzystne dla kogoś, kto posiada umiejętność i zamiar – uwa-

żaj, cytuję go dosłownie – i zamiar smakowania życia do końca.
– On się zbliża do końca życia?
– Raczej nie, ma jakieś czterdzieści pięć, ale jest zaawansowanym alkoholikiem, więc kto wie tak naprawdę. To paskudny wałkoń i wszystko na ten temat. Chla wódę i dorabia ideologię. Ciekawe, jaka też jest ta fascynująca pani?
– Pewnie tak samo fascynująca jak i on. A twoja dyrekcja Adolfa puści? On nie jest z twojej grupy?
– Nie jest. Nie wiem, czy puści, tak naprawdę bałam się z nią rozmawiać na ten temat. Ona go nienawidzi, ale mnie też. Nie mam pojęcia, co zrobić. Zostawię to sobie na ostatnią chwilę, wezmę babę z zaskoczenia. Niech lepiej nie ma czasu na wymyślanie powodów, dla których mi go nie da. Mądrze myślę twoim zdaniem?
– Chyba tak. Masz tu kawę, wypij i pojedziemy, dobrze?

Fundusze na remont znalazły się całkiem niespodziewanie, i to jeszcze tego samego dnia.
– Mam nadzieję, Adasiu, a właściwie to nie Adasiu, tylko dzieci moje, oboje, bo i ty, Zosiu – zapętliła się nieco ciotka Lena. – No więc mam nadzieję, że nie chcecie robić remontu żadną firmą? Co? To strasznie podraża koszty.
– Koszty kosztami, kochana ciociu, ale ja się przecież nie znam na budownictwie ani na remontach, potrzebuję kogoś w rodzaju kierownika budowy, żeby pilnował, dysponował i w ogóle.
– I w ogóle to ja popilnuję. A w szczególe to niech ci się nie wydaje, że zatrudnienie kierownika budowy coś ci da. I tak będziesz musiał wszystkiego sam pilnować, z kierownikiem budowy włącznie. I tylko szlag cię z tego powodu trafi dodatkowy. Ja proponuję zatrudnić pana Joska.
– A któż to jest pan Josek?

– Pan Josek to jest tutejszy fachowiec, tutejszy, znaczy z wyspy. Mieszka w Trzciągowie, to jest ta wiocha, przez którą jedziesz, jak skręcasz w lesie, a nie dopiero na krzyżówce...

– No, wiem, gdzie jest Trzciągowo...

– No właśnie. I pan Josek umie wszystko, co się tyczy budowlanki. On jest trochę stary, ale nie bardzo, koło sześćdziesiątki, i to on swojego czasu pomagał Biance i Poldziowi w odbudowywaniu tego domu. On wszystko tu zna i wie. Będzie umiał zrobić, co trzeba. Tu instalacji poprawiać nie musisz, tylko malowanie, tapety i tak dalej.

– Trochę bym rozbudowała kuchnię – zauważyła Zosia. – Teraz się tu będzie gotowało na piętnaście osób, nie na dwie.

– Masz rację, dziecko. Pan Josek też tak mówił...

– Aaaa, to ciocia już pana Joska ugadała!

– Ugadałam... wstępnie. To już wam powiem, myśmy tu wszystko obejrzeli i mamy dla was plan całego remontu. Wy się nie dziwcie, przecież ja tu nie mam nic do roboty, więc mnie pchało do czynu.

– Pchało ciocię...

– No, pchało. Jakby co, to możemy od jutra zaczynać. To może ja zadzwonię do pana Joska, niech przyjeżdża, wszystko omówimy konkretnie, z terminami!

– Chwila, cioteczko. Myśmy nie byli przygotowani na konkrety, tylko na wstępne planowanie. Na razie nie mam nawet forsy na ten remont, muszę dopiero zaplanować, ocenić, wiedzieć, jakiej sumy mam szukać...

– Nie musisz szukać żadnej sumy, chłopcze. W każdym razie na remont.

Adam spojrzał uważnie w błyszczące zadowoleniem oczka starszej pani.

– Co ciocia kombinuje?

– Nic nie muszę kombinować. Bianka kombinowała, świeć Panie nad jej duszą. Dwa miesiące temu przyszły tantiemy, czy jak się to nazywa, za ten jej podręcznik żeglarstwa. W funtach, nawiasem mówiąc, za angielskie wydanie. Dużo tego nie jest, ale na materiały i pana Joska wystarczy jak raz w sam raz.

– Przecież te pieniądze miały być dla cioci!
– No i są dla mnie. A ja mogę mieć taką fanaberię, żeby wam postawić pana Joska i remont. Mogę? Co się gapisz, dziecko?
– Naprawdę ciocia nam stawia remont?
– To chyba dobry pomysł, nie? Ty się teraz lepiej, Adasiu, zastanów, skąd weźmiesz tyle łóżek! Szafek. Stolików do odrabiania lekcji. I musicie iść do szkoły, załatwić wszystkim przyjęcie do właściwych klas. Macie jeszcze mnóstwo roboty. Starsi będą jeździć do Międzyzdrojów, bo Cycuś i Mycuś to tu, do podstawówki pójdą. Ja wam powiem, dzieci, ja się doczekać nie mogę, kiedy wszystkich was tu zobaczę...
– Tylko jest jeden problem, ciociu. Cycka i Mycka matka nie chce nam dać.
– Jezus Maria! Dlaczego?! Gdzież im będzie lepiej niż tutaj? Przekonajcie ją jakoś, przywieźcie tu! Ja ją przekonam!
– Ale ona nie chce ze mną w ogóle gadać, ciociu – powiedziała Zosia ponuro.
– Jak to nie chce? Nie kocha własnych dzieci?
– Pewnie, że nie – zaśmiała się gorzko Zosia. – Moich dzieci przeważnie rodzice nie kochają. Przecież w ogóle by nie trafiły do domu dziecka, gdyby były komuś potrzebne.
– No tak, no tak... ale czekaj, dziecko, to u was nie są sieroty?
– Są, owszem, ale w mniejszości. Na cały dom może z siedem sztuk. Reszta ma rodziców albo opiekunów, tylko że im to wisi, tym opiekunom, że dzieci są u nas..
– Mój Boże, mój Boże, nie myślałam, że tak jest. Ten dom bez Cycka i Mycka... wiecie, ja tak naprawdę zawsze chciałam mieć dużo dzieci, ale nie mogliśmy z moim mężem, coś nam nie wychodziło, staraliśmy się całe lata na

próżno. A jeszcze wtedy nie było takich chytrych metod próbówkowych jak teraz. No, trudno, było, minęło, nie ma co płakać nad rozlanym mlekiem. Ja tylko mam nadzieję, że wy planujecie jakieś własne? Co?

Starosta Marzena Ropuszek nie była zadowolona.

– Nie wiem, proszę państwa, czy to jest naprawdę taki doskonały pomysł...

Zosia zarumieniła się natychmiast.

– Uważa pani, że złym pomysłem jest stworzenie domu dla kilkanaściorga dzieciaków? Lepiej, żeby siedziały w bidulu i nie wiedziały, jak wygląda normalne życie?

– Państwo niepotrzebnie dramatyzują. Oczywiście, że rodzinne domy dziecka są korzystne. Niekoniecznie jednak na moim terenie. My tu mamy już dwa normalne domy dziecka. I wcale nie jestem pewna, czy potrzebny jest trzeci.

– Są jakieś normy na hektar? – zdziwił się uprzejmie Adam.

– Drogi panie, to wcale nie o to chodzi i pańska ironia jest jak najbardziej nieusprawiedliwiona. Ale państwo chcą, żebym ja wam ten wasz pomysł sfinansowała, prawda?

– Prawda. Może niekoniecznie pani, ale powiat...

– A skąd, pana zdaniem, ja mam wziąć na to pieniądze?

– Z budżetu powiatu, proszę pani.

– Łatwo pan dysponuje moim budżetem. Bo do budżetu pieniążki płyną szeroką strugą... same, jak wiadomo. Może jeszcze chce pan, żeby wam dać jakiś dom? Możliwie duży i wygodny?

– To nie będzie konieczne, dom posiadamy, jak już mówiłem.

– Ach, mówił pan coś takiego, rzeczywiście. No ale ja nie mam pieniędzy na utrzymanie tego domu. Ani, prawdę mówiąc, ochoty, żeby brać sobie na głowę odpowiedzialność za taki pasztet. Ja pana przecież nie znam. Nie wiem, czy pan nie jest przypadkiem jakimś cwaniakiem, hochsztaplerem, czy za rok pan nie ucieknie i nie zostawi domu z dziećmi na łasce losu...

Zosię rozzłościło takie konsekwentne ignorowanie jej osoby.

– Ja też tu jestem – warknęła. – Oboje mamy wszelkie wymagane szkolenia, świadectwa i certyfikaty! Dlaczego, pani zdaniem, mielibyśmy zostawiać dom na łasce losu? Uciekać od czegoś, co sami tworzymy?

Podczas kiedy pani Ropuszek z upodobaniem tłumaczyła Zosi, dlaczego nie może mieć w żaden sposób zaufania do kompletnie obcych osób, Adam sięgnął ręką do kieszeni, w której trzymał komórkę, i ponaciskał kilka klawiszy, po czym wyjął rękę i włączył się do dyskusji.

Po raz trzeci międdlili kwestię niemożności finansowania domu przez powiat, kiedy na biurku pani Ropuszek zadzwonił telefon. Pani starosta nacisnęła guzik głośnego mówienia i spojrzała wyniośle na swoich gości, dając im tym spojrzeniem do zrozumienia, że w sposób karygodny uniemożliwiają jej prawidłowe i efektywne pełnienie funkcji samorządowej.

– Tak, pani Kwiatkowa? Słucham.
– Telefon do pani, pani starosto. Ja przepraszam, że przeszkadzam w spotkaniu, ale telewizja dzwoni!
– Jaka telewizja znowu?

Pani Ropuszek starała się robić wrażenie osoby, do której codziennie dzwoni pięć do sześciu stacji telewizyjnych.

– Nasza, pani starosto, regionalna. Redaktor Filipowicz czy coś... nie zrozumiałam nazwiska, przepraszam, ze Szczecina w każdym razie. Połączyć panią teraz?
– Tak, proszę. Przepraszam państwa.

Pani Ropuszek wyłączyła głośne mówienie i podniosła słuchawkę do ucha. Tak na wszelki wypadek, gdyby chodziło o jakąś interwencję, na przykład w sprawie... nieważne, w jakiejkolwiek sprawie, którą starostwo ostatnio zawaliło... nie ma tego dużo, ale wiadomo, że dziennikarze tylko szukają dziury w całym...

Zosia i Adam spojrzeli po sobie. Filip wywiązywał się z obietnicy.

Pani Ropuszek zaczynała lekko zmieniać barwę, z bladobeżowej na jasnoczerwoną.

– No wie pan, panie redaktorze, ja jeszcze w zasadzie decyzji nie podjęłam, nie wiem, czy będę w stanie sfinansować taką inwestycję... Jak to nie inwestycję? Dla mnie to jest inwestycja... No, nieważne, nie kłóćmy się o słowa. Poza tym nie widzę sensu instalowania w powiecie trzeciego domu dziecka... Paaaanie redaktorze. Nie jesteśmy dziećmi. My nie. Jeśli to będzie naprawdę dobry dom, to mi zabierze dzieci z moich dwóch domów, a wtedy co ja zrobię? Pozamykam te domy? A to są miejsca pracy, ma pan świadomość?... Nie, ja jeszcze nie mówię nie. Ja jeszcze nic nie mówię... Proszę nie naciskać. Ja w swoim czasie podejmę właściwą decyzję. Do widzenia... A proszę, proszę dzwonić, ile pan tylko chce. Ja jestem przyzwyczajona do tego, że telewizja wywiera presję... Jak to nie wywiera? Właśnie pan wywiera... O czym pan mówi? Jakie podwyżki? Do widzenia!

Adam skrzywił się, oczy Zosi lekko się zaokrągliły. Wygląda na to, że pani starosta Ropuszek nie uległa służbowemu wdziękowi Filipa. Niestety.

Gorzej. Pani Ropuszek rozszyfrowała podstęp.

– Panie Grzybowski. Czy pan mnie uważa za dziecko? Przecież ja pana doskonale znam. Pan pracuje w telewizji, prawda?

– Właśnie się zwalniam i będę zakładał rodzinny dom dziecka, pani Ropuszek.

Zosia podziwiała zimną krew swojego męża. Nawet mu powieka nie drgnęła.

– Do mnie się mówi „pani starosto" – pouczyła Ropuszek.

– Tak jest, pani starosto. Już będę wiedział. No to jaka jest pani decyzja w sprawie rodzinnego domu dziecka Zofii i Adama Grzybowskich?

– Mnie obowiązują przepisy, wie pan o tym? Pański kolega próbował mnie zastraszać, coś tam mówił o podwyżkach w moim urzędzie, ale ja się z wszystkich podwyżek, proszę pana, mogę uwidocznić. Urzędnicy nie mogą pracować za pięć groszy. A co do domu dziecka, to ja się muszę poważnie zastanowić, czy nie powinnam przeprowadzić konkursu. I chyba tak zrobię. Nawet przepisy mnie obligują w tym temacie.

– Jakiego konkursu? – nie zrozumiał Adam.

– Konkursu na prowadzenie domu dziecka. Każdy dom dziecka, również rodzinny, musi mieć dyrektora, prawda? Pan myślał, że to takie proste, nie ma pan co z pieniędzmi zrobić, to zakłada pan dom dziecka i wydaje się panu, że tak z klucza będzie pan nim mógł kierować? Rozpisze się konkurs w powiecie, proszę pana. Nie rozumie pan? Dyrektor zostanie wyłoniony w drodze konkursu. Może pan do tego konkursu stanąć, ale nie gwarantuję, że pan wygra.

Pani starosta poczuła się panią ringu i powiodła zwycięskim spojrzeniem po otoczeniu. Otoczenie, nie da się ukryć, nieco zgłupiało.

– A jeśli nie wygram tego konkursu – zaczął powoli i z namysłem Adam, a pani Ropuszek zaczęła tryumfalnie kiwać głową, jakby ją chciała sobie oderwać od kadłuba. – Jeśli go nie wygram, to ten, co wygra, zostanie nowym mężem mojej żony? Bo to przecież ma być rodzinny dom dziecka. Pani rozumie, tatuś, mamusia i dzieci. No i taki drobiazg jeszcze – ten dom jest mój. Prywatny. Więc jak pani chce wpakować mi do niego jakiegoś dyrektora?

Zosia nie wytrzymała i prychnęła zdrowym śmiechem. Pani Ropuszek nie zrozumiała powodu tej niestosownej wesołości.

– Niepotrzebnie pan jest sarkastyczny. I pani nie ma

się z czego śmiać. Dyrektorów wyłania się w drodze konkursu, sam pan wie doskonale. Ja pana tak po prostu akceptuję, a pan pójdzie do swojego przyjaciela z telewizji, pana redaktora Filipa, albo do jakiegoś innego i za chwilę będzie w programie o tym, że starosta sobie po znajomości rozdaje stanowiska. O nie, ja się tak nie podłożę! A teraz już naprawdę żegnam państwa, już i tak za długo rozmawiamy, czekają na mnie interesanci. Proszę zostawić sekretarce swoje namiary, jak podejmę jakieś decyzje, to do państwa zatelefonuję.

– Dobrze, pani starosto. – Adam podniósł się z fotela. – Proszę rozpisać konkurs na prowadzenie mojej rodziny, a gwarantuję pani, że nie tylko regionalne media umrą ze śmiechu, ale i ogólnopolskie też. O miejsca pracy w swoich domach niech się pani nie martwi, bo nasze dzieci bierzemy z domu w Szczecinie, na dodatek razem z wychowawczynią. Tu obecną moją małżonką. Liczymy na to, że jednak w miarę szybko pani podejmie decyzję, na tak, oczywiście. Do zobaczenia jak najszybciej.

Wyszedł, a za nim jego lojalna małżonka, nie bardzo wiedząca, czy w sumie są do przodu, czy raczej do tyłu, jeśli chodzi o możliwość uruchomienia domu dziecka „Na Klifie". W sumie miała wrażenie, że jednak są do tyłu, i trochę się zmartwiła. Adam natychmiast to zauważył i pospieszył z pociechą.

– Nie pękaj, żono – powiedział stanowczo. – Damy radę. Pani Ropuszka musi sobie pokumkać i porzęchotać, ale nasze będzie na wierzchu.

– Masz pewność? A skąd? I dlaczego właściwie byłeś taki... jaki?

– Sarkastyczny – zrozumiał w lot, co chciała powiedzieć. – Sarkastyczny byłem jak cholera. Ropuszka jeszcze nie wie, jaki ja naprawdę potrafię być sarkastyczny. Mucha nie siada, pani Grzybowska. Niech pani tylko nie ryczy mi tutaj, bo mnie pani takimi rykami rozmiękcza!

– Przecież nie ryczę – obraziła się Zosia. Ale od razu coś ją ucieszyło. – To ty się rozmiękczasz, jak ja ryczę?
– Prawdziwy mężczyzna nie zniesie łez niewieścich, moja droga. Bardzo cię proszę, myślmy wyłącznie pozytywnie. Nikt nie mówił, że będzie łatwo, i słowa dotrzymał. Cała nasza energia musi być skierowana w stronę pozytywnego myślenia oraz działania. Proponuję zatem udanie się do najbliższej knajpy, na przykład na rozdrożu w Przybiernowie, celem uzupełnienia zapasów energii. Jadłem tam kiedyś fajne kotlety. Jedziemy?

– Ciociuuuu...
– Co, Grzesiu?
– No wiesz...
– Grzesiu, umawialiśmy się, że nie będziemy bić piany, dopóki wszystko nie będzie załatwione.
– A kiedy będą załatwione? Bo ja bym chciał już tam być.
– Też bym chciała tam być, Grzesiu.

– No i co, Adam, na jakim etapie jesteście?
– Niewiele się zmieniło od twojego ostatniego pytania w tej sprawie, Ilonko, słońce ty moje. Odnośne władze wykonują pracę myślową.
– Może byśmy trochę polobbowali na waszą korzyść?
– Może by się i przydało. A jak to widzisz?
– Ja bym wytoczyła ciężką artylerię w postaci Lalki Manowskiej.
– Lalce by się chyba nie podobało, że nazywasz ją ciężką artylerią.
– Lalka ma poczucie humoru. A poza tym to jest zawodowy komplement, ty niusiarzu jeden. Ona jest poważną publicystką i jakby tak podjęła temat rodzinnych domów dziecka, bo wiesz, że ona kiedyś w tym robiła?...
– Wiem.

– Właśnie. Więc jakby tak wzięła się do tego jeszcze raz, kompleksowo, może nawet byśmy namówili jakichś gazeciarzy, żeby to ruszyli w prasie, wiesz: prasa pisze, telewizja pokazuje i tak dalej. I nie bawić się w sprawę pojedynczego domu, tylko zadać proste pytanie: dlaczego we Wrocławiu mogą, a u nas nie mogą?
– W tym Wrocławiu naprawdę tak?...
– Naprawdę tak. Jak już się znajdą wariaci, desperaci, którzy chcą się wrąbać w takie coś jak wy, to im się róże pod nogi sypie. Ja też kiedyś dotknęłam, ale tylko dotknęłam tematu. Mówię ci, niebo a ziemia. Podobno u nas jest najgorzej w całej Polsce. Ty, Adam, może naprawdę powinniśmy w to walnąć? Młotem medialnym. Łubudubu. Coraz bardziej mi się ta idea podoba.
– Myślisz?
– Pogadam z Lalką w każdym razie.

– Ciociuuuu...
– Co, Krzysiu?
– Bo my będziemy musieli jeszcze iść do naszej starej szkoły, prawda? Bo ja myślałem, że już się przeniesiemy do babci Leny, ale chyba jeszcze nie teraz? Bo ciocia jakoś nic nie mówi, a mówiła ciocia, że nam powie...
– Powiem wam natychmiast, jak się coś ruszy. My z wujkiem Adamem naprawdę się staramy. Tylko że to nie jest takie proste, jak nam się wydawało początkowo. Strasznie mi przykro, że to się tak wlecze, ale nie wszystko zależy od nas. Trzeba mnóstwo rzeczy pozałatwiać i my je załatwiamy. Stopniowo, rozumiesz? Byle do przodu.
– Ja tam nie wiem, proszę pani – wtrącił Darek Małecki, odrywając się od Asteriksa i Obeliksa. – Moim zdaniem to nic z tego nie wyjdzie. Moim zdaniem ktoś wam nie chce na to pozwolić, na ten dom. Moim zdaniem to nasza pani dyrektor macza w tym palce.
– Jaka pani dyrektor?

– No, Zombie przecież. Co to, pani nie wie, że ona pani nienawidzi? Ona wszystkich nienawidzi.
– A co ty za bzdury gadasz. Jakie nienawidzi. I nie mów na nią Zombie.
– A jak mam mówić?
– A w ogóle musisz o niej mówić?
– Niby nie muszę. Ale mi trochę szkoda, że już tam z wami nie pojadę. Bo chyba skończę osiemnastkę i będę musiał się usamodzielnić. Zanim wy ten dom zrobicie.
– Jeszcze mamy parę miesięcy do twojej osiemnastki.

– Nie wiem, czy to jest całkiem głupie, to, co ci Darek powiedział o naszej drogiej Zombie.
– Coś ty, Heniu? Myślisz, że ona nam bruździ? Powiedziała wprawdzie, że jej kaktus wyrośnie, ale jakie ona ma możliwości?
– Nie wiem jakie, ale na pewno jakieś ma. Jest zasłużonym pracownikiem, długoletnim dyrektorem, założę się, że jest na ty z połową władz w tym mieście. Słuchaj, a kto wam właściwie robi obstrukcje?
– Wszyscy nam robią. Nikt się nie zachwyca naszymi planami, ani starostwo, ani województwo, ani te różne mopsy, mopry, jak tam się ta cała pomoc nazywa. Czasami mam ochotę pirznąć to wszystko do diabła i wrócić do spokojnej pracy wychowawczyni. Albo sprawdzić w muzeum, może już im wymarł jakiś historyk sztuki i mogłabym wejść na jego miejsce.
– Nie waż się tak myśleć, Zośka. Nie waż się tak myśleć! Musi wam się udać!

– Kasiuniu, naprawdę weźmiesz się do tego?
– Pewnie, że się wezmę, chociaż wcale na to nie zasługujesz, podlecu. Co to jest, żebym ja się dowiadywała od Lal-

ki Manowskiej, że się ożeniłeś po tajniacku? Słowa nie powiedziałeś, a chyba już na Szantach byliście po słowie, co?
– Nie, na Szantach byliśmy przed słowem. Naprawdę.
– Wszystko jedno, trzeba było nam powiedzieć na Szantach, tobyśmy się przyjrzeli twojej Zosi wnikliwie, jaka z niej osoba! Ale chyba fajna, jeśli ma takie pomysły. Tylko nie rozumiem, jakim cudem ciebie na to namówiła...
– Wielu rzeczy o mnie nie wiecie, nie znacie w ogóle głębi mojej osobowości. Ja was jeszcze zadziwię...
– Wystarczy jak na razie! Już nas zadziwiłeś. Słuchaj, my z Agatką będziemy teraz miały program nocny. Takie rozmowy rudo-blond. Już się umówiłam z Lalką, że w każdym programie będziemy zadawać pytanie o rodzinne domy dziecka w naszym województwie. Ona to też pociągnie w swoim cyklu, ale tylko raz w miesiącu, a my możemy co tydzień. No i jeszcze dogadałyśmy się z kobitkami w prasie i one też będą się czepiać. Zakatujemy opinię publiczną rodzinnymi domami dziecka.
– Bardzo dobrze. Ale nie zamierzacie chyba nas w to wciągać? Zosia się tego strasznie boi, a ja nie chciałbym za bardzo rozdmuchiwać tej konkretnej sprawy, rozumiesz, ze względu na dzieci. Możecie jakoś ogólnie?
– Ogólnie to se możesz o przyjaźni polsko-radzieckiej. Teraz polsko-amerykańskiej. Musimy kilka konkretów przedstawić. Nie bój się, mały, nie skrzywdzimy twoich dzieci nieletnich ani twojej ściśle tajnej żony Zosi. U nas możecie występować jako anonimowi alkoholicy. Jeśli rozumiesz, co przez to chcę powiedzieć.

– Lalka, czy u ciebie też mam wystąpić jako anonimowy alkoholik?
– Zwariowałeś, Adam? Jaki alkoholik i dlaczego anonimowy?
– Bo u Kaśki i Agaty wystąpię jako taki. Podobno już na dniach.

– Ach, to. Nie, u mnie musiałbyś odkryć przyłbicę. Ale nie martw się, i tak nie zamierzałam cię używać programowo, bo by zaraz było, że uprawiamy nepotyzm i kumoterstwo daleko posunięte, w tej zdemoralizowanej telewizji. Mam jeszcze dwa małżeństwa, które czekają na wiążące decyzje. Jedno czeka dwa lata, a drugie półtora roku. Mają domy, mają wszystko, tylko nie mają decyzji. Z nimi pogadamy o konkretach, a o ciebie zahaczymy mimochodem jako o kolejne małżeństwo, które chce zrobić coś pożytecznego dla dzieci i nie może z powodu impotencji władz.
– Indolencji?
– Jednego i drugiego.

– No i jak, panie Josku, pana zdaniem da się to wszystko zrobić przed Bożym Narodzeniem?
– Ze spokojem, panie Grzybowski. Ja tu w tym domu konserwację prowadziłem w zasadzie na bieżąco, pańska świętej pamięci ciotka mi zlecała. Pomaluje się to i owo, naprawi i będzie dobrze. Z kuchnią też nie będzie kłopotu. Tylko wie pan co, mnie się wydaje, że jak na tyle dzieci, to by trzeba było dorobić łazienek. A przynajmniej pryszniców i oczek. No wie pan, klozecików. I umywalek.
– Ma pan rację, nie wiem, czemu sami o tym nie pomyśleliśmy z Zosią... moją żoną. Tylko, kurka wodna, gdzie my to zrobimy, panie Josku?
– Ja bym to widział w piwnicy. Ten dom jest bardzo porządnie podpiwniczony, tylko że pani Bianka piwnic prawie nie używała. Tam się zmieści wszystko. Ścianki z regipsu się porobi i będzie jak trza. Klopki szeregowo, między ściankami...
– Jak to, panie Josku, bez drzwi?
– Przecież to wszystko chłopcy...
– Nie, niech będzie jak w domu, porządnie. Jakoś nie mam nabożeństwa do szeregowych klopków. Zróbmy cztery klopki porządne, z umywalkami do mycia łap i cztery

takie małe łazieneczki z natryskami. I z półkami. Dużo półek, oni mają swoje klamoty łazienkowe tam trzymać. Na parterze jest łazienka z natryskiem, to będzie osobista dla ciotki Leny i ewentualnie dla gości, a na górze nasza duża łaziena z wypasem...
— Z czym, za przeproszeniem?
— Wypasiona. No, taka bardziej luksusowa. Wie pan co, w piwnicy powinno starczyć miejsca na jeszcze jedną sporą łazienkę z wanną. My z Zosią musimy mieć tę na górze tylko dla siebie. Inaczej miałbym stale wrażenie, że jakieś dziecko myje sobie zęby moją szczoteczką.
— Żeby tylko zęby, panie Grzybowski...

— Zosia? Czytałaś prasę?
— Nie miałam czasu. Dzisiaj mam dyżur, a od rana jest sodoma i gomora, chłopaki tłuką się wszystkie ze wszystkimi. Nie wiem, co im odbiło.
— Może nie mają już cierpliwości czekać i wyładowują się, jak potrafią?
— Bardzo możliwe. A co w gazetach?
— Na razie tylko w jednej. Za to fajnie. Kasi psiapsiółka jedna, nie znasz jej, Agnieszka Perska się nazywa, opisała bardzo pięknie, jak to jeden ze starostów powiatowych, nazwiska litościwie nie podamy, ogłosiła konkurs na prowadzenie rodzinnego domu dziecka w domu pewnych ludzików.
— Matko moja, ona naprawdę ogłosiła ten konkurs?
— Tak wygląda. Agniecha pisze, że ogłosiła. Musisz przeczytać, bardzo pięknie sobie na Ropuszce używa. I w białych rękawiczkach. Bez nazwiska, ale na wyspie jest tylko jedna kobieta starosta. A poza tym w najnowszej „Polityce" jest notatka w tej części ze złośliwościami, dosyć zjadliwa, jak to u nich. O tym samym, oczywiście.
— Zostaw mi egzemplarz, ja dzisiaj nie będę miała czasu siusiu zrobić. Adolfik ma coś w rodzaju depresji i stale

u mnie siedzi, muszę go pocieszać i opowiadać mu, jak będzie w nowym domu. Nauczył się tej ballady, wiesz, o „Timeraire" na pamięć i bez przerwy ją podśpiewuje, przez co dostał już w ucho od kolesiów z grupy. Dwa razy dostał, ale nie może się powstrzymać. I na dodatek czasami płacze, zamiast śpiewać, co jest jeszcze gorsze. Adam, a co będzie, jeśli nam się w końcu nie uda?

– Nie widzę takiej możliwości. Kaśka z Agatką trąbią co tydzień, Agnieszka pisze, Lalka w tym miesiącu miała reportaż o tych dwóch parach ze Szczecina, co to się nie mogą doprosić, a na przyszły szykuje potężną studyjną dyskusję. To już za dwa tygodnie. Zamierza zwabić i omamić przewodniczącego rady powiatu, czyli bezpośredniego szefa naszej Ropusi, na antenie opisać barwnie naszą sytuację, zresztą nie tylko naszą przecież, inni też czekają, a za kulisami obiecała nadonosić na Ropuszka ile wlezie...

– Może powinna ją też zaprosić do studia?

– Nawet chciała, ale pani Ropuszkowa się wymigała. Zresztą strasznie głupio, powiedziała, że u niej w powiecie taki problem nie istnieje. No więc Lalka o tym też powie na antenie. Zaprosiła sobie Agnieszkę Perską, tę z gazety, wiesz.

– Ależ akcja, mamusiu moja...

– No, fajna akcja. Czasami udaje nam się dogadać. Jutro jedziemy do Lubina, zobaczymy, jak panu Joskowi idą łazienki. Chcesz?

– Pani Czerwonka.

– Bardzo proszę, pani dyrektor, już mówiłam wiele razy, nazywam się Grzybowska.

– Ach, nie mogę się przyzwyczaić do tej Grzybowskiej... A co pani tak na niej zależy? Czerwonka się pani nie podobała?

– To nie ma znaczenia. Od pół roku prawie nazywam

się Grzybowska i mogłaby pani dyrektor uprzejmie to zapamiętać...
– Ach, od pół roku już? No właśnie. Ja to się pani dziwię, jak wy żyjecie z tym mężem, pani tu, on gdzie indziej, teraz to taka moda wśród młodzieży obowiązuje?
– Pani dyrektor. To są nasze sprawy prywatne i bardzo panią proszę, żeby pani je wykreśliła z zakresu swoich zainteresowań.
– Ohoho, ależ mamy wytworne słownictwo. Rozumiem, że mam się od pani odczepić. I ja się odczepię, bo pani życie prywatne mało mnie interesuje. Wezwałam tu panią, bo mamy problem. To znaczy nie my mamy, tylko jeden z pani wychowanków...
Pani dyrektor artystycznie zawiesiła głos, pozwalając, żeby Zosia porządnie się zdenerwowała, zastanawiając się, który co przeskrobał i czy w domu, czy w szkole, i co dyrektorka ma zamiar z tym zrobić...
– Maniewicz Grzegorz. To pani dziecko, tak?
Zosia odetchnęła głęboko.
– Moje jak moje. Grzesio jest dzieckiem cholernej pary dzieci kwiatów, pożal się Boże, klientów wszelkiego rodzaju ośrodków resocjalizacyjnych. Jeśli im się akurat chce resocjalizować. Teraz może im się nawet chce, bo zima idzie.
– Myli się pani, pani Czerwonka. Im się już nic nie chce. I Grzesia może pani sobie wziąć nawet na własność, do tego swojego domu dziecka, co to go pani raczej mieć nie będzie, jak już kiedyś żeśmy sobie ustaliły. Dostaliśmy zawiadomienie od policji. Karolina i Jerzy Maniewicz. Oboje nie żyją. Prawdopodobnie samobójstwo przez przedawkowanie narkotyku.
– Pani dyrektor, ja bym tego Grzesiowi teraz nie mówiła.
– A kiedy pani mu to chce powiedzieć? I dlaczego nie teraz?
– On jest taki mały, taki dziecinny. I tak nie miał żadnego kontaktu z rodzicami przez lata całe, nie pytał o nich. Niech na razie będzie, jak było, a jak Grzesio nam urośnie,

zrobi się doroślejszy, to mu się powie. Teraz to nie ma najmniejszego sensu.

– A co ja mu powiem, pani Czerwonka, jak on mnie na Boże Narodzenie zapyta, czy pojedzie do rodziców? Że pani wychowawczyni nie kazała mówić, że rodzice ziemię gryzą?

– On nie zapyta, pani dyrektor. On nigdy nie pyta. Proszę. Ja biorę całą odpowiedzialność na siebie. Nie ma sensu zakłócać tej równowagi, którą mu się udało osiągnąć.

– Żeby się tylko nie okazało, że nie ma żadnej równowagi... tak naprawdę. No dobrze, pani Czerwonka. Na pani odpowiedzialność.

– Adam?

– No ja, do mnie dzwonisz, na moją komórkę... Coś się stało?

– Adam, ja czuję, że nic nam z tego nie wyjdzie. Patrz, święta idą, a my jesteśmy w lesie. Słuchaj, małego Grzesia, wiesz którego, tego rysownika... rodzice nie żyją. Oboje. Dyrektorka mówi o samobójstwie. To znaczy, policja jej tak powiedziała. A ja mu nic nie mówiłam, nie potrafię.

– Masz rację, nie mów mu. Będzie czas, kiedy trochę podrośnie i okrzepnie. A w każdym razie jak już pobędzie w Lubinie i przyzwyczai się do nowego.

– Boże, jak dobrze, że tak mówisz!

– Ja zawsze mówię rozsądnie nad podziw. Słuchaj, a ta Cyckowa matka nie zmieniła zdania?

– Nie! I wiesz, ja im też nie miałam siły tego powiedzieć. Nie mam pojęcia, jak ja im powiem. O ile w ogóle będzie powód, żeby im to powiedzieć, bo na razie czarno to widzę.

– Nie marudź, Zośka! Dzwoń lepiej po znajomych, czy nie mają na zbyciu starych łóżek albo tapczanów, najlepiej od razu z pościelą. Oraz biurek i stołów do pracy. Starych komputerów do reaktywacji małym kosztem. No i w ogóle. Pozytywnie, kobieto!

Zosia odłożyła słuchawkę nieco pocieszona, jak zwykle po rozmowie z Adamem, który nie wiadomo jakim cudem zachowywał optymizm i przytomność umysłu. Ona sama bywała już czasami na granicy histerii, zwłaszcza kiedy Adolfik lub bracia Płascy przychodzili z dyżurnym pytaniem – kiedy przenosimy się do babci Leny?

Pomysł Adama, żeby podzwonić do znajomych i poszukać mebli i sprzętu do nauki dla dzieciaków, był bardzo dobry. Zosia, jako osoba systematyczna, wzięła najpierw karteczkę i wypisała sobie na niej kilkanaście nazwisk. Uznała, że ruszy do czynu nie tylko najbliższych, ale i tych trochę dalszych znajomych.

Sięgnęła po komórkę i aż podskoczyła – w tym samym momencie komórka zatańczyła jej w dłoni i wydała z siebie przeraźliwy pisk.

– Adam?
– Zośka! Siedzisz?
– No, siedzę. Coś się stało?
– Przed sekundą dzwoniła do mnie pani Ropuszek. Znasz taką może?
– Adam, nie wygłupiaj się! I co Ropuszek?
– Ropuszek ma nas ogólnie za świnie, które napuściły na nią władze zwierzchnie w postaci rady powiatu i ta rada ją nieźle schlastała, ale oświadcza uroczyście, że skoro jesteśmy aż tak zdeterminowani, no i skoro konkurs na dyrektora nie przyniósł żadnych rezultatów, co znaczy, że nie mamy kontrkandydata, no i w ogóle blablabla, blablabla, to ona z nami umowę podpisze...
– Adam!
– Z tym że dopiero od stycznia. W tym roku nie ma pieniędzy w budżecie. W przyszłym też będzie jej ciężko, ale skoro są takie naciski, rozumiesz, takie medialne naciski, to ona musi się ugiąć przed brutalną siłą. Zosia, musimy natychmiast jechać, negocjować warunki!

– Adam, czekaj. Mówisz, że od stycznia. To znaczy, że jeszcze jedna Gwiazdka w bidulu.

– Ale sylwester już możemy spędzić tam. Chociaż... nie, nic jeszcze nie planujmy, może się uda przeprowadzić na święta. Tylko musiałbym stuknąć kogoś na pieniądze, rozumiesz, żeby nam ktoś te święta i utrzymanie chłopaków przez tydzień zrefundował. A może i przez miesiąc, bo coś mi się zdaje, że te pieniądze ze starostwa to będziemy dostawali z dołu, nie z góry. Ostatecznie pożyczę od matki. Dobrze, wszystko się zobaczy, najważniejsze, że możemy się legalizować!

– Adam... jakim cudem ty jesteś taki spokojny?

– Taki mam charakter. Wiesz, czym zajmuje się mój ojciec? No. Ja ten charakter mam po nim. Urodę po mamusi, a charakter po nim. I coś mi się wydaje, że on się bardziej ucieszy niż mama, że nam się udało. Ale forsę może wyduszę od mamy albo lepiej od tych jej dobroczynnych dam!

Po raz kolejny okazało się, że media to potęga. Czwarta władza. Albo i trzecia. Tak, czy inaczej, akcja rozpętana przez zaangażowane uczuciowo w sprawę dzieci koleżanki Adama z prasy, radia i telewizji dała rezultaty. Zaangażowane kobiety nie były wprawdzie pewne, czy po jej zakończeniu wszystko nie wróci spokojnie na swoje miejsce – ale doraźnie, w sprawie domu Zosi i Adama udało się pomóc. Powstała jakaś taka atmosfera, że pani starosta Ropuszek po prostu nie mogła nie przychylić się do wniosku państwa Grzybowskich i podpisała z nimi umowę na finansowanie rodzinnego domu dziecka zwanego od tej pory „Domem na Klifie". Targowała się jednak jak córka Harpagona i dała im najgorsze warunki finansowe, jakie mogła dać bez narażenia się na ponowny atak mediów. Wyglądało na to, że będą musieli zdrowo zaciskać pasa, żeby przetrwać. Dyrektorką domu została Zosia – jako osoba ewidentnie lepiej zorientowana w sprawach organizacyjnych.

W Urzędzie Wojewódzkim panowała powszechna życzliwość, zresztą Adam już od jakiegoś czasu wydeptywał tu ścieżki i uwodził urzędniczki. Zarejestrowali więc swoją nową działalność szybko i bez problemu.

Dwunastego grudnia wszystkie formalności były załatwione.

No, prawie wszystkie. Pozostała sprawa przeniesienia dzieci z domu państwowego do rodzinnego i w tej sprawie musiała się zebrać komisja. Niestety, w skład tej komisji (oprócz wychowawców, psychologa, pracownika socjalnego i kuratora sądowego) wchodziła z urzędu pani Aldona Hajnrych-Zombiszewska, osoba jak najbardziej przeciwna jakiemukolwiek przenoszeniu dzieci z JEJ domu dokądkolwiek. Gdyby znienacka chciał je zaadoptować szejk arabski siedzący na kupie dolarów, też by zaprotestowała. W sprawie obrzydliwej Czerwonki i jej nie wiadomo skąd wytrząśniętego męża była gotowa się oflagować i założyć głodówkę.

– Nie wiem, Stasiu, nie wiem – powtarzała, potrząsając trwałą ondulacją. – To nie jest w porządku, żeby każda taka Czerwonka, co zechce sobie założyć własny dom dziecka, po prostu go zakładała i już. Jakby tak wszyscy wychowawcy chcieli, to państwowe domy przestałyby być potrzebne.

– Czasem mam wrażenie, że niektórym właśnie o to chodzi – powiedział z dużą goryczą Stanisław Jończyk, po raz drugi zalewając fusy kawowe wrzątkiem. – Może zrobić ci kawki, Aldonko? Nie? A herbatki? Zrobię ci herbatki i doleję odrobinkę czegoś mocniejszego. Przecież dzisiaj nie masz dyżuru.

– Nie mam. A kto siedzi z twoją grupą, Czerwonka?

– Nie, Czerwonka ma wolne, ja przecież jestem. Małecki siedzi z chłopcami, możemy sobie spokojnie porozmawiać. Oni go słuchają. Aldonko, czy jesteś pewna, że będziesz musiała oddać jej dzieci?

– Może będę, a może nie będę. Pojutrze jest komisja. Może byś przyszedł? Zapytamy oficjalnie i prosto w oczy: a co zrobimy z zasłużonym pedagogiem?

Stasiu Jończyk pokręcił głową z powątpiewaniem.

– Powiedzą ci, że zasłużonego pedagoga najwyższy czas wysłać na emeryturę. Tydzień temu skończyłem siedemdziesiąt dwa lata. Ja bym się nie wychylał z zasłużonym pedagogiem.

– To co mi radzisz, Stasiu?

– Wiesz, Aldonko, może to i jest niezłe wyjście. Oddasz jej tę całą grupę, to są i tak nieznośne chłopaki, przemądrzałe, ona im do głowy ładuje różne bzdury... szkoda gadać. Jeszcze się na nich przejedzie, taką mam nadzieję w każdym razie. Mnie zostawisz na pół etatu jako takiego wychowawcę awaryjnego. Patrz, teraz mamy po dwójce na grupę i to jest za mało, bo jak ktoś bierze wolne, to nie ma go jak zastąpić, musisz kombinować, płacić nadgodziny. A tak ja będę dyspozycyjny w każdej chwili. Myślałem jeszcze o tym, że jakby się Czerwonka wyprowadziła, to ja bym może zajął to jej mieszkanie? A swoje bym oddał córce. I tutaj byłbym na miejscu. Co?

Aldona zamyśliła się. Plan Stasia Jończyka miał, owszem, ręce i nogi, tylko nie dawał możliwości dokopania obrzydliwej Czerwonce, a bez tego życie wydawało się o wiele mniej piękne. Co to jest, żeby taka Czerwonka...

Stasiu Jończyk patrzał na nią bystro swoimi małymi oczkami, spod nastroszonych brwi.

– Za łatwo jej to idzie, co? Takim bezwzględnym osobom wszystko idzie łatwo – westchnął szczerze. – Ale ja ci coś powiem, Aldonko. Żeby jej nie było tak łatwo. Zgódź się na grupę, bo po mojemu i tak w końcu będziesz musiała się zgodzić, ale nie za darmo.

– A co ja jej mogę? Jakie warunki? Coś ty, Stasiu. Daj jeszcze tej twojej herbatki, dobra jest.

– Proszę cię uprzejmie. A otóż ty jej możesz trochę zepsuć humor. Ma ona tę swoją wycackaną, ulubioną grupę,

wszystkich chłopców wychowuje po swojemu, indoktrynuje, do głów im pakuje głupoty. A zmuś ją, żeby wzięła jeszcze kogoś spoza grupy, żeby nie byli wszyscy tacy wycackani...
— Masz kogoś na myśli?
— Na przykład tego małego debila, Setę.
— Eeee, Stasiu, Setę ona lubi. Seta za nią chodzi jak mały piesek.
— Nie wiem, czy ona go tak lubi. On ją tak, ale ona jego? Przecież on jej żyć nie daje, jak kotwiczka u nogi jej wisi. Ona go toleruje i to wszystko. Ciebie on denerwuje, wybacz, że to mówię, ale przecież nie jestem ślepy i widzę, że wciąż rozpamiętujesz... nieważne. Pozbędziesz się szczeniaka i za jednym zamachem pozbędziesz się złych wspomnień, a ona będzie miała kretyna na wychowaniu. Jeśli on ma chociaż jedną setną... patrz, nomen omen — genów po starym Secie, to musi wyrosnąć na idiotę. Da on jeszcze naszej Czerwonce popalić, da. Myśl długofalowo, Aldonko.

Aldona spróbowała myśleć długofalowo, ale przeszkadzały jej w tym dwie wypite herbaty. Obie zawierały znaczną ilość wysokoprocentowego alkoholu. Coś jednak było w tym, co mówił Stasiu, człowiek rozsądny i życzliwy.

— Ale patrz, mój drogi, on zdał do piątej klasy...
— A co ty myślisz, że w szkole chcą trzymać debila, żeby psuł statystykę? Dobrze radzę, kochana, podrzuć to kukułcze jajo Czerwonce i niech ona się z nim męczy. Ja ci powiem w zaufaniu, to jest niepedagogiczne i nie wolno nam mieć takich uczuć, ale jak ja go widzę, to mi się robi niedobrze.

Pani dyrektor uprzytomniła sobie, że jej też się robi niedobrze, jak widzi Setę. Tak, to jest niezła rada, niech się Czerwonka z nim męczy, może i na nią kiedyś paskudny pokurcz noża weźmie...

Wizja Czerwonki z nożem w wątpiach ukoiła Aldonę ostatecznie.

Mąż Czerwonki, co do którego Aldona żywiła wielką ciekawość, okazał się człowiekiem na poziomie. To nie do pojęcia, że takie koszmarne baby zawsze złapią sobie dorzecznego faceta! Dorzeczny facet przedstawił się jak należy, w rękę pocałował, krzesło podsunął szarmancko. Aldona w porę przypomniała sobie, że on się ożenił z Czerwonką, bo naprawdę mało brakowało, a byłaby go polubiła.

– Zaprosiłam tu dzisiaj państwa przed spotkaniem z komisją – zagaiła dyrektorskim, lodowatym tonem – bo chcę omówić ostateczne warunki przejścia grupy pani Czerwonki... przepraszam, pani Grzybowskiej, na nowe miejsce. Będę szczera. Dla mojego domu to jest niewygodna sytuacja; pociąga za sobą konieczność zmian organizacyjnych w obrębie placówki. Jak wiem, nie cała grupa przechodzi, ponieważ opiekunowie prawni Cyryla i Metodego Płaskojciów, a konkretnie ich matka, pani Płaskojć Arleta, nie wyrażają zgody na przejście chłopców do państwa domu. Czy wyrażam się jasno?

– Jak najbardziej – powiedział uprzejmie elegancki mąż obrzydliwej Czerwonki. – Jasno i zrozumiale. Czy jednak pani trudności oznaczają dla nas jakieś konsekwencje?

– Uważam, że tak. – Aldona z powagą upiła łyk kawy z filiżanki. – Bo co ja teraz zrobię z Płaskojciami? Gdzie ich dołączę? We wszystkich grupach jest przepełnienie.

– Rozumiem, że pani dyrektor posiada jakieś rozwiązanie w zanadrzu – powiedział domyślnie elegancki Grzybowski.

– Posiadam. Chcę państwu zaproponować następujące wyjście. Zgodzę się na przejście całej grupy, oprócz Płaskojciów, oczywiście, ale sami państwo rozumieją, że muszę dla nich znaleźć jakieś miejsce. Proponuję, żeby państwo wzięli również Adolfa Setę.

Adam zdążył kopnąć Zosię pod stołem, zanim ona zdążyła się rozpromienić. Kopnięcie było solidne i wywołało na twarzy Zosi niekontrolowane skrzywienie. To z kolei upewniło Aldonę, że Stasiu Jończyk miał stuprocentową rację, jeśli chodzi o prawdziwe uczucia Czerwonki wobec Adolfa i że bardzo dobrze robi, wciskając jej go na siłę, i teraz niech ona z nim się męczy, kretynem jednym.

– Niestety – zacisnęła wąskie usteczka w kreseczkę. – Niestety, nie widzę innej możliwości dojścia do porozumienia z państwem. Jeśli państwo wezmą Setę, ja przesunę Płaskojciów do grupy trzeciej chłopców. Jeśli państwo nie wezmą, przewiduję trudności.

– No cóż, Zosiu – zaczął powoli elegancki Grzybowski. – Skoro nie mamy innego wyjścia, a pani dyrektor twierdzi, że nie mamy...

Zosia zdążyła już uporządkować uczucia, zarówno te wywołane niespodziewanym oświadczeniem pani dyrektor, jak i te, które spowodowało uszkodzenie jej łydki przez Adama.

– Chyba musimy się zgodzić – rzuciła obojętnie. – Wprawdzie nie było o tym mowy, ale myślę, że jakoś sobie z Setą poradzimy, jeśli nie można inaczej.

– Obawiam się, że nie można – powiedziała z satysfakcją Aldona. – To teraz ja proponuję, żeby pani zabrała męża do siebie, ja jeszcze mam trochę do zrobienia, a za godzinę zbierze się komisja, to państwa poproszę tutaj do gabinetu jeszcze raz...

Posiedzenie komisji miało przebieg w zasadzie bezbolesny. Pani dyrektor nie stawiała żadnych sprzeciwów, wręcz starała się być pomocna. Zosi wydawało się to głęboko podejrzane, ale nie wyrywała się z żadnymi uwagami i dobrze zrobiła. W niespełna dwie godziny losy kilkanaściorga młodych ludzi – na zabranie Julki dyrektorka wyraziła zgodę, jakby to było najoczywistsze w świecie – zostały przypieczętowane.

Niestety, Zosia nie mogła odczuwać żadnej satysfakcji, ponieważ sprawa Cycka i Mycka wisiała nad nią jak topór katowski. Żal jej było zostawiać bliźniaków w nieprzyjaznym otoczeniu "Magnolii" i robiło jej się słabo na myśl, że musi im jakoś o tym powiedzieć.

Adam współczuł jej głęboko, bo odczucia miał zupełnie podobne. Chętnie by ją jakoś pocieszył, ale zdawał sobie sprawę, że tu nie ma możliwości pocieszenia. Trzeba by zadziałać, tylko jak?

– Zosiu – zaczął niepewnie, kiedy w jakiś czas po zebraniu siedzieli w jej pokoju i pili kawę. – A gdyby tak jeszcze raz pogadać z tą ich matką? Może skruszała, a może by się ją dało skruszyć?

– Czy ja wiem? Ona na mnie reaguje dosyć nerwowo, być może dlatego, że jej kiedyś powiedziałam kilka słów prawdy. Chyba żebyś ty spróbował.

– Mogę spróbować. I to trzeba się pospieszyć, jeśli chcemy dzieciaki ściągnąć do Lubina na święta. Który dzisiaj?

– Siedemnasty...

– No to mamy tydzień. To nie za wiele. Trzeba pozałatwiać formalności w ich szkołach. Ile będzie tych szkół?

– Niedużo, trzy albo cztery. Ale musimy im pozałatwiać przeniesienia... Boże, jak my zdążymy?

– Zdążymy. Nie mów nic chłopakom na razie, ja spróbuję z tą Arletą. Masz do niej jakiś namiar? Daj, może od razu zadzwonimy, co?

Adam wziął do ręki komórkę, wystukał numer i przybrał najbardziej uwodzicielską minę, jaką miał w zapasie. Wychodząc z założenia, że uśmiech w telefonie jest doskonale słyszalny, uznał, że ujmujący wyraz twarzy będzie słyszalny również.

– Halooo – odezwał się aksamitnym głosem. Zosia omal nie parsknęła śmiechem, nie zważając na powagę sytuacji. – Czy mam przyjemność z panią Arletą Płaskojć? Moje nazwisko Adam Grzybowski. Dzwonię w sprawie synów pani... Nie, absolutnie nic złego się nie stało. Wręcz przeciwnie, mógłbym raczej powiedzieć. Pani Arleto, czy jest możliwość, żebyśmy się spotkali? Bardzo chciałbym porozmawiać z panią bezpośrednio, nie przez telefon... Tak, proszę pani, pani Czerwonka jest obecnie moją żoną... Tak, to nasz wspólny dom i właśnie chciałem panią prosić o zrewidowanie swojej decyzji... Nie, nie, chodzi nam tylko o to, żeby chłopcy pozostali w grupie, do której zdążyli już przywyknąć. To jest dla nich ważne... Ja rozumiem, matka najlepiej wie, co jest dla dzieci ważne, a co nie, jednak... Oszszsz ty, pindo jedna...

Zosia prychnęła kawą.

– Coś ty jej powiedział?

– Nic jej nie powiedziałem, nie zdążyłem. Rzuciła słuchawką. Nie powiedziałbym do niej „pindo", chociaż jest pindą. To słychać. Domyślasz się, że spuściła mnie po brzytwie.

– Cholera. I co my teraz zrobimy?

– Nic już nie możemy zrobić. Zosiu, strasznie mi przykro, uwierz. Patrz, a ci wszyscy mądrale z naszych kursów mówili, że nie należy się przywiązywać do podopiecznych. Gdybyś się nie przywiązała do Cycka i Mycka, tobyś teraz nie cierpiała, jak cierpisz.

– Mogłabym ci powiedzieć, gdzie mam takie teorie! Nie przywiązywać się, też coś! Co ja jestem, robot? Jestem normalnym człowiekiem i właśnie się przywiązuję! I szkoda mi tych chłopaków jak nie wiem co. Patrz, na taką matkę bata nie ma. Cholera. Czego się śmiejesz?

– Śmieszy mnie, jak cholerujesz. Zosiu, ja wiem, że nie jest dobrze, ale wygląda na to, że lepiej nie będzie. Skupmy się na tym, co w naszej mocy. A w naszej mocy jest skoczyć jeszcze dzisiaj do ciotki Leny i przygotować ją na radosną nowinę, że mianowicie będzie miała święta pełne dzieci. Dopiero druga dochodzi. Zbieraj się. Dawno nie widzieliśmy też postępów pana Joska. Na moje oko powinien finiszować. Zośka, a sprawę wypowiedzenia z pracy masz załatwioną? Bo ja pracuję jeszcze tylko do dwudziestego, nawiasem mówiąc już tylko tak na pół gwizdka, a potem wykorzystuję zaległy urlop. No i będę wolnym człowiekiem...

Podział czynności na następny dzień przewidywał dla Adama bieganie po szkołach i przygotowywanie formalności związanych z zabraniem chłopców jeszcze przed świętami; Zosia miała o wiele trudniejsze zadanie – oprócz zawiadomienia grupy, że w zasadzie się udało (i to było samą radością), zawiadomienie bliźniaków, że oni, niestety, muszą pozostać w „Magnoliach". Na samą myśl o tym robiło jej się słabo.

Chciała zebrać wszystkich w saloniku zaraz po podwieczorku, obiad bowiem większość jadła w szkole. Po tysiąc razy powtarzała sobie najróżniejsze warianty przemowy, jaką zamierzała wygłosić do Cycka i Mycka, zapewniając ich o swojej nieodmiennej sympatii i o tym, że na każde wakacje będą zapraszani do Lubina – miała nadzieję, że mamuśka nie będzie im przynajmniej w tym przeszkadzała.

Żaden z tysiąca wariantów nie miał jej być przydatny.

Cycek i Mycek obiad jedli w domu dziecka. Tego dnia panie Basia i Irminka wyjątkowo jakoś – nawet jak na siebie – nie miały weny i stworzyły nieprawdopodobnie ohydną zapiekankę. Zamierzały wykorzystać resztki produktów, które zostały z poprzednich dni, i przeoczyły fakt, że kiełbaski niezjedzone przedwczoraj nie zostały w porę schowane do lodówki i „złapały cuch". Również ser żółty nie był najlepszej jakości i nie pomogło mu sute obsypanie zapiekanki tartą bułką. Zrumieniło się owszem, ładnie, ale śmierdziało w całości haniebnie.

Zosia przyszła na obiad dosyć późno, na większości stołów stały już talerze z rozbabraną zawartością, a wśród nich były również talerze Cycka i Mycka. Oni sami szykowali się właśnie do porzucenia bankietu i już, już sięgali po niebieskie polarki, wiszące na oparciach krzeseł, kiedy zmaterializowała się nad nimi pani dyrektor.

– Co to, Płaskojciowie, nie smakuje? Kto tak naświnił na talerzu? Tak się je waszym zdaniem? Czy myślicie, że jesteście w chlewie?
– Bo to jest niedobre – powiedział szczerze Cycek.
– Ta kiełbasa śmierdzi – dodał równie szczerze Mycek.
– Co to znaczy „niedobre"? Co to znaczy „śmierdzi"? Czy wam się może wydaje, że jesteście w restauracji kategorii pierwszej? Albo u pobłażliwej cioci, która na wszystko wam pozwoli i jeszcze na głowę sobie wejść pozwoli? Ooo, kochani. Nic z tego nie będzie. Ja widzę, że wasza kochana pani Czerwonka was rozpuściła jak dziadowskie bicze. Siadać mi tu zaraz i zajadać!

Zosia przez moment zmartwiała, ale zaraz potem podążyła spiesznie w stronę kuchni. Jeżeli jedzenie jest nieświeże, to chłopcy mają rację i nie powinni sobie psuć żołądków.

– Mogę prosić porcję? Bez zupy na razie.
– Bez zupy nie damy. – zarechotała figlarnie pani Irminka. – Zupka to podstawa. Pomidorowa jest, palce lizać.
– Nie, nie, proszę mi dać to coś, co jest na drugie.
– Zapiekanka – poinformowała ją wyniośle pani Basia.
– Nie to coś, tylko zapiekanka z serem.
– Bardzo proszę samą zapiekankę. – Zosia starała się obserwować, co dzieje się przy stoliku braci Płaskich. – Pomidorowa mnie uczula. Od wczoraj – dodała, uprzedzając nieuchronne pytanie od kiedy.

Bracia zasiedli tymczasem na powrót do jedzenia, ale najwyraźniej im ono nie szło. Pani dyrektor nie była zadowolona.

– Panie kucharki cuda robią, żeby was smacznie nakarmić, a wy stroicie fochy! To się skończy. Specjalnie poproszę panią Klusiak i panią Rembiszewską, żeby miały na was oko, jak już przejdziecie do trzeciej grupy!
– My nie przejdziemy do trzeciej grupy – zawiadomił Aldonę niepodejrzewający niczego Mycek. – My pojedziemy z panią Zosią do Lubina, do babci Leny i do Azora.

– Tak ci się tylko wydaje, chłopcze. Do żadnego Lubina nie pojedziecie, wasza mama nie wyraziła zgody. I dobrze zrobiła, tutaj ma do was przynajmniej blisko, a tam musiałaby jeździć nie wiadomo gdzie! Zostajecie z nami.

– Nie zostajemy – wymamrotał rozpaczliwie Cycek z buzią pełną zapiekanki.

– Chyba ja wiem lepiej, zostajecie czy nie. I nie mów z pełnymi ustami! Co za wychowanie – sarknęła w stronę Zosi, której dopiero teraz zrobiło się naprawdę niedobrze.

Oczekiwała jakiegoś straszliwego ryku, ale nic takiego nie nastąpiło. Bracia jak jeden wstali od stolików i nie zwracając uwagi ani na pieniącą się dyrektorkę, ani na przerażoną Zosię, zabrali swoje polarki i wyszli.

Zosia ocknęła się ze stuporu i pobiegła za nimi.

Znalazła ich niedaleko od stołówki, w kącie pod schodami na piętro. Siedzieli tam jak skamieniali, z niebieskimi polarkami naciągniętymi na głowy. Nie płakali. Po prostu siedzieli.

Przykucnęła obok nich, a im wtedy puściło.

Jej też puściło. Wiedziała, że to niepedagogiczne, że powinna im teraz dać jakieś oparcie, ale cóż za oparcie ona im mogła dać? Była tak samo bezbronna i bezsilna jak oni.

Szlochającą trójkę znalazła u podnóża schodów pani dyrektor i nawet zaczęła wygłaszać jakieś umoralniające przemówienie, zorientowawszy się jednak, że przemawia do ściany, zaniechała gadki i odeszła do siebie. Bardzo zadowolona.

Po jakimś czasie Zosia zdolna była wstać i podnieść z podłogi rozmoczonych braci Płaskich. Zabrała ich do saloniku. Nadal nic nie mówili, ale przynajmniej nie płakali. Salonik na szczęście był jeszcze o tej porze pusty.

Posadziła ich przy stole i siadła naprzeciwko. Unikali jej wzroku.

– Słuchajcie, chłopaki – zaczęła, chociaż tak naprawdę nie bardzo wiedziała, co im powiedzieć i jak to powiedzieć, żeby jej uwierzyli. Przecież zawiodła ich strasznie, na pew-

no czują się oszukani, a ona nic, ale to kompletnie nic nie może na to poradzić.
Wzięła drugi oddech.
– Słuchajcie. Ja wiem, że jest po prostu okropnie. Próbowaliśmy z Adamem przekonać waszą mamę, ale nie zgodziła się, żebyście z nami jechali. Miałam to wam dzisiaj powiedzieć i nie zdążyłam, pani dyrektor mnie uprzedziła. Popatrzcie na mnie, proszę...
Zero reakcji.
– Mnie też jest strasznie przykro. Nam wszystkim jest przykro. Chłopaki też jeszcze nie wiedzą, że zostajecie...
Boże jedyny, co ona gada i po co, po co przede wszystkim!
– Chłopcy, powiedzcie coś, proszę. Powiedzcie, że nie macie mi za złe...
Dobre sobie. A komu mają mieć za złe?
Cycek jakby drgnął.
– Proszę, chłopcy...
– To wy też zostańcie – powiedział Cycek, nie podnosząc wzroku. Chyba nie miał nadziei na spełnienie tego życzenia. – Z nami. Tutaj.
– Nie możemy zostać, tam już wszystko jest pozałatwiane...
– Chodź, Mycek. – Cycek ciężko wstał z krzesła i wyszedł z pokoju, a zanim jego smutny bliźniak ze zwieszoną głową. Żaden nie powiedział już ani słowa.
Zosi po raz kolejny nie udało się powstrzymać szlochu. Taką zapłakaną zastał ją Darek Małecki, wracający ze szkoły.
– Pani nie płacze – powiedział władczo i podał jej paczkę chusteczek do nosa, którą zabrał z czyjejś szafki. – To nigdy nic nie daje. Co się stało? Cały misterny plan poszedł się bujać, co? Nie będzie żadnego domu nad zalewem, co? Nie dali?
Zosia rozgłośnie wykorzystała kilka chusteczek i opanowała się.

– Dali. Będzie dom, wszystko jest w porządku. Tylko mama Cycka i Mycka nie zgodziła się, żeby oni jechali z nami, rozumiesz?

– A to kurwa. – Darek w lot zrozumiał, a jej nawet nie chciało się upominać go za używanie wyrazów. Była tego samego zdania.

– Nie mam żadnych możliwości, rozumiesz, Darek, żadnych, żeby się jej przeciwstawić. Pani dyrektor już im powiedziała, że przenosi ich do trzeciej grupy, i oni teraz gdzieś poszli, nawet nie chcieli ze mną gadać, i ja im się w ogóle nie dziwię.

– To jeszcze maluchy, pani wie. Muszą jakoś odreagować. A pani musi sobie jakoś sama ze sobą poradzić, oni nie powinni widzieć, że pani płacze. Bo już wtedy nie będą mieli żadnej nadziei, pani rozumie?

Zrozumiała i zawstydziła się. Nie powinna się rozklejać, oni muszą wiedzieć wszyscy, nie tylko bracia Płascy, że mają w niej oparcie. A co to za oparcie, które ryczy na poręczy krzesła?

– Racja, Darek. Słuchaj, chyba lepiej będzie, jeśli to ty wszystkim powiesz, że na święta będziemy już w Lubinie. Nie ma co z tego robić święta narodowego, powiedz każdemu po kolei i od razu o Płaskich. Że nie jadą. Cholera, mam nadzieję, że ta ich matka pozwoli im chociaż przyjeżdżać do nas na wakacje.

– Albo mi się wydaje, albo się pani wyraziła. Rozumiem. Powiem wszystkim. To by już trzeba było powoli myśleć o pakowaniu?

Dwudziestego drugiego grudnia o dziewiątej rano busik zaprzyjaźnionej z Adamem firmy podjechał pod dom dziecka „Magnolie", poprzedzany starą vectrą Adama i umiłowanym jeepem Ilonki Karambol, która ochoczo zaofiarowała pomoc w transporcie ludzi oraz tobołków – częściowo z dobrego serca, a częściowo z ciekawości, jak też wygląda sławny dom ciotki Bianki. Ilonka była pewna, że jej samochód zrobi furorę, a w ogóle spodziewała się wielkiej radości i krzyku. Atmosfera wprawdzie nie do końca przypominała pogrzeb, niemniej do radości i krzyku było daleko. Na jeepa ledwie zwrócono uwagę, nikt się nie pchał ani do podziwiania, ani do tego, żeby nim koniecznie pojechać.

Kurczę, co tu się dzieje?

Zagadnięty w tej kwestii Adam nie powiedział nic, tylko pokazał Ilonce coś na elewacji budynku.

Spojrzała, gdzie wskazywał jego palec, i zobaczyła w oknie na piętrze dwie małe postacie. Nie zrozumiała.

– Cycek i Mycek – powiedział Adam wyjaśniająco, ale to jej zmąciło w głowie jeszcze bardziej.

– Czyj cycek i co to jest mycek? – zapytała uprzejmie. – Na mózg ci padł ten dom dziecka?

– Cyryl i Metody. Maluchy. Mieli z nami jechać, ale matka im nie pozwoliła. Ona ogólnie ma ich gdzieś, tylko nie lubi Zośki, która ją w zeszłym roku próbowała ustawić do pionu, no i woli, żeby dzieci były blisko, wtedy jest jej łatwiej udawać, że się nimi interesuje.

– Ty, Adam, to przecież bez sensu kompletnie. Nie prościej by jej było oddać ich komuś do adopcji? Podobno kolejka stoi. Takie małe to już by dawno ktoś wziął i miałyby normalną rodzinę, nie?

– Pewnie tak. Mnie się wydaje, że mamuśka robi sobie z nich zabezpieczenie na przyszłość. Na wszelki wypadek. Wiesz, że dzieci mają obowiązki wobec rodziców.

– Matko święta, może dobrze, że ja nie mam dzieci, nikt nie pomyśli, że jestem interesowna. Szkoda tych małych. Jak powiedziałeś? Cycka i Mycka?

– Tak właśnie powiedziałem. Przepraszam cię, muszę pomóc jeszcze jednej ofierze losu... na szczęście tego zabieramy ze sobą. Ale nie jestem pewien, czy uda mu się w pełni odreagować dom dziecka „Magnolie".

Adolf Seta z nieszczęśliwą miną i niedokładnie zapiętym plecakiem, z którego wystawały części garderoby, stał w progu domu, rozglądając się za ukochaną panią Zosią, ponieważ bez niej jego poczucie bezpieczeństwa w ogóle nie istniało. Przed chwilą dostał ostatni raz w ucho oraz pożegnalnego kopa od Remigiusza Maślanki, który nie mógł sobie odmówić drobnej przyjemności w słusznym przekonaniu, że głupi Seta nie będzie miał w takim momencie melodii do skarżenia. Nie przewidział, niestety, że zauważy to ten facet od Czerwonki... a już zupełnie nie przyszło mu do głowy, że facet od Czerwonki ominie stojącego wciąż w otwartych drzwiach Adolfika, podejdzie do niego, Remigiusza Maślanki, i rąbnie go jednorazowo, za to bardzo boleśnie, pięścią w żołądek.

– No co pan, głupi... – wyjęczał skurczony we dwoje Maślanko.

– Coś się stało? – zapytał ten od Czerwonki z fałszywą uprzejmością. – Nie zauważyłem. Tak samo jak nie zauważyłem, że miałeś przed chwilą jakiś mały zatarg z Adolfem Setą. Tylko nie mów, że się poskarżysz, bo kto ci uwierzy, że tak po prostu wszedłem i dałem ci w dziób. À propos, chcesz w dziób?

Maślanko nie odpowiedział, tylko zdematerializował się natychmiast. Instynkt samozachowawczy zadziałał bezbłędnie.

Adolfik nawet nie spostrzegł zajścia. Zosi zdawało się, że coś widzi, ale pozostawiła sprawę wyjaśnień na potem.

Kwadrans później we wszystkich trzech samochodach pasażerowie byli policzeni, niezbyt obfite bagaże sprawdzone i można było ruszać.

Bracia Płascy znikli z okna na piętrze.

Mniej więcej w okolicach Goleniowa atmosfera w trzech samochodach zaczęła się nieco rozgęszczać. Każdemu szkoda było Cycka i Mycka, ale życie to życie. A dla wszystkich, oprócz oczywiście Ilonki i kierowcy busa, życie zaczynało się właściwie od nowa.

W busie, którym jechała Zosia w towarzystwie większości bagaży oraz kilku chłopców, a wśród nich wciąż zszokowanego Adolfa Sety, rozgorzała dyskusja na temat, kto z kim będzie mieszkał w domu na klifie i czy Azor będzie psem Alana, psem komunalnym czy psem przechodnim. Adolf, jak łatwo się domyślać, udziału w dyskusji nie brał, nawet nie próbował jeszcze zracjonalizować sobie sytuacji, w jakiej się znalazł. Z pewnym trudem docierało do niego, że oddala się coraz bardziej od pani dyrektor, pani Klusiak i pani Rembiszewskiej, od Remigiusza Maślanki i jego kolesia Wysiaka, od nieprzyjaznego domu i od wszystkich wspomnień, które nie pozwalały mu spokojnie spać. Miał niejasne wrażenie, że teraz będzie o wiele lepiej, niemniej dom dziecka „Magnolie" zdążył już poczynić takie spustoszenia w jego słabawej psychice, że nie mógł jeszcze pozbierać elementów tego wrażenia do kupy. Ważne było, że siedział w bezpośredniej bliskości pani Zosi i odjeżdżał, odjeżdżał, odjeżdżał.

Do vectry wraz z Adamem wsiedli Darek Małecki i rodzeństwo Kornów. Darka, który nigdy nie znał własnego ojca i którego matka od sześciu lat garowała w więzieniu na Kaszubskiej, coś ciągnęło do Adama. Nigdy w życiu nie spotkał jeszcze kogoś takiego jak on, kogoś tak spokojnego, mówiącego takim językiem... Darkowi trudno było zdefiniować, co mu się właściwie w Adamie tak bardzo podoba. No, na pewno to, że potrafił prowadzić statki po morzach. I wiele innych rzeczy. Siedział na prawym siedzeniu z przodu, obok kierowcy i milczał. Milczał, bo myślał. Natomiast wiercący się z tyłu Januszek gadał bez przerwy i wyłącznie na temat tego, jakie on teraz ciasta i ciasteczka będzie piekł na użytek wszystkich w domu. Julka, podobnie jak Darek, nie mówiła prawie nic.

Ilonka, z fasonem prowadząca swojego jeepa, wreszcie doznała satysfakcji. Okazało się, że tylko pozornie jej ukochanym samochodem nikt się nie zainteresował. Romek Walmus, Rysio Tuliński i Wojtek Włochal tak manewrowali przy wsiadaniu, żeby znaleźć się właśnie w jeepie i wprawdzie początkowo walczyli trochę z nieśmiałością, jednak w okolicach Babigoszczy ostatecznie stracili opory i zagadnęli właścicielkę imponującego automobilu o jakiś drobiazg. Właścicielka odpowiedziała niby od niechcenia, ale im się już oczy świeciły, więc dialog nabrał rozpędu – kiedy mijali Parłówko, trzej chłopcy mówili niemal bez przerwy, a Ilonka też mówiła bez przerwy, jednocześnie odpowiadając na pytania i słuchając kolejnych. Całej czwórce taki sposób prowadzenia konwersacji najzupełniej odpowiadał.

Kiedy trzy samochody zajechały na podjazd domu na klifie, o Cycku i Mycku Płaskojciach nie myślał już nikt.

Przypomniała sobie o nich Zosia, kiedy wiele godzin później całe towarzystwo, nie wyłączając Azora, poszło spać w przydzielonych pokojach, a ona sama usiadła przy oknie z widokiem na rozgwieżdżoną noc nad zalewem (Adam, który teoretycznie powinien znajdować się w tej samej sypialni, ułożył się wygodnie na kanapie w małym „małżeńskim" saloniku i lekko pochrapywał). Przypuszczała, że bracia tam, w Szczecinie, w cholernych „Magnoliach", w pokoju, w którym nie ma już Grzesia ani Żaby, nie śpią, tylko płaczą.

Ponieważ nic nie mogła na to poradzić, więc sama też się rozpłakała. Trochę ze smutku, a przede wszystkim z bezsilności.

Nienawidziła sytuacji, z których nie potrafiła znaleźć dobrego wyjścia.

Ciotka Lena była nieco rozczarowana. Wydawało jej się, że z chwilą przybycia chłopców dom natychmiast zacznie żyć nowym życiem, jakimś szalenie intensywnym, że wszędzie rozbrzmiewać będą śmiechy i okrzyki – tymczasem nic takiego się nie działo. Chłopcy pomału zagospodarowywali pokoje, Alan prowadził długie rozmowy z Azorem, któremu tłumaczył, że owszem, może, a nawet powinien skorzystać z kocyka w misie, Januszek zagłębiał się w grubą książkę kucharską, którą znalazł na półce, Julka grzebała w pudle z ozdobami na choinkę, Adolfik zaś, nie do końca przekonany, że nie ma już powrotu do domu dziecka „Magnolie", siedział w kącie za kanapą w dużym salonie na dole i wodził oczyma za ukochaną panią Zosią. Pani Zosia buszowała w widocznych doskonale z salonu kredensach, robiąc przegląd naczyń kuchennych i stołowych, i powątpiewająco kręcąc głową.

– O jednym zapomnieliśmy – powiedziała do Adama, który właśnie wszedł do domu i otrząsał czarne włosy z płatków śniegu. – Mamy za mało talerzy, kubków i tej całej reszty. Dlaczego nie pomyśleliśmy o tym, kiedy kupowaliśmy te całe zapasy żarcia? Adam, masz jeszcze jakieś rezerwy, żeby kupić coś z przeceny?

Adam pomyślał chwilę i kiwnął głową. Zostało jeszcze trochę z tego, co pożyczyła mu matka (dobroczynne damy nie dały się namówić na dotacje, tłumacząc, że wszystko, co miały, wydały na „Magnolie" i chwilowo nie dysponują żadnymi luźnymi funduszami; luźne fundusze znajdą najwcześniej w lutym po karnawałowym balu charytatywnym, chociaż też niekoniecznie, bo wtedy będą zbierać na tomograf dla szpitala). Na początku stycznia ciotka Lena spodziewała się kolejnych niewielkich pieniędzy za podręcznik żeglarski Bianki Grzybowskiej, więc można było teraz parę groszy wydać.

– Zosiu, jest coś jeszcze. – Spojrzał na Adolfa wystawiającego uszy zza kanapy i westchnął. – Adek, dałbyś radę pozamiatać śnieg sprzed drzwi? Tam Darek odśnieża podjazd, fajnie byłoby mu pomóc. On ci da miotłę, dobrze?

Adolf wylazł na światło dzienne z rezygnacją. Nie było mu specjalnie w smak spuszczanie Zosi z miłujących oczu, ale czuł respekt przed Adamem. Zdjął kurtkę z wieszaka i włożył buty (cała sień zastawiona teraz była butami, trzeba jak najszybciej zlecić panu Joskowi sporządzenie jakiejś odpowiednio dużej szafki na obuwie). Wyszedł, powłócząc nogami, i niechętnie zgłosił Darkowi gotowość do pomocy.

– A coś ty taki zdechły? – zapytał go Darek, patrząc na niego z góry. – Wcale ci się nie chce robić tak naprawdę, co?

– A bo nie wiem, cy potrafię – zaskomlał Adolfik.

Wprawdzie Darek nic złego mu jeszcze nie zrobił, ale swoją posturą niepokojąco przypominał upiornego Maślankę. Wcale nie wiadomo, czy w pewnym momencie nie zechce mu zdrowo dołożyć.

Na razie jakby nie chciał.

– No to bierz miotłę i zmiataj. Trochę ruchu dobrze ci zrobi. Tam zgarniaj śnieg, na tamtą stronę. No, czego jesteś taki wystraszony?

– Nie, ja nie...

– Nie przejmuj się. Dobrze jest, mały. Dasz radę z tą miotłą?

– No.

Adolfik westchnął, ujął miotłę w dłonie i zmierzył się z naturą. Zmiatanie śniegu wydało mu się początkowo po prostu niemożliwie ciężkie, ale po trzech machnięciach miotłą zmienił zdanie. Nie było tak źle. Po jedenastym machnięciu został przez naturę nagrodzony. Coś kazało mu podnieść głowę. Podniósł ją więc i zobaczył sarnę na skraju lasu. Nie więcej niż sto metrów od miejsca, gdzie sam stał. Ona też stała jak przymurowana, nawet uszami nie zastrzygła. Była nieprawdopodobnie piękna. Adolfik stał i podziwiał, i zastanawiał się, dość mętnie, jak to on, czy przypadkiem sarna nie pokazała się pod lasem po to, żeby mu coś ważnego powiedzieć. Ostatecznie nic nie powiedziała, tylko odwróciła się spokojnie i odeszła.

– Fajna, nie? – Okazało się, że Darek też ją widział. – Ona tu chyba mieszka w tym lesie. Wcale się nas nie bała.

Tak, Adolfowi też się wydawało, że ona się nie boi.

Może w takim razie on też mógłby ostatecznie przestać się bać?

Podczas kiedy Adolf przyglądał się sarnie, Zosia i Adam zastanawiali się, skąd, do licha, wziąć dla wszystkich prezenty pod choinkę. W szale załatwiania spraw związanych z powstaniem domu zapomnieli zupełnie o tym szczególe. Przed chwilą właśnie uznali, że to ważny szczegół. Pod pierwszą choinką rodzinną powinny się znaleźć prezenty.

– Boże, a choinka?

– Choinka będzie, przywiezie pan Josek i oprawi – wtrąciła Lena, która właśnie weszła do salonu. – A po prezenty musicie jechać do miasta. Do Wolina albo do Świnoujścia. Chłopcy chyba mogą zostać ze mną na parę godzin? Ja z Julką i Januszkiem zrobimy im jakiś obiad, a wy jedźcie. I tak trzeba kupić trochę talerzy. Patrzcie, że też ja nie pomyślałam o talerzach!

– Ja nie wiem, czy oni mogą zostać tylko z ciocią... Adam, jak to właściwie jest? Czy któreś z nas musi zawsze być w domu?

– Bez przesady. To nie są niemowlęta. Kurczę, tak naprawdę sam nie wiem. A w ogóle to gdzie się kupuje talerze?

– W Świnoujściu i Wolinie nie mam pojęcia. W Szczecinie prędzej. Ty, słuchaj, jak wczoraj wyjeżdżaliśmy, to widziałam taki wielki billboard o świątecznej przecenie i chyba tam były namalowane jakieś talerze. Artykuły gospodarstwa domowego. Za grosze. Tylko czy to nie za długo potrwa?

– Parę godzin. Nie, Zośka, nie możemy dać się zwariować. Tatuś i mamusia wyjeżdżają na zakupy, a dzieci starsze opiekują się dziećmi młodszymi. Wołam wszystkich, robimy odprawę i spadamy. Gdzie Darek?

– No przecież odśnieżają. On i Adolfik!

– Racja. Pójdę po nich, a ty wołaj resztę.

Po trzech minutach w salonie zebrała się cała liczna gromadka.

– Słuchajcie mnie uważnie, chłopcy i ty, dziewczynko –

zaczął Adam. – Okazuje się, że z panią Zosią... kurczaki, chyba z ciocią Zosią? Zośka, zanim pojedziemy, musimy ustalić, jak właściwie teraz się do siebie zwracamy!

– Ciekawa jestem, o czym jeszcze zapomnieliśmy – zaśmiała się Zosia. – Może niech oni sami zdecydują, co? Kto tam pierwszy z brzegu, Alan? Jak chcesz do nas mówić?

– A jak mogę? – spytał ostrożnie Alan.

– Możemy być dla ciebie ciocią i wujkiem, możemy panią i panem, tylko to chyba bez sensu, bo przecież zawsze mówiłeś do mnie ciociu... a jeśli chcesz, możesz do nas mówić mamo i tato.

– Wy nie jesteście naszymi prawdziwymi rodzicami – wtrącił chmurny Darek.

– Prawdziwymi nie. Ale możemy być kimś w rodzaju rodziców. Rodzicami numer dwa.

– Wiecie, co. – Adam podrapał się w głowę. – O tym też nie powinno się pochopnie decydować. Proponuję, żebyście się zastanowili do jutra, pogadamy o tym pod choinką. My z Zosią musimy jechać po zakupy do Szczecina, bo zapomnieliśmy o paru rzeczach. To pewnie dlatego, że chcieliśmy jak najszybciej tu przyjechać. Czy waszym zdaniem możemy oddalić się spokojnie?

– A dlaczego nie – burknął Darek, wzruszając ramionami. – Co się ma stać?

– Dobrze, to ja was tylko proszę, żebyście nie wychodzili dalej niż na skraj lasu i do drogi. I nie podchodźcie na krawędź łąki, tam jest urwisko. Darek, możesz tego popilnować? Z Markiem na spółkę? Za jakąś godzinę pan Josek przywiezie choinkę, jak ją oprawi, możecie ją ubierać. I nie siedźcie cały dzień w domu, zróbcie jakiegoś bałwana, większego niż w zeszłym roku, śniegu macie pod dostatkiem. My wrócimy wieczorem. Ciocia Lena wykombinuje jakiś obiad. W porządku?

Zbiorowy pomruk poświadczył, że w porządku. Adolfik nie brał udziału w pomruku, bo mu trochę dech zaparło z mimowolnego przerażenia, że oto pani Zosia odjeżdża gdzieś bez niego, ale zebrał się w sobie i przemówił sam sobie do rozsądku, a poza tym przypomniała mu się tamta nadzwyczaj spokojna sarna. To przypomnienie też mu dobrze zrobiło. Jego wewnętrzna trzęsionka ustąpiła miejsca względnemu opanowaniu.

– Pamiętasz, gdzie są te przecenione gary?
– Nie, ale powinno być na billboardach. Jakaś wielka przecena świąteczna. Chyba w Realu... a może w Geancie? Albo w Carrefourze? Nie mam pojęcia. A co kupimy chłopakom?
– I dziewczynkom. Nie mam pojęcia. To razem nie mamy dwóch pojęć. Zastanówmy się lepiej, o czym jeszcze mogliśmy zapomnieć.
– Wyjdzie w praniu. Najważniejsze teraz są święta. Praktycznie całe możemy zrobić z mrożonek. Lena też robiła jakieś zakupy. Będzie dobrze. A jak się poszwendamy po jakimś hipermarkecie, to dla każdego coś się znajdzie.

Kolosalny billboard z przecenionymi talerzami zasłaniał częściowo widoczność kierowcom wjeżdżającym do miasta. Adam skierował więc starą vectrę w kierunku Geanta. Panowało tam apogeum gwiazdkowego szaleństwa. Potwornej wielkości choinka stała na środku pasażu, wokół niej pląsał zespół gigantycznych krasnali śpiewających z playbacku kolędy. Czerwono-biali Mikołaje przechadzali się gromadnie wśród tłumu kupujących. Dziki jazgot był wszechobecny, ale zdawał się w ogóle nie przeszkadzać nikomu z wyjątkiem Adama i Zosi.

Zaopatrzyli się na parkingu w wózek wielkości stosownej na zakupy dla wielodzietnej rodziny, weszli do środka i aż ich cofnęło. Spojrzeli na siebie z przerażeniem i niesmakiem.

– Jezus Maria – powiedział nabożnie Adam. – Ja się nie

nadaję do rozbuchanej cywilizacji konsumpcyjnej. Wychodzę. Ty jak chcesz.

– Ja też się nie nadaję – jęknęła Zosia. – Nie zostawiaj mnie tutaj! Idę z tobą!

– A talerze? Ktoś musi kupić talerze. I całą resztę!

– Ale ja sama tu nie zostanę!

– Nie będziesz sama – bąknął Adam, po czym skapitulował. – Gdzie są te gary?

– Jezu, nie wiem, trzeba kogoś zapytać. Gary i te różne zabawki dla małych. Książki. Słodycze. Może po prostu przejdźmy po całości. Nienawidzę takich wielkich sklepów. Duże mogą być, ale takie wielkie to już przesada.

Podszedł do nich uśmiechnięty Mikołaj z odstającymi białymi wąsami i obdarował ich ulotką z najlepszymi życzeniami od kilkunastu firm wynajmujących tu powierzchnię sklepową. Towarzyszący mu aniołek dołożył lekką ręką po batoniku owiniętym w papierki z reniferami. Podbiegły trzy śnieżynki i zapiszczały melodyjnie: Uiuiszjuemerykrismas, uiuiszjuemerykrismas, uiuiszjuemerykrismas, ENHEPINIUJEEEEER!

Zosia wzdrygnęła się, a całe towarzystwo pobiegło uszczęśliwiać innych klientów. Adam pokręcił głową.

– Swoją drogą jesteś jakaś dziwna. Wszystkie kobiety, które znam, kochają sklepy.

– Sklepy. Nie młyny kulowe w pełni rozruchu! Chodźmy prędzej, bo ten jazgot doprowadza mnie do szaleństwa!

Z rosnącą furią popchnęła wózek przed sobą. Adam złapał ją za ramię i nieoczekiwanie się roześmiał.

– Hej, ty. Nie możemy dać się zwariować. Piętnaście minut nas nie zbawi. Stawiam ci kawę. Tu jest jakiś taki sklepik, widzę, kawa i te rzeczy. Musimy się przyzwyczaić do atmosfery, inaczej dostaniemy szoku. A poza tym skąd wiesz, jak wyglądają młyny kulowe w pełni rozruchu?

Zosia też się roześmiała i gniew jej nagle przeszedł.

– Byłam kiedyś z wycieczką w cementowni. To może najpierw kupmy, co trzeba, a potem się napijemy kawy, do-

brze? Od razu zrobimy remanent i sprawdzimy, o czym znowu zapomnieliśmy. A swoją drogą jako dom dziecka jesteśmy firmą, nie? Nie pomyśleliśmy o tym, ale przecież możemy sobie wyrobić jakieś karty do tych hurtowni typu Makro albo Selgros; tam jest chyba taniej...
– Proszę cię bardzo. A teraz najważniejsze, żebyś się nie złościła. Bierz przykład ze mnie. Ja już się uspokoiłem. Jestem po prostu oazą spokoju. Ty też bądź.
– Masz to u mnie. Też jestem oazą. Chodź, widzę drogowskaz do garów.

Kupowanie talerzy, tanich sztućców, kolorowych kubków, zestawów lego dla najmłodszych chłopców, książek, barwnych drobiazgów do szkoły, kolorowych szalików i ciepłych rękawiczek, czekoladowych Mikołajów i jakiegoś tysiąca innych rzeczy zajęło im pełne dwie godziny. Do sklepu kolonialnego dotarli zmordowani jak dwójka katorżników. Postawili wypchany wózek w kąciku i poszli zamawiać kawę. Przed nimi stała dama i też zamawiała. Kawę w dwóch różnych smakach i ciasteczka różne na dwóch talerzykach. Panienka za ladą, najwyraźniej wykończona staniem od rana w dzikim jazgocie, z obłędem w oczach usiłowała przyporządkować właściwej kawie właściwe ciastka. Udało jej się wreszcie i zabrała się do realizacji skomplikowanego zamówienia, dama tymczasem odwróciła się do nich z zamiarem pogadania.

– Beznadziejna obsługa, nie? – zagaiła uprzejmie. – Za co im się płaci tyle pieniędzy, to ja nie wiem. A tam jeszcze dwie są, tylko takie same ślamazary. – Tu wskazała na uwijające się jak w ukropie kelnerki. – Ja to nie wiem, skąd takie marże. Bezczelność. O, pani Czerwonka!

Wymęczona Zosia podniosła oczy i ujrzała przed sobą Arletę Płaskojć w całej krasie. Arleta miała świeżutko zrobiony balejaż, rzęsy wytuszowane, niebotyczne i tylko trochę posklejane, usta w kolorze soczystego karminu. Zgrabną sylwetkę okrywało długie futro ze sztucznej pantery.

– Dzień dobry. – Zosi nawet nie chciało się warczeć, tak jak warczała jej dusza na widok matki Cycka i Mycka. – Dwie kawy prosimy i dwa razy tiramisu. Kawy zwykłe, czarne, dobre. Adam, może być?

– A to pewnie mąż? – Arleta obrzuciła Adama błyskawicznym spojrzeniem, takim od stóp do czubka głowy. Chyba zyskał jej uznanie, bo pokazała w uśmiechu wszystkie zęby razem z dziąsłami. – Arleta Płaskojć, pan pozwoli. Rozmawialiśmy przez telefon, wtedy nie wiedziałam, że pan jest taki przystojny – zachichotała zabójczo.

Adam z lekkim obrzydzeniem uścisnął omdlewającą łapkę. Obrzydzenie do Arlety nie dotarło, poza tym najwyraźniej nie miało dla niej znaczenia, o czym i w jaki sposób rozmawiali przez ten telefon.

– Państwo przyjechali po chłopców?

– Chłopcy od wczoraj są już w Lubinie – powiedział Adam sucho. – Siądźmy tutaj, Zosiu, stolik się zwolnił.

– Kawę zaraz koleżanka poda – zawiadomiła ich panienka za ladą. – Już robimy.

– Dla mnie do tego samego stolika – zadysponowała Arleta, nie zwracając uwagi na wyraz twarzy obojga państwa Grzybowskich. Adam wyraźnie jej się podobał i zamierzała troszkę z nim pokonwersować, i niech się głupia Czerwonka wypcha, czym chce. – Zaraz dojdzie do nas mój pan. – Zatrzepotała rzęsami.

Siadając, zrzuciła z siebie panterze futro i roztoczyła wokół zmysłowy zapach. Adam skrzywił się lekko, ale podniósł futro i umieścił je na sąsiednim fotelu. Oboje z Zosią nie mieli tego problemu, bo kurtki zostawili w samochodzie.

Długonoga kelnerka przyniosła im kawę i ciastka.

– No, ja panią bardzo przepraszam – oburzyła się Arleta. – Państwo byli dopiero za mną. Dlaczego państwo już dostali, a ja jeszcze nie?

– Myślałam, że pani czeka na towarzysza – wyjaśniła niewzruszona kelnerka.

– Pani nie jest od myślenia, tylko od podawania, a towarzysze to byli w Związku Radzieckim – syknęła Arleta.
– Ja poproszę o moje zamówienie i to w podskokach, tak?
– Tak jest, proszę pani, w podskokach – potwierdziła kelnerka i uśmiechnęła się niewinnie do Zosi i Adama. – Już lecę.
– Boże, ta obsługa – westchnęła Arleta. – To mówi pan, że chłopcy już są w Lubinie?
– Od wczoraj – uciął Adam. – Nie rozumiem, dlaczego to panią interesuje.
– Chyba wolno mi zainteresować się, gdzie są moje dzieci, prawda? To znaczy, ja podpisałam zrzeczenie, oczywiście, ale przez to oni wcale nie przestali być moimi synami biologicznymi, tak? Co pan taki nieżyczliwy, panie Czerwonka? Ja do pana mówię uprzejmie.
– Nazywam się Grzybowski, nie Czerwonka. Zosia też nazywa się Grzybowska. O jakim zrzeczeniu pani mówi? Zosiu, ty nie słuchasz?
– Nie. To znaczy słucham muzyczki. Nie mam ochoty słuchać pani Płaskojć. Wiem, co może mieć do powiedzenia.
– A otóż jest pani jak najbardziej w mylnym błędzie, bo ja ostatnio zmieniłam światopogląd w całości. I mogłaby pani mieć trochę szacunku dla mnie jako dla matki Cyryla i Metodego, których pani chyba chce adoptować, nie?
– Nic nie rozumiem z tego całego bełkotu – zwróciła się Zosia do Adama. – Wytłumaczysz mi, dlaczego powinnam pani słuchać, skoro i tak nie rozumiem, o co chodzi?
– Ja też jeszcze nie do końca rozumiem, ale zaraz pani nam wszystko powie po kolei...
– A co ja mam mówić po kolei – zniecierpliwiła się pani Płaskojć. – Przecież to pan mówi, żeście chłopaków już zabrali!
– Chwila. Jakich chłopaków?
– Jak to jakich? Moich!
– Nie zabraliśmy pani chłopaków, bo pani się przecież

nie zgodziła! – Zosia zgrzytnęła zębami i z furią zaatakowała widelczykiem ciastko.

Arleta Płaskojć zaśmiała się perliście.

– Już rozumiem! Ależ to zabawna fopa! Ja wczoraj byłam w domu, znaczy w „Magnoliach", i zostawiłam pani Hajnrychowej oficjalne zrzeczenie. To było jakoś tak wcześnie po południu, a kiedy państwo wyjechali?

– O dziesiątej trzydzieści rano.

– No tak, a ja byłam koło pierwszej, trochę po... jakoś tak po obiedzie zaraz. No więc, żeby państwo mieli już pełną jasność, to ja podpisałam zrzeczenie. Że się zrzekam do nich prawa. Może pani ich sobie zabrać, gdzie pani chce, pani Czerwonka.

Zosia niemal zachłysnęła się kawą. Adam położył dłoń na jej ramieniu.

– Pani Arleto, a proszę mi powiedzieć, skąd taka zmiana frontu? Bo miała pani bardzo zdecydowane zdanie w tej sprawie.

– Ach, to przez mojego pana, to znaczy dzięki niemu ja się przewartościowałam totalnie. On mnie przekonał, że takie niechciane dzieci to tylko kula u nogi, a na przyszłość żadne zabezpieczenie, bo zawsze mogą się wypiąć, jak dorosną, i chociaż niby przepis jest, to kto w naszym kraju przepisów przestrzega, nie? Więc mnie już oni nie interesują, a wcale nie wykluczam, że będę miała inne dzieci, w końcu młoda jestem jeszcze...

– Patrz, Adam, ta cholerna Zombie mnie nie zawiadomiła! Ja ją przecież zabiję!

– Spokojnie, Zośka. Poczekaj. Wypij kawę. Zaraz będziemy działać. Pani Arleto, jest pani pewna, że nie zmieni zdania?

– No pewnie, że jestem pewna. Zwłaszcza, jeśli pan mnie poprosi, bo pan jest sympatycznym człowiekiem, panie Czerw... panie Grzybowski, tak? A pani Grzybowska to mnie nie lubi. Ale ja nie wiem czemu. Ja tylko pilnuję swoich spraw i egzekwuję swoje prawa, tak?

– Pani Arleto, niech pani się nie gniewa na moją żonę, ona jest ostatnio taka nerwowa, rozumie pani, te wszystkie zmiany, przeprowadzki. Zosiu, kochanie. – Dłoń Adama ponownie spoczęła łagodząco na Zosinym ramieniu, ale noga mało delikatnie kopnęła Zosiną łydkę, na szczęście w wysokim kozaku. – Może w tym układzie pani Arleta podpisałaby też dla nas zgodę na zabranie chłopców do Lubina? Pani Arletko?

– Pewnie, że bym podpisała, dlaczego nie?

Arleta wydęła karminowe usteczka i znowu zatrzepotała rzęsami w stronę Adama.

– O, widzę, że kawa dla pani przyszła. Proszę pozwolić, że poustawiam te talerzyki, ciasno tutaj trochę, więc żeby to wszystko się ładnie pomieściło... już! Pani mąż pewnie zaakceptuje pani decyzję? Bo nie jestem pewien, czy on też nie powinien podpisać takiego dokumentu...

– Ach, z tym nie będzie problemu – zaśmiała się rozkosznie Arleta. – Bo to jeszcze nie jest mój mąż, może pan zauważył, że ja nie mówię mąż, tylko mój pan. Pani go może nawet zna, pani Czerwonka. To znaczy, pani Grzybowska. Postanowiliśmy oboje zacząć razem nowe życie, oboje jesteśmy po przejściach i to nawet po ciężkich przejściach, bym powiedziała. Mój pan jest doprawdy fascynującym człowiekiem, wielkich i szerokich horyzontów, teraz ostatnio udało mu się dostać pracę u jednego takiego biznesmena, on mi wszystkiego nie mówi, a ja też nie pytam, ale nam się poprawiło znacznie finansowo. No i chcemy zacząć to nowe życie całkowicie bez obciążeń. Nic z dawnego życia sobie nie pozostawiamy. Całkowite katar.. katarsys.

Adam przysunął do siebie wyładowany zakupami wózek i grzebał w nim zawzięcie. Zosia już chciała zapytać zgryźliwie, czego tam szuka, gdy wyjął świeżo nabyty blok rysunkowy, wyrwał z niego jedną kartę i podsunął Arlecie.

– Zechce pani nam to wszystko napisać? Już daję długopis.

– Co niby mam napisać? – nie zrozumiała Arleta.

- Że zrzeka się pani praw rodzicielskich do swoich synów, Cyryla i Metodego Płaskojciów na rzecz Zofii i Adama Grzybowskich, których upoważnia pani do odbioru dzieci z Państwowego Domu Dziecka „Magnolie" w Szczecinie. Z dzisiejszą datą. Ja pani podyktuję, jeśli pani woli.
- Wolę chyba. U góry moje nazwisko, prawda? I adres?

Adam podyktował Arlecie akt zrzeczenia się praw do własnych dzieci; nie bardzo był pewien, czy pisemko będzie miało jakąkolwiek moc prawną, ale dla pani Hajnrych-Zombiszewskiej doraźnie powinno wystarczyć, a potem się zagoni do roboty jakiegoś znajomego prawnika i ostatecznie wyrwie Cycka i Mycka z okowów dawnego życia.

Może z oków?

Mniejsza z tym.

- Zosia, mówi się z oków czy z okowów?
- Z oczu, panie Adamie, z oczu – roześmiała się srebrzyście Arleta, rozbawiona niewiedzą Adama w takiej prostej sprawie. – Podpisać? Proszę, podpisuję. No to ich pan ma, ale ja się wstrzymam od gratulacji. Życzę szczęścia. Moim zdaniem nie warto ich brać sobie na kark...
- Zaryzykujemy – mruknął Adam, pospiesznie wchłaniając resztkę swojego tiramisu. – Chyba będziemy już się zbierać, prawda, Zosiu?
- Chwila, musicie państwo jeszcze poznać mojego pana, to znaczy, jak mówiłam, pani Czerwonka chyba go nawet zna... Już idzie do nas. Tutaj, tutaj – zamachała wdzięcznie rączką z karminowymi paznokciami.

Zosia podniosła oczy i ku swemu zdumieniu zobaczyła zmierzającego ku nim krokiem energicznym Dionizego Setę. Wyglądał dużo lepiej niż kiedyś, może zaczął się jednak hamować w piciu, chociaż oczka miał mocno czerwone i ruchy nieco chwiejne.

- O, kogo ja widzę – powiedział, siadając. – Pani Zosia we własnej osobie. Nie spodziewałem się zastać pań w ta-

kiej komitywie. Arletka nie wyrażała się o pani entuzjastycznie. Cieszę się, że panie się pogodziły. A pan?
– Pozwól, Dion, to jest pan Grzybowski, mąż pani Czerwonki. A tu jest kawa dla ciebie i ciasteczka. Kawa ci trochę wystygła, ale myślałam, że szybciej przyjdziesz...
– Przyszedłem, jak mogłem najszybciej. Trzeba było poczekać z tą kawą. Mimo to cieszę się, że państwa widzę. Jak leci? Słyszałem, że mój Adolf już na nowym miejscu?
– A to jest na pewno pana Adolf? – Zosia skrzywiła się, jakby zjadła cytrynę. – Dawno sąd panu zabrał prawa rodzicielskie.
– A otóż jest pani w mylnym błędzie, madam. Sąd zabrał prawa, ale nie mnie, tylko mojej byłej żonie, z którą od dawna nie mam nic wspólnego. Ja przecież utrzymuję więź z synem, nieprawdaż? Głęboką, że tak powiem. Nie trzeba się codziennie widywać, żeby mieć więź. Zwłaszcza duchową.

Zamieszał hałaśliwie w kawie i upił łyk, wytwornie odstawiając mały palec.

– Namówiłem natomiast Arletkę, żeby się zrzekła Cyryla i Metodego – kontynuował konwersację, dobierając się do ciastek. – Mnie się teraz diametralnie poprawiło i warto zacząć, że tak powiem, nowe życie. Bez starych grzechów. To znaczy, hehe, z jednym grzechem na dwoje. Trójka to by było za dużo. To zabawne, swoją drogą, że się tak na progu tego nowego życia, że tak powiem, spotykamy z pozostałościami ze starego.

– Pan Adam nawet wziął ode mnie oświadczenie – poinformowała go Arleta. – Teraz już wszystko będzie inaczej.

– Jakie oświadczenie? – Dionizy Seta zbystrzał nagle. – Arletko, ja ci nie mówiłem, bo nie zdążyłem cię jeszcze wszystkiego nauczyć, ale nie wolno podpisywać pochopnie żadnych oświadczeń. Co ty państwu podpisałaś?

– To samo, co wczoraj pani Hajnrychowej, mój drogi. Nie denerwuj się niepotrzebnie.

- Arletko, Arletko. - Dionizy Seta przybrał ton pouczający. - Co innego pani Hajnrych-Zombiszewska, która jest dyrektorem państwowej placówki opiekuńczej, a co innego prywatny pan Grzybowski. I po co drugie oświadczenie w ogóle, skoro już jedno jest? Co to było za oświadczenie? Bo wie pan, panie Grzybowski, wszystkie oświadczenia można wycofać jako podpisane pod presją na ten przykład.
- Nie wywierałem presji na panią Arletę.
- Tak to zawsze można powiedzieć. Ale możemy przecież porozmawiać jak przyjaciele. Państwu zależy na przejęciu Cyryla i Metodego, Arletka mi mówiła. A jak państwu zależy, to znaczy, że może państwo będą skłonni... państwo rozumieją, do czego zmierzam?
- Chyba rozumiemy. A ile by pan chciał?
- No, ja nie wiem, ile może być warte odstępne za dwójkę dzieci, i do tego bliźniaków...

Zosia już była bliska wybuchu i Adam znowu kopnął ją w kostkę.

- Powiedzmy, że byłbym skłonny z panem rozmawiać na ten temat. Ile?

Dionizy Seta uśmiechnął się chytrze.

- Po dwa tysiące od twarzyczki?
- Powiedzmy, że dam panu teraz po dwa tysiące od twarzyczki. A za miesiąc pan do mnie przyjdzie i powie, że zmienił pan zdanie i chciałby, żeby chłopcy wrócili do mamusi.
- No co też pan, nie wierzy pan słowu uczciwego człowieka?
- Uczciwego tak, ale pan nie jest uczciwym człowiekiem, tylko kawałem gnoja. Albo może nawet całym gnojem. Niech pan słucha uważnie. Jeśli przyjdzie panu albo pańskiej Arlecie do głowy, żeby wywinąć jakiś taki numer pod tytułem troskliwa mamuśka, to ja zainwestuję te dwa tysiące w dwóch kolegów z Ukrainy. I niech pan sobie wyobrazi, jak potem będzie wyglądała pańska morda. Oraz twarzyczka pani Arletki. Radzę życzliwie, niech pan zaczy-

na to swoje nowe życie tak, jak pan je chciał zaczynać, bez powrotów do przeszłości. I wszystko będzie cacy. Rozumiemy się dobrze, mam nadzieję?

Dionizy Seta zmienił wyraz twarzy z chytrego na przymilny.

– Ale pan nerwowy jest, panie Grzybowski! A co to, to już pożartować nie można? Patrz, Arletko, jak to pan wszystko od razu wziął na poważnie!

– A skąd, na jakie poważnie. – Adam wstał od stolika, a Zosia za nim. – My, ludzie kulturalni, lubimy sobie pożartować. Ja też tylko tak mówiłem, nie na poważnie. No to wszystkiego najlepszego na nowej drodze życia.

Zignorowali wyciągnięte dłonie Sety i jego Arletki i odeszli, pchając wyładowany wózek.

– Ty, Adam – spytała Zosia, kiedy pakowali wszystko do bagażnika. – Naprawdę wynająłbyś Ukraińców?

– Dziękuję za zaufanie – zaśmiał się. – Raczej wojowałbym sądownie, nie mam znajomości mafijnych. Ale ten ćwok o tym nie wiedział i nie chciał ryzykować. Oczywiście jedziemy natychmiast po bliźniaków?

– Natychmiast!

Aldona Hajnrych-Zombiszewska w towarzystwie Stasia Jończyka przystępowała właśnie do spędzania przyjemniejszej, poobiedniej części dnia. Pieczę nad grupą powierzyła swojemu ulubionemu wychowankowi Remigiuszowi Maślance, darząc go pełnym zaufaniem. W istocie, kiedy Maślanko trzymał straż, żaden chłopiec w grupie nie miał prawa pisnąć. Aldona nie widziała więc powodu, żeby psuć sobie popołudnie. Zresztą część chłopców wyjechała na święta i można było spokojnie zająć się herbatą z wkładem, którą to herbatę Stasiu przyrządzał z dużą wprawą.

Należało jeszcze tylko spławić panią Helenkę Rembiszewską, która od rana mędziła, że ma jakąś pilną sprawę do omówienia.

Aldona, acz niechętnie, zostawiła Stasia sam na sam z dzbankiem i filiżankami, i udała się do grupy pani Rembiszewskiej.

– No co się stało takiego, pani Helenko? Co takiego, że sama pani nie może dać rady? Ktoś podpalił pokój? Chłopcy się pobili ze skutkiem śmiertelnym?

– Nie musi pani być złośliwa, pani dyrektor. Nie ze wszystkim człowiek może sobie sam poradzić.

Boże, jeszcze i Rembiszewska się odszczekuje! Czerwonka była zaraźliwa?

Hy, ciekawe, czy czerwonka naprawdę jest zaraźliwa... pani Hajnrych-Zombiszewska o mało nie parsknęła śmiechem z własnego konceptu. Rembiszewska natomiast kontynuowała narzekania:

– Te małe Płaskojcie. Ja myślę, że trzeba będzie sprowadzić psychologa... albo ich zacząć karmić przez rurkę, albo już nie wiem co. Nie jedzą, nie mówią, ruszają się jak automaty. Odkąd są u mnie, tak się zachowują. Chybaby lepiej było, gdyby płakali, ale nie płaczą. Nie wiem, dlaczego tacy są, bo nikt im nic złego nie robi.

– To rozpuszczeni smarkacze, chcieli wyjechać z grupą pani Czerwonki, a jak się okazało, że nic z tego, to próbują się postawić. Pani Rembiszewska, niech pani nie będzie taka miękka. Popłaczą i przestaną.

– Przecież mówię, że nie płaczą!

– Chyba pani trochę przesadza, pani Rembiszewska.

– No i jeszcze mam wrażenie, że mają gorączkę. Jeszcze im nie mierzyłam, ale tak wyglądają...

– No i dobrze, że pani im nie mierzyła, tylko tego brakowało, żeby im pani pomagała wpaść w histerię. Niech ich pani traktuje jakby nigdy nic i wszystko będzie w porządku.

– Pani dyrektor...

Pani Rembiszewska trochę się zacukała.

– Śmiało, niech pani mówi.

– Ta ich matka... była wczoraj u pani dyrektor, prawda? Bo coś mi się o uszy obiło...

– Była. – Pani dyrektor przeklęła gadatliwość sekretarki Ireny Lepczyk. – I co z tego?
– A nic, ale Irenka mówiła, że ona się ich zrzekła.
– No to co, że się zrzekła? No to co?
– No, może Zosia z tym swoim mężem by ich zabrała i mielibyśmy spokój. Jakby to była jaka choroba, nie daj Boże, zakaźna, to już oni by się martwili, a nie my.
– No i co pani sobie wyobraża, że ja teraz będę po nich wydzwaniać? Że mają przyjechać i sobie zabrać dzieciaki? A oni tak od razu przylecą i zabiorą, prawda? Oni teraz mają co robić, dom się dopiero organizuje, święta na głowie i jeszcze będą jeździć do Szczecina...

Pani dyrektor jeszcze mówiła, kiedy drzwi do pokoju wychowawców otworzyły się gwałtownie i stanęła w nich obrzydliwa Czerwonka, purpurowa na twarzy. A za nią stanął ten jej glancusiowaty mąż z wytrzeszczem. Co za cholera ich tu przyniosła właśnie w tym momencie!

– Przyjechaliśmy po dzieci! – huknęła bez wstępów Czerwonka. – Dlaczego pani do nas nie zadzwoniła wczoraj? Dwie godziny po naszym wyjeździe pani Płaskojć się ich wyrzekła. Dlaczego pani nas natychmiast nie zawiadomiła?

Tu Czerwonka się zapowietrzyła, ale że pani dyrektor nie miała pomysłu na natychmiastową ripostę, wtrącił się przemądrzały Grzybowski. Dla odmiany cichym głosem powiedział spokojnie:

– Pani dyrektor, my rzeczywiście przyjechaliśmy po Cycka i Mycka. Spotkaliśmy panią Płaskojć i uzyskaliśmy od niej wręcz zrzeczenie się praw rodzicielskich na naszą korzyść. Proszę mnie dobrze zrozumieć, my nie wiemy w tej chwili, ile takie zrzeczenie jest warte pod względem prawnym, ale prawników zatrudnimy do tej sprawy dopiero po świętach. Mam jednak nadzieję, że nie będzie nam pani utrudniała zabrania chłopców już teraz. Na pewno nie czują się dobrze bez swojej grupy.

– To jest święta prawda – wtrąciła się kompletnie bez

sensu głupia Rembiszewska. - Właśnie mówiłam pani dyrektor, że oni jakby chorzy nawet...

Aldona odniosła wrażenie, że Czerwonka zaraz pęknie. Podczas kiedy Adam mówił, ona myślała intensywnie. Chętnie by zagrała na nosie obrzydliwej Czerwonce, jednak czuła pewien respekt przed tym całym Grzybowskim. Poza tym nie chciało jej się wdawać w żadne więcej awantury przed świętami. Po świętach prawdopodobnie też nie będzie się w nic wdawać, chcą dostać bliźniaki, niech je sobie biorą i idą z nimi do ciężkiej cholery. Trzeba pamiętać, że ten przystojniaczek pracował w telewizji, ma tam pełno kolesiów, a na dodatek Arleta się zrzekła... Taki zasadniczek gotów na nią napuścić telewizję, ciągać ją po sądach... niewarta skórka za wyprawkę. Trochę im zepsuła krwi i to wystarczy.

- Skoro pan nalega - odezwała się wyniosłym tonem - to ja na tę chwilę nie widzę przeciwwskazań. Formalności możemy dopełnić po świętach. Tylko mi państwo pokwitują odbiór dzieci. Poproszę ze mną do sekretariatu.

- Adam, idź z panią - powiedziała Czerwonka przez zaciśnięte zęby. - Jedno z nas wystarczy, prawda? Ja zabiorę chłopców, niech już nie czekają na nas ani minuty.

- Dobrze, żeście przyjechali - mówiła pani Rembiszewska, maszerując obok Zosi przez korytarz. - Oni nie są w dobrej formie, a Zombie nie miała w ogóle zamiaru was zawiadamiać, takie odniosłam wrażenie. W ogóle nie chciała ze mną gadać. Niech ich pani zabiera jak najdalej stąd, pani Zosiu. Jak najdalej i jak najszybciej.

Bracia Płascy siedzieli w swoim dawnym pokoju na kanapie, światła nie zapalili, więc dookoła panował półmrok. Kiedy Zosia uchyliła drzwi, nawet w ich kierunku nie spojrzeli. Ścisnęło jej się serce, kiedy zobaczyła dwie nieruchome figurki jak dwie kupki nieszczęścia.

- Hej - powiedziała najnormalniej, jak potrafiła. - Cześć, chłopaki.

Figurki uniosły głowy, ale nie ruszyły się z miejsca. Podeszła do nich.

– Posuńcie się, siądę sobie między wami.

Posunęli się mechanicznie, chyba zbyt znękani, żeby jakoś żywiej zareagować. Zosia usiadła między nimi i przytuliła obydwu do siebie. Nadal nie reagowali.

– Uważajcie, małpiszony. Przyjechaliśmy z Adamem po was. Po was, słyszycie? Zabieramy was stąd. Już. Dajcie mi po buziaku i zabieramy się do pakowania. Panowie zrozumieli?

– To znaczy, że co? – pierwszy odezwał się Cycek, dość apatycznie, jakby jednak nie rozumiał, co Zosia do nich mówi.

– Powiem jeszcze raz, ale teraz uważajcie lepiej niż przed chwilą. Skupcie się. Wasza mama zgodziła się, żebyście jechali z nami. Możemy was zabrać do babci Leny, Azora i całej reszty. Chyba że nie chcecie. Chcecie czy nie?

Bliźniacy przez chwilę wyglądali, jakby mieli coś powiedzieć. Ku przerażeniu Zosi nie powiedzieli nic, tylko jednocześnie, jak dwa przekłute baloniki zwiędli na kanapie, na której siedzieli.

– Hej, co się dzieje? Chłopaki!

Zosia spróbowała potarmosić jednego, a potem drugiego, ale obaj mieli zamknięte oczy i lecieli jej przez ręce. Pani Rembiszewska stała jak wmurowana w podłoże i nie kwapiła się z żadną pomocą.

– Matko Boska – powiedziała tylko. – Od wczoraj nic nie jedli, pewnie osłabli. Może wodą ich trzeba polać?

– Jaką wodą, niech pani dzwoni na pogotowie, biegiem. Adam! Dobrze, że jesteś, bliźniacy zasłabli stereo, dzwoń na pogotowie, proszę!

Podczas kiedy Adam zawiadamiał kogo trzeba, Zosia usiłowała doprowadzić bliźniaków do jakiego takiego stanu. Pani Rembiszewska nadal nie była pomocna, widok dwóch słaniających się maluchów był ponad jej siły. Poszła więc na wszelki wypadek zawiadomić panią dyrektor.

Pogotowie przyjechało po kilku minutach, co graniczyło z cudem, a już ewidentnym cudem lekarz, który pełnił dyżur w karetce, był pediatrą dorabiającym sobie do pensji otrzymywanej w klinice. W krótkich i konkretnych słowach Zosia opowiedziała, co się stało. Powtórzyła też informację od pani Rembiszewskiej, że mianowicie od wczoraj chłopcy nic nie jedli i że jej zdaniem mieli gorączkę. Wyglądało na to, że pediatra zrozumiał. Zakrzątnął się wokół Cycka i Mycka, zaaplikował każdemu jakieś zastrzyki i po kilku minutach bliźniaki zaczęły odzyskiwać normalne barwy.

– Kto z państwa teraz się nimi opiekuje? Porozmawiałbym chwilkę. No, pacjenci, jak tam z wami? Moim zdaniem będziecie żyć. Jak się czujecie?

Bliźniaki kiwnęły głowami, dość jeszcze osłabione.

– Rozumiem. Teraz dostaniecie coś lekkiego do jedzenia i zjecie to grzecznie, a potem już wszystko będzie w porządku. Trzymajcie się ciepło.

– Adam, zostaniesz z nimi, a ja pogadam z doktorem, dobrze?

– My też pogadamy z doktorem – oświadczyła godnie pani dyrektor, która właśnie nadeszła, zaalarmowana przez panią Rembiszewską. – Nie wiem, czy oni powinni w tym stanie gdziekolwiek jechać...

W oczach Cycka i Mycka pojawiło się przerażenie.

– Spokojnie, chłopaki, pojedziemy. – Adam rzucił pani dyrektor mordercze spojrzenie. – Idźcie pogadać gdzie indziej, ja im pomogę się spakować.

– Moim zdaniem – powtórzyła z błyskiem w oku Aldona, kiedy przeszli do pokoju wychowawców – chłopcy nie powinni w tym stanie nigdzie jechać. Sam pan doktor widzi, że nie są zdrowi. Może nawet powinien pan ich zabrać do szpitala. Na pewno powinien pan ich zabrać do szpitala.

– Chyba po to, żeby dostali tam zapaści! – Zosia też miała błysk w oku, i to dosyć niebezpieczny. – Panie doktorze, chłopcy byli chorzy z nieszczęścia, że zostają tutaj! Cała ich grupa przeniosła się wczoraj do nowego domu, to jest rodzinny dom dziecka mój i Adama. Ich matka nie zgodziła się, żeby oni stąd odeszli, no i wczoraj zostali tu sami, w nowej grupie, bez jednej życzliwej osoby! Od wczoraj nie jedli i nie pili! Pani wychowawczyni mówi, że w ogóle nie reagowali, nie płakali, nic. W dwie godziny po naszym odjeździe matka zmieniła zdanie, ale pani dyrektor nas nie zawiadomiła, dowiedzieliśmy się przypadkiem, a kiedy przyjechaliśmy po nich, no to sam pan widział, co się stało. Moim zdaniem emocje im puściły. Panie doktorze, może mnie pan pokroić skalpelem na plasterki, a ja ich i tak stąd zabieram!

– Panie doktorze – zaprotestowała Aldona, przechylając się w stronę lekarza i wbijając w niego wzrok. – Ja jestem odpowiedzialna za te dzieci i nie zgodzę się, żeby pani Czerwonka je zabrała!

Pediatra pociągnął nosem. Wyglądał przy tym troszkę jak królik, mocno czymś zainteresowany.

– Ach, pani jest odpowiedzialna? To ciekawostka. Bo, widzi pani, mój nos coś mi mówi... pani tu jest dzisiaj prywatnie czy służbowo?

– Nie rozumiem, co to ma do rzeczy. Jestem dyrektorem. A teraz pełnię dyżur.

– Aha, dyżur. To znaczy jest pani w pracy. Bo widzi pani, ja nie wożę przy sobie alkomatu, ale może zgodzi się pani, że pobiorę krew do analizy?

Zosia parsknęła śmiechem. Pani Rembiszewska nie odważyła się, aczkolwiek zaczynała się właśnie dobrze bawić. Aldona nie wszystko zrozumiała właściwie.

– Jaką krew? Chłopcom?
– Nie, chłopcy gorzały nie pili. Pani.
– Chyba pan oszalał!
– Na pewno nie. Pani jest pod wpływem alkoholu, ja tam nie wiem, ile go było, ale to można sprawdzić.
– A ja się na to nie zgodzę!
– Nie musi pani. Natomiast ja mogę powiadomić poli-

cję, chłopcy przyjadą, zbadają rzecz po swojemu i po swojemu zareagują...
– Pan żartuje!
– Nie żartuję. Tak naprawdę to nie chce mi się tego robić, chociaż nie wiem, czy to nie jest moja powinność obywatelska. Tylko że kiepski ze mnie obywatel, może dlatego, że mam taką małą pensję od państwa. Moja rada: niech pani więcej nie pije. Ani dzisiaj, ani w ogóle w pracy. A teraz jako lekarz zalecam, co następuje: pani Czerwonka...
– Ja się nazywam Grzybowska, panie doktorze. Pani dyrektor nie może się do tego przyzwyczaić, ale tak jest.
– I prowadzi pani wraz z mężem, Adamem, rodzinny dom dziecka. Tak?
– Tak. Wczoraj zaczęliśmy. W Lubinie jest ten dom. Na górce.
– Coś podobnego. Moja mama też mieszka w Lubinie, tylko raczej na dołku. I ja tam wpadam z rodziną na weekendy. Mogę was odwiedzić przy okazji. Pewnie wam się przyda znajomy pediatra.
– Jasne – ucieszyła się Zosia. – Zapiszę panu moją komórkę.
– Świetnie. Proszę zabrać chłopców jak najszybciej, kupić im po drodze bułki, ewentualnie parówki drobiowe, nic cięższego. Może być nawet hot dog w benzyniarni, tylko bez sosów. Może jakieś herbatniki. I soki do popicia. Wieczorem niech zjedzą normalną kolację, tylko niech się nie przejadają. Ale chyba jeszcze im nie będzie do przejadania. Jutro powinni wstać z łóżeczek jak skowronki i mam nadzieję, że odtąd wszystko będzie w najlepszym porządku. Pani dyrektor nie ma nic przeciwko temu. Nieprawdaż?

Aldona ugięła się pod presją i nic już nie powiedziała, tylko wyszła. Lekarz pożegnał się życzliwie, zostawił Zosi receptę na jakieś witaminy dla braci Płaskich i oddalił się do swoich dalszych obowiązków.

Ani Zosia, ani Adam, ani nawet sami bracia Płascy nie spodziewali się aż takiego wybuchu entuzjazmu w domu na klifie. Ciotka Lena spłakała się rzetelnie, Julka zrobiła to prawie równie rzetelnie, chłopcy śmiali się i krzyczeli jak szaleni, a powściągliwy zazwyczaj Darek posunął się do tego, że wziął obu bliźniaków pod pachy i zakręcił się z nimi w wariackim tańcu radości. Zdezorientowany Azor usiadł na ogonie i zaczął dziko szczekać.

– Ale fajne powitanie – mruknął Adam w stronę Zosi. – Chodź, pochowamy prezenty, zanim wszyscy nam wejdą na głowę.

W wigilijną noc, kiedy już wszystkie smakołyki zostały zjedzone, prezenty rozdane, kolędy zaśpiewane (Adolf znowu był dudką, co tradycyjnie wprawiło go w stan zbliżony do nirwany), a wszyscy chłopcy oraz Julka rozeszli się na zasłużony spoczynek – Zosia i Adam powędrowali na swoje piętro, wciąż konsekwentnie udając, że idą razem. To znaczy szli razem po schodach, razem weszli do swojego saloniku, ale potem, jak zwykle, Adam w tym saloniku został, a Zosia cicho zamknęła za sobą drzwi sypialni.

Czuła się po prostu potwornie zmęczona. Powinna teraz rozsądnie wziąć kąpiel i iść spać, żeby mieć siły na zmierzenie się z wyzwaniami kolejnego dnia – ale w nosie miała i wyzwania, i kolejny dzień, i w ogóle wszystko. Przysiadła w fotelu koło okna i zapatrzyła się w gwiaździste niebo. Nie miała nawet siły myśleć.

Leciutkie pukanie do drzwi wyrwało ją z niebytu. Powiedziała „proszę" i do sypialni wszedł Adam. Nie zapalając światła, podszedł, usiadł naprzeciwko niej, sięgnął ręką do kieszeni niebieskiego swetra i wyjął tabliczkę gorzkiej czekolady.

– Magnez – powiedział. – Na wzmocnienie, inteligencję, serce i w ogóle wszystko. Masz ochotę na kawałek? Rąbnąłem z lodówki.

- Komu rąbnąłeś? - Zaśmiała się. - To twoja lodówka.
- Nie wiem komu. Lodówce. Ważne, że ją zwinąłem, rozumiesz? Ten dreszczyk, tralala. Zjesz kawałek, prawda?
- Nie powinnam nawet na nią patrzeć.
- Przestań. Jesteś tak samo zmęczona jak ja? Bo ja mam wrażenie, że przez ostatni tydzień tłukłem kamienie na drodze.
- Ja tak samo. Nie mam siły się wykąpać. Widziałeś, jakie fajne niebo?
- Widziałem. Tu często jest fajne niebo.
- Myślisz, że dobrze zrobiliśmy?
- O czym mówisz? O tym domu, o nas?
- O wszystkim. I o domu, i o nas, i o dzieciach. Straszna odpowiedzialność. Zaczynam się trochę bać. Głupio, nie? Teraz za późno na banie się. A ty jak?
- A ja się nie boję. I ty się nie bój. Teraz po prostu będziemy robili to, cośmy sobie zaplanowali. To był bardzo dobry plan.
- Jesteś pewien?
- Jestem.
- A jeżeli coś się stanie? Tobie, mnie, chłopcom?
- To wtedy zaczniemy się martwić. Zawsze są dwie możliwości: że coś się stanie albo że nic się nie stanie. Załóżmy, że wszystko będzie dobrze, bo jak się będziemy martwić na zapas, to nie starczy nam siły na normalne życie. Jeszcze trochę i wszystko się unormuje, chłopcy pójdą do szkół, a my ich będziemy wychowywać. Wiesz, myślałem o tym, żeby reaktywować moją psychologię. Może bym poszedł na jakieś kursy. Pewnie będę najstarszy na tych kursach, ale co mnie to obchodzi. Podowiaduję się, co o tym myślisz? Może bym też potem zabrał się za jakąś psychoterapię zarobkową, bo coś mi się widzi, że z tym, co nam Ropuszek przydzieliła, to my nie umrzemy z głodu, na prąd i gaz będziemy mieli, ale na niewiele poza tym. Trzeba się postarać o jakieś ubrania dla dzieciaków, bo mało tego mają. Czeka nas dużo pracy, pani dyrektor.

– Jaka znowu pani dyrektor?
– Moja. Jesteś tu na etacie dyrektora, zapomniałaś?
– Matko, rzeczywiście. A ty jesteś mój personel!
– Coś w tym rodzaju. Możesz mną pomiatać.
– Nie omieszkam. Na początek mógłbyś mi puścić wodę do wanny.
– Nabrałaś siły na kąpiel? Bardzo dobrze. Zobaczysz, jak będziesz dobrze spała. Wiesz, jeszcze o czymś myślałem. O małej reorganizacji. Przeniósłbym Julkę z tego skrzydła i w ogóle z piętra na parter, żeby sobie spała w tym małym pokoiku koło ciotki Leny. A tam, gdzie ona teraz ma sypialnię, zrobiłbym pokój gościnny.
– Dla siebie?
– Dla siebie. Oczywiście, gdyby byli jacyś goście, to dla gości. A na co dzień dla mnie. Urządziłbym tam sobie gabinecik. Z miejscem do spania.
– Trochę jesteś pokrzywdzony, to prawda. Spanie w saloniku na kanapie na dłuższą metę mogłoby być denerwujące. No, dobry pomysł miałeś przed snem. Julka chyba nie będzie miała nic przeciwko? A nawet jak będzie, to coś jej ładnego zaszklimy. Nie wiem, czy nie powinniśmy pomyśleć o jakiejś koleżance dla niej, kiedy Darek się usamodzielni i będzie można wziąć kogoś na jego miejsce.
– Martwię się tym jego usamodzielnieniem. Osiemnaście lat kończy za chwilę, a ma jeszcze półtora roku w liceum. O studiach w jego przypadku pewnie nie ma mowy. Szkoda, bo on nie jest głupi. Też musimy coś wymyślić. Może mógłby u nas pracować i dojeżdżać?
– Do Szczecina? Codziennie?
– Może w Świnoujściu jest jakaś filia czegoś? Albo rzeczywiście do Szczecina, a u nas pracowałby w weekendy. Musiałby dostać jakieś stypendium... Nie jest to proste, niestety. Niełatwo być rodzicami, co? Tylu dzieci naraz. Pójdę, naleję ci tej wody. Możesz się zacząć zbierać do kąpieli.
Już w wannie Zosia pomyślała, że jest w tym chyba coś dziwnego – odkąd zaczęli ostre załatwianie, przenosiny

i tak dalej – ani razu nie patrzała na Adama jak na mężczyznę. W ogóle nie zastanawiała się nad tym, że jest to przecież mężczyzna, który jej się podobał od pierwszego wejrzenia.

Chlapiąc po sobie wodą z prysznica, zaczęła się śmiać. Starym dobrym małżeństwom obdarzonym kupą dzieci seks widocznie nie w głowie.

Adam nie miał takich problemów. Padł na swoją kanapę i zachrapał.

Tegoroczny bałwan w ogrodzie ciotki Bianki był bałwanem godnym, spasłym, wielkokulowym, rzec by można. Olbrzymi nos miał z nadnaturalnej wielkości marchwi, oczy ze starych niebieskich plastikowych podstawek pod doniczki, pysznił się też wspaniałym słomkowym kapeluszem ciotki Leny, reliktem dawnych lat, owiązanym wytwornie tęczowym tiulowym szalem.

Jako ewidentna kobieta został nazwany Petronelą i nikt nie miał zamiaru ani go rozwalać, ani nawet skopać. Petronela przetrwała do pierwszych roztopów, a na jej imponującym kapeluszu lubiły przysiadać ptaki, być może biorące kolorowy szal za coś dobrego do zjedzenia.

– Przeskoczyliście pewien etap – powiedział Miraszko z mądrą miną. – Czternaścioro, czy ile tam ich macie, dzieci... tuż po ślubie, to naprawdę ryzykowne. Co ci do łba strzeliło?

– Miałem dosyć takiego życia, jakie prowadziłem do tej pory. Zapragnąłem być pożyteczny dla ludzkości. – Adam uśmiechnął się i wrzucił sobie do filiżanki jeszcze trochę cukru, po czym wypił odrobinę. – Cholera, przesłodziłem.

– Też mi się wydaje, że przesłodziłeś. – Miraszko kręcił głową. – Zwłaszcza z tym tekstem. Co to w ogóle znaczy, że miałeś dość? Jakiego życia?

– Takiego z dnia na dzień. Może dojrzałem i pozazdrościłem ci takich fajnych dzieciaczków.

– Stary. Dzieciaczki trzeba zrobić samemu, a nie brać sobie na garb w liczbie czternaście. W dodatku cudze i już duże.

– Jeden prawie dorosły – westchnął Adam. – Czterech wyrostków. Dwóch bliźniaków, w zasadzie bliźniaków zawsze jest dwóch... Siódmy rok. Sześciu w podstawówce. Jedna panienka lat piętnaście.

– Uczysz się tego? Żeby móc odpowiadać na wyrywki?

– Żebyś wiedział. Na początku mienili mi się w oczach. Rozumiesz, zaczynał taki coś do mnie mówić, a ja się gorączkowo zastanawiałem, czy to Alan, czy Żaba.

– Alan? Masz w domu Anglika?

– Ale skąd. – Adam zachichotał. – Zosia mi opowiedziała, skąd takie niespotykane imię... Widzisz, on miał mieć na imię Adrian, ale jego ojciec był kompletnie strąbiony, kiedy synka rejestrował. Wiesz, jak to jest, język mu kołkiem stanął i tatuś nie był w stanie wymówić tak skomplikowanego słowa. Z Adriana zrobił się Alan. Proste, nie?

– Dosyć. I co, wciąż ci się zlewają twoi chłopcy?

– Teraz ich rozróżniam lepiej, aczkolwiek niektórzy mi się jeszcze mylą. Ci więksi. Mniejsi są jakoś bardziej wyraziści. Nie wiem, na czym to polega. Może na otwartości. Starsi zamykają się w sobie.

– A jak to znosi twoja żona? – Halinka wniosła do pokoju tacę z niesłychanymi kanapkami w typie duńskim, które Adam uwielbiał (trzeba namówić Zosię, żeby takie robiła... albo prędzej Januszka, on ma zacięcie do kucharzenia). – Jedzcie, chłopaki, jak zjecie, to mogę wam dorobić.

– Moja żona ma wprawę, siedem czy osiem lat pracowała w domu dziecka. Poza tym to była jej grupa, tylko panienkę wzięliśmy dodatkowo, bo to siostra jednego z naszych chłopaków.

– Boże. I jak to wszystko pomieściliście w domu?

– To jest bardzo duży dom. Ma od pioruna sypialni, ciotka ich wcale nie używała. Czekajcie, zaraz wam powiem... Bliźniacy mieszkają z Żabą i Grzesiem, Krzysiek, Janusz i Alan, potem wyrostki, to znaczy Romek, Rysiek, Wojtek, dalej Marek i Darek, no i Julka osobno. Oni wszyscy oprócz Julki zajmują pierwsze piętro, Jula z ciotką Leną parter, a my z Zośką mamy drugie piętro, to jest właściwie poddasze, ale bardzo przyjemne. Moglibyście nas odwiedzić. Ja teraz nie będę miał wielu okazji do przyjeżdżania tutaj.

– A dzisiaj co załatwiasz?

– Komputery dla dzieciaków. W mojej dawnej redakcji była wymiana kilku kompów i dyrekcja techniczna życzliwie nam je odstępuje. Trzy stare rzęchy, dla naszych dzieci w sam raz.

Halinka i Miraszko popatrzyli po sobie i jak na komendę skinęli głowami.

– Damy ci czwarty. Nasza Paulinka idzie w tym roku do komunii i miała odziedziczyć komputer Piotra, ale właściwie możemy jej kupić całkiem nowy, Piotr mówi, że sam sobie zestawi z jakichś elementów. No więc licz na nas, ale chyba dopiero w sezonie komunijnym.

– Dzięki, przyda się. To ile lat ma Piotrek, skoro sam sobie zestawia komputer?

– Dwanaście. Mały geniusz komputerowy. Wiesz, że on ludziom robi strony internetowe i ma z tego pieniądze? Czasami ja sam nie rozumiem, co on do mnie mówi. Aż mi wstyd. A on się ze mnie śmieje i mówi: nie stresuj się, ojciec, i tak mnie już nie dogonisz. Ale niedoczekanie, będę w dłuższym rejsie, to się podszkolę i dam mu w kość.

– Czekajcie, bo gadacie o różnych rzeczach, a nie o najważniejszym. Adam, ty wiesz, że masz u mnie przerąbane totalnie?

– Ja u ciebie? Halinka, za co?

– Jak to za co? Dlaczego my właściwie nic nie wiemy

o twojej żonie? Ożeniłeś się jakoś tak ukradkiem, nikogo nie zaprosiliście, co to w ogóle ma być?
— Aaaa, tak jakoś wyszło... z różnych przyczyn.
— Myśmy już myśleli, że sytuacja was zmusiła i dlatego w takim pośpiechu... A tu, jak się okazuje, nie jedno dziecko, tylko czternaścioro. Za to wszystkie cudze, co do jednego. Jaka ona jest, ta twoja, skąd ją wytrzasnąłeś w ogóle?
— Moja Zosia? No, tego... fajna jest Zosia. Przyjedźcie kiedyś do nas, to się poznacie. Aha, my do was mamy jeszcze jedną prośbę – jakbyście mieli jakieś stare ubrania po Piotrku, to nie wyrzucajcie, tylko zadzwońcie po mnie, dobrze? Nam wprawdzie starostwo ma płacić, ale po pierwsze, na razie jeszcze ani grosza nie dało, a już połowa miesiąca, a po drugie, jak obliczyliśmy z Zośką, na żarcie, prąd i wodę nam starczy, na opał też, ale na ubranka już raczej nie. Tak że pamiętajcie o nas.
— Nie ma sprawy, Halinka coś znajdzie. W tym układzie szkoda, że Paulina nie jest chłopcem. Popatrz, że też nie możemy się napić... a ja za trzy dni wylatuję na Florydę i już nie będzie okazji. Po Karaibach teraz pływam, to twoje morza, co? No, teraz się uziemiłeś na dobre. Nie żal ci?

Wracając do Lubina samochodem wypchanym zakupami, Adam zastanawiał się, czy mu na pewno nie żal. Chyba jednak powiedział Miraszkom prawdę. Nie żałował telewizji, która wymagała wielkiego zaangażowania, niewiele dając w zamian – nie tylko w sensie finansowym: nieustanne karmienie siebie i odbiorców niepowiązanymi nijak okruchami rzeczywistości po kilku latach robiło się kompletnie niestrawne. Nie żałował też perspektyw pływania po Karaibach albo gdzie indziej. Nie żałował w ogóle takiego życia z dnia na dzień, jakie do tej pory prowadził – z dużą przyjemnością zresztą i często z pasją – widać jednak coś się w nim zmieniło.

Z niejakim zdziwieniem stwierdził, że wciąga go obserwowanie chłopców, bawi podglądanie, jak szybko przystosowują się do zmian. W pierwszych dniach plątali się po całym domu, obwąchując go nieomal jak psiaki, dotykając przedmiotów i urządzając własne nowe pokoje. W miarę jak docierało do nich, że naprawdę tak już będzie przez najbliższe lata, pozbywali się nieśmiałości w stosunku do Leny, oddychali głębiej, nie zwiedzali już domu, tylko go oswajali. Zaczynali też jego, Adama, obdarzać pewną nieśmiałą sympatią. Była to sympatia innego rodzaju niż ta przelotna, z sylwestra ubiegłego roku, kiedy to gościli w domu na klifie. Nie posuwali się jeszcze do zasypywania go zwierzeniami, ale chętnie wciągali go do rozmów na różne tematy, mniej lub bardziej oderwane.

Większość rozmów, nieważne od czego się zaczynały, kończyła się na Morzu Karaibskim. Oglądanie filmów z hulającymi po ciepłych morzach piratami to była dla chłopców normalka, ale rozmawiać z facetem, który naprawdę prowadził tam żaglowiec – okazało się niezwykłe i fascynujące. Adama bawiła ta fascynacja, poza tym lubił opowiadać, więc nie protestował. Parę razy miał ochotę wrobić ciotkę Lenę w jakiś ciąg dalszy, ale ona chwilowo nie miała serca nawet do ukochanych szant, bowiem zajmowały ją bez reszty sprawy prowadzenia domu, w czym okazała się naprawdę pomocna. Być może w gruncie rzeczy urodziła się do życia wielkorodzinnego i teraz rekompensowała sobie jego dotychczasowy brak. Adam patrzył na to z rozbawieniem i nawet z przyjemnością – coś z jej entuzjazmu, choć w znacznie skromniejszym zakresie, udzielało się również jemu.

Nigdy przedtem nie posądzałby siebie o podobny sentymentalizm.

Pani starosta Marzena Ropuszek znowu miała powody do niezadowolenia. Ta cała jakaś Grzybowska wdarła się do niej, strasznie czerwona na gębie i widać było doskonale, że zaraz zrobi awanturę. To absolutnie niedopuszczalne. Są ustalone godziny przyjęć starosty dla społeczeństwa i powinny wszystkich obowiązywać.

– Nasze dzieci też mają ustalone godziny, pani starosto! Godziny posiłków! I wygląda na to, że za chwilę będziemy sobie mogli te godziny o kant piłki rozbić! Bo za chwilę będziemy mieli zero forsy na jedzenie!

– Niech się pani nie gorączkuje, pani Grzybowska, dobrze? Pani powinna zrozumieć, że jest początek roku i że mogą być różne opóźnienia.

– Z powodu początku roku? A co to jest początek roku, klęska żywiołowa? Niespodziewany atak zimy? Od trzech tygodni żyjemy z pieniędzy pożyczonych od prywatnych osób!

– A wcale niepotrzebnie. Ja uprzedzałam państwa od razu, że na grudzień pieniędzy dla was nie mam i nie będę miała, ale państwo się uparli, żeby dzieciom zrobić prezent pod choinkę. To teraz macie prezent. Sami jesteście sobie winni.

– Pani starosto, niech mnie pani nie denerwuje! My doskonale wiemy, że grudzień jest naszą sprawą, ale styczeń już nie! Jest połowa stycznia! Szesnasty! Kiedy dostaniemy pieniądze?

– Postaram się w ciągu tygodnia, ale nie obiecuję...

– Pani żartuje, prawda? Mam nadzieję, że pani żartuje, bo jeśli nie dostaniemy pieniędzy jutro na konto, to pojutrze będą u pani telewizja, radio, prasa i wszystkie nasze dzieci!

– Niech mnie pani prasą nie straszy, pani Grzybowska. Ja sama doskonale rozumiem, że dzieci muszą jeść. Jutro dostanie pani pieniądze, tylko niech pani sobie nie wyobraża, że się wystraszyłam!

Adolf Seta wszedł w konflikt ze swoją nową wychowawczynią. Poszło o to, że sepleni. I że nie odpowiada. Oraz o imię.

– Adolf – powiedziała pani Aurelia Solec, w pokoju nauczycielskim zwana panią Relą. – Adolf. Ci rodzice czasami nie myślą, jak można człowieka nazywać Adolf. Seta, masz jakieś drugie imię?

Adolf Seta nic nie wiedział na temat swojego drugiego imienia, więc zmilczał. Pani Rela nie była z tego powodu kontenta.

– Seta, pytałam cię o coś, prawda? Na ogół mamy drugie imię. Ty masz jakie?

Adolf nie mógł jej tego powiedzieć, więc znowu nic nie powiedział.

– Seta, czy ty jesteś niemową?

W tym względzie Adolfik posiadał stosowną wiedzę i mógł odpowiedzieć zgodnie z prawdą.

– Nie.

Kompletnie wbrew logice ta odpowiedź – zwięzła, prawdziwa i na temat – rozsierdziła panią Relę.

– Nie bądź bezczelny, Seta – podniosła na niego głos, który w wyższych rejestrach przypominał gdakanie kury. Adolfik, jak już wiemy, miał dobry słuch i poczuł się tym brzmieniem rozśmieszony (aczkolwiek żywej kury na oczy dotąd nie widział). Rozśmieszony wewnętrznie, ale pani Rela, bystra obserwatorka dziecięcych emocji, dostrzegła niepożądaną zmianę wyrazu tępawej twarzyczki. – Ty naprawdę jesteś bezczelny. To niesłychane. Śmiejesz się z nauczyciela?

– Nie.

– Po co kłamać? Po co kłamać, Seta? Przecież widzę. Śmiałeś się.

– Nie.

– Seta! Czy ty potrafisz coś powiedzieć pełnym zdaniem?

– Tak.

Klasa piąta a, obecna przy tej, jakże twórczej, wymianie zdań, zaczynała już powoli dusić się z tłumionej wesołości. Pani Rela nie zauważyła tego, skoncentrowana na swoim nowym wrogu.

– Dobrze, Seta. Jeśli umiesz powiedzieć coś pełnym zdaniem, to powiedz.
– Ale co?
– Cokolwiek – zagotowała się pani Rela.
– Nie jestem bezcelny i nie śmieję się z naucyciela – powiedział Adolfik bez mała z rozpaczą. – Z naucycielki – poprawił się.
Tego już dla pani Reli było o wiele za wiele.
– Seta, wyjdź z klasy – ryknęła. – I nie wracaj mi bez rodziców!
– Ja nie mam rodziców – zeznał kłamliwie Adolfik, który doskonale wiedział, że ma, tylko nie zamierzał się do nich pani Reli przyznawać, zresztą uważał, że jego rodzice już stracili jakiekolwiek znaczenie dla niego i świata, a poza tym nie widział możliwości przyprowadzenia ich przed oblicze wychowawczyni.
– Jak to, nie masz? Ach prawda – zreflektowała się pani Rela. – Ty jesteś z domu dziecka. No tak, to nam wiele tłumaczy. Możesz zostać. Sama zadzwonię do twoich opiekunów i sobie z nimi porozmawiam. Powinieneś przynajmniej mnie przeprosić!
Adolfik nie widział powodów, dla których powinien przepraszać kogokolwiek, ale skoro pani chciała...
– Pseprasam.
Miał nadzieję, że pani Rela odczepi się od niego definitywnie i klasa zdejmie z niego zachwycony zbiorowy wzrok, ale pani zwróciła teraz uwagę na jego nieszczęsną wymowę.
– Ty seplenisz, Seta – powiedziała z zadowoleniem. – Czy ty nigdy nie byłeś u logopedy?
Adolfik nie wiedział, kto to jest logopeda, więc znowu nic nie powiedział. Pani Reli znudziło się jednak pastwienie nad nim i przeszła nad jego wymową do porządku dziennego, obiecując sobie tylko, że już ona uświadomi tym nieodpowiedzialnym opiekunom, na jaki stres narazili chłopca, nie posyłając go w porę do logopedy.

– Otwórzcie książki na stronie sto jedenastej – poleciła.
– Zawadzka, przeczytaj głośno opowiadanie. Z nazwiskiem autora, pamiętaj!

– Czy was kompletnie pogięło?

Zdrowy trzon grupy, a obecnie rodziny domowodzieckowej w osobach Rysia, Romka, Wojtka i Marka stał przed Adamem w pozycji bojowo-obronnej (chłopcy nie byli jeszcze pewni, czy będą atakować, czy tylko się bronić). Dowody winy w postaci petów leżały przed nimi i roztapiały w śniegu malutką żółtawą kałużkę.

Winowajcy milczeli, nie wiedząc, czy bardziej się opłaci odpyskować, czy udawać głuchych. Na razie udawali głuchych.

Adam chwilowo też milczał, wygłosiwszy bowiem tonem potępienia swoje retoryczne pytanie, nie miał koncepcji dalszego ciągu kazania.

– Będzie nam wujek opowiadał o zgubnych skutkach palenia tytoniu? – bąknął w końcu na poły bezczelnie, na poły niepewnie Marek.

– Nie wiem, czy warto – pokręcił głową Adam. – Ale w tej sprawie mam pewien pomysł. Natomiast interesuje mnie inny aspekt naszego problemu. Kieszonkowego jeszcze wam nie mieliśmy z czego dać. Skąd mieliście pieniądze na fajki?

Zanim zdrowy trzon grupy zdążył coś wymyślić, kompromitujący rumieniec okrasił wszystkie policzki. Adam zrozumiał go prawidłowo.

– Nie mieliście pieniędzy.

Rysio coś tam mruknął, ale Adam wiedział już swoje.

– Zwinęliście w sklepie.

– Jedna paczka lajtów... co to jest – rzucił niedbale Romek.

– Taki jesteś bogaty? Kurczę, przecież za te lajty jakaś panienka ze sklepu będzie musiała zapłacić z własnej kieszeni. Robicie świństwo niewinnej panience! Czy wy nie czujecie, że to nieprzyzwoite?

Zdrowy trzon grupy poczuł się lekko rozśmieszony. Tak idiotycznych kazań w domu dziecka „Magnolie" nie wygłaszał nikt!

– Nie czujecie – skonstatował Adam. – A to jest świństwo. Myślę, że w najbliższym czasie będziemy musieli porozmawiać o pryncypiach.

Rysio, Romek, Marek i Wojtek nie mieli pojęcia, co to takiego: pryncypia, więc niespecjalnie się tym przejęli. Bardziej interesowało ich, w jaki sposób Adam zamierza ich ukarać.

– Będziemy mieli jakąś karę? – spytał Romek, udając, że w sumie niewiele go to obchodzi.

– A jaką ty byś chciał mieć karę? Mam cię strzelić w ucho? To nic nie da. Każę ci za karę odśnieżać podjazd? To i tak trzeba zrobić. Tysiąc razy napisać „nie będę kradł"? Idiotyczne i szkoda czasu. Wolałbym, żebyście pomyśleli trochę o czymś więcej niż czubek własnego nosa. Myślisz, że jest to możliwe?

– Że co?

– Że będziesz myślał.

– No co pan... co wujek? Wujek myśli, że my nie myślimy?

Adam zaczynał tak właśnie myśleć, ale postanowił nie wychylać się z tym poglądem.

– Porozmawiamy wieczorem, dobrze? – rzucił i odszedł, symulując brak czasu na jałowe dyskusje.

Niestety, dyskusja, jaka odbyła się wieczorem w sypialni chłopców, okazała się jeszcze bardziej jałowa, tak przynajmniej wydało się Adamowi. Mówił głównie on. Starał się unikać nachalnej dydaktyki, pamiętając doskonale, jak bardzo nie znosił jej u swoich rodziców (to znaczy u matki, bo ojcu nie chciało się go pouczać) oraz jak strasznie denerwowała go u nauczycieli. Przemawiał do inteligencji, zdrowego rozsądku, poczucia przyzwoitości, wynajdywał przykłady, prowokował wychowanków do wyciągania wniosków – samodzielnego wyciągania wniosków! – na próżno. Widział doskonale w ich oczach, że zgodzą się na wszystko, a potem i tak zrobią swoje. Nie żeby dyskusja ich nudziła albo brzydziła, nie. Adam zauważył z pewnym zdziwieniem, że chłopcy nieźle się bawią, że ta cała rozmowa sprawia im przyjemność. Ale to była tak jakby przyjemność akademicka, niemająca żadnego dalej idącego związku z rzeczywistością.

Nie traktują mnie poważnie – pomyślał. I chyba tak było naprawdę. Może z powodu Karaibów?

– Można? Nie będę ci przeszkadzał?

Zosia, korzystając z nieobecności dzieci, które godzinę temu pojechały do swoich szkół, energicznie zabrała się do porządkowania i ustawiania książek oraz drobiazgów przywiezionych ze starego mieszkania w domu dziecka „Magnolie". Nie miała dotąd na to czasu, a denerwował ją bałagan w ich „małżeńskim" saloniku. Była bez makijażu, nieco przykurzona i mocno zarumieniona.

– A co, chcesz pogadać? W zasadzie ja to mogę zrobić kiedy indziej.

– To może chodźmy na dół, wypijemy jakąś herbatę z ciotką i porozmawiamy. Bo ja się zaczynam trochę gubić i muszę uporządkować sobie poglądy.

Zosia natychmiast ciężko się wystraszyła.

Żałuje! Nie przewidział, że wychowywanie cudzych dzieci to takie kamieniołomy, i teraz żałuje decyzji, żałuje dawnego życia, dawnych przyjaciół, a zwłaszcza dawnych przyjaciółek...

Jezus Maria, co teraz będzie?

Kiedy schodziła na dół, nogi się pod nią uginały.

– Chyba nie można jeszcze od nich za wiele wymagać

– powiedziała rozsądnie ciotka Lena, nalewając herbatę z sokiem malinowym do filiżanek. – To dla nich nowa sytuacja, nowe życie! Macie tu jeszcze trochę ciasteczek Januszka, zostały nam od wczoraj, ale tylko te łyse, bez orzeszków.

Januszek Korn dorwał się wreszcie do wymarzonego piekarnika i z niewielką pomocą ciotki Leny wyprodukował poprzedniego dnia cztery blachy kruchych ciasteczek posypanych orzechowymi paproszkami. Na ostatnie pół blachy paproszków już nie wystarczyło, ale ciasteczka i tak były doskonałe.

– Z małymi jest mniej kłopotów, nieprawdaż?
– Chyba nieprawdaż, ciociu Leno – westchnęła Zosia.
– Adolf naraził się wychowawczyni, nie miałam jeszcze czasu iść z nią porozmawiać, wybieram się jutro. Grzesio i Żaba wspólnymi siłami rozwalili w klasie szafę, nie mam pojęcia, jak im się to udało, trzeba będzie poprosić pana Joska, żeby naprawił, na nasz koszt, oczywiście. Januszek w ogóle chyba nic nie robi w szkole, jak dotąd przynosi wyłącznie jedynki i dwójki, też muszę pogadać z wychowawczynią. Alan myśli wyłącznie o figielkach z Azorem i nie można go zmusić, żeby zajął się lekcjami. Julce coś się porobiło z głową i od wczoraj prawie nic nie je, nie wiem, czy zauważyliście. Nie daj Boże, popadnie nam w anoreksję. Chyba tylko z Krzysiem i Darkiem nie ma problemów.

– Nie wiem, czy z Krzysiem nie ma – pokręciła głową Lena. – Mam wrażenie, że coś go wysypało. Zauważyłam dzisiaj rano.
– No to tylko Darek nam został.
– Z Darkiem kłopot zacznie się lada chwila, osiemnastka puka do bram. Przecież go nie puścimy z domu, póki nie skończy liceum.

Zosi zrobiło się nieco lepiej. Skoro Adam tak mówi, to może jednak nie zamierza rzucać wszystkiego w diabły. Oczywiście, że nie zamierza, dlaczego ona zrobiła się taka strasznie nerwowa ostatnio? Przejściowe kłopoty. Przejściowe!

Przejdą te, będą następne.

No i takie życie, przecież chyba nie wydawało mu się, że te dzieci to stadko aniołów!

– Ciociu Leno, a co to za wysypkę ciocia widziała u Krzysia?

– Wysypka, jak wysypka. Czerwona. I on się drapie.

– Ciekawe, czy chorował już na odrę. Albo na ospę wietrzną. Co tam jeszcze daje wysypkę?

– Alergia – błysnął wiedzą Adam.

– Kurczę, trzeba by go pokazać lekarzowi, a dzisiaj jest piątek...

– Zośka, a ty nie masz telefonu do tego pediatry, co to się deklarował z pomocą?

– Nie, on ma mój. Ale jeśli dotąd nie zadzwonił, to moim zdaniem znaczy, że zapomniał.

– Może nie zapomniał, tylko nie przyjeżdżał do mamusi na weekend...

– O kim mówicie? – wtrąciła ciotka Lena. – O młodym Liściaku?

– Kto to jest młody Liściak?

– Syn starej Liściakowej. Stara Liściakowa mieszka na dole koło przystanku autobusowego, a jej syn jest lekarzem w Szczecinie. Ona jest z niego strasznie dumna. On do niej przyjeżdża przy każdej okazji z żoną i trójką dzieci. Kiedyś nas ratował, jak się z Bianką zatrułyśmy zbiorowo.

– Ale ten nasz to pediatra...

– Ja rozumiem, do nas powinien być geriatra, ale otrułyśmy się w sobotę wieczorem i żadnego geriatry nie było pod ręką! Przyjechał młody Liściak i uratował nam życie za pomocą płukania żołądka. Coś okropnego. Ten wasz jest taki trochę króliczek?

– Króliczek? – Adam nie bardzo wiedział, o co Lenie chodzi. – W sensie uszka?

– Nie, w sensie ząbki – wyjaśniła Lena. Zosia parsknęła śmiechem.
– Tak, w sensie ząbki on jest ewidentny króliczek. Względnie zajączek. Nie pamiętasz, jakie miny robił, jak wąchał dyrektorkę? Ciocia zna tę jego mamę?
– Znam, przelotnie, ale znam. Mogę do niej zadzwonić i zapytać, czy synuś przypadkiem nie przyjeżdża na weekend.

Doktor Marcin Liściak przyjechał na weekend, zgodził się odwiedzić dom na klifie i okazał się tym samym przyjemnym pediatrą, który ratował Cycka i Mycka. Zrobił przegląd wszystkich lokatorów z wyjątkiem Azora, stwierdził u Krzysia początki wietrznej ospy i postraszył Zosię wizją czternaściorga dzieci siedzących w domu z wiatrówką i nudzących się potwornie, a co za tym idzie, wpadających na najdziksze pomysły świata.
– Tak naprawdę na waszym miejscu coś bym zrobił z koleżanką Julką – powiedział, popijając herbatę z sokiem malinowym, którą podała mu Zosia. – Koleżanka Julka ubzdurała sobie, że jest za tłusta. Ona chyba mało je, co?
– Wcale nie je. – Zosia podsunęła lekarzowi ciasteczka z kolejnego wypieku niezmordowanego Januszka. – Jak na nią huknę, to zjada kęs chleba bez masła i w ogóle bez niczego. A raz mi powiedziała, że nie zamierza być taka gruba jak ja.
Doktor Liściak obrzucił Zosię spojrzeniem pełnym uznania.
– Nie wiem, czy miała rację, pomijając, że była niemiła. Ale jak tak dalej pójdzie, popadnie w różne awitaminozy, anemie, a niewykluczone, że i w psychozy. Czy ona się tu nie czuje trochę osamotniona? Sami chłopcy i ona jedna?
– Nie wyobrażała sobie pozostania w Szczecinie bez braciszka, są bardzo przywiązani do siebie. Tak nam mówiła w każdym razie.

– Jedno nie wyklucza drugiego. Panienka jest teraz w trudnym wieku, dojrzewa, hormony jej buzują... jeśli możecie poświęcić jej więcej uwagi, to chyba byłoby korzystne... Fajna ta herbata. W ogóle miło tu u was. Może bym kiedyś wpadł do was z moimi dziećmi? Nie mają tu znajomych i tak się kiszą we własnym sosie. A mnie coraz bardziej ciągnie na wszystkie wakacje tutaj. Myślicie, że jestem nienormalny? Moi koledzy jeżdżą na Seszele i do Egiptu. A mnie się tu podoba.

– To tak jak nam – zaśmiał się Adam. – Zapraszamy do nas przy każdej okazji i bez okazji. Może będziemy sobie mówić po imieniu, skoro już mamy się zaprzyjaźnić?

– Jestem bardzo za. No to czuję się zaproszony z rodziną, tylko poczekam, aż wiatrówka wam się skończy. Moje nie przechodziły, więc nie będę ryzykował.

– A jakie masz te dzieci? – spytała Zosia.

– A mam dwie córki, obie mniej więcej w wieku odpowiednim dla waszej Julki. Ona ma ile lat? Piętnaście? Moja Majka ma piętnasty rok, a Kajka szesnasty. Chłopak ma jedenaście lat i na imię Arkadiusz. Arek koszmarek. Moja żona twierdzi, że jest kubek w kubek podobny do mnie, ale to oczywiście złośliwość. On ma proste zęby. Zadbałem w odpowiednim czasie o jego zgryz, w przeciwieństwie do moich rodziców.

– Dlaczego koszmarek? – chciała wiedzieć Zosia, rozśmieszona na dobre i ujęta miłym sposobem bycia Marcina Liściaka, doktora nauk medycznych, któremu nie chciało się jeździć do Egiptu i na Seszele.

– Areczek jest to mały inżynier. Wszystko, co widzi, bierze w łapy, a co weźmie w łapy, to zepsuje. Ostatnio rozpracował mojej mamie aparat do mierzenia ciśnienia. Może go będę wiązał, jak przyjdziemy do was z wizytą. Po zakończeniu waszej epidemii, oczywiście.

Epidemia objęła ostatecznie sześć osób, a kiedy się skończyła, na krzakach rosnących wokół domu na klifie pojawiły się pierwsze, wczesne w tym roku pąki. Po raz pierwszy od piętnastu lat (z wyjątkiem okresów, kiedy żeglował po dalekich morzach) Adam nie był w Krakowie na Szantach, nie chciał jednak zostawiać Zosi i Leny z sześcioma zdolnymi do wszystkiego rekonwalescentami. Musiał jednak przyznać sam przed sobą, że jest zmęczony.

– Kryzysik wieku średniego – powiedziała ze współczuciem ciotka Lena. – Poza tym nigdy tak długo nie siedziałeś w jednym miejscu.

– Przecież jeżdżę tu i tam – burknął Adam ponuro. – Napijesz się ze mną koniaku, ciotko? Zosia nie lubi, zresztą jest zajęta papierologią i będzie w niej ryła do nocy.

– A co to za jeżdżenie? Do starostwa i z powrotem albo po zakupy. Daj tego koniaku, zrobimy ci bilans zysków i strat.

– Nie, cioteczko, od bilansu mogę dostać depresji. Zdecydowanie wolę się z tobą napić. Twoje nieustające zdrowie, ciotko, która jesteś dobrym duchem tego domu.

– Bzdury gadasz. To znaczy, dziękuję, Ale duchem to jest Bianka, a dobrym – Zosia. Mam nadzieję, że pomyślnie wam się wszystko układa?

– Doskonale wprost. Dlaczego pytasz, ciotko?

– Aaaa. Tak sobie pytam. To wasze małżeństwo to pic, prawda?

Adam aż podskoczył i wylał odrobinę koniaku na sweter.

– Co ty masz za pomysły, ciotko!

– Nie ściemniaj, chłopcze. Tak się to mówi? Cycek i Mycek uczą mnie współczesnej polszczyzny kulturalnej. No więc odpowiedz, proszę, na moje pytanie.

– A skąd ciocia wysnuwa takie daleko idące i jakże nieuprawnione wnioski?

– Nie gadaj do mnie jak polityk. To już wolę bełkotanie bliźniaków. Mam oczy i widzę. Mam uszy i słyszę.

Mam mózg i myślę. Mam też pigułki na inteligencję, jedne z żeń-szeniem, a drugie z miłorzębem japońskim.

– No tak, skoro ciocia ma pigułki...

– Otóż to. Możecie oszukać dzieci, zwłaszcza że one miały rodziny patologiczne ewentualnie nie miały ich wcale, możecie też oszukać tych wszystkich, którzy was widują od święta albo z daleka. Mnie nie. Ale nie martw się, chłopcze, mnie nic do tego, ja wam za złe nie mam, rozumiem, że chodziło wam o ten dom dziecka. I to was usprawiedliwia. A ja jako ja bardzo się cieszę, że jesteście tu wszyscy. Tylko trochę się o was martwię. O ciebie aktualnie bardziej.

– Z powodu mojego chwilowego kryzysu?

– Oby to był tylko chwilowy kryzys. Ty naprawdę nic do Zosi nie czujesz?

– Ciociu...

– Szkoda. To dobra dziewczyna i byłaby świetną żoną.

– Jest świetną żoną. Ale, droga ciotko, ja jej byłem potrzebny do zrealizowania pewnego celu, prawda? Cel został osiągnięty... właściwie źle mówię, bo to cel permanentny i, że się tak wyrażę, trwa. Ciotko Leno, czy cel może trwać?

– Zaszkodziły ci dwa kieliszki koniaku?

– A co babcia teraz będzie robiła?

– Myślałam o takim prostym obiedzie, żeby zrobić zupę ogórkową, a na drugie zraziki wołowe z buraczkami.

– I z ziemniaczkami!

– Lubisz kartofle, Januszku, co?

– Pewnie, że lubię. A zrobimy placki ziemniaczane na kolację?

– Jeśli utrzecie ziemniaki.

– Utrzemy. Ja z Krzyśkiem. Spokojnie.

– To na razie przynieście mi ziemniaki z piwnicy, dobrze? Dużo, żeby od razu było na kolację. I buraczki też tam leżą. Buraczków mniej. Zobaczymy, jakie macie wyczucie. Ziemniaków ten duży koszyk, co tam leży, a buraczków do gara. Możecie wziąć ten.

– Ej, chłopaki, co z tym waszym wyczuciem? Poza tym miało być odwrotnie, ziemniaki w koszu, a buraki w garnku!
– Źle jest, babciu?
– No pewnie, że źle. Czym żeście myśleli, synkowie? Tylko żołądkiem? Przecież kartofli musi być więcej, i to dużo więcej! Sam Darek zżera połowę takiej porcji! A buraczki to tylko dodatek, starczyłaby jedna czwarta tego, coście mi tu przywlekli.
– To nie są buraczki? W tym garnku?
– To kartofle, Krzysiu. Kartofle! Nie wiecie, jak wyglądają kartofle?
– W zasadzie wiemy, babciu... ty się z nas nie śmiej, ale my zawsze dostawaliśmy już ugotowane, to skąd mamy wiedzieć, jak wyglądają nieugotowane? Się nam pomyliły!
– Mój Boże, prawda. Przepraszam cię, Krzysiu, nie pomyślałam, że wam tam wszystko podawali na talerzu w tym domu dziecka. Ale z odróżnieniem buraka od ziemniaka to jest bardzo prosta sprawa. Zapamiętajcie chłopcy: burak ma ogonek!
– Kurczaki! Patrz, Krzysiek, faktycznie ma ogonek! Ale jaja!

Adolfik Seta jakoś nie zainteresował się świeżo odkrytymi przez kolegów cudami przyrody, nieodmiennie za to fascynował go wizerunek wielkiego żaglowca wiszącego obok portretu kapitana Weissmüllera i jego małżonki. Chętnie by się czegoś więcej dowiedział o pięknym statku, ale ostatnio popadł w nieśmiałość nawet wobec Zosi. Być może miała w tym swój udział wychowawczyni i polonistka w jednaj osobie, pani Rela Solec, która od początku znajomości konsekwentnie uznawała go za idiotę i nigdy nie zaniedbywała okazji, żeby go o tym zawiadomić. Znielubiła Adolfa od pierwszego wejrzenia – bywa tak czasami, że człowiek widziany pierwszy raz budzi nasz żywiołowy sprzeciw, chociaż go wcale nie znamy i nic złego nam nie zrobił. Taki właśnie żywiołowy sprzeciw wzbudził Adolfik w pani Reli. I ona nic na to nie mogła poradzić. Już widok jego ryżego łba i za długich rąk przy zgarbionej sylwetce generował w niej niekłamaną odrazę.

Adolfik miał najwyraźniej pecha. Zawsze musiał kogoś denerwować samym faktem swojego istnienia.

Nie mówił o tym pani Zosi – którą teraz miał prawo (ale nie miał odwagi) nazywać ciocią, bo widział, jak bardzo jest zaabsorbowana aktualnymi sprawami całego domu. Doszedł więc do wniosku, że może nie należy jej chwilowo przeszkadzać. Adama trochę się bał, chociaż sam widział, że nie ma do tego najmniejszych powodów. Babcia Lena, podobnie jak ciocia Zosia, była okropnie zajęta, w sumie nie miał więc nikogo, komu mógłby opowiedzieć o swoich troskach związanych z panią Relą.

Wyglądało na to, że szykują mu się normalne szkolne kłopoty. Był do nich przyzwyczajony, chociaż wolałby ich nie mieć, bo tak mu się coś mętnie zdawało, że teraz ciocia Zosia będzie się martwiła. I to naprawdę, nie tak jak pani Zombiszewska, która chciała go koniecznie posłać do szkoły dla niedorozwiniętych.

Czasami Adolf zastanawiał się, czy może tak być, że on naprawdę jest trochę niedorozwinięty?

– Juleczko, powiedz mi, co cię gnębi?
– Czy koniecznie musi mnie coś gnębić?
– Julka, przecież widzę, że coś niedobrego się z tobą dzieje. W szkole się obijasz, w domu nic nie robisz, twój pokój wygląda jak...

– Jak chlew.
– Chciałam powiedzieć, że jak obraz nędzy i rozpaczy, ale może masz i rację.
– To podobno mój pokój. Tak? Mój? To mogę sobie w nim mieć, jak chcę. Mogę mieszkać w chlewie, jeśli chcę, prawda?
– Nieprawda. W chlewie mieszkają zwierzęta nierogate, a ty nie jesteś zwierzęciem. Jakąś podstawową dyscyplinę musimy utrzymywać wszyscy, nie uważasz?
– Podstawową dyscyplinę utrzymuję. Myję zęby. Czy mogłabym teraz mieć chwilę spokoju?
– W zasadzie tak, ale w takim razie powiedz, kiedy możemy porozmawiać bardziej konstruktywnie?
– Ale o czym? O czym?
– O twoich sprawach szkolnych, o twojej diecie, o twoim pokoju, o twoim samopoczuciu – w kolejności, jaka będzie ci odpowiadać. Pamiętaj, Juleczko, że nie jesteśmy twoimi wrogami. Wprost przeciwnie. Jest coś, co sprawia, że nie czujesz się dobrze, i chcielibyśmy pomóc ci to coś zwalczyć, jeśli tylko się da. Osobiście uważam, że się da, tylko potrzebna jest odrobina szczerości z twojej strony.
– Czuję się świetnie!
– A co ty opowiadasz, dziewczynko. Czujesz się świetnie, ale prychasz na nas złością przy każdej okazji i bez okazji? Julka...
– Dlaczego ciocia się mnie czepia? A w ogóle jaka ciocia? Pani nie jest naszą ciocią i nie zamierzam pani dłużej tak nazywać! To wszystko jest jednym wielkim kłamstwem! Pani kłamie! Pan Adam kłamie! Janusz kłamie! Wszyscy kłamiecie, nawet Cycek i Mycek też kłamią! Nie chcę was znać!

– Już myślałam, że ona się czegoś domyśliła w sprawie... naszego małżeństwa, ale nie, stała przede mną i krzyczała, że wszyscy kłamią, nawet bliźniaki. A potem pobiegła do swojego pokoju i tam się zamknęła. I siedzi. Nie wiem, co robić. Może ty byś z nią porozmawiał? Masz skończoną psychologię, zastosuj jakieś patenty, o których ja nie wiem...

– Moją psychologię można między bajki włożyć – westchnął Adam. – Zbyt długo leżała odłogiem. Nie martw się na zapas. Ja bym ją zostawił w tym pokoju, chce siedzieć, niech siedzi. Długo chyba nie wysiedzi. Muszę zadzwonić do Marcina, niechby przyjechał z tymi swoimi córkami, może się dziewczyny zaprzyjaźnią. Julka ma jakieś przyjaciółki w szkole?

– Z tego, co wiem, to nie. Podpytywałam Wojtka, ostatecznie są w tej samej klasie, ale on mówi, że Julka raczej chodzi sama. To niedobrze.

– Niedobrze, ale my na to nic nie poradzimy. Ona sama musi sobie z tym dać radę. Sama, bez nas. My możemy ją wesprzeć, ale z tego, co mówisz, to ona nasze wsparcie ma w odwłoku. Ja bym przeczekał.

– Może masz i rację. A ty, Adam, nie przechodzisz ostatnio jakiegoś małego kryzysiku?

– Malutki kryzysik... owszem. Ale napiłem się wczoraj koniaczku z ciotką Leną i to mi przywróciło równowagę. Wykonałem dzisiaj kilka telefonów, wiesz?

– Nie wiem. Dzisiaj produkowałam żywność na zapas. Januszek mi pomagał i Krzysio, dobry chłopak. Dobrze, że jest zima i można zamrozić żarcie na balkonie. Przydałaby się zamrażarka, może by naciągnąć jakieś dobroczynne panie?

– Rozejrzę się za dobroczynnymi paniami od zamrażarek. Faktycznie, idzie wiosna, lodówka na balkonie się skończy. Ale powiem ci o moich telefonach.

– Powiedz mi o nich.

– Postanowiłem wziąć byka za rogi.

– To korzystnie... zapewne. Jakiego byka? Ten kryzysik?

– Kryzysik też. Ale przede wszystkim postanowiłem odgrzebać moją psychologię i w tym celu zapisać się na kil-

ka kursów. Żeby mi już Julka nie podskoczyła. Wytrzymasz to?
– Że będziesz studiował? Pewnie, że wytrzymam. I patrz, jakie to będzie wychowawcze, dzieciom dasz przykład. Tylko musisz mieć same piątki. Gdzie się chcesz szkolić?
– Jest kilka możliwości. Na razie się zastanawiam, a w ogóle to najlepiej byłoby szkolić się razem. Tylko to, wiesz, trzeba by wyjeżdżać, a kto zostanie z dzieciakami? Musimy pogadać i razem się pozastanawiać. Co ty na to?
– Możemy się zastanawiać. Ale na razie sam się szkol. A ja będę elementem stabilizującym. Niech dzieciaki wiedzą, że dla kogoś one są najważniejsze.

– No i kiedy ona mi tak powiedziała, to ja się poczułem jak ostatni cholerny egoista. Nie sądzę, żeby tego chciała. Tak wyszło.
– A te dzieciaki są dla ciebie ważne?
Ilonka Karambol zastanowiła się głęboko. Siedzieli z Adamem w bufecie telewizyjnym i popijali kawą porcje gulaszu z żołądków drobiowych z kaszą gryczaną. Adam przyjechał do Szczecina na wezwanie dawnych kolegów redakcyjnych, którzy zmobilizowali na początek własne rodziny i przyjaciół, i pozbierali wśród nich jakieś niezliczone ilości nieużywanych już ubrań dla chłopców i Julki, mebli, sprzętów domowych, zabawek i książek; znalazł się nawet kolejny komputer, dwa małe telewizorki, cztery radia i kuchenka mikrofalowa, zupełnie nowa. Radia i telewizory zostały na miejscu podregulowane przez życzliwych techników i nie miały teraz żadnych wad. Cały ten nabój złożony został w magazynie wśród scenografii i należało go stamtąd jak najszybciej wywieźć. Oczywiście, Adamowa vectra nie miała szans, ale Filip zamierzał załatwić samochód telewizyjny, dostatecznie duży, aby mógł wszystko zabrać na jeden raz. Należało teraz tylko omó-

wić terminy i szczegóły dostawy. Oraz zastanowić się, co jeszcze może być potrzebne. O ile Adam zdążył się zorientować przez te kilka miesięcy, przydać się mogło wszystko. Ustalono, że koledzy jeszcze trochę poszperają, a za jakieś dwa, trzy tygodnie telewizyjne towarzystwo zjedzie do Lubina, żeby wreszcie zaspokoić ciekawość, od miesięcy sztucznie wyciszaną. Na wyraźną prośbę Adama, aczkolwiek z niemałym trudem, obiecano nie brać ze sobą kamery filmowej ani w ogóle żadnych instrumentów służących rejestracji rzeczywistości.

– Co to w ogóle znaczy ważne, koleżanko Ilonko?
– To ja cię pytałam. Czy one dla ciebie coś znaczą?
Adam poskrobał się w głowę trzonkiem widelca.
– Zadajesz kłopotliwe pytania, moja droga. Sam się zastanawiam i zastanawiam, czy one dla mnie coś znaczą, czy zajmuję się nimi, bo tak sobie postanowiłem. Nie wiem, naprawdę nie wiem. O Cycka i Mycka walczyłem jak lew u boku Zosi i kiedy nam się w końcu udało, spadł mi straszny kamień z serca. Ale nie wiem, czy dlatego, że udało nam się ich wyrwać z tego bezdusznego domu, czy dlatego, że zabraliśmy ich do Lubina, że są teraz z nami. Rozumiesz te subtelne różnice?

– Adam, opanuj się. My tu jesteśmy inteligentni. Ja rozumiem, co do mnie mówisz. Natomiast ty chyba nie wiesz, na jakim świecie żyjesz. Powiedz mi, skąd się w ogóle wzięła ta twoja decyzja? Zosia cię zaślepiła? À propos, jak tam Zosia? Małżeństwo wam wychodzi?

Adam przez chwilę żuł jakiś oporny kawałek kurzego żołądka.

– Małżeństwo? Dziękuję, jest nieźle. A co u ciebie?
Ilonka spojrzała na niego z ukosa.
– A ja się rozwodzę.
– Co ty mówisz?
– Rozwodzę się, dobrze słyszysz. Mówiłam ci, że Kopeć mnie ostatnio zdradzał z wędką na ciepłym kanale koło Dolnej Odry?

– Przestań, dziewczyno. Z patykiem cię zdradzał? To ma być powód do rozwodu?

– On mnie zdradzał z dwoma patykami. Jeden patyk trzymał w tym kanale, a drugi patyk siedział obok na składanym stołeczku i też moczył kija. Miłośniczka wędkowania, chuda płastuga, z tych, co to mówią jedno zdanie tygodniowo. Na przykład: „O, bierze". Kopeć zawsze twierdził, że ja za dużo gadam. No to taka niemowa musiała mu pasować. Jest nią zachwycony, bierze winę na siebie, ma nadzieję, że dam mu ten rozwód. Pewnie, że mu dam, mam swój honor i w ogóle może mi nagwizdać. Wrócę do swojego nazwiska i przestanę być Kopciowa.

– A jak się nazywałaś przed Kopciem?

– Przed Kopciem i po Kopciu. Przed i po. Uśmiejesz się. Dymek. Masz pojęcie? Osobiście wolę dymek od kopcia. Dymek jest szlachetniejszy. Szkoda, że jak ogłaszałeś casting, to mnie się jeszcze wydawało, że Kopeć mnie kocha. Trudno. Nie byłeś mi pisany.

– Ilonko kochana, przecież ty byś nie wytrzymała dwóch dni z czternaściorgiem dzieci!

– No i nie musiałabym. Dzieci dostałeś razem z Zosią.

– Jakiś facet dzwonił – zawiadomiła ciotka Lena ponurym głosem. – Będziecie jutro mieli wizytację czy inspekcję, czy kontrolę, czy jak tam się to nazywa. To już trzecia czy czwarta? Co to za dom rodzinny, do którego stale przyjeżdżają jacyś urzędnicy? Czy nasze dzieci mają mieć wrażenie, że mieszkają w urzędzie? Pytam po dobremu! Tym razem Urząd Wojewódzki. Podobno chcą was sprawdzać merytorycznie. Nie pytajcie mnie o więcej, facet tak strasznie grzmiał przez telefon, że trudno go było zrozumieć. Zapewne jakiś ważny inspektor.

– Co to znaczy: grzmiał? – zainteresowała się Zosia. – Ryczał na ciocię?

– Ryczał, ale nie w sensie że na mnie, tylko do mnie. Taki ma głos. Dudniący. Dużo basów. W przeciwieństwie do sprzętu grającego, nie da mu się tych basów wyłączyć.

– Subwoofer – wtrącił się obecny przy rozmowie Darek.

– Jak ciocia chce... i wujek, i babcia, oczywiście, to ja zmobilizuję wszystkich i będziemy godnie reprezentować.

– Co to znaczy? Kogo chcecie reprezentować?

– No, nas. Nas wszystkich. Wychowankowie przecież świadczą o tym... tego... domu. Nie? No to ja porozmawiam ze wszystkimi i ustawię do pionu. Mucha nie siądzie.

– Może to i nie jest głupie – zastanowił się Adam. – Tylko czy to nie wyda się temu facetowi trochę podejrzane? Czternaścioro grzecznych dzieci? Ja nie wiem, czy tyle grzecznych dzieci naraz w ogóle występuje w przyrodzie. Co ty na to, Zośka?

– I tak nie będziesz miał całej czternastki. Chyba że Darek wpłynie na Julkę, żeby wylazła z pokoju.

– Prawda. Ile czasu ona tam siedzi?

– Jedenasty dzień.

– Zaczynam się zastanawiać, czy metoda na przeczekanie jest aby na pewno metodą słuszną...

– Ustaliliśmy, że metod siłowych nie stosujemy. A z łagodną perswazją to sam wiesz, co ona zrobiła.

Jakiś tydzień temu Adam usiłował porozumieć się z zamkniętą na głucho w pokoju Julką, ale doczekał się tylko dramatycznego przemówienia, z którego wynikało, że jest osobnikiem z gruntu fałszywym, podobnie jak Zosia, Lena, wszyscy chłopcy i prawdopodobnie cała ludzkość. Stosował podstępy i różne psychologiczne chwyty, które wygrzebał z zakamarków pamięci, ale Julka zaparła się w sobie i nie pękła ani nawet się nie zarysowała. Przez kilka pierwszych dni chodziła jeszcze do szkoły, ale potem zaniechała i tego. Do łazienki wychodziła chyłkiem, pilnując, żeby nikt o tym nie wiedział, najchętniej w nocy. Furaż przynosiła jej Zosia i zostawiała tacę przed drzwiami, Julka zjadała jakieś okruszki, a resztę wyrzucała najspokojniej przez okno, gdzie znajdował to Azor, na skutek czego robił się z dnia na dzień grubszy. Ze względu na możliwość nadmiernego obciążenia leciwego psiego serca Zosia zastanawiała się nad poważnym zmniejszeniem porcji, ale to by wyglądało na skąpstwo, a tego też chciała uniknąć. Sytuacja nie była za dobra i niewątpliwie jeszcze tylko inspektora z Urzędu Wojewódzkiego brakowało tu do kompletu.

No ale z Julką doraźnie nic się nie da zrobić, natomiast trzeba będzie w końcu podjąć jakieś kroki.

Tylko jakie?

– Jest jeszcze jeden problem – zauważyła, pocierając koniec nosa. – Odwilż przyszła.

– To dobrze, nie? – Adam nie zrozumiał, w czym rzecz.

– Wiosna idzie. Kwiatki. Ciepło. Tu jest piękna wiosna, Zosiu, zobaczysz, jak nam się biometeorologia poprawi.

– Ale moje zapasy się zaśmierdną. Ja je trzymam na balkonie w kupie śniegu, a ten śnieg właśnie odjeżdża. Teraz wam dam to wszystko, co tam miałam, ale potem będę musiała robić obiady na bieżąco, bez odrobiny luzu. No i nie będzie gdzie trzymać masła, serków, surowego mięsa... Będziesz musiał codziennie jeździć po zakupy. Skąd wytrzasnąć zamrażarkę? Albo przynajmniej jakąś wielką lodówkę?

– Nie z bieżących funduszy, to pewne. Patrz, tyle fajnych rzeczy dostaliśmy od moich kolegów, a lodówki nie.

– Może damy ogłoszenie do gazety: zamienię dwa stare telewizory na jedną starą lodówkę...

– Czekaj, zadzwonię do matki, może jej wolno kupić nam zamrażarkę i odliczyć ją sobie od podatku?

Urzędnik wojewódzki dziwnie przypominał Zosi Stanisława Jończyka, chociaż garnitur miał w dużo lepszym stanie. Wbrew oczekiwaniom, przy swoim rzeczywiście tubalnym głosie, posturę miał niezbyt imponującą, grzywę siwych włosów nad krzaczastymi brwiami i przepiękne zęby, najwyraźniej nowiutkie i bardzo kosztowne. Poza tym wszystkim wyglądał dosyć betonowo.

Przyjechał matizem w kolorze prawidłowej kupki niemowlęcej i od początku wyraził niezadowolenie.

– Dużo śniegu u was jeszcze leży – zadudnił zamiast przywitania, a akcent miał wyraźnie kresowy. – A ja już opony zimowe zdjąłem i letnie założyć kazałem, połowa marca jest, co to ma znaczyć, że tyle śniegu! Z ledwością podjechałem pod tę waszą górkę. Nie mieliście już gdzie tego domu zakładać?

– Ano, nie mieliśmy – burknął Adam, niezadowolony. Pan inspektor był pierwszą osobą, która nie zachwyciła się natychmiast położeniem domu na klifie. – Na dołku wszystkie były już zajęte.

Zosia uszczypnęła go mocno w łokieć. Jako doświadczona pracownica resortu oświaty znała ten wciąż pokutujący typ grzmiącego-niby-to-gniewnie-a-naprawdę-dobrotliwego czynownika. Podejrzewała, iż ową rzekomą dobrotliwość można spokojnie między bajki włożyć. Tacy urzędnicy byli z reguły niezadowoleni ze swojego uposażenia, z nawału pracy, ze swoich szefów, a przede wszystkim z osób kontrolowanych. Mieli też okropny zwyczaj pokrzykiwania na rozmówców. To ostatnie szczególnie trudno było jej znieść. Nie wiedziała, jak sobie z tym poradzi Adam. Niewykluczone, że sobie nie poradzi. Może należało go jakoś wcześniej poinstruować?

– Dzieci w szkole, jak przypuszczam? – Inspektor zamykał samochodzik, pstrykając kilkakrotnie alarmem i próbując drzwi, jakby podejrzewał, że na jego osobiste cudo polskiej motoryzacji w okolicznych krzakach czają się złoczyńcy. – Proszę prowadzić.

– Przedstawianie się nie jest przyjęte w wysokich sferach urzędniczych? – szepnął Adam w stronę Zosi, podczas kiedy inspektor, nie czekając, aż go ktokolwiek poprowadzi, bezbłędnie sunął w kierunku wejścia.

– Cicho bądź, on wie, kto my jesteśmy, i uważa, że powinniśmy wiedzieć, kim on jest. Zobaczymy na pieczątce, jak dostaniemy protokół pokontrolny. Czy coś w tym rodzaju.

Inspektor już wchodził do sieni i zamierzał pruć swobodnie dalej, ale tu natknął się na ciotkę Lenę, zastawiającą sobą drzwi.

– Nogi! – huknęła ciotka i pokazała palcem zaśnieżone buty inspektora. – Całe buty w śniegu! Niech no pan je dobrze obtupie na wycieraczce, a tu jest szmata. Bo dzieci świeżo podłogę myły!

Inspektor ze zdumieniem spojrzał na malutką i okrąglutką starszą panią w jasnoróżowym, mechatym dresie, stojącą mu na drodze i wrzeszczącą na niego kompletnie bez szacunku. Tak się tym zdumiał, że posłusznie wrócił na wycieraczkę i tupnął solidnie kilka razy. Wytarł też buty solidnie w stary frotowy ręcznik ciotki Bianki, leżący na podłodze. Wtedy w starszej pani zaszła wysoce zadowalająca zmiana. Rozpromieniła się, ustąpiła miejsca i wyciągnęła do niego mikroskopijną rączkę.

– Lena Dorosińska jestem, na etacie babci w tym domu wariatów. A pan?

– Magister Eustachy Dzwończyk – przedstawił się, wzięty z zaskoczenia inspektor.

– Dzwończyk? Z Wilna może? Bo moi rodzice, świeć Panie nad ich duszami, przyjaźnili się w Wilnie z rodziną Dzwończyków, dawne to były czasy!

– No, coś podobnego! Z Wilna, jak najbardziej, z Wilna! I powiada pani szanowna, że rodzice przyjaźnili się? Ja bo Dorosińskich nie pamiętam, ale jak nas z Wilna na Sybir wywozili, to mnie było cztery lata...

– A bo pan młodszy jest ode mnie znacznie, ja wtedy panna byłam dorosła prawie, mnie już osiemdziesiąty ósmy rok idzie, a panu siedemdziesiątka jeszcze długo nie stuknie! To ja zapraszam pana na kawusię i ciasteczka, serniczek upiekłam, zupełnie jakbym się spodziewała takiego znamienitego gościa... A może pan herbatki woli? Naleweczki nie proponuję, bo pan samochodem przecież, to nie można. Proszę, proszę! Zosia, Adam! Kawę panu inspektorowi naparzcie i serniczek pokrójcie, to i kontrola przyjemniejsza będzie, a co się odwlecze, to nie uciecze!

Zosia i Adam posłusznie poszli do kuchni i zajęli się czynnościami gospodarskimi.

– Adam, co się ciotce stało? Ja już pomijam, że coś z wymową, nigdy nie miała takiego zaśpiewu, ale przede wszystkim łże jak najęta, dodała sobie osiem lat, a sernik przecież upiekł wczoraj Januszek! Co ona kombinuje?

Adam był purpurowy na twarzy, bo od dłuższej chwili dusił się ze śmiechu.

– Moim zdaniem ciotka zmiękcza inspektora. Nawiasem mówiąc, Wilna na oczy nie widziała, cała jej rodzina pochodzi z Kaszub. Ale wiesz, cioteczka jest szanciara i artystka, ma doskonały słuch, wyczuła akcent, to się dostosowała i jedzie. A magister Dzwończyk połknął haczyk. Pokroisz serniczek cioci Leny?

Magister Dzwończyk rzeczywiście połknął haczyk i to tak porządnie, że kiedy Zosia i Adam z zastawą wchodzili do salonu, przyznawał się właśnie, że prawdę mówiąc, wcale nie jest magistrem, bowiem w czasach realnego socjalizmu nie kończył żadnego uniwersytetu, tylko studium nauczycielskie. No i jakoś mu się udało na tym SN-ie przeżyć całe zawodowe życie. A nawet dochrapać się odpowiedzialnego stanowiska urzędniczego, jako że, przyznał się pani dobrodziejce, uczyć nie za bardzo lubił. Bo i w ogólności za dziećmi nie przepadał nigdy, a teraz jako inspektor musi głównie kontrolować takie domy dziecka pod względem formalnym i to mu odpowiada, bo on, panie, zdecydowanie jednak woli papiery od dzieci!

No i właśnie kiedy wygłaszał tę deklarację, zjawiły się dzieci.

Zdaje się, że Darek miał do nich wczoraj umoralniające przemówienie, bo zachowywały się wręcz podejrzanie grzecznie. Zaglądały do salonu, mówiły "dzień dobry" i natychmiast ulatniały się jak gaz. Magister-nie-magister Dzwończyk nie zwracał na nie szczególnej uwagi, chyba było mu na rękę, że znikały. Wdali się bowiem właśnie z ciotką Leną w ponure rodzinne historie syberyjskie (pan Eustachy) i kazachstańskie (ciotka Lena) i gdyby Adam nie przeczytał w zeszłym tygodniu "Wielbłąda na stepie" Krzysztonia, to zapewne dałby się jej nabrać koncertowo. Ona chyba też niedawno tę książkę przeczytała, mogła więc sypać szczegółami.

Trochę ciotka ryzykuje – pomyślał. Zawsze jest bowiem możliwość, że i inspektor Dzwończyk czyta książki.

Jeśli nawet je czytał, to Krzysztoń raczej nie wpadł mu w ręce, bo nie zgłaszał żadnych reklamacji. Przeciwnie. Zapomniał zupełnie, po co przyjechał do Lubina, i zagadał się z ciotką Leną nieomal na śmierć.

Do obiadu siedli razem – nie było tylko licealistów – Darka i Marka, którzy kończyli lekcje później niż reszta. Zosia i Adam mieli nadzieję, że Julka nie ujawni swojej obecności w zamkniętym pokoju, nie mieli bowiem ochoty na tłumaczenia, no i liczyli, że pan inspektor nie doliczy się braku dziewczynki, pan inspektor jednakże nie wrócił jeszcze z dalekiego kraju, z tej strony zatem niebezpieczeństwa nie było.

Przy obiedzie nawet Cycek i Mycek nie wylali zupy i nie naświnili wokół siebie kartoflami z sosem (zdarzało im się to czasem przy improwizowanych bitwach). Żaden z chłopców nie wyrwał się też z niewczesnym gadulstwem (a kilku z nich zdradzało zazwyczaj takie tendencje).

Przy poobiedniej kawusi z serniczkiem inspektor pobieżnie zajrzał do grubej teczki z dokumentacją dotyczącą dzieci. Zosia i Adam wymienili nieco nerwowe spojrzenia, dokumentacja była bowiem ich słabą stroną. Uważali, że tatuś i mamusia powinni się zajmować wychowywaniem dzieci, a nie wypełnianiem kwitów. Po inspektorze widać jednak było, że myślą wciąż błądzi w odległej przeszłości.

I wszystko ułożyłoby się po prostu wspaniale, gdyby Julka jednak nie wyszła ze swojego pokoju.

Miała na sobie niespecjalnie świeże spodnie i jeszcze mniej świeżą podkoszulkę, była przeraźliwie chuda i wyglądała dość mizernie.

Wszyscy obecni w pokoju zamarli, a Zosi prawie stanęło serce w nieokreślonym przeczuciu czegoś niedobrego.

I słusznie jej stanęło, bowiem Julka podeszła do inspektora magistra Eustachego Dzwończyka i słabym, acz zdecydowanym głosikiem powiedziała:

– Ja chcę zgłosić, że byłam w tym domu molestowana seksualnie.

Eustachy Dzwończyk chwilowo tylko wytrzeszczył oczy, natomiast Zosi i Adamowi wyrwał się jednocześnie okrzyk:

– Jezus Maria! – to Zosia.
– Julka! Czemu nam nie powiedziałaś?
– A komu miałam powiedzieć!? Komu? Przecież to pan był...

Zosia i Adam zamarli po raz drugi i na dłużej. Ciotka Lena wpatrywała się to w Julkę, to w Adama z nieopisanym zdumieniem.

Pierwszy zareagował pan Dzwończyk, zbudziwszy w sobie profesjonalistę.

– Poczekaj, dziecko. Powiedz mi jeszcze raz. Co ci się stało?

– Ja... byłam molestowana seksualnie – wyszeptała Julka i wybuchnęła płaczem.

– I twierdzisz, że to był... wasz opiekun?
– Przecież mówię!

Do Adama na razie jakoś średnio docierało, że właśnie zaczyna mieć największe kłopoty w swoim życiu, patrzył bowiem na Zosię, która omal nie zemdlała z wrażenia, i zastanawiał się, czy ona uwierzyła w to, co mówi Julka.

Zosia była oszołomiona, ogłuszona i przerażona. I na taką, niestety, wyglądała. Słowa Julki wstrząsnęły nią do głębi. Nie potrafiła jej uwierzyć, ale przecież tak naprawdę... czy przez te kilkanaście miesięcy poznała Adama do tego stopnia, żeby wiedzieć, czy jest zdolny do czegoś podobnie obrzydliwego? Nie, nie mogła mieć pewności – w przeciwieństwie do ciotki Leny, która natychmiast spłonęła purpurowym rumieńcem i gdyby od dziewczynki nie dzieliły jej dobre dwa metry, prawdopodobnie własnymi małymi rączkami wytrząsnęłaby z niej natychmiastowe przyznanie się do konfabulacji. Ponieważ jednak była za daleko, ograniczyła się do rzucania wściekłych spojrzeń.

Z inspektora Dzwończyka wylało się pełne zakłopotania wyznanie:

– A miałem z koleżanką przyjechać i tak zrobić należało... to nie, na rękę jej poszedłem, bo dziecko jej zachorowało i nie miała z kim zostawić!

– Każdy dobry uczynek zostanie słusznie ukarany! – sarknęła ciotka Lena. – To się tyczy pana inspektora i ciebie, Adam, również, jak mi się zdaje! Julka, na litość boską! Co ty za bzdury opowiadasz? Adam cię molestował? Jak mogłaś w ogóle coś takiego wymyślić!

– Ja nic nie wymyśliłam! – krzyknęła Julka, a w jej wielkich oczach pojawiły się wielkie łzy.

Chłopcy przy stole stracili początkową nieruchomość i zaczęli się teraz przekrzykiwać, wyrażając mało sprecyzowane, ale burzliwe uczucia.

Zosia oprzytomniała pierwsza.

– Chłopaki, zostawcie nas, proszę. Darek... musimy omówić tę sprawę w dorosłym gronie, proszę cię...

Darek zrozumiał w lot, czego się od niego oczekuje, i kilkoma sprawnymi ruchami wygonił męską młodzież z salonu, po czym starannie zamknął drzwi.

– Julka, proszę, opowiedz po porządku, co cię spotkało, kiedy, jak to było. Ciociu Leno, niech jej ciocia pozwoli wszystko powiedzieć.

Ciotka Lena wypuściła nabrane przed chwilą powietrze. Julka spuściła głowę.

– Niczego nie powiem... przy nim.

Adam poczuł coś w rodzaju rozpaczy. Jego oskarżycielka wyglądała jak uosobienie skrzywdzonej niewinności. Zosia najwyraźniej się opancerzyła i postanowiła profesjonalnie stawić czoła problemowi. Ciotka Lena jednak nie wytrzymała.

– Adam, powiedz coś! Powiedz wszystkim, że to przecież nie może być prawda!

– To nie jest prawda – usłyszał własny ochrypły głos i uznał, że nie zabrzmiało to najlepiej. – Nie wiem, jak was przekonać. Nie wiem, dlaczego Julka mi to robi. Jeśli chcecie, wyjdę, a ona może powie wam coś więcej.

– Tak będzie chyba najlepiej – zgodził się inspektor. Poczekał, aż Adam opuści salon, i zwrócił się do Julki.

– Teraz możesz być z nami szczera. Słuchamy cię uważnie.

Julka dopiero teraz rozmazała się kompletnie i przestała być zdolna do jakichkolwiek wyznań. Inspektor pokręcił głową i spojrzał bezradnie na Zosię.

– Trzeba będzie tę przykrą sprawę dokładnie zbadać, oczywiście i pani, i mąż, zdajecie sobie z tego sprawę. Nie wiem tylko, czy nie powinienem zabrać dziewczynki do pogotowia opiekuńczego, chyba nie może teraz pozostawać w domu państwa.

– Rozumiem – powiedziała Zosia w miarę spokojnie. – Czy chce pan ją zabrać od razu?

– Ja bym nie radziła – znowu nie wytrzymała ciotka Lena. – Bo zanim pan z nią dojedzie do Szczecina, pana też oskarży o Bóg wie co!

– Ciociu Leno...

– Nie, nie, pani Lena jak najbardziej słusznie ostrzega, ja mam świadomość, ale przede wszystkim jeśli ja będę prowadził, to ktoś musi zająć się dziewczynką, ona jest teraz w stanie bardzo... rozstrojonym. Nie bardzo wiem, jak

to rozwiązać, zatelefonuję do pogotowia, może ktoś od nich będzie mógł przyjechać...
– Ja tu jestem! – krzyknęła dramatycznie Julka. – Rozmawiacie o mnie jak o przedmiocie! Jakby mnie tu wcale nie było!
– Rozmawiamy między sobą, ponieważ ty nie chcesz rozmawiać z nami – zauważyła spokojnie Zosia. – Chciałaś, żeby Adam wyszedł, i on wyszedł. Miałaś nam opowiedzieć, co się właściwie stało, ale się nie zdecydowałaś. Jeżeli Adam zrobił ci krzywdę, musimy znać szczegóły. Jeśli nie potrafisz mówić o tym tutaj, zabierzemy cię stąd. Panie inspektorze, chyba znalazłam wyjście. Pojadę z panem do Szczecina, a za nami pojedzie Adam i zabierze mnie z powrotem. Julka, spakuj najpotrzebniejsze rzeczy na kilka dni. Pomogę ci, dobrze?
– Nie, niedobrze! Pani wcale nie jest lepsza od niego! Pani o wszystkim wiedziała i nie zrobiła nic!
– Gdybym coś wiedziała, to na pewno bym coś zrobiła.
– Gdzie mnie teraz zabieracie?
– Prawdopodobnie do pogotowia opiekuńczego.
– To jest jakieś świństwo! Wyrzucacie mnie stąd! Ja nigdzie nie pojadę bez Januszka!
– Julka, zrozum. Nie możesz tutaj zostać. Skoro twierdzisz, że w tym domu spotkała cię krzywda, to nie możesz tu być, dopóki wszystko się nie wyjaśni. Nie ma sensu, żeby Januszek jechał gdziekolwiek, wystarczy, że ty zarwiesz szkołę na nie wiadomo jak długi czas...
– To nie ja powinnam stąd wyjechać, tylko on!
– Januszek?!
– Pan Adam!
– To akurat jest niemożliwe, chociażby dlatego, że ten dom jest jego własnością. Julka. Powiedz, co się właściwie stało. Może wyolbrzymiasz, może coś źle zrozumiałaś...
– Pani Zofio – wtrącił cicho inspektor. – Już za późno na tłumaczenia. Proszę zrozumieć, Julka mogłaby zmienić zdanie po to, żeby nie wyjeżdżać. Ze strachu o to, że się ją

rozłączy z bratem. Nie możemy uwierzyć w to, co teraz powie. Musi się nią zająć psycholog. Ja wszystko zaraz załatwię, psycholog będzie na nas czekał w pogotowiu. Czy mogę skorzystać z telefonu? A pani niech uprzedzi pana Adama, żeby po panią przyjechał. Julka niech się już spakuje.

Adam czekał na Zosię w samochodzie, przed budynkiem pogotowia opiekuńczego. Myślał, że potrwa to jakoś dłużej, ale wyszła dość szybko.

– Słuchaj, ja wiem, że to głupio brzmi, ale chodźmy na jakąś kawę, dobrze? Nie do żadnej stacji benzynowej, tylko do normalnej kawiarni, takiej z muzyczką i kwiatkiem na stole, co? Niech przez chwilę będzie normalnie...

Spojrzał na nią i zobaczył zmęczoną kobietę. Odniósł przy tym niejasne dość wrażenie, że miałby ochotę ją przytulić. Ale nie mógł przecież przytulać kogoś, kto, być może, ma go za cholernego pedofila.

– Może być Café 22?

Usiedli przy stoliku z widokiem na zachodzące słońce. Zamówili kawę i po kawałku tortu. Niech przez chwilę będzie normalnie.

– Zosiu...

Nie powiedziała jeszcze ani jednego zdania, odkąd wsiadła do vectry.

– Przysięgam ci, że nic jej nie zrobiłem, że nigdy w ogóle nie miałem w stosunku do niej żadnych erotycznych odruchów. Wierzysz mi?

Skinęła głową.

– Adam, mnie jest tak strasznie przykro, że cię wmanewrowałam w to wszystko...

– W co? W dom dziecka? Sam się wmanewrowałem.

– No co ty gadasz, przecież to ja ci się... oświadczyłam. Cholera, zaproponowałam założenie tego domu. Boże, po co myśmy brali jedną dziewczynkę do tych wszystkich chłopaków?

- Po to, żeby nie rozłączać rodzeństwa.
- Cholera, to wszystko moja wina...
- O, znowu cholerujesz... Boże, nie wiesz, jak mi ulżyło...
- Co ci ulżyło? Że ja klnę? Nie powinnam.
- Że mnie nie podejrzewasz. Dobrze, że tu przyszliśmy. Mnie też potrzebna była odrobinka normalności. Jezu, jaki ten tort słodki...
- Kajmakowy zawsze jest taki słodki. Weźmiemy jeszcze po kawie i pojedziemy, co?
- Dobrze. Powiedz mi teraz, co wysoki Sanhedryn powiedział w sprawie Julki.
- Wysoki Sanhedryn dopiero się zbierze. Na razie rozmawiała z nią psycholożka. Ja ją znam, tę Gabrysię, to rozsądna dziewczyna. Ale Julka będzie musiała jeszcze powtórzyć swoje idiotyczne oskarżenie przed całą komisją i mam nadzieję, że ta komisja się szybko zbierze do kupy. Niewykluczone, że ciebie też będą ciągać, jeśli ona nie odwoła tego, co powiedziała. A jeśli odwoła, to też pewnie będą cię ciągać, bo może odwołała pod wpływem tęsknoty za braciszkiem. Albo diabli wiedzą co. Tak czy inaczej trzeba to będzie dokładnie wyjaśnić.
- Rozumiem. Facet podejrzany o pedofilię nie może prowadzić domu dziecka.
- Z szesnastką to by nie była taka całkiem pedofilia...
- Przestań, błagam. Nie toleruję lolitek.

Omal nie dodał, że na skutek działania Julki zbrzydził sobie wszystkie chuderlawe, ale coś go powstrzymało. Nie pora na takie teksty, bo mogłyby być potraktowane jako niewczesna aluzja. Dlaczego niewczesna, Adam sam nie wiedział, kierował się po prostu intuicją.

- Wiesz, Adam, na czym polega nasz prawdziwy problem?
- Mój na tym, że mogę iść do pudła na jakiś czas.
- Przestań. Ja uważam, że wszystko się wyjaśni i przestaniesz robić za zboczeńca. Ale teraz wyobraź sobie taką

sytuację: wyjaśniło się, nasi mocodawcy uścisnęli ci rękę i wygłosili słowa ubolewania. I co dalej? Julka wraca do nas jak gdyby nigdy nic?

– Teraz ja powiem po twojemu: cholera. Masz rację. Osobiście wolałbym nie ryzykować. Ale jeśli jej nie przyjmiemy z powrotem, to będziemy musieli odesłać gdzieś razem z nią Januszka. Januszek jest zżyty z chłopakami, pokochał ciotkę Lenę jak własną babkę, rozkwitł nam przez te trzy miesiące aż miło... nawet nie chce mi się myśleć, co on będzie czuł, kiedy mu się każemy wynosić. Bo on to tak musi odebrać: że my go wyrzucamy. Jednym słowem: cholera.

– Otóż to. A jeśli przyjmiemy Julkę z powrotem, to będziemy żyli jak na wulkanie, bo nigdy nie będzie wiadomo, co jej strzeli do głowy.

– I tak żyjemy na wulkanie.
– Ale to jest wulkan chwilowo nieaktywny.
– Ale nie wygasły.

Przez najbliższe kilka dni atmosfera w domu na klifie przypominała nie tyle wulkan, ile rodzinny grobowiec. Kiedy Zosia i Adam wrócili bez Julki ze Szczecina, zdrowy trzon grupy zażądał sprawozdania. Na wszelki wypadek, żeby młodsi chłopcy nie próbowali niczego kombinować sami, Adam zarządził rodzinną naradę kolacyjną. Doszedł bowiem do wniosku, że lepiej wszystko wytłumaczyć i odpowiedzieć na wszystkie ewentualne pytania, niż dopuścić do niekontrolowanej erupcji młodzieńczej pomysłowości.

Sposób przedstawienia problemu i to, że Adam z Zosią rozmawiali z nimi prawie jak z dorosłymi, ogromnie się chłopcom spodobał. Tak bardzo, że zaproponowali, aby takie rodzinne spotkania odbywały się codziennie. Śniadań nigdy nie udaje się jeść wszystkim jednocześnie, podobnie jest z obiadami, ale kolacja ma być wspólna i przeznaczona do pogadania. Tak samo obiady weekendowe.

Adam uznał pomysł za doskonały, w związku z czym już od następnego dnia zaczęły się zbiorowe wieczorne spekulacje na temat, co Julka powiedziała psychologom, kiedy wróci i co z nią należy zrobić.

Przyjęto również ze zrozumieniem wniosek Marka, żeby komunikatu o głupiej sprawie nie wynosić poza mury domu. Nie mają prawa się o niczym dowiedzieć ani rodziny, ani koledzy w szkołach. Żeby nikt więcej nie miał już takich idiotycznych pomysłów.

W winę Adama jakoś nikt nie uwierzył.

No i bardzo dobrze, bo niebawem fragment komisji w osobach psychologa i pedagoga (obydwu płci żeńskiej) pojawił się w domu na klifie i rozpoczęły się rozmowy ze wszystkimi dziećmi po kolei. Do dyspozycji komisji śledczej oddano chwilowo nieużywany pokój Julki. Rozmowy trwały trzy dni, urzędowe osoby przyjeżdżały i wyjeżdżały, ale żadnej z nich nie przyszło do głowy, że wszystko, o czym mówiło się na owych przesłuchaniach, jest co wieczór drobiazgowo omawiane na naradach kolacyjnych. Zosia i Adam nawet próbowali stopować te analizy, ale potem doszli do wniosku, że w rodzinie powinno mówić się otwarcie o tym, co boli.

Sprawa z Julką bolała wszystkich, oczywiście ze względu na możliwe konsekwencje dla Januszka, chłopcy bowiem natychmiast doszli do tych samych wniosków co starszyzna: Julka nie powinna już mieszkać w domu na klifie, a jeśli ona wyjedzie, to i Januszek wyjedzie. Jakoś nikt nie brał pod uwagę takiej możliwości, że jednak Adam zostanie oskarżony i że wtedy istnienie domu może stanąć pod znakiem zapytania.

Januszek stracił apetyt, energię, nie chciał już pomagać Zosi i Lenie w kuchni oraz w nosie miał różnice między buraczkiem, ziemniaczkiem i takim na przykład selerem korzeniowym – który to problem niedawno zaprzątał go niemal bez reszty.

Żal było na niego patrzeć.

Po tygodniu Adam został wezwany do złożenia wyjaśnień.

Wrócił w kiepskim nastroju.

– Ona pisała dzienniczek – powiedział do Zosi ponuro.
– Ty masz głowę, że się we mnie zakochała?

Pewnie, że mam, ośle jeden – pomyślała Zosia, ale nie powiedziała tego głośno.

– To się zdarza – mruknęła tylko. – Jaki znowu dzienniczek?

– Normalny. Podobno wszystkie panienki prowadzą jakieś dzienniczki. Chryste, dobrze, że nie prowadziła go w Internecie! Moi znajomi mieliby zabawę!

– Czytałeś?

– Fragmentami i pobieżnie, bo ona była płodna jak Sienkiewicz. Ale pokazali mi jeden taki kawałek, gdzie bardzo dokładnie i z detalami opisała, jak to przyszedłem do jej pokoju, powiedziałem, że jest za chuda, kazałem jej się rozebrać i macałem ją po żebrach. Macałem ją po chudych żeberkach, masz pojęcie? A potem zacząłem się do niej dobierać i to też opisała, daruję ci szczegóły. Z datami, z godzinami, ze wszystkim. Masakra. Mam małe szanse. Prokurator puka do bram, kochana. Będziesz mi nosiła paczki? Czy się ze mną rozwiedziesz i znajdziesz sobie innego? Nie pedofila?

– Czekaj. – Zosia mimo woli poczuła się rozśmieszona chudymi żeberkami. – I kiedy to niby robiłeś, w dzień, w nocy, wieczorem?

– W dzień, jak ostatni cham i brutal. Wróciło dziecko ze szkoły, ty z Leną gotowałaś obiad, a ja wykorzystałem, że w domu jest cisza i nikogo poza tym nie ma... aha, bo ona jakoś wcześniej wróciła z tej szkoły, zajęcia jej klasie skrócili z powodu nagłej niedyspozycji pani nauczycielki...

– Czekaj! – Tym razem Zosia niemal podskoczyła. – Mówisz, że kiedy byłeś ta świnia? Jak ona wróciła wcześniej? I są daty, wszystko?

– Bardzo dokładnie wszystko dziewczynka umieściła w czasie. Nie do podważenia.
– A tam, nie do podważenia! Słuchaj, pamiętasz, co robiłeś tego dnia?
– Zosieńko. Ja nigdy nie pamiętam, co kiedy robiłem, ponieważ nie mam poczucia czasu. Jak pracowałem w telewizji, to się nie rozstawałem z kalendarzykiem, zresztą strasznie mnie to męczyło i bardzo mi ulżyło, kiedy mogłem kalendarzyk wyrzucić w diabły. Więc na pewno teraz nie będę w stanie sobie niczego przypomnieć.
– Nie musisz. Ja na twoje szczęście kojarzę, kiedy to było. To było dokładnie wtedy, kiedy pojechałeś do Szczecina, spotkać się z twoimi koleżkami telewizyjnymi w sprawie tego wielkiego worka prezentów! Adam! Nie rozumiesz?

Adam poczuł gwałtowne łomotanie własnego serca. Zaczynał rozumieć, że może nie tak od razu pójdzie siedzieć i może nie grozi mu utrata twarzy.

– Adam, jeśli ona rzeczywiście wszystko tak dokładnie umiejscowiła w czasie, to żyjemy! Ona już wtedy siedziała zamknięta w pokoju... czekaj, wtedy ostatni raz była w szkole! Potem przestała w ogóle wychodzić z domu. Nieważne. Coś jej odbiło, siedziała zamknięta i komponowała opowieści dziwnej treści.
– Wcześniej jej odbiło – zauważył Adam. – Słuchaj, dzwonię do tego głównego faceta. Tego Dzwończyka. Nawiasem mówiąc, on jeden wygląda, jakby mi trochę wierzył. Boże, dzięki ci za pensjonarskie dzienniczki!

Julka, skonfrontowana z Filipem, któremu w najgłębszym zaufaniu Adam opowiedział o swoich kłopotach i który natychmiast popędził na ratunek przyjacielowi, pękła i przyznała się do łgarstwa. Omal nie utopiła się przy tym we własnych łzach, których wylewała całe rwące potoki. Na pytanie, dlaczego tak uparcie kłamała, odmówiła jednak odpowiedzi. Psycholożka Gabrysia przedstawiła Adamowi i Zosi mocno skomplikowany wywód na temat żalu do rodziców i agresji, która w nowej sytuacji przeniosła się na opiekunów. Opiekunowie wywód zrozumieli i nie żywili do dziewczynki pretensji, pozostał natomiast problem, co robić dalej.

– Ja na waszym miejscu też bym się bała brać ją z powrotem – powiedziała Gabrysia, kręcąc kształtną główką z dużym kokiem z warkocza. – Chociaż teraz jest małe prawdopodobieństwo, że powtórzy numer z molestowaniem. Może wymyślić jakiś inny, ale też niekoniecznie. Nie wiem, co wam poradzić. Rozumiem, że jest problem z jej braciszkiem?

– Braciszkiem Januszkiem – potwierdziła Zosia. – Januszek ostatnio jest chory ze zmartwienia, jeść nie chce, wychudł prawie jak Julka i ryczy po nocach. Chłopaki mi powiedziały w tajemnicy. Ja nie wiem, cholera, ale gdybym oddała Januszka z powrotem do bidula, tobym do końca życia miała wyrzuty sumienia. Adam, a jak ty?

– Ja mniej więcej tak samo – przyznał Adam. – Może jednak zaryzykujemy? Tylko nie wiadomo, jak Julka teraz będzie się u nas czuła.

Dziewczynka, zapytana o to wprost, nie odpowiedziała nic, tylko wylała z siebie dodatkowe wodospady łez. Dorośli dali jej więc chwilowo spokój i wrócili do swojej narady.

– Mam pewien pomysł – zaczęła z namysłem Gabrysia – ale aż się boję wam powiedzieć... ile macie tych dzieci? Czternaścioro? Strasznie dużo...

– Dołożyłabyś nam piętnaste, co? – domyśliła się Zosia.

– Dziewczynkę? – domyślił się Adam. – W wieku Julki? Ale ze starego bidula czy jakąś całkiem nową?

– Chyba ze starego. Julka musiała się czuć trochę wyobcowana u was, same chłopaki i ona jedna. Gdyby miała koleżankę, może by jej było lżej. Ona miała w Szczecinie jakieś psiapsiółki?

– Nie bardzo chyba. Raczej widywałam ją bez towarzystwa – powiedziała Zosia. – Stale przylatywała do nas, zobaczyć, jak się ma Januszek. Tak naprawdę to była bardzo fajna para dzieciaków, ona opiekuńcza, on sama słodycz. Julka miała już jedenaście lat, kiedy ich matka zmarła na zawał, Janusz jest o trzy lata młodszy, rodzina ich nie chciała, ojciec poszedł w siną dal, no to Julcia tak się opiekowała braciszkiem, jak matka prawie.

– Właśnie, a u was jej się ta funkcja urwała, warunki zupełnie inne, nie ma Januszka przed czym i przed kim chronić, poza tym chłopak rośnie... ile on ma lat?

– Trzynasty rok. Ale zawsze był bardzo dziecinny. I ogromnie związany z Julką. Faktem jest, ostatnio jakby mniej jej potrzebował. Dorośleje chłopak, no i u nas lepiej się czuje niż w bidulu. Swoboda mu widać odpowiada.

– Sami widzicie, grunt jej się spod nóg usunął, poza tym, jak wiecie, chyba się zadurzyła w Adamie... troszkę... z nikim w szkole nie zdołała się zaprzyjaźnić, pewnie miała głowę zaprzątniętą czym innym, w efekcie omal nie rozwaliła wam całego domu. Bo macie świadomość, że mało brakowało?

– Mamy – pokiwał głową Adam. – Nie spodziewałem się, że to aż takie wyzwanie. Dobrze, moja droga. Co nas nie zabije, to nas wzmocni. Następnym razem będziemy bardziej przewidujący.

– Myślisz, że będzie następny raz?

– On tak myśli. – Teraz Zosia kiwała głową. – Ja też tak myślę. Cudów w przyrodzie nie ma. Może ten następny raz to nie będą żadne pomysły erotyczne, ale coś się na pewno wykicha, jak mówią starzy górale... i to pewnie nie raz, nie dwa. Będziemy uważniejsi. Dzięki, Gabrysiu.

– Ależ proszę, dla mnie drobiazg. A co robimy z Julką? Bo ja bym proponowała zostawić ją tutaj jeszcze dzień, dwa, niech się oswoi z nową sytuacją, na pewno jej ulżyło, że już nie musi kombinować, teraz jej głupio i prawdopodobnie żałuje. Za parę dni będzie mocniejsza, to ją zabierzecie. Chyba że postanowiliście jednak nie?

– Nie, nie, zabierzemy. Powiedz jej, że weźmiemy dla niej koleżankę, trudno, niech już będzie, zmieści się. Najlepiej wyduś z niej, kogo by chciała zabrać ze swojej starej grupy. Może Karolinę, tam była taka jedna Karolina, wyglądały na dosyć zaprzyjaźnione.
– Dam wam znać.

Kolacyjna narada tego dnia była dosyć burzliwa. Z jednej strony ulga spłynęła na wszystkich olbrzymia, z drugiej – część domowników gorąco zaprotestowała przeciwko powrotowi Julki, co z kolei Januszka przyprawiło niemal o zapaść. Zosia i Adam musieli zdrowo wytężać inteligencję i wykorzystywać wszystkie wspólne pomysły psychologiczno-pedagogiczne, aby w końcu Dom uznał, że Julka owszem, może wrócić. Januszek, usłyszawszy wyrok ostateczny, natychmiast pomknął do kuchni i w ciągu godziny wyprodukował trzy blachy kruchych ciasteczek najwyższej klasy światowej.

O dziesiątej wieczorem zadzwoniła Gabrysia z komunikatem, że Julka prosi, żeby nie brać żadnej dziewczynki. Ona przeprasza za to, co narobiła, ale sama sobie jakoś poradzi.

– Pewnie – prychnął Romuś, znawca życia. – Ja bym też lubił mieć własny pokój. Taki tylko dla siebie, jak Julka ma.

Pierwszego kwietnia przed dom na klifie zajechała furgonetka. Z siedzenia pasażera zeskoczyła na nieśmiało zieleniejący trawnik dama wytworna w każdym calu.

– Kupiłam wam tę zamrażarkę – oświadczyła, ściskając się z Adamem. – Mam w nosie odliczenia, stać mnie na prezent. Macie gdzie ją postawić?

– Mamy, w garażu jest miejsce w sam raz na jeden samochód i na jedną zamrażarkę. Ojca zostawiłaś w domu?

– Nie, przyjechał, ktoś musiał przecież prowadzić ten

furgon, a ja nie potrafię. O, wysiada. Konstanty, coś ty tam robił tyle czasu?

– Słuchałem koncertu klarnetowego Mozarta – oświadczył Konstanty Grzybowski nader godnie. – Nie znoszę przerywania w połowie frazy, to barbarzyństwo. Witaj, synu. Żyjesz jeszcze?

– A co, miałeś nadzieję, że będziesz mógł mnie pokrajać w poszukiwaniu swoich genów? Żyję. Chociaż niewiele brakowało, a miałbym zawał albo coś z tych rzeczy. Wysokie napięcia, rozumiesz.

– Co cię tak napięło? – zaciekawił się ojciec, do którego nie docierały echa burzliwych wydarzeń ostatnich tygodni (Izabela była na bieżąco, telefonowała bowiem do syna co jakiś czas). – Opowiesz nam?

– Jasne, ale może wejdźcie do domu, zamrażarce nic się nie stanie, jak posiedzi jeszcze trochę na pace. Wróci Darek, nasz najstarszy, to będziemy ją ściągać.

– Ogród zimowy jeszcze istnieje, czy zrobiłeś tam świetlicę? – zainteresowała się Izabela. – Moglibyśmy tam wypić kawę, przywiozłam wam jakieś ciasto, mam nadzieję, że jadalne, kupiliśmy po drodze.

– Ogród zimowy istnieje, owszem. Jest pod ochroną i nie wolno w nim rzucać przedmiotami ani w ogóle niczym. Ani zaśmiecać go popcornem. A co do ciasta, to my też mamy. Bo my, proszę mamy, zawsze mamy.

– Co ty bredzisz? Co macie?

– Ciasto. Januszek piecze.

– Kto to jest Januszek?

– Jeden z naszych chłopców. Piecze nałogowo, szczególnie ostatnio, kiedy spadła mu z głowy straszna troska. I jest to, kochani, mistrzostwo świata, a nie ciasto. Dzisiaj podajemy metrowiec. Januszek upiekł go wczoraj wieczorem, bo się zmartwił, że karpatka dobra, to ją zeżrą i może na dzisiaj, Boże broń, nie być ciasta.

– Przestań!

– Słowo daję. Chodźcie. Na razie nie ma dzieciaków, więc

możemy spokojnie posiedzieć. Pierwsze sztuki wrócą na obiad koło drugiej.

– A gdzie Lena i... twoja żona?

– Robią ten obiad i całe są upaprane mielonym mięsem, dlatego nie wyleciały z domu i sam jestem za komitet powitalny. Idziemy?

– Czekaj. Z twoim... waszym małżeństwem... nic się nie zmieniło?

– Izabelo!

– Konstanty! Sam też chcesz wiedzieć, tylko udajesz dyskretnego.

– Nie udaję...

– Kto by ci tam uwierzył. Adam, jak jest?

– Nijak. To znaczy tak, jak było. Ale mogę wam powiedzieć teraz, żebyście nie powiedzieli potem, że Zosia i Lena wywierają na mnie presję – nie żałuję. To nie jest łatwe, być ojcem zastępczym czternaściorga dzieci, ale coś mi się w tym podoba. Nie pytaj, mamo, co, bo sam się zastanawiam. Mam, oczywiście, pewne hipotezy...

– Jak długo będziecie się tam grzebać na dworze?! – Donośny krzyk rozległ się niemal jednocześnie z trzaskiem otwieranego gwałtownie okna. – Poprzeziębiacie się, teraz powietrze jest zdradliwe! Do domu!

Kolejny trzask i okno zamknęło się. Konstanty roześmiał się nieoczekiwanie.

– Lena tak do nas wrzeszczała?

– Do nas. Nabrała takich manier w kontakcie z naszymi dziećmi. Chodźcie, bo nam zrobi awanturę.

Kiedy wchodzili do przestronnej kuchni, Lena i Zosia wycierały właśnie ręce w papierowy ręcznik. Na stole piętrzył się potworny stos mielonych kotletów.

– Zjadacie tyle na jeden obiad? – zainteresowała się z pewnym uznaniem Izabela.

– Oszalałaś, większość zamrażamy. Wreszcie się zdecydowaliście! Nie ciekawiło was wcześniej, jaki dom stworzył wasz syn? Z waszą synową?

– Nie mieliśmy czasu. Ale się zrobiłaś marudna. Można cię uściskać, Leno, czy jeszcze jesteś w kotletach?
– Nie, już nie jestem, ściskaj. Co masz na tym furgonie? Dlaczego nie przyjechałaś tą wypasioną furą, co zwykle?
– Leno, na miłość boską, kto cię uczy takiego języka?
– Umiem lepiej. Mam czternastu nauczycieli niepoprawnej polszczyzny. I wiecie, że ona czasami jest zabawna? A co z furgonem?
– Zamrażarka. Prezent na prima aprilis. Zosiu, niech i ciebie uściskam. Jak wam leci? Julka już w domu?
– W domu, wczoraj wróciła, trochę przygaszona, ale w sumie mogło być o wiele gorzej. Mogliśmy stracić dom. Ona sobie z tego zdała sprawę poniewczasie i ciężko się przeraziła. Miała męską rozmowę z Adamem, który jej dokładnie opowiedział, czym mogłyby się skończyć jej pomysły, gdyby się ich trzymała...

Adam istotnie poprzedniego dnia odbył najtrudniejszą rozmowę swojego życia, rozmowę, przy której jego najlepsze wywiady demaskujące różne nieprawidłowości życia publicznego były malutkim pikusiem. Kiedy odbierał Julkę z opiekuńczych rąk psycholożki Gabrysi, zdał sobie sprawę, że dziewczyna jest ciężko przerażona. Sam czuł się dosyć głupio, wolałby, żeby Zosia była z nimi, ale Zosia padła właśnie ofiarą własnych eksperymentów kulinarnych i siedziała teraz w domu, trzymając się za żołądek. Po zastanowieniu doszedł do wniosku, że może to i lepiej, będzie okazja do pogadania z Julką oko w oko.

Początkowo w ogóle nie chciała się odzywać. Mniej więcej do Goleniowa tłumaczył jej, starając się, żeby to wypadło jak najbardziej wiarygodnie, że nie ma do niej pretensji. Streszczał rozmowy z Gabrysią i opisywał stany uczuciowe wszystkich mieszkańców domu, nie wyłączając Azora. Przekonywał, że zrozumiał, skąd jej oskarżenie się wzięło, a zrozumieć to znaczy wybaczyć. W okolicy Babigoszczy skapitulował i zamilkł, zrezygnowany i trochę zły – a wtedy ona przemówiła, mniej więcej potwierdzając to, do czego Adam i Zosia doszli wspólnie z Gabrysią. W Wolinie zatrzymali się i Adam zaprosił Julkę na frytki z keczupem. Przy frytkach przypieczętowali porozumienie, obiecując sobie nawzajem nie wracać już nigdy do tej nieprzyjemnej historii.

Dojeżdżając do Lubina, Adam zdążył jeszcze wygłosić przekonujące, ale raczej kłamliwe przemówienie o nierozerwalnych więzach miłości łączących go z Zosią. Miał nadzieję, że Julka dostrzeże wreszcie beznadziejność swojego zadurzenia i spróbuje z nim walczyć. Bardzo ją o to prosił, występując z pozycji statecznego ojca.

Stateczny ojciec... całe szczęście, że nie pociągają go nastolatki. Całe szczęście, że nie gustuje w chuderlawych...

Jak to, nie gustuje?

Całe życie przecież gustował w chuderlawych!

ALE NIE DZIECIAKACH!!!

Poza tym – zupełnie nie wiadomo dlaczego – ostatnio, kiedy myśli o kobietach jako o kobietach, a nie przyjaciółkach, żonach przyjaciół, koleżankach z pracy i psycholożkach z pogotowia opiekuńczego – wyobraża je sobie obdarzone jakim takim ciałem...

No i jako dojrzałe kobiety. Lolitki nie mają szans.

Tak czy inaczej, udało mu się w końcu – a przynajmniej na to wyglądało – przekonać Julkę, że o wiele pożyteczniejszy będzie dla niej w charakterze ojca aniżeli mrocznego przedmiotu pożądania. Wygłosił też małą samokrytykę, obiecał, że oboje z Zosią będą zwracać więcej uwagi na nią, Julkę, i jej problemy, a na koniec obdarzył ją kilkoma wyszukanymi komplementami, po których wreszcie zaczęła się uśmiechać.

Wieczna kobiecość!

Wieczna kobiecość wróciła właśnie ze szkoły, przywitała się mruknięciem i znikła w swoim pokoju.

– Ładna z niej dziewczyna – zauważyła Izabela. – Tylko okropnie ubrana.

Zosia zaczerwieniła się po uszy.

– Nie mieliśmy jeszcze możliwości kupienia jej nowych ciuchów. Chłopcy trochę dostali od kolegów Adama, ale dla Julki nic tam nie było. To, co ma, to ma jeszcze z bidula. A z pieniędzmi u nas krucho, bo starostwo pierwszą forsę dało nam w połowie stycznia i do tej pory tak kuleje...

– Rozumiem. Słuchajcie, ogłosiłam dzisiaj Dzień Dziecka na prima aprilis. Dla chłopców jest zamrażarka, a Julkę zaraz zabiorę do Świnoujścia i coś jej kupimy. Adam, pożyczysz mi swoją vectrę? Nie będę jechała furgonem, a Konstanty pewnie woli tu posiedzieć, zresztą na furgonie jest zamrażarka...

– Nie poczeka... mama na obiad?

– Prawdziwe damy nie jedzą – oświadczyła wyniośle Izabela, wstała z kanapy i otrzepała elegancką spódnicę z kłaków Azora.

Julka rzuciła w kąt obrzępany różowy plecaczek i padła na tapczan, odczuwając ogólne zniechęcenie. Jej prywatny dół był nieco mniejszy niż w ostatnich dniach, ale wciąż jeszcze dostatecznie głęboki, żeby nalać do niego wody, rzucić się z głową i utopić. Samochodowa rozmowa z Adamem pomogła jej o wiele więcej niż cała gadanina wszystkich psychologów, pedagogów i psychiatrów, z którymi ostatnio miała do czynienia. W pewnym momencie Julce zdawało się, że wszystko rozwaliła; wszystko, co tylko było do rozwalenia, że nie ma już powrotu i trzeba będzie się zabić albo coś w tym stylu... Sama nie bardzo wiedziała, dlaczego oskarżyła Adama, to był jakiś atak małpiego rozumu, gdyby tak padło na kogo innego, toby nie miała powrotu do tego domu, a tak naprawdę to fajny dom, Januszek jest tu szczęśliwy, tylko co takiemu Januszkowi potrzebne do szczęścia? Blacha, ciacha i cukier puder. A może z nim coś jest nie tak? Może Januszek jest dziewczyną i za kilka lat trzeba będzie go zmieniać operacyjnie? Boże, nie! Trzeba będzie pogadać z Adamem, tylko czy to nie będzie nielojalne wobec brata? Ale z Adamem można w zaufaniu. Boże, jaki on jest... no, cudny jest. Ojciec! On mówi, że mogą go traktować jak ojca. Ojciec, też coś. Ojciec jest tylko jeden, a ich ojciec, jej i Januszka, był nawet trochę podobny do Adama, to znaczy też czarny, tylko że w pewnym momencie zniknął z horyzontu i koniec, więcej się nie pokazał. Januszek miał wtedy cztery lata, a ona siedem. A trzy lata później mama nie wytrzymała i umarła na zawał, i to był koniec normalnego życia, bo rodzina się na nich wypięła. Na Julkę i Januszka, nieślubne dzieci grzesznej matki i uroczego, beztroskiego ojca, trochę w typie Adama. Dzieci poczęte i żyjące w grzechu nie mają czego szukać w rodzinie Przysłańskich – tak brzmiało nazwisko mamy, oni oboje dostali od ojca chociaż nazwisko.

Julka często myślała o ojcu i zastanawiała się, czy gdyby wiedział, że oni są w domu dziecka... czy to by go w ogóle obeszło? Bo co do Przysłańskich, nie miała wątpliwości, byli niereformowalnymi bigotami, bez przerwy na klęczniku albo przy konfesjonale, kurde, przecież księża z ambony to głoszą dobroć, nie? Jakieś takie rzeczy jak litość, wspaniałomyślność, wielkoduszność. Boże, można umrzeć ze śmiechu. Któregoś dnia mama zaprowadziła ich do dziadków na obiad rodzinny, jakiś jubileusz, któreś tam lecie ślubu, złote gody, czy coś. Dom był pełen gości, trzech księży, mnóstwo różnych starych ciotek, a ich traktowano, jakby nie istnieli. Mama coś tam usłyszała na swój temat, wściekła się, zabrała dzieci i wyszła przed deserem. Julce i Januszkowi strasznie żal było wtedy tortu, widzieli ten tort przedtem w kuchni – był wspaniały, ogromny, ociekający czekoladą, z czekoladową figurką przytulonej pary na wierzchu.

Może dlatego Januszka tak ciągnie do pieczenia ciastek?

Zjadłaby ciastko.

To naprawdę śmieszne – od tej rozmowy z Adamem stale by jadła. Utyje z tego wszystkiego i będzie gruba jak pani Zosia.

Julka mówiła do Zosi „ciociu", ale bez przekonania.

Zastanawiające jest jednak, że Adam mówi, że tę grubą Zosię kocha. To ciekawe. Gdyby tak ona utyła...

Chrząknięcie od drzwi było bardzo głośne. Julka aż podskoczyła.

O futrynę opierała się dama będąca wręcz uosobieniem elegancji, stara niewątpliwie, ale piękna, w cudownej garsonce z miękkiej tkaniny w kolorze indyjskiego róż, takiego jakby przybrudzonego, omotana szalem w tym samym kolorze, tylko o dwa odcienie ciemniejszym...

– Przepraszam – powiedziała wytworna matka Adama. – Próbowałam chrząkać dyskretniej, ale mnie nie słyszałaś. Zamyśliłaś się, co?

– No... a o co chodzi?

– Aaa, o nic specjalnego. Jestem matką Adama, wiesz?

– A ja jestem Julia Korn.

– Nie przejechałabyś się ze mną do Świnoujścia?

– Po co?

– Po zakupy. Między innymi. Może byśmy coś zjadły w mieście. Jakąś rybkę. Nie mam ochoty na obiadek rodzinny. No i co?

– Ale dlaczego ja?

– Bo mam wobec ciebie chytre plany.

– Dlaczego wobec mnie?

– Tak wyszło. – Izabeli znudziło się odpowiadanie na te wszystkie pytania. – Chodź, chodź, co tu będziesz sama siedziała, jeszcze cię złapią głupie myśli.

– Już złapały – wyznała Julka ponuro i zwlokła się z tapczanu. – Mam się jakoś ubrać?

– Włóż kurtkę, bo zimno.

Ta cała matka Adama była dosyć denerwująca.

W samochodzie milczały aż do krzyżówki w Międzyzdrojach, ale Julka nie odebrała tego milczenia jako wrogie. Sama też nie wiedziała, dlaczego wyrwało jej się to pytanie, przecież nie zadała go dotąd nikomu poza swoim jasnozielonym psiakiem-przytulakiem, którego dostała od mamy, kiedy miała pięć lat.

– Jak pani myśli, czy nasz ojciec może wiedzieć, że jesteśmy w domu dziecka?

Spytała i od razu pożałowała, bo przecież skąd matka Adama ma wiedzieć takie rzeczy, pierwszy raz ją na oczy widzi i nie wie o niej nic, zresztą pewnie nie chce wiedzieć, bo i po co?

Matka Adama wyprzedziła tira, trąbiąc na niego przeraźliwie.

– Co za idiota, widziałaś, przyspieszył, kiedy go wyprzedzałam. Opowiedz mi o ojcu.

To było, oczywiście, bez sensu, ale Julka opowiedziała. Matka Adama zastanowiła się przez chwilę.

– Być może wasz ojciec nie ma pojęcia, co się z wami dzieje. Nie wiesz, czy po śmierci mamy rodzina próbowała się z nim kontaktować?

– Nie wiem. Nie mówili nam nic, ale pewnie nie. Rodzina nie chciała nas znać. W ogóle ich nie interesowało, co się z nami dzieje. Ważne było tylko, żebyśmy nie zawracali im głowy.

– A dom dziecka, ten poprzedni, nie próbował?

– Chyba nie. Nie wiem. Nie pytałam, właściwie nie wiem dlaczego... Tak teraz myślę, że może powinnam była, ale jakoś...

– Tylko niech ci nie przyjdzie do głowy, żeby się o to obwiniać. Chciałabyś teraz spróbować go poszukać?

– A to jest możliwe?

– Wszystko jest możliwe na tym bożym świecie – mruknęła sentencjonalnie Izabela.

– Sama nie wiem. On nas też przecież zostawił, na pewno już dawno nie pamięta, że miał jakieś dzieci. Chyba lepiej nie, po co...

– Boisz się, żeby was znowu nie odrzucił, co? – Izabela uważała, że nie ma to jak szczerość.

– Pani by się nie bała?

– Bałabym się. Ale chybabym spróbowała. Żeby mieć

pewność, że zrobiłam wszystko, co można zrobić. Chociażby dla Januszka, nie?

– Łatwo pani mówić. A jak ja mu powiem, że ojciec nas znowu nie chciał? Że się okazał zwykłym dupkiem?

– Nic mu na razie nie mów. Ty i tak o tym stale myślisz, i tak cię to męczy, spróbuj przekonać się, jak jest naprawdę. Przynajmniej będziesz wiedziała, czy masz ojca dupka, na którego nie można liczyć, będziesz miała jasną sytuację.

– Pani by chciała mieć ojca dupka?

– Nikt by nie chciał. Wolisz nie ryzykować?

– Nie wiem.

– Trudna decyzja, co? – Izabela uśmiechnęła się ciepło. – Jak ma na imię twój ojciec?

– Julian. Ja mam imię po nim. Julian Korn.

– A wiesz, czym się zajmuje? Chodzi mi o jego zawód.

– Wiem. Tato jest inżynierem chłodnikiem. Jak był z nami, pracował w chłodni w porcie.

– A. Chłodnik. Rozumiem. Jeśli mnie upoważnisz, spróbuję go odszukać i porozmawiać z nim w twoim imieniu.

– Tak można?

– Dlaczego nie? To co, chcesz?

– Nie wiem.

Julka była nieco oszołomiona prostotą rozumowania i szybkością podejmowania decyzji matki Adama, ale w końcu Izabela nie bez przyczyny została właścicielką doskonale prosperującej agencji reklamowej. Zawsze myślała szybko i działała szybko, umiała też szybko się wycofać z nieudanych przedsięwzięć. Tym razem postanowiła sobie, że jeśli Julian Korn rzeczywiście okaże się dupkiem, ona powie Julce, że nie zdołała go odnaleźć.

Bo że zdoła go odnaleźć, była raczej pewna.

Inżynier chłodnik to nie to, co na przykład budowlaniec lądowy. Chociaż budowlańca lądowego też by umiała dopaść. Prędzej czy później.

Kolejną wizytę towarzyską w domu na klifie złożył doktor Marcin Liściak z dziećmi.

– Tak sobie wpadliśmy – oznajmił beztrosko. – Pogoda ładna, zwiedzamy okolicę. Jak tam wasza wiatrówka?

– Zginęła bez śladu. – Zosia była ucieszona wizytą sympatycznego lekarza. – Chodźcie, jesteśmy właśnie po obiedzie, możemy zrobić herbatkę na tarasie, to znaczy w naszym słynnym ogrodzie zimowym. A twoje dzieci zaraz sprzedamy.

Kajka i Majka były wybujałymi podlotkami o długich blond włosach i ujmujących uśmiechach swojego taty. Ząbki jak perełki na szczęście odziedziczyły raczej po kądzieli. Imponującymi siekaczami szczycił się natomiast Arek, który z miejsca został faworytem ciotki Leny.

– Królik Buggs, słowo daję – szeptała konspiracyjnie do Zosi, krojąc najnowszy produkt Januszka, czyli ciasto drożdżowe z kruszonką. – Uwielbiam królika Buggsa. Jak on ma na imię? Arek? Żeby mi się tylko nie pomyliło!

Pomyliło jej się, oczywiście, natychmiast i omal nie umarła z zażenowania, ale jej przejęzyczenie zostało przyjęte z pełną życzliwością.

– Wszyscy na mnie mówią Królik – oświadczył zainteresowany pobłażliwie. – Pani się nie przejmuje. A w klasie mam ksywę Buggsy. Zna pani królika Buggsa?

Ciotce Lenie ulżyło znacznie i obdarowała swego nowego przyjaciela szczególnie wielkim kawałkiem ciasta z wyjątkowo wypasionym fragmentem kruszonki.

Kajka i Majka pogardziły kruszonką, zapragnęły natomiast przechadzki brzegiem zalewu, do czego namówiły Julkę. Przewróciła oczami, żeby zaakcentować swoje poświęcenie, ale poszła.

Arek, czyli Królik, ciasto przyjął z aprobatą, po czym zainteresował się możliwością wyszkolenia Azora na psa bojowego i zachęcił Alana do przeprowadzenia paru doraźnych prób. Adam patrzył, jak biegną przez łąkę w stronę lasu, a za nimi Krzysio, Grzesio, Adolfik i bracia Płascy.

– To niesamowite – zauważył. – Nasz kundel prawie już nie chodził, tak go reumatyzm rąbał, a tu patrz. Co mówi twoja medycyna na ten temat?

– Jestem pediatrą, a nie reumatologiem – zauważył doktor z ustami pełnymi kruszonki. – Ale moja inteligencja mówi mi, że Azor nie miał się z kim bawić, to i ruszać mu się nie chciało. Psa trudno namówić na uprawianie gimnastyki leczniczej. Słuchajcie, on da się podpuścić na te wszystkie „bierz go" i „zabij"?

– Nie ma takiej możliwości – zaśmiał się Adam. – To nowofundland. Prędzej skona, niż wykaże agresję. Natomiast nie wykąpiesz się w jego towarzystwie.

– Wyciągnie mnie z wody?

– Bezdyskusyjnie. On uważa, że człowiek w wodzie może się wyłącznie topić i on ma święty obowiązek go uratować. W wodzie jest zgrabny jak foka. Wyobrażasz to sobie?

– Ja sobie wszystko mogę wyobrazić. Azora jako fokę z trudnością. Ale skoro tak mówisz... Słuchajcie, widzę dwie korzystne zmiany w waszych wychowankach.

– Wszystkich czy wybranych?

– Wszyscy wyglądają nieźle, ale mam na myśli Julkę, która jakby utyła, i bliźniaków, którzy jakby schudli. Bardzo mnie to cieszy. Zosiu, stosowałaś im jakieś diety?

– Nic nie stosowałam. Jedzą, jak chcą. Może im stresów ubyło i to dlatego?

– Możliwe.

– Patrz, mnie też stresów ostatnio ubyło, a nie schudłam ani grama – pożaliła się Zosia. – To jest jakieś świństwo!

– Bo może ty chudniesz od stresu właśnie? Im większa nerwówa, tym bardziej cię ściska w żołądku, nie możesz jeść i chudniesz?

– Nigdzie mnie nie ściska. Ja po prostu w ogóle nie chudnę. Od niczego.

– Próbowałaś?

– Nie denerwuj mnie. Do dwudziestego ósmego roku wyłącznie. Potem się załamałam i zaczęłam jeść jak reszta ludzi.

– Widać taka twoja uroda – powiedział beztrosko Marcin Liściak. – Słuchajcie, moi drodzy, ja się w zasadzie nie znam, ale po domu dziecka, nawet rodzinnym, spodziewałem się pewnego... jak by to określić... wesołego rejwachu, tupotu nóżek, takich tam klimatów. A tu cisza i spokój. Co robicie z dziećmi, żeby były tak cicho?

– Nic nie robimy – wzruszyła ramionami Zosia. – Te, co tupią, właśnie poleciały tresować Azora na mordercę, a reszta siedzi w pokojach. Oni lubią te swoje pokoje, zwłaszcza że ostatnio dostali komputery od Adama kolegów z telewizji, więc siedzą z głowami w kompach. A w twoim domu dzieci tupią jakoś tak stale?

– Nie, oczywiście, masz rację. Przecież to normalny dom, tyle że wielodzietny, a ja jestem osioł. Zosiu, widzę przez okno, że nadciągają dalsi goście. Zaproszeni, czy tak jak my, z zaskoczenia?

– Nie zapraszaliśmy nikogo. Adam, kto jeździ starym passatem?

– Nie mam pojęcia. Nikt z moich znajomych. Wyjdę im naprzeciwko i powiem, że to nie tutaj.

Kiedy jednak Adam wyszedł przed dom, przekonał się, że nie ma co wciskać przybyszom kitu. Przybysze dobrze wiedzieli, że to tutaj.

– O, pan Grzybowski – powiedział pogodnie Dionizy Seta. – Jak się pan miewa?

– Witam państwa – odrzekł Adam, zdobywając się na całą uprzejmość, jaką potrafił z siebie wykrzesać na widok Dionizego Sety i Arlety Płaskojć, elegancko ubranej w fioletową minióweczkę, kanarkowy moherek i skórzaną kurtkę z futrzanym kołnierzem. Dionizy też szpanował skórą, a jego płaszcz dla odmiany sięgał kostek, przypominając nieco znane z historii długie płaszcze gestapowców. W niektórych kręgach nieustający krzyk mody.

– Czym mogę służyć?

– Oj, panie Grzybowski, co pan taki oficjalny – zachichotała Arleta uwodzicielsko. – Tak się wita starych znajomych? Nie zaprosi nas pan do domu?

Adam gorączkowo zastanawiał się, czy rzeczywiście musi ich wpuścić. Niestety, wyglądało, że tak, bo chociaż Arleta zrzekła się praw do synów, to jednak Seta wciąż był jak najbardziej legalnym ojcem Adolfa. To zrzeczenie Arlety też miało charakter mało oficjalny, chociaż na piśmie... chyba nie było wyjścia.

Podczas kiedy pan domu roztrząsał ów problem, przybysze rozglądali się dookoła z pewnym uznaniem.

– Ładne miejsce, ładne miejsce. – Seta skrobał się po nieogolonej brodzie. – I tak sobie tu mieszkacie. No, no.

– Tak sobie tu mieszkamy – potwierdził Adam. – Chcą państwo wejść do środka?

– No, raczej chcemy wejść do środka – przewróciła oczami Arleta. – Chyba nie zabroni nam pan spotkać się z własnymi dziećmi?

– O ile pamiętam – Adam nadał głosowi aksamitną łagodność – to pani zrzekła się praw do synów? Nie wiem, czy to korzystne, spotykać się teraz z nimi. Bo kim pani dla nich chce być?

– O, proszę pana, widzę, że pan się chce kłócić? A kim ja dla nich chcę być? Ja nie chcę, ja jestem proszę pana. Matką. Tego żadne papierki nie mogą zmienić. Ja jestem matką. A Dionizy jest ojcem. Dla Adolfa. Dionizemu chyba pan nie powie, że podpisywał jakieś papiery? Ja panu tamte papiery podpisałam przez zaskoczenie i mogę w każdej chwili je wycofać. A teraz pan pozwoli, że zobaczymy naszych synów. Wchodzimy do środka, Dionizy.

– Chwila. – Adam zastąpił jej drogę. – Albo państwo chcą zobaczyć dom, albo synów. Synowie właśnie pobiegli do lasu.

– Bez opieki? – Arleta podniosła wyskubane artystycznie brwi. – Jak to jest możliwe? Do lasu, na wycieczkę, bez opieki?

– To nie jest żadna wycieczka. To nasz domowy las, a dzieci są na odległość głosu. Nic im się nie stanie. Jesteśmy na wsi, proszę państwa.

– Na odległość głosu, pan mówi? To proszę ich zawołać – zażądał Seta. – Chcę zobaczyć syna.

Adamowi żal się zrobiło Adolfa i bliźniaków. Wyglądali bardzo miło, kiedy tak pędzili za Azorem przez łąkę. Szkoda im psuć zabawę... już lepiej wpuścić nachałów do domu.

– Nie będę ich wołał – powiedział po prostu. – Niech korzystają ze świeżego powietrza. Państwo możecie na nich poczekać w domu. Zapraszam.

W drzwiach wejściowych nastąpiła nieoczekiwana kolizja. Zosia, zaintrygowana, z kim Adam tak długo rozmawia, postanowiła również wyjść gościom naprzeciwko. Kiedy zetknęła się nos w nos z Arletą i Dionizym, omal nie dostała zawału ze złości.

– A cóż to państwa do nas sprowadza? Adam...

Adam wymownie podniósł oczy i nie mogąc kopnąć jej w kostkę, mało delikatnie ujął ją pod rękę i ścisnął. Niech ona lepiej teraz nie daje popisów temperamentu, bo jeden Bóg wie, do czego może sprowokować te ozdoby marginesu społecznego. Zosia spojrzała na niego dziwnie i nie powiedziała nic więcej. Inteligentna dziewczynka. Niemniej widać było, że kipi w środku.

– Pani Czerwonka to nic się nie zmienia – rzuciła protekcjonalnym tonem Arleta i swobodnie przekroczyła próg. Adam przytrzymał Zosię i za plecami Dionizego zrobił do niej minę pod tytułem „hamuj się". Zosia przybrała rozpaczliwy wyraz twarzy. Rozumiał ją doskonale. Jego też trafiał spory szlag na myśl, że takie typki mają prawo wchodzić do jego domu jak do swojego. Och, jakże chętnie kopnąłby tego łobuza Setę w tyłek, a paniusią tylko zawinął, żeby leciała i leciała, i leciała...

Arleta i Dionizy właśnie wieszali okrycia na kole sterowym stojącym w przedsionku jako bezcenna ozdoba. Koło pochodziło z jakiegoś antycznego parowca i było dumą ciotki Bianki, a więc i pozostałych lokatorów domu.

– Państwo pozwolą, tu jest wieszak. – Adam był stanowczy. – To koło to zabytek, proszę na nim niczego nie wieszać.

– Zabytek! – prychnęła Arleta. – W byle knajpie w Szczecinie takie zabytki stoją i jeszcze lepsze, bo nowsze i lepiej utrzymane. Ten pana zabytek jest cały zardzewiały.

Była to nieprawda, bo Adam osobiście czyścił koło do połysku. Baba chciała go rozjuszyć. A nie. On się nie da.

– Pokoje chłopców są na piętrze – poinformował sucho.
– Zosiu, wróć do gościa, ja państwa oprowadzę. Zapraszam na górę.

– Przyjdzie czas i na górę – machnął ręką Seta. – Pokaż pan cały dom. Chyba nie trzymacie dzieci zamkniętych w pokojach na skobel, co? Jak one tu żyją, jak w bidulu, czy jak w domu? Bo jeśli jak w domu, to chcę zobaczyć wszystko. Chcemy, prawda, Arletko?

– Proszę bardzo. Tu na parterze są prywatne pokoje pani Dorosińskiej i pokój Julki, nie będziemy ich zwiedzać. Kuchnia i jadalnia. Proszę, tutaj. Salon jest wspólny, ogród zimowy też, teraz właśnie przyjmujemy naszych gości. Proszę na górę.

– Chwila, co pan taki nerwowy. Arletko, pan chyba nie chce, żebyśmy wszystko zobaczyli. Jacy goście? Chyba mam prawo wiedzieć, jakich ludzi spotyka w tym domu mój syn Adolfik, prawda? Pani Czerwonka, można się przysiąść? Dostaniemy jakiejś herbatki? Siadaj, Arletko, siadaj, my jesteśmy na prawie jako rodzice.

– To jest prywatne przyjęcie – nie wytrzymała Zosia. – Wolałabym, żeby państwo zaczekali w salonie, tam jest dużo miejsca!

– Na pewno nie – oświadczył z przekonaniem Dionizy. – W żadnym salonie ja czekać nie będę, jeżeli państwo mówią, że salon jest wspólny i ogród zimowy też, to ja mam prawo tu przebywać jako ojciec Adolfa. Biologiczny i prawny. I pani Arleta też, jako matka Cyryla i Metodego. Więc proszę, pani Czerwonka, niech pani się tak nie wywyższa, dobrze? Bo może pani tego pożałować gorzko. Ja i tak już myślę, żeby napisać na was raport do pecepeesu, albo nawet do województwa. Pani mnie naleje herbaty i pani Arlecie też. I niech nas pani przedstawi tym swoim gościom, bo oni wcale nie są lepsi od nas.

– Doktor Marcin Liściak – przedstawił Adam. – I pani Lena Dorosińska. A to pani Arleta Płaskojć, mama bliźniaków, i pan Seta, ojciec Adolfa.

– Pani to tu chyba na etacie babci, nie? – Arleta wyszczerzyła się do Leny, demonstrując w swoim mniemaniu pełną życzliwość. – Jak pani wytrzymuje z tymi wszystkimi gówniarzami? Nie jest łatwo, co?

Lena wyprostowała się na całą swoją pękatą wysokość i obrzuciła Arletę zimnym spojrzeniem.

– Nie, proszę pani, nie ma pani racji. Jest całkiem łatwo. I nigdy w życiu nie przyszłoby mi do głowy nazywać ich gówniarzami. W odróżnieniu od ich rodziców.

– Ale z pani obrażalska. – Arleta zachichotała rozkosznie, ale Seta zgromił ją wzrokiem.

– Mylisz się, Arletko. Pani babcia nie się obraziła, tylko ciebie obraziła. Ale mnie nie przeszkadzają te wszystkie afronty, panie Grzybowski. Ten się śmieje, kto się śmieje ostatni. Ja nie chciałem z panem wojować, co to to nie. Ale pamięta pan, jak pan mnie nazwał gnojem swojego czasu? Jakżeśmy poprzedniego razu rozmawiali w markecie. Pan mnie wtedy coś mówił o Ukraińcach. Ja myślę, że pan to pamięta. No więc ja teraz przy świadkach panu powiem, że o Ukraińcach to pan lepiej niech już nie mówi, bo ja teraz pracuję w takiej branży, że my mamy ochroniarzy bardzo dobrych i też Ukraińcy u nas pracują. A ja jestem menedżerem i mogę ich sobie dysponować. Pan rozumie, mam nadzieję?

– Ja rozumiem, ale nie mam pojęcia, po co pan tu przyjechał. Tylko po to, żeby mi to powiedzieć?

– Zapomniał pan, że mam syna, co? I chciałbym wiedzieć, gdzie on jest tyle czasu poza domem?

W tej samej chwili drzwi otworzyły się z impetem i wpadło przez nie nieokreślone kłębowisko nóg, rąk, głów, łap, tułowi i ogonów. Ogon był, oczywiście, tylko jeden, ale można było odnieść wrażenie, że jest ich około szesnastu. Kłębowisko przytoczyło się na środek salonu i rozpadło na poszczególne osoby.

– Tata! – wrzasnął jeden z fragmentów byłej kuli. – Tata! Ja cię proszę, kupmy sobie takiego psa, ja cię proszę, kupmy sobie takiego psa, ja cię proszę, tata!

Pies stał i ziajał.

Reszta osobników nagle umilkła. Wszyscy znali mamę bliźniaków i tatę Adolfa i wszyscy zaniemówili na ich widok. Jeśli można zróżnicować stopień zaniemówienia, to Adolfik, Cycek i Mycek zaniemówili najbardziej.

– Adolfie, pozwól do ojca – przemówił patriarchalnie stary Seta.

Adolf skulił się wewnętrznie i podszedł do niego. Cała radość życia wyparowała z niego natychmiast. Zwiesił ryżą głowę i przeistoczył się w obraz nędzy i rozpaczy. Zosi i Lenie ścisnęły się serca, doktor Liściak zmarszczył brwi, Adam zachował kamienną twarz. Nikt jednak nic nie powiedział, bo jeśli cholerny Seta rzeczywiście miał prawa rodzicielskie, to nie można go było w żaden sposób wyrzucić za drzwi.

– No, dzień dobry, chłopcy – zaświergoliła Arleta. – Nie przywitacie się z mamusią? Boże, jak wyście wychudli! Pani Czerwonka, czy wy w ogóle karmicie te dzieci? Cyryl i Metody! Chodźcie no! Matko Boska, żebra im sterczą!

– Pozwoli pani, że się wtrącę. – Doktor nie wytrzymał tego lamentowania. – Widziałem pani synków w poprzednim domu dziecka, w Szczecinie i wiem, jak przedtem wyglądali. Proszę mi wierzyć, utrata wagi doskonale im zrobiła. Ja się tu nimi opiekuję na bieżąco i zapewniam panią...

– Niech no pan mnie przestanie zapewniać! Płacą panu, to pan gada bzdury! Chłopcy, co wam dają jeść tutaj?

Cycek i Mycek nie byli w stanie wydobyć z siebie ani słowa. Arleta zaśmiała się dramatycznie.

– Proszę! Nawet nie potrafią powiedzieć, co dostają do jedzenia! Są zastraszeni! Dionizy! Jesteś świadkiem! Może nawet ich tu biją!

Dionizy metodycznie oglądał Adolfika, który bał się słowa wykrztusić.

– Też stwierdzam niedożywienie. Blady jest strasznie, pewnie na dwór to ich wypuszczają, tylko jak rodzice mają przyjechać. Ręce brudne! Włosy za długie. Co to, żałujecie dzieciom na fryzjera? A to samemu można obciąć! Adolfik, a jak twoje postępy w szkole? Zdasz do następnej klasy? Pamiętaj, jak nie zdasz, to cię stąd zabiorę i oddam do domu dla niedorozwojków. Tam jest twoje miejsce, a przynajmniej jedzenia będziesz miał pod dostatkiem.

Adolfik starym zwyczajem przestał myśleć. Pozwalał ojcu obracać się na wszystkie strony i biernie czekał, aż ten wypuści go na wolność. Ojciec jednak zażyczył sobie jeszcze zwiedzić piętro i zobaczyć, jak syn mieszka. Arleta natychmiast poderwała się, gotowa mu towarzyszyć.

Adam miał śmierć w oczach, opanował się jednak i zaprowadził gości na piętro. Zajrzeli do pokoi i już szykowali się do kolejnych uwag, kiedy w kieszeni Sety odezwała się melodyjka z „Wesela Figara".

Mozart przewraca się w grobie – przemknęło Adamowi przez myśl. Seta odebrał telefon i rzucił grubym słowem.

– Musimy jechać, Arletko...

Te słowa zabrzmiały Adamowi w uszach anielską muzyką. Boże, dlaczego nie może zrzucić tego śmiecia ze schodów, a zaraz za nim tego drugiego śmiecia rodzaju żeńskiego... Łaska boska, że się wynoszą...

Spobożniałem przez tego bydlaka – pomyślał.

– Panie Grzybowski. Ja dostałem telefon w sprawie ogromnej wagi finansowej, a co za tym idzie, muszę opuścić pana niegościnne progi. Ale radzę sobie zapamiętać, pan mnie nie będzie lekceważył. Ja sobie na to nie mogę pozwolić. Minęły te czasy, kiedy Dionizym Setą rządziła gorzała. Teraz Dionizy Seta rządzi gorzałą i nie tylko, panie Grzybowski. Arletko, jedziemy.

Arleta coś tam jeszcze mówiła, ale Adam miał już dość słuchania obojga. W milczeniu odprowadził ich do samochodu i z ulgą zamknął za nimi drzwi.

Towarzystwo z salonu stało już na baczność, gotowe zasypać go gradem pytań i komentarzy.

– Potem pogadamy o wszystkim – powiedział stanowczo. – Teraz wy, kobiety, jesteście niezbędne jako pogotowie ratunkowe. Proponuję, żeby Zosia zajęła się reanimacją bliźniaków, a ciocia Lena Adolfa. Oni teraz jak nigdy potrzebują uspokojenia i chyba zapewnienia, że nie oddamy ich nikomu na świecie, a w szczególności rodzicom. My z Marcinem przygotujemy podwieczorek ogólny, bo trzeba będzie ludzkości wyjaśnić, co się stało. Ja to zrobię dyplomatycznie. Cholera jasna...

– Pamiętasz, jak się ze mnie śmiałeś, że choleruję? Ciociu Leno, chodźmy na górę.

Lena nic nie powiedziała, tylko poszła za Zosią, posapując tyleż z wysiłku, co z oburzenia i podniecenia.

– Co to za lumpy straszne? Głupio pytam. Po co oni przyjechali? Mówiłeś, że się wyrzekli tych dzieci!

– Ona się wyrzekła swoich, a on nie. Ale nie miej złudzeń, dzieci oni mają w nosie. Nie wiem, czy chcieli nam dokopać, czy ich bawi, że dręczą dzieciaki. Zabiłbym oboje z zimną krwią, gdybym miał gwarancję, że nie pójdę siedzieć do końca życia.

– Co on właściwie robi, ten Seta?

– Chodź, pomóż mi z tym podwieczorkiem, dobrze? Odgrzejemy gar parówek dla wszystkich. Normalnie by to chłopcy zrobili, ale jakoś się zaparli na tej górze. Tak na-

prawdę wszyscy to przeżywają, nie tylko Adolfik i bliźniaki. Nie będę ich gonił. O co pytałeś?
– O profesję twojego przyjaciela Sety.
– Nawet tak nie żartuj. Seta przez długie lata był z zawodu alkoholikiem, ale wygląda na to, że ostatnio przeżył jakiś przełom, zaszył się albo nie wiem co. Zosia, co tu robisz, bliźniaki nie potrzebują pomocy?
– Chyba nie. Dziewczyny ich pocieszają, Julka i te twoje dwie gwiazdy, Marcinie. Fajne masz córki. Bliźniaki wodzą za nimi oczami jak kiedyś za czekoladą. Ciotka Lena opowiada Adolfowi o windjammerach. Mogę wam nie pomagać? Czuję się, jakby mnie ktoś pobił.

Adam rzucił okiem na swoją formalną żonę i poczuł zdecydowane ciepło koło serca. Rzeczywiście wyglądała marnie.

– Usiądź tu spokojnie, my wszystko zrobimy. Może chlapniesz odrobinkę czegoś? Mamy metaxę. Lubisz metaxę. Doktor, co ty na to?
– Popieram. Chcesz, Zosiu, to ci wypiszę receptę. Maluszka. Ale rozmawiać możesz? Bo mnie interesuje, czym się zajmuje ten buc.
– Seta? Moim zdaniem poszedł w biznes przydrożny.
– O czym ty mówisz? Bo on mówił, że jest jakimś menedżerem. Od czego on jest... o kurczę, wiem!
Zosia kiwała głową.
– Od panienek. A ta cała jego Arletka pewnie dla niego pieniądze zarabia. On już miał kiedyś żonę tirówkę, ale od niego odeszła. Z mężem naszej byłej dyrektorki, którą poznałeś, jak byłeś u bliźniaków z pogotowiem, pamiętasz?
– Pamiętam. Dama jak ta lala. Nie dziwię się mężowi. Natomiast nie wiedziałem, że alfons nazywa się dzisiaj menago.
– Seta kiedyś przy mnie podziwiał takiego menago swojej byłej. Miał ksywę Trufel. Patrzcie, Seta nawet ksywy nie musi mieć...

Izabela zapisała sobie w notatniku kolejny numer, podziękowała uprzejmie i odłożyła słuchawkę. Osiem rozmów to wcale niedużo. Inżynierowie chłodnicy zostawiają za sobą ślady. Wcale zresztą nie wygląda na to, żeby je zacierali. Raczej nikt nigdy nie próbował odszukać pana Korna. Teraz będzie dziewiąta rozmowa i teraz powinna go trafić. Chłodnia składowa w porcie gdyńskim. Podniosła słuchawkę na powrót.

– Dzień dobry, moje nazwisko Izabela Grzybowska. Czy mogłabym mówić z panem Julianem Kornem?

– Chwileczkę. Julek, do ciebie.

Tak podejrzewała. Zero konspiracji. Wcale się facet nie chował!

– Korn, słucham.

Normalny, męski, energiczny głos. Z nutą dobrego humoru. Sympatyczny. Do takiego głosu nie będzie się czaić.

– Nazywam się Izabela Grzybowska. Chciałabym z panem porozmawiać prywatnie. Rozumiem, że jest pan w pracy i teraz pan nie bardzo może...

– Nie, akurat mam chwilę wytchnienia, możemy rozmawiać. Przepraszam, pani chce mi coś sprzedać?

– A broń mnie Boże. Tylko że nasza rozmowa naprawdę będzie bardzo prywatna. Myślę, że nie chciałby pan być słyszany przez osoby postronne. Chodzi o pana sprawy rodzinne, o pana rodzinę ze Szczecina.

Nastąpiła chwila milczenia, niemal było słychać, jak facet wykonuje błyskawiczną pracę myślową.

– Proszę mi podać numer, zadzwonię w ciągu dziesięciu minut.

– Woli pan komórkę czy stacjonarny?

– Komórkę.

Izabela podała mu numer i zrobiła sobie kawę. Zadzwonił po upływie siedmiu minut.

– Pani dzwoni w imieniu mojej... w imieniu Ewy Przesłańskiej?

– Niezupełnie. Dzwonię w imieniu Julki i Janusza Kornów.

Znów chwila milczenia.

– A Ewa... nie ma z tym nic wspólnego?

– Proszę pana... Kiedy pan miał ostatnie wiadomości o pani Ewie?

– Zakładam, że pani wie, kiedy się rozstaliśmy i dlaczego. Od tej pory Ewa nie chciała mnie widzieć ani słyszeć. Nie walczyłem z nią.

– Zatem nie wie pan, że pani Ewa nie żyje?

– Mój Boże, oczywiście, że nie! Nikt z jej rodziny nie był uprzejmy mnie zawiadomić. Chwila. Mówiła pani, że dzwoni w imieniu moich dzieci. Co się z nimi dzieje? Są u dziadków czy u tej siostrzyczki bigotki? Kiedy Ewa umarła? Powinniśmy się spotkać, a nie rozmawiać przez telefon!

– Racja, ale ja przecież jestem w Szczecinie, a pan w Gdyni.

– A dzieci?

– A dzieci są w domu dziecka.

– Chryste! Jak długo?!

– Długo. Kilka lat. Rodzina nie chciała się nimi zająć, więc zajęło się nimi państwo. Pan podobno zniknął bez śladu.

– Jakie bez śladu! Ewa miała moje aktualne namiary cały czas! Nie, to jakiś koszmar! Kogo oni chcieli ukarać i za co? Dzieci? A kim pani jest dla nich wszystkich?

– Nikim. Mój syn założył rodzinny dom dziecka, Julka i Januszek do tego domu trafili. Byłam niedawno z Julką na lodach i tak się jakoś zgadało o panu. Julka za dużo nie umiała mi powiedzieć, ale wywnioskowałam, że pan może nie mieć pojęcia o sytuacji, postanowiłam więc pana znaleźć i doinformować. Tylko tyle.

Facet z drugiej strony pomilczał przez chwilę.

– Chyba jestem pani dłużnikiem. Coś pani powiem. Nie ma co bić piany przez telefon. Czy możemy spotkać się jutro?

– No, no. Szybki pan jest. Dotąd pan się nie spieszył.

– Ponieważ, jak pani słusznie wydedukowała, nic nie

wiedziałem. Teraz wiem, z firmy się jutro urwę, muszą mi dać wolny dzień z przyczyn rodzinnych, więc przyjadę. To jak?

– Proszę bardzo, jutro jestem w Szczecinie. Niech pan zadzwoni, jak pan będzie wjeżdżał do miasta. Zakładam, że w Szczecinie pan trafia, gdzie chce?

– To moje miasto, mieszkałem tam trzydzieści lat. Trafię.

Izabela podała Julianowi Kornowi adres swojej firmy i pokręciła głową z niejakim zdumieniem.

Czyżby Julka i Januszek niepotrzebnie spędzili sześć lat w cholernym bidulu?!

– Adolfik, dlaczego ty, kurczę blade, znowu włazisz za kanapę?

Adolf Seta nie odpowiedział, tylko schował ryżą głowę w ramiona. Z oczu wyzierała mu absolutna i bezdenna rozpacz. Adam nie widział jeszcze takiego wyrazu twarzy. Im dłużej przypatrywał się tej twarzy, tym bardziej czuł się wstrząśnięty. Łagodnym gestem wyciągnął rękę do Adolfika. Ten udał, że nic nie widzi, a może naprawdę nie zauważył niczego, wpatrzony w beznadziejną przyszłość.

Adam poklepał go po ramieniu. Chłopiec cofnął się odruchowo.

– Adolfik, tak nie może być. Wyłaź stamtąd. Musimy pogadać.

Adolfik ani się ruszył.

Adam przez jakiś czas, wciąż pozostając w niewygodnym przykucu, usiłował przemówić mu do rozsądku, ale widać było, że Adolfik rozsądek wyłączył. Niewykluczone zresztą, że przepaliły mu się jakieś bezpieczniki – oby nie wszystkie! – i że rozsądek padł – oby tylko chwilowo...

Adam westchnął i wczołgał się za kanapę, po czym usiadł obok tej kupki nieszczęścia. Kupka nie zareagowała.

Adam westchnął po raz drugi.

– Adolf... czekaj, tak się nie da mówić do człowieka, Adolfik jest do chrzanu... Zosia mówi na ciebie Adek, ale to mi też nie pasuje. Jak mówili na Dymszę? Chwila, zaraz sobie przypomnę. No, przecież Dodek! Mogę do ciebie mówić Dodek?

Nowo mianowany Dodek ani drgnął.

– To będę. Dodek, słuchaj mnie uważnie, możesz nic nie mówić, ale słuchaj. Nie, kurczę, nie możesz nie mówić, bo ja cię muszę o coś spytać. Ty się boisz ojca?

Dodek chwilę trwał w stuporze, aż w końcu ledwie dostrzegalnie kiwnął głową.

– Kogo jeszcze się boisz?

Zero reakcji.

Adam zrozumiał, że musi się wzorować na systemie zerojedynkowym. Jest, nie ma, jest, nie ma, jest, nie ma, tak, nie, tak, nie.

– Mnie się boisz?

Zaprzeczenie.

– Zosi chyba nie?

Nie.

– Ciotki Leny?

Nie.

– Któregoś z chłopaków u nas w domu?

Nie.

– Pani dyrektor ze starego domu dziecka?

Ostrożne tak.

– Boisz się, że tam wrócisz?

Tak.

Adam zamyślił się. To nie była łatwa sytuacja. Najprostszym odruchem byłoby przyrzec Adolfikowi, to znaczy Dodkowi, że nigdy nie opuści domu na klifie. Tylko że po pierwsze, stary Seta wciąż miał prawa rodzicielskie...

Do diabła z prawami rodzicielskimi.

Do diabła z zabezpieczaniem sobie tyłów!

Jeżeli odda chłopaka na pastwę temu żłobowi, który najwyraźniej zamierza tu przyjeżdżać i znęcać się nad nim, to do końca życia nie spojrzy sobie w oczy przy goleniu! Obstawi się adwokatami – sam ma paru znajomych, a koledzy i koleżanki z dawnej pracy w telewizji znają ich tabuny – i nie popuści. Seta jest alkoholikiem, alfonsem, prawdopodobnie przestępcą i na pewno charakteropatą oraz łajdakiem. Trzeba mu te prawa rodzicielskie, którymi tak chętnie wyciera sobie gębę, odebrać! Odebrać i zakazać pokazywania się w odległości dziesięciu kilometrów od Lubina! A jeżeli będzie podskakiwał i straszył swoimi ochroniarzami od drogowych panienek, to jest jeszcze paru kolegów, z którymi pływał – dużych, wysportowanych, chętnych do bijatyki i co najważniejsze inteligentnych. Tępe mózgi funkcyjnych menedżera Sety nie mają z nimi najmniejszych szans. To, oczywiście, ostateczność, ale jak najbardziej możliwa do urzeczywistnienia. Daruś, zwany również King Kongiem, byłby zachwycony, Szwarcek również, dwumetrowy Bolo schnie bez mordobicia... dałoby się im pewną szansę. A na początek trzeba pogadać z kilkoma znajomymi z policji...

Zosia.

Zosia go poprze, nie ma dwóch zdań. Jej też los tego nieszczęsnego dzieciaka leży na sercu. Zgodzi się na przejęcie opieki prawnej nad chłopcem. Czy jak tam się nazywa ta odpowiedzialność za niego, którą będą musieli teraz w całości przejąć.

Na myśl o Zosi uśmiechnął się. Lipna żona.

Przyzwyczaił się do niej. Było mu miło każdego ranka, kiedy słyszał, jak wstaje – zawsze wcześniej od wszystkich, żeby pobudzić chłopców i Julkę. Spotykał ją przy śniadaniu i patrzył z przyjemnością, jak krąży między dziećmi, podsuwając im serki i zieleniny z lodówki, parząc herbatę w dużym dzbanku i dwie indywidualne kawy – dla siebie i dla niego. Potem dzieci znikały, a ona zabierała się do porządków. Pomagał jej albo szedł załatwiać jakieś sprawy związane z domem. Dziwnie było pomyśleć, że ten dom mógł kiedyś istnieć bez niej.

O, cholera.

Zakochał się?

W kobiecie tak dalece odbiegającej od typu urody, który go zazwyczaj podniecał? Niemożliwe. Nie ma pod ręką żadnej innej, to myśli o tej.

Adolf obok niego chlipnął prawie bezgłośnie.

– Słuchaj, Dodek – powiedział Adam półgłosem. – Masz moje męskie słowo honoru, że nie wrócisz ani do tamtego domu, ani do ojca. Możesz się przestać bać.

Adolfik po swojemu nie zareagował.

– Dodek, słyszysz mnie? Nie oddamy cię, Zosia i ja. Możesz się nie bać więcej. Przestań się trząść i wyłaź stąd. Koniec siedzenia za kanapą. Od dzisiaj siedzisz wyłącznie na kanapie. Na fotelach. Na krzesłach. Na czym chcesz, ale nie kryjesz się po kątach. Rozumiesz mnie?

Adolfik lekko się poruszył.

– A jak sąd każe...

– Zatrudnimy prawników i nie oddamy cię ojcu ani pani Zombiszewskiej. Będziesz tu mieszkał, dopóki nie dorośniesz.

– A potem?

– A potem zrobisz, co zechcesz. Pójdziesz na studia. Będziesz miał jakiś zawód. Mamy jeszcze sporo czasu, żeby to obmyślić i przeprowadzić. Tylko nie możesz cały czas być taki przerażony, bo nie będziesz mógł myśleć. Uważaj. Teraz wyleziesz z tego kąta i przestaniesz się bać. Jak tylko coś cię przestraszy, lecisz z tym do mnie, a ja robię porządek. Pamiętaj. Już się nie boisz. Nie masz czego. Rozumiesz? Nie masz czego.

– Tata...

– Znajdziemy sposób i na tatę. Po prostu, cholera, znajdziemy sposób na wszystko.

Co on wygaduje? Istny szeryf z niego. W obronie skrzywdzonych dzieci przeciwko całemu światu. Jeżeli zajdzie konieczność, wystrzela wszystkich złych ludzi. Zorro. Superman. Rycerz Jedi. I Zosia – dobra wróżka. Ze skrzydełkami i czarodziejską różdżką.

Zaczął się śmiać.

A właściwie dlaczego nie?

Przecież to zupełnie dobry sposób na zaplanowanie sobie reszty życia. Pokończy te wszystkie kursy towarzystwa Nasz Dom, czy jak tam ono się nazywa. Dopracuje organizację pracy w domu do perfekcji. Całą papierologię w postaci czytelnych programów zapakuje do komputera. Skontaktuje się z innymi ludźmi, którzy takie domy prowadzą. Może są już jakieś stowarzyszenia wzajemnej współpracy, pomocy i tak dalej. Zaprzęgnie do roboty wszystkich znajomych prawników i da popalić cholernym rodzicom.

Proszę, choleruje zupełnie jak Zosia.

No więc da popalić rodzicom, oczywiście tym, którym to się należy. Jeżeli trafi na takich, którym warto pomóc, to znajdzie sposób, żeby im pomóc. Zosia mówiła, że zdarzają się dzieci, które oddano do bidula dlatego, że rodziców nie było stać na utrzymanie. Rzadko, ale bywa. Trzeba będzie zadziałać wśród kolegów dziennikarzy. Zachęcić ludzi do zakładania rodzinnych domów dziecka. Rozwalić całą zbędną biurokrację. Postawić do pionu decydentów. Co innego szkolenia i sprawdzanie, czy ludzie w ogóle się nadają do prowadzenia domów, a co innego kłody pod nogami. Lalka Manowska musi pomóc i paru kolegów z prasy też. Kasia z radia. Kasia z Agatką. Niech mówią w tych swoich nocnych audycjach. Gazeciarze niech piszą, ile mogą. Jak najmniej państwowych biduli. Jak największe poparcie dla rodzinnych domów dziecka! Jak najmniej Adolfików za kanapami!

W samym domu też nie zabraknie zajęcia, bo przecież te wszystkie dzieciaki trzeba wyprowadzić na ludzi. Szkoła szkołą, a one nic nie wiedzą o normalnym życiu. Trzeba ich tego normalnego życia nauczyć. Sport im jakiś zorganizować, może by się dało z czasem dojść do własnej łódki, żeglarstwo to niezła szkoła charakteru, niechby pływali, kondycja im się poprawi automatycznie. Trzeba koniecznie odgrzebać swoją psychologię, bo te dzieci już są nieźle zwichrowane, a przecież mogą kiedyś do nich trafić dzieciaki na granicy charakteropatii.

Zosia jest z wykształcenia historykiem sztuki. Wychowanie przez sztukę. Z muzyką zetkną się chociażby poprzez szanty, na pewno żadne karaoke, trzeba zawołać stroiciela i nieco wyremontować stare pianino. Może kupić jakieś gitary. Keyboard nie, to prawie jak karaoke. Malarstwo i rysunek. Zośka będzie wiedziała lepiej. Niechby w domu był sprzęt i materiały i niech próbują dzieciaki! Właśnie – dzieciaki, nie sami prawie chłopcy. W miarę odchodzenia starszych trzeba sprowadzić tu dziewczynki, żeby naprawdę było jak w rodzinie.

Właściwie po raz pierwszy zobaczył przyszłość w ten sposób. Do tej pory nie myślał o szczegółach, a plany, które robili razem z Zosią, dotyczyły raczej spraw organizacyjnych, sprostania rozbudowanej biurokracji i utrzymania domu w sensie bytowym.

Dobrze. Byt zorganizowany, pora zatroszczyć się o świadomość.

Z rozbawieniem stwierdził, że czuje przyjemne podniecenie na myśl o ogromie katorżniczej pracy, jaką będzie musiał odwalić w najbliższej przyszłości. Oraz w dalszej przyszłości. Ogólnie biorąc, będzie to praca typu „w kółko Macieju" i wystarczy jej do końca życia.

No, wiedział, że tego się nie da rzucić w kąt; wiedział, na co się decyduje. Ale jakoś nie do końca to do niego docierało.

Dopiero za kanapą dotarło.

Dotarło do niego również, że Adolfika za kanapą już nie ma.

Zapewne poszedł w jakieś inne miejsce, przemyśleć to, co usłyszał od Adama.

Julian Korn zjawił się w samo południe w kawiarni hotelu Radisson, poprzedziwszy swoje przybycie telefonem do Izabeli. Poznała go natychmiast – wyglądał dokładnie tak jak Julka, tylko starsza i bardzo męska. Troszkę też przypominał Adama z czarną, siwiejącą czupryną. Pomachała mu dłonią.

Przedstawił się, siadł, zamówił kawę i wbił w Izabelę julczyne oczy.

– Czy może mi pani wszystko opowiedzieć?
– Dużo do opowiadania nie ma. Pani Ewa Przesłańska nie żyje, nie wiem, dlaczego umarła, ale wiem, że z panem kontaktu nie było, a jej rodzina odmówiła przyjęcia dzieci. Zostały oddane do domu dziecka na Prawobrzeżu; w Kluczu czy w Żydowcach, nie wiem dokładnie, w każdym razie gdzieś koło Puszczy Bukowej. Zdaniem mojego syna, to nie jest dobry dom, niestety. Nie wiem, jaką wychowawczynię miała Julka, ale Januszek był w grupie mojej obecnej... synowej. Syn się z nią ożenił mniej więcej rok temu i założyli rodzinny dom dziecka na wyspie Wolin. Zosia, moja synowa, zabrała całą swoją grupę chłopców i Julkę na dodatek, żeby jej nie rozłączać z Januszkiem. To jest wszystko. Teraz pan powie, dlaczego nie dał pan znaku życia po śmierci pańskiej żony.

– To nie była moja żona, ale byliśmy razem sporo lat. I powiem pani, chociaż może mi pani nie uwierzy, że to ona nie chciała, żebyśmy się pobrali. To miało jakiś związek z jej buntem wobec rodziny. Oni byli strasznie zasadniczy; o ile wiem, ojciec ją lał, zresztą lał wszystkie dzieci, ich była trójka. Koniecznie chcieli, żeby syn został księdzem, ale on skończył politechnikę i wyjechał gdzieś bodaj do Szwecji, została Ewa i jej siostra Elżbieta. Ela była potulną córką, Ewa się buntowała, ale żadna z nich nie wyszła za mąż, z tym że Ela nikogo nie miała. Rodzice obrzydzali jej każdego kandydata na męża.

– A dlaczego się rozstaliście z Ewą?
Korn zabębnił palcami w blat stolika.

- Z mojej winy.
- Zdradził ją pan?
- Tak. Proszę pani, ja rozumiem, że nie będziemy teraz sądzili moich przewin, że pani chodzi o znajomość sytuacji... Sporo wtedy jeździłem, szkoliłem ludzi w mojej specjalności, ja mam dosyć rzadko spotykaną, ale nieważne... No i raz mi się zdarzyło ulec pewnej kursantce. Nie twierdzę, że mnie zgwałciła, ale to była jej inicjatywa. Niemniej nie protestowałem specjalnie. Trochę byłem zmęczony domową sytuacją, widzi pani, Ewa była typem cierpiętniczki. Raz się zbuntowała przeciwko rodzicom, ale chyba wiele ją to kosztowało, miała jakieś nerwice, a z reguły wyładowywała się na mnie. Chociaż w zasadzie tworzyliśmy zgodną parę, ona była świetną matką, ja się starałem być dobrym ojcem... Ale wtedy, po tym moim skoku w bok, zaczęła coś podejrzewać. Dosłownie, coś wywąchała. Perfumy tamtej pani na moim swetrze. Jakoś się wykręcałem, ale nie uwierzyła. Potem dopadła mojej komórki w chwili, kiedy przyszedł esemes, wyrwała mi ją dosłownie z ręki i przeczytała. Ta moja kursantka była kompletnie bezmyślna, przysłała mi jakieś idiotyczne podziękowania za wspaniałą noc, kompletna kretynka.
- Zawsze pan się tak ładnie wyraża o kobietach, z którymi się pan przespał?
- Nie, nie zawsze, proszę pani. Tylko wtedy, kiedy są kretynkami. To był dla nas obojga epizod, od razu o tym wiedzieliśmy i rzeczywiście, nie spotkaliśmy się nigdy więcej. Może niezbyt moralne, ale niegroźne dla mojego związku z Ewą. Tak mi się przynajmniej wydawało. I tak by było, gdyby Ewa mnie nie nakryła. Kazała mi się natychmiast wynosić. Zrobiła mi po prostu pranie mózgu, udowodniła, że jestem nic niewart, i wyrzuciła mnie z domu.
- A pan tak się dał wyrzucić? Nie walczył pan o dzieci?
- Walczyłem, proszę pani. Początkowo zamieszkałem

w wynajętym mieszkaniu i usiłowałem dostać prawo do widywania się z dziećmi, ale to był ciąg niekończących się awantur. Proszę pani, ja nie chcę się nad tym rozwodzić. Ona już nie żyje i nie mogłaby mi zaprzeczyć. A ja nie mógłbym o niej dobrze mówić. Wycofałem się właśnie ze względu na dzieci. Obiecała mi, że jeśli odejdę, nie będzie o mnie źle mówiła dzieciom. Nie chciałem, żeby przechodziły taką szarpaninę między mną a Ewą. Po jakimś czasie ona się z nimi przeprowadziła ze Śródmieścia, gdzie mieszkaliśmy razem, na jakieś peryferie. Zadzwoniła do mnie z żądaniem, żebym ich więcej nie szukał. Zmieniła Julce szkołę, a Januszkowi przedszkole. Może popełniłem błąd, ale wtedy właśnie zrezygnowałem. Podczas tej rozmowy prosiłem ją, żeby kiedyś do mnie zadzwoniła, jeśli dojdzie do wniosku, że jednak dzieciom potrzebny jest ojciec. Proszę pani, ja do tej pory mam ten sam numer komórki, na wypadek gdyby Ewa zdecydowała się do mnie zadzwonić...

– Ożenił się pan?

– Nie. Mam przyjaciółkę. Opowiedziałem jej o pani telefonie. Ona jest... zupełnie inna niż Ewa. Ma trzydzieści sześć lat i pracuje w stoczniowym biurze projektów. Projektuje statki, wie pani.

– Wiem, co się robi w stoczniowych biurach projektów...

– Przepraszam. Oczywiście. Ona od dawna ma świadomość, jak wyglądało moje życie, i że mam dwójkę dzieci. Wczoraj powiedziała, że powinniśmy je wziąć do siebie.

– A pan?

– Dla mnie to oczywiste.

– No, no. A ja myślałam...

– Że jestem łobuzem, który zostawił żonę z dziećmi i zwiał gdzie pieprz rośnie.

– Coś w tym rodzaju. Jest pan samochodem?

– Tak.

– Do Lubina jedziemy pańskim czy moim?

– Adam? Posłuchaj mnie uważnie: jadę do ciebie z ojcem Julki i Januszka.
– Co?!
– To, co słyszysz. Będziemy za pół godziny, bo pan Korn lekce sobie waży przepisy drogowe. Dzieci są w domu? Myślę, że dobrze by było najpierw pogadać w gronie dorosłych, z Zosią i z tobą. Pan Korn chce zabrać dzieci do siebie, do Gdyni. Nie wiedział o śmierci ich matki. Wszystko ci opowiemy, tylko zacznijcie się już zastanawiać, jak to załatwić formalnie.
– No, no. Matko, jesteś wielka.
– Oczywiście. Dawno ci to powtarzam. Na razie.

Izabeli nie udało się porozmawiać najpierw z Zosią i Adamem, ponieważ Julka czyhała na drodze. Traf chciał, że właśnie w momencie, kiedy Adam informował Zosię o treści rozmowy z matką, weszła do domu. Usłyszała kawałek, zmusiła Adama do powiedzenia reszty, odwróciła się na pięcie i pobiegła na drogę. Trzydzieści pięć minut przesiedziała pod krzakiem śnieguliczki, prawie nie oddychając z emocji. Gdy zobaczyła skręcającą z szosy na ich polną drogę toyotę z mężczyzną za kierownicą i Izabelą obok niego, nieomal rzuciła się pod koła, machając rękami. Toyota zahamowała w miejscu i facet z niej wyskoczył.
– Julka!
– Tato!
Ojciec. Trochę podobny do Adama, o wiele bardziej do niej samej. Jak w najlepszym melodramacie wpadła w jego objęcia, cała drżąca z nerwów. Jednak to on się popłakał, nie ona. Bardzo dyskretnie się popłakał, ale zawsze. Nie padło ani jedno słowo.
Julka wydobyła się z jego ramion i rzuciła na szyję Izabeli. I pomyśleć, że ta cała matka Adama tak ją denerwowała!

Matka Adama przytuliła ją mocno i szepnęła jej do ucha:

– Możesz się nie martwić, Julka. Twój ojciec nie jest dupkiem.

Postanowiono, że Julka i Januszek do końca roku szkolnego zostaną w domu na klifie. Raz już w ciągu tego roku zmienili szkołę i starczy. Nie wiadomo poza tym, ile czasu potrwa załatwianie formalności przez pana Korna. Oczywiście wszystkie weekendy, rozdęte majówki, święta i tak dalej nowo scalona rodzina miała spędzać razem – albo w Gdyni, dokąd jechało rodzeństwo, albo w Lubinie, do którego przyjeżdżał ojciec ze swoją przyjaciółką Agnieszką. W Agnieszce z miejsca zakochał się również Januszek, znalazłszy w niej bratnią duszę w dziedzinie amatorskiego, za to masowego produkowania ciast i ciastek.

Zosia i Adam trochę się bali, że pozostała część młodych domowników będzie demonstrowała jakąś zazdrość lub inne formy niechęci, ale na szczęście nic takiego nie nastąpiło. Ciotka Lena stwierdziła, że to zbawienny wpływ codziennych rodzinnych narad kolacyjnych. Omawiało się na nich wszystko, co tylko dręczyło kogokolwiek: dziecko, młodzieńca czy któreś z dorosłych.

Ciotkę Lenę poważnie martwiła świadomość, że z jej chóru szantowego (wciąż miała nadzieję na wspólne plenerowe śpiewy, kiedy tylko zrobi się dostatecznie ciepło) ubędą dwie z trzech niefałszujących osób. Wprawdzie do tej pory jakoś nie było okazji do pośpiewania, ale ciotka nastawiała się bardzo na swoje imieniny dwudziestego drugiego maja: uważała, że wtedy będzie już odpowiednia pogoda, aby zrobić wielki piknik na łące między domem a urwiskiem. I na tym pikniku będzie się śpiewało szanty z widokiem na morze. Dokładniej mówiąc, na zalew, ale to już niewielka różnica, a do morza blisko.

Rodzinne plenum chętnie zaakceptowało pomysł sędziwej ciotki, która zresztą jakiś czas temu się załamała i pozwalała młodszym nazywać się babcią. Ciotka-babka wyciągnęła więc z szuflady swoje śpiewniki i nagrania, po czym rozprowadziła je po młodocianych i nieco starszych (Zosia, Adam i Julian Korn z Agnieszką). Wieczorami, a czasem i w ciągu dnia dom zaczął rozbrzmiewać krzepką pieśnią marynarską. Zapewne przypadkiem małolaty śpiewały jak leci, starsi zaś chłopcy wybierali głównie te piosenki, w których występowały reminiscencje męsko-damskie.

Ukochaną pieśnią zdrowego trzonu grupy stała się lekko dwuznaczna szanta o niejakiej Sally Brown, jasnej Mulatce. Nieodmienny bulgot radości wywoływała strofka „dałem jej złoty pierścionek, bo tak dba o mój ogonek". Zdrowy trzon był zachwycony tą metaforą i usiłował interpretować szantę z lekkim swingiem, jak Ryczące Dwudziestki na płycie.

Żaba, Alan, Krzyś i Grześ preferowali nader prostą melodycznie „Herzogin Cecille", kalecząc niemieckie imię i tytuł księżniczki jeszcze silniej niż angielski autor pieśni[*], a za nim wszyscy polscy fani tej piosenki. Z wielką mocą jednak przemówiła im do wyobraźni wizja wraku leżącego gdzieś w bałtyckich cieśninach. Postanowili kiedyś go odnaleźć... kiedy dorosną. A na razie wyśpiewywali pieśń o statku, stojąc pod jego wizerunkiem w salonie.

Cycek i Mycek, pięknie odchudzeni, pokochali nieskomplikowaną, za to jak najbardziej klasyczną szantę „John Kanaka". Chodzili po domu i na jednej nucie skandowali: „Dżonnn Kanaka-naka-tullajeeeeeee". Trudno było to znieść, ale widok rozradowanych pyszczków wynagradzał wiele.

---

[*] Angielski szantymen Ken Stephens, znany i lubiany również w polskim środowisku szantowym. W jego interpretacji brzmi to jak „her-ze--gen-se-sil"; ta wyspiarska wymowa przyjęła się i u nas, odkąd zaśpiewał to Szkot, czyli Henryk Czekała (we własnym przekładzie) wraz z Mechanikami Szanty.

Adolfik w zaciszu drewutni ćwiczył balladę o liniowcu, co się zwał „Timeraire".

Adam był trochę niespokojny z jego powodu. Wprawdzie Adolfik, odkąd ostatnio wylazł zza kanapy, za którą siedzieli obaj, zachowywał się zupełnie normalnie i jakby śmielej patrzył na świat – jednak gdzieś tam w Szczecinie hulał jego tatuś – menago od przydrożnych panienek. Tatuś się odgrażał podczas swojej bytności w Lubinie i diabli wiedzą, co tam teraz kombinuje w wolnych chwilach. Jest pewna nadzieja, że się przejął nieugiętą postawą Adama, z tym że niekoniecznie. Mógł się nie przejąć, a jako ewidentny charakteropata (czyżby w wyniku alkoholizmu?) i skunks śmierdzący, zdolny jest zapewne do wszystkiego.

Zosia była za tym, żeby nie wybiegać przed orkiestrę i nie przejmować się czymś, co być może w ogóle się nie wydarzy. Tak w każdym razie mówiła, chociaż w głębi serca chowała niejakie obawy.

Chowała też w głębi serca coś zupełnie innego. Upychała to na samo dno świadomości i sama przed sobą udawała, że jest absolutnie i bez reszty zajęta pracą, dziećmi, dziećmi, pracą, papierami, pracą, zakupami, pracą.

Pracy miała rzeczywiście sporo. Do normalnych zadań doszło jej uprawianie ogródka, czy może raczej nadzór nad ogródkiem, który uparli się założyć chłopcy. Okazało się, że nie tylko ogonek u buraka był dla nich niespodzianką. Zosia nigdy przedtem nie widziała tego w taki sposób, ale teraz uświadomiła sobie, ile jest rzeczy i zjawisk na świecie, o których dzieci, niechowane w normalnych rodzinach, nie mają bladego pojęcia. W tym wszystkie podstawowe warzywa, występujące w bidulowej kuchni pod postacią paciek o różnych kolorach. Pod okiem Zosi, dokształcającej się gwałtownie z pomocą podręczników dla działkowców, chłopcy oczyścili z chwastów i skopali spory kawałek ziemi, uznali, że jest wystarczająco żyzna, i posiali mnóstwo rozmaitych nasion z kolorowych torebek. Obrazki na torebkach były przedmiotem skrupulatnej analizy i poważnego namysłu. Godzinę stali gromadką przy regale z nasionami w sklepie ogrodniczym i zastanawiali się, jaką odmianę marchewki wybrać i która sałata da im najwięcej radości. Zapowiedzieli również Zosi, że latem będzie musiała produkować masowo dżemy i kompoty, to znaczy, oni zrobią, ale ona musi dzierżyć ster. Tak powiedzieli, zarażeni żeglarskim duchem ciotki Leny – dzierżyć ster. Zgodziła się, rozbawiona ich młodzieńczym entuzjazmem.

Nawet jej było na rękę takie mnóstwo zajęć. Pozwalało bowiem na oddalanie od siebie myśli dręczących ją coraz bardziej.

Myśli o Adamie.

Dopadały ją te myśli każdego wieczoru, a właściwie każdej nocy, bo nie zdarzało się raczej, aby przed dwunastą, pierwszą szła na „małżeńskie pięterko", do siebie. Padała na łóżko, nieżywa ze zmęczenia i zamiast zasnąć, oddawała się marzeniom. Nie ulegało żadnej wątpliwości: to, co z początku było miłym zauroczeniem, zamieniło się w najprawdziwszą, głęboką miłość. Przystojny i interesujący, trochę stuknięty i niekonwencjonalny facet okazał się wspaniałym człowiekiem, prawdziwym mężczyzną, zdolnym do uczuć wyższych (szkoda, że nie do tego jednego, o które by chodziło, to znaczy uczucia do niej!), gotów wziąć na siebie odpowiedzialność za słabszych, potrzebujących pomocy...

W tym momencie zazwyczaj zaczynała popłakiwać.

O ironio! Ten mężczyzna, którego pokochała, był jej mężem! Papierowym!

Dżentelmeńska umowa. Co za idiotyzm!

Sytuacja jest kompletnie bez wyjścia. Sama się w nią wpakowała, na własną prośbę. W normalnych układach, gdyby zakochała się nieszczęśliwie, toby przynajmniej mogła uciec jak najdalej, żeby nie spotykać się niepotrzebnie z obiektem dusznych sensacji. A tu nic z tych rzeczy. Będzie go sobie oglądała codziennie, będą razem snuć plany

na przyszłość, potem realizować te plany, pracować razem
– no, po prostu samobójstwo na raty.
Na własną prośbę!

Imieniny ciotki Leny wypadały w sobotę. Starsza pani zastrzegła sobie, że to ma być dzień jak co dzień, więc piątkowy poobiedni rozgardiasz nie był ani większy, ani mniejszy niż zazwyczaj. Chłopcy uporządkowali swoje pokoje (wprowadzono tę zasadę od początku) i gdzieś się porozłazili. Januszek w ogrodzie przeglądał książkę kucharską w poszukiwaniu przepisu na ciastka, których jeszcze nie piekł, Alan z kolesiami wciąż usiłowali wytresować Azora na mordercę, Zosia połową umysłu pracowała nad domową dokumentacją, drugą zaś połową błądziła wokół mężczyzny swojego życia, który to mężczyzna na zawsze miał pozostać wyłącznie w sferze ponurych rozmyślań.

Oczywiście jako obiekt uczuć, bo jako ślubny mąż właśnie pojawił się w drzwiach i oznajmił:

– Korn wszystko załatwił. Mogliby zabierać dzieci choćby dzisiaj. Jak myślisz, czy weźmiemy na ich miejsce kogoś, czy dwunastka to jest jak raz w sam raz?

– Nie wiem, muszę się pozastanawiać. Odmóżdżyły mnie te kwity.

– Zrobię kawy, chcesz?

– Pewnie, że chcę. Korn dzisiaj przyjedzie?

– Jutro przyjedzie, z tą swoją Agnieszką. Sympatyczna z niej osoba, nieprawdaż?

– Prawdaż. Chłopcy ją bardzo polubili, imponuje im, że projektuje statki.

Któregoś dnia Agnieszka zainteresowała się obrazem przedstawiającym „Herzogin Cecille" oraz portretem kapitana Weissmüllera z małżonką. Obecni przy tym Krzysiek i Żaba od niechcenia poinformowali ją, że to jest właśnie kapitan, który zbudował ich dom, a na tej fregacie był kiedyś dowódcą, a w ogóle to ona utonęła i leży gdzieś koło Devon.

Agnieszka obrzuciła ich uważnym spojrzeniem. Wyraźnie czuli się ważnymi i dobrze poinformowanymi gospodarzami domu. Uśmiechnęła się do nich.

– Wszystko się zgadza, tylko to nie fregata.
– Jak nie fregata? Fregata!
– Bark. Policzcie maszty. Fregata ma trzy rejowe, a tu ile macie?
– Aaa.
– Aaa, właśnie. Bark. Cztery maszty rejowe. Kadłub stalowy.
– Ty, Żaba, ale my jesteśmy barany! „Leży na dnie dzielny bark"! Dzielny bark!
– No właśnie. Dzielny bark. Słyszeliście o windjammerach?
– Nie... niezupełnie.

Agnieszka wzięła oddech i zrobiła im krótki wykład o dzielnych statkach z końca epoki wielkich żaglowców, statkach pływających wokół przylądka Horn i nielękających się żadnych niemal sztormów. Ponieważ zauważyła błysk zainteresowania w trzech parach oczu, wskoczyła na swojego ulubionego konika i zrobiła kolejny wykład, tym razem na temat, dlaczego statki w ogóle pływają, jakim cudem utrzymują się na wodzie jednostki o kadłubach ze stali, jakie mają napędy, jak się je projektuje, jak ona to robi – po kwadransie miała już trzech zaprzysięgłych wielbicieli, którzy uznali ją za absolutnie najfajniejszą babę pod słońcem (tak jej w każdym razie powiedzieli, jędrniejsze określenia zachowując do własnego użytku).

– Ten Janusz to ma szczęście – skonstatowali z zazdrością.

– Bez przesady – wzruszyła ramionami. – Też możecie się tego nauczyć. Parę lat studiów, trochę praktyki... każdy może.

– Każdy, każdy. – Krzysio poskrobał się brudną łapą po głowie. – A jak się ma dwóję z matmy?
– A, to trzeba się jej pozbyć.

Nie wiadomo, czy zadziałał urok osobisty Agnieszki, czy może wizja projektowania wielkich statków o stalowych kadłubach sprawiła, że Krzysio poprawił już dwóję na tróję i robił dalsze postępy...

– Agnieszka powiedziała, że jakbyśmy do nich przyjechali, to ona pokaże chłopcom stocznię. Myślisz, że moglibyśmy zabrać dzieci do Gdyni?

Adam podał Zosi kawę i podsunął cukierniczkę.

– Czemu nie? Trzeba się przymierzyć. W ogóle myślałem, że warto dzieciakom pokazywać świat, nawet po małym kawałku.

Zosia nasypała cukru do filiżanki i znowu oddała się myśleniu jedną połową umysłu. Podobało jej się, że Adam ma tyle projektów, podobało, że tak się zaangażował w te dzieci... szkoda tylko, że w nią się nie zaangażował.

– Co mówiłeś?
– Mówiłem, że jakiś facet do nas idzie. Listonosz?
– Nie znam go. Wyjdziesz do niego? Żeby się Azora nie przestraszył.

Adam skinął głową, wyszedł i po dłuższej chwili wrócił z listem w ręce.

– To był jakiś specjalny posłaniec od specjalnych listów. Dostaliśmy pozew do sądu.
– Co?
– Sama przeczytaj.
– Nie, powiedz mi własnymi słowami. Nie mam zdrowia na bełkot prawniczy. Ktoś nas o coś oskarża?
– Jak najbardziej. Dionizy Seta nas oskarża.
– Przestań! O co?!
– Aaaa, tego byś nigdy nie zgadła. O to, że głodzimy dzieci.
– Ty zwariowałeś czy ja?

– Słuchaj, kochana. Dzieci są głodzone, zaniedbane, zastraszone... pewnie, że Adolfik był zastraszony, jak tylko tatusia zobaczył... Nawiasem mówiąc: mianowałem go Dodkiem. Dość tego Adolfika, Adusia i co tam jeszcze. Dodek. Nowe życie, nowe imię.
– Dodek to jak Dymsza!
– Oczywiście, Dymsza był przecież Adolf!
– No dobrze, Dodek fajnie brzmi. Wymyśl jeszcze coś dla Cycka i Mycka.
– Właśnie. Wraz z Dionizym Setą oskarża nas pani Arleta Płaskojć, to jej dzieci były zagłodzone i zaniedbane. Teraz dostaniemy za swoje. Mamy tu wezwanie na rozprawę, będziemy składać wyjaśnienia, a jak nie, to się nas zastrzeli albo rzuci lwom na pożarcie. Pójdziemy do turmy, moja droga.
– Adam, jak ty możesz się śmiać?
– Zosieńko, ja mogę się tylko śmiać.

Była zmartwiona, widział to wyraźnie. Chyba zmęczyła ją wieczna walka o dzieciaki, wreszcie wydało jej się, że teraz będzie już dobrze, a tu masz – znowu pasztet i znowu cholerny Seta!

Słońce za oknem przewędrowało na ich stronę i zaświeciło im prosto w oczy. Adam poczuł przypływ czułości. Może Zosia nie wygrałaby plebiscytu na miss czegokolwiek, może nie wcisnęłaby się w żadną suknię dla modelki, ale przecież była najmilsza na świecie... i chyba też jednak najładniejsza, cholera!

Zdecydowanie nie powinna się już zamartwiać.

– Zosieńko, słuchaj. Parę dni temu siedziałem z Dodkiem za kanapą...
– Co robiłeś?!
– Siedziałem z Adolfikiem za kanapą, to wtedy ochrzciłem go Dodkiem. Nieważne. W każdym razie wykonałem wtedy coś w rodzaju ślubowania. W sprawie Sety.
– Młodego czy starego?
– Właściwie obydwu. Przysiągłem sobie, że nie dam

chłopaka staremu capowi na zmarnowanie, nie pozwolę go skrzywdzić, zatrudnię wszystkich kolegów od prawa i od mediów, zrobimy całą kampanię, ewentualnie wsadzimy żłoba za kratki, albo znajdę takich znajomków, którzy lubią się próbować na pięści... Zosia, ja po prostu mam dość patrzenia na draństwo tylko po to, żeby zrelacjonować społeczeństwu, jakich mamy drani. Przechodzę do ofensywy, moja droga. I chciałbym, żebyś mnie poparła.

Ależ go kochała w tej chwili...

Adam rozwijał dalej swoje przemyślenia zza kanapy, budząc w Zosi coraz większe uczucie, a przy okazji coraz większy entuzjazm. To jest absolutna racja, trzeba robić to, co można, nie oglądając się na innych – i trzeba walczyć z draństwem.

To jakiś cud, że nikt nie wszedł do salonu, gdzie siedzieli i rozmawiali, zawsze wokół nich pętały się dzieciaki i przeszkadzały albo pojawiała się ciotka Lena z jakimiś nowymi pomysłami, albo przynajmniej Azor prosił o cokolwiek – tym razem nie było nikogo. Pierwszy zauważył to Adam.

– Patrz, jak tu może być miło, kiedy jest taki spokój. Nie wiesz, gdzie są wszyscy?

– Cieszą się majem w lesie i na łące. Tak mi się przynajmniej wydaje. A ciotka Lena śpi na leżaczku, widziałam, jak Darek ją kocem przykrywał, żeby się nie przeziębiła, kochany ten Darek, nie?

– Kochany i dobrze, że wygrzebałaś ten przepis...

W domu „Magnolie" wychowanek, który miał osiemnaście lat, był usamodzielniany, czy tego chciał, czy nie. Wszyscy zresztą chcieli, bo trudno nazwać „Magnolie" przyjemnym miejscem. Zosia miała wrażenie, że takie jest prawo i już. Przejrzała jednak przepisy i okazało się, że jeśli wychowanek się uczy, ma prawo pozostawać w domu dziecka do dwudziestego piątego roku życia. Niemal się wtedy popłakała z radości, bo na myśl, że trzeba będzie pozbyć się Darka, serce jej martwiało po prostu.

Spojrzeli sobie w oczy.
- Fajny mamy dom, co?
- Bardzo fajny. Nie żałujesz, że dałeś się w to wrobić?
- Nie żartuj. Chyba nie słuchałaś, co do ciebie mówiłem przez ostatnią godzinę...
- Adam... myślałam o jednej sprawie, nie wiem, co ty na to?
- Na co?
- Zakładamy, że wygramy z Setą...
- Z Setą i z galaretą. Arletą Płaskojć. Z nią też wygramy. Mówiłem ci, nie spocznę, zanim nie wyduszę z sądu pozbawienia ich praw rodzicielskich. Aha – i nie zamierzam dopuścić do tego, żeby chłopcy musieli składać zeznania. Tylko przed psychologiem i tylko tutaj. Dzieciaki mają prawo do normalnego życia.
- No właśnie. Myślałam, że skoro i tak jesteśmy formalnie małżeństwem, to może byśmy im stworzyli rodzinę zastępczą? Maluchom i Ad... Dodkowi. I Grześ... patrz, on wciąż nie wie, że jego rodzice nie żyją...
- Myślisz o adopcji?
- Rodzina zastępcza to nie to samo, ale... no, sama nie wiem.

Adam patrzył na nią badawczo spod czarnych brwi.
- Przemyślimy to, dobrze? A wiesz, ja myślałem jeszcze o czymś innym.

Spojrzała na niego pytająco.
- Jak już tak myślimy i myślimy... myślałaś kiedy o własnym dziecku?

Gdyby piła teraz kawę, zadławiłaby się z pewnością. Na szczęście nie piła.
- O czym ty mówisz?
- O nas.
- Adam...
- O własnym dziecku, które to dziecko byłoby również moim dzieckiem. Zosieńko, poprosiłbym cię o rękę, tylko że przecież prawie od roku jesteśmy małżeństwem... No

więc nie wiem, co powiedzieć... chyba tylko tyle, że nie wiem dokładnie, kiedy to nastąpiło, ale cię pokochałem. I chciałbym, żebyś ty mnie też pokochała.
– Nie żartuj...
– Nie żartuję. Sądzisz, że mógłbym żartować w ten sposób?
– No bo ja cię dawno kocham. Jak ci się oświadczałam, to już wtedy...
– O cholera...

Ciotka Lena wstała z leżaczka i zamierzała udać się do domu, zrobić sobie kawy, oprzytomnieć jeszcze przed wieczorem i może poczytać jakiś soczysty kryminał. Już prawie otwierała oszklone drzwi, kiedy zobaczyła przez nie Zosię i Adama całujących się szaleńczo. Rozpromieniła się i wróciła na swój leżaczek.

Oni zaś, stwierdziwszy, że nadal nikogo nie widać na horyzoncie i że do kolacji jeszcze sporo czasu, wciąż trzymając się za ręce, popędzili na swoje piętro.

Jakiś czas później z dużym żalem uznali, że jednak muszą się zmobilizować i wrócić na dół, bo już jakieś głosy słychać, trzeba będzie zrobić tę kolację... na szczęście po kolacji będzie można wrócić na pięterko.
– Chyba możemy zlikwidować spanie w moim gabinecie, jak myślisz? – Adam przeciągał się leniwie, z zadowoleniem patrząc na Zosię wychodzącą z łazienki w dżinsach i świeżej podkoszulce koloru bzu. Ciekawe, dlaczego kiedyś podobały mu się anorektyczki. Ani to wdzięczne, ani seksowne. – Ładnie ci w fioletowym.
– Nie pozwoliłabym ci tam teraz sypiać – zaśmiała się. Zawsze lubił jej śmiech, ale teraz odkrywał jego nowe odcienie, odcienie, których przedtem nie znał. – Wiesz, tyle razy czytałam ten podpis pod kapitanem i jego żoną, i tak się zastanawiałam, czy mnie spotka to szczęście, czy nie spotka...

– Szczęście w postaci mnie?
– Ty narcyzie. No... ale tak. A właściwie szczęście w postaci tego, że się we mnie zakochasz, bo ciebie jako takiego miałam na wyciągnięcie ręki, nawet w charakterze męża.
– Cała rzecz w tym wyciągnięciu ręki. – Objął ją i pocałował. Zza okna dotarł do nich oszałamiający zapach bzu, którego całe zarośla kwitły tuż nad brzegiem klifu.
– Popatrzmy jeszcze chwilkę – poprosił. – Najbardziej tu lubię być o tej porze, kiedy jeszcze słońce nie zachodzi, ale już się powoli zbiera do odejścia. Patrz, Zośka, wszystkie hollywoodzkie zachodziki mogą się schować. Brakuje mi tylko chórów anielskich, wiesz, jak w filmach. On i ona o zachodzie słońca, on ją obejmuje tak jak ja ciebie, a chór śpiewa pieśń o wiecznej miłości i szczęściu. Nieśmiertelny kicz. Kicz, o którym wszyscy w skrytości ducha marzą. A my go mamy. Tylko gdzie te chóry? Może skoczę po jakiś odtwarzacz?
– Czekaj no, Adam, posłuchaj...
Chórów wprawdzie nadal nie było, dał się tylko słyszeć pojedynczy głos, cichy, ale czysty. Nad łąką niosły się wyraźnie słowa pieśni.

Liniowiec, co się zwał „Timeraire", nie wróci już
do domu,
U kresu swej drogi zapadł w sen, w cichym doku,
niepotrzebny już nikomu...

Zosia mocniej przytuliła się do Adama.
– To Adolfik. Znaczy Dodek. Kto by pomyślał, że on tak ładnie śpiewa? Tylko coś mi tu inaczej brzmi niż zawsze... może to jednak nie Dodek? Zobacz...
Adam wychylił się przez okno.
– Dodek. Ale mnie też coś nie gra. Nie wiem co...

Skończył się liniowców czas, odpłynęły w porty
zapomnienia,
Dumne maszty nie sięgają gwiazd,
huk dział już tylko we wspomnieniach...

Krystalicznie czysty głos w krystalicznie czystym powietrzu. Zosia prawie że ujrzała wielki żaglowiec płynący ponad linią wody, gdzieś do nieba, do słońca. Otrząsnęła się.
– Adam – szepnęła. – Już wiem!
– Co wiesz, kochanie?
– Adolfik! On nie sepleni! Dlatego jest inaczej niż zwykle. Słyszysz to? Nie sepleni!
Adam zamiast odpowiedzieć coś inteligentnego, uśmiechnął się tylko i pocałował ją po raz kolejny.
– Chodźmy na tę kolację – powiedział.
Poszli.